Danielle Steel

Américaine née à New York, Danielle Steel a passé son enfance et son adolescence en France, et parle couramment le français. Revenue à New York pour y poursuivre ses études, elle a ensuite travaillé dans la publicité et les relations publiques, avant de se tourner vers l'écriture.

Mère de famille nombreuse, Danielle Steel consacre beaucoup de temps à ses enfants, travaillant le soir et la nuit. Elle est présidente de l'Association américaine des bibliothèques, et porte-parole de plusieurs associations caritatives, dont le Comité de prévention de l'enfance maltraitée. Elle a créé en 1998 à la mémoire de son fils la Fondation Nick Traina, qui a pour vocation de venir en aide aux jeunes en difficulté.

Ses romans restituent avec réalisme des expériences humaines fortes, et sont le fruit d'un long travail de documentation ; son inspiration la conduit souvent à mener de front la rédaction de plusieurs livres. Avec près de cinquante titres publiés, best-sellers mondiaux traduits dans près de trente langues, elle est l'un des auteurs les plus lus au monde.

L'AIGLE SOLITAIRE

DU MÊME AUTEUR
CHEZ POCKET

L'ACCIDENT
AU NOM DU CŒUR
LE BAISER
LE CADEAU
CINQ JOURS À PARIS
COUPS DE CŒUR
DISPARU
DOUBLE REFLET
DOUCE AMÈRE
LE FANTÔME
LA FOUDRE
HONNEUR ET COURAGE
JOYAUX
LE KLONE ET MOI
LA MAISON DES JOURS HEUREUX
MALVEILLANCE
MAMIE DAN
RUE DE L'ESPOIR
NAISSANCES
PLEIN CIEL
LE RANCH
UN RAYON DE LUMIÈRE
UN SI GRAND AMOUR
UN SI LONG CHEMIN
FORCES IRRÉSISTIBLES
LE MARIAGE
RENAISSANCE
VOYAGE

DANIELLE STEEL

L'AIGLE SOLITAIRE

Traduit de l'américain
par Marie-Pierre Malfait

PRESSES DE LA CITÉ

Titre original :
Lone Eagle

ISBN 2-266-13904-5

A mes enfants chéris
Beatrix, Trevor, Toddd, Nick
Samantha, Victoria, Vanessa
Maxx et Zara,
Vous qui etes pour moi
Les etres les plus merveilleux sur cette terre,
Vous que j'aime de tout mon cœur,

Maman

mille ans,
mille craintes,
nous avons versé mille larmes
l'un pour l'autre
comme un papillon attiré par la flamme d'une bougie
jeu fatal
des enfants perdus qui cherchent leur mère
quand le cœur chante,
la musique est magique,
puis vient l'hiver, glacial,
pas de main tendue,
puis l'été, court et ensoleillé,
blottie contre toi,
instants complices,
tendres, amoureux, drôles,
nous dansions,
nous riions,
nous volions,
nous grandissions,
nous osions,
nous nous aimions
au-delà de toute raison,
la lumière aveuglante,
une union si parfaite
qui vécut cent précieuses saisons,
le papillon,
la flamme,
la danse,
toujours la même,
soudain, les ailes se brisent,
tout ce que nous chérissons
vole en éclats
le rêve,
le seul que j'aie jamais eu,
ici ou ailleurs,
nos âmes mises à nu,
dans un million d'années,
tu seras toujours dans mon cœur.

PROLOGUE

Décembre 1974

La nouvelle la terrassa par un après-midi de décembre. Il neigeait ce jour-là. Trente-quatre ans s'étaient écoulés depuis leur première rencontre. Trente-quatre années extraordinaires. Elle avait passé précisément deux tiers de sa vie auprès de lui. Kate avait cinquante et un ans et Joe soixante-trois. Malgré tout ce qu'il avait accompli au cours de sa vie, Joe lui paraissait incroyablement jeune. Il émanait de lui une fraîcheur, une énergie, une force exceptionnelles. Il ressemblait à une étoile filante qu'on aurait emprisonnée dans un corps d'homme. Toujours prêt à se dépasser pour atteindre des objectifs de plus en plus compliqués. Brillant et enthousiaste, il possédait une intuition de visionnaire. Kate l'avait tout de suite remarqué. Joe lui-même était conscient de cette qualité innée. Dès l'instant où elle avait posé les yeux sur lui, elle avait senti qu'il était différent des autres : d'une rare intelligence, Joe était un homme... hors du commun.

Kate l'avait ressenti au plus profond de son être. Au fil du temps, ils s'étaient assemblés comme deux pièces manquantes d'un puzzle. Deux pièces maîtresses qui n'auraient pu exister l'une sans l'autre.

Il y avait eu des disputes et des passages à vide. Ensemble, ils avaient gravi des sommets et traversé des vallées, les levers de soleil avaient succédé aux couchers ; ils avaient connu des moments de paix, aussi. Aux yeux de Kate, Joe représentait l'Everest. L'ultime sommet. L'endroit qu'elle avait toujours voulu atteindre. Son rêve. Tour à tour son paradis et son enfer, et entre les deux, son purgatoire. Joe était un génie, un homme de tous les extrêmes.

Ensemble, ils avaient donné un sens à leur vie, ils s'étaient apporté de la couleur, de la profondeur. Ils s'étaient fait d'immenses frayeurs, parfois. La sérénité, l'acceptation et l'amour s'étaient épanouis avec l'âge et le temps qui passe. Les leçons qu'ils avaient apprises avaient souvent été douloureuses.

Incarnant chacun les plus grandes angoisses de l'autre, ils avaient mis du temps à trouver le juste équilibre. Cela avait été un véritable défi. Finalement, ils avaient trouvé la paix et le réconfort. Avec le temps, ils avaient atteint l'entente parfaite.

Au cours des trente-quatre années qu'ils avaient partagées, ils avaient trouvé quelque chose que peu de gens pouvaient se targuer de connaître. Les tempêtes avaient succédé à l'exaltation, mais tous deux savaient depuis le départ que ce qu'ils partageaient était infiniment rare. Ils avaient composé une danse magique pendant trente-quatre ans, une danse dont ils avaient laborieusement appris chaque pas.

Joe était un être exceptionnel. Capable de voir ce que les autres n'apercevaient même pas, il n'éprouvait pas le besoin de vivre avec ses pairs. En réalité, il était plus heureux seul. Il s'était créé un univers hors du commun. Visionnaire génial, il avait bâti un remarquable empire industriel. Il avait conquis le monde, repoussant toujours plus loin les limites qui se dressaient sur sa route. Il était fait pour construire, surmonter les obstacles, aller toujours plus haut.

Il se trouvait en Californie depuis plusieurs semaines quand le téléphone sonna, cet après-midi-là. Son retour était prévu deux jours plus tard. Kate n'était pas inquiète ; elle avait depuis longtemps cessé de se faire du souci. Il partait et revenait. Comme les saisons et le soleil. Où qu'il fût, il n'était jamais loin d'elle. En dehors de Kate, Joe ne vibrait que pour ses avions. Il les avait toujours adorés. Il avait besoin d'eux pour vivre heureux. Kate le savait et l'acceptait. Au même titre que sa personnalité ou la couleur de ses yeux, elle avait appris à aimer ses avions. Ils faisaient partie de l'extraordinaire mosaïque qui constituait Joe.

Elle avait noirci quelques pages de son journal intime ce jour-là, savourant le silence qui régnait dans la maison tandis que dehors le paysage disparaissait lentement sous une épaisse couverture blanche. Il faisait déjà nuit quand le téléphone sonna. Il était 18 heures. Kate n'avait pas vu le temps passer. Un sourire étira ses lèvres. C'était Joe. Repoussant une boucle auburn qui lui barrait la joue, elle alla décrocher. Dans un instant, la voix grave et veloutée résonnerait à son oreille. Comme d'habitude, il lui raconterait sa journée dans les moindres détails.

— Allô ? fit-elle en jetant un coup d'œil par la fenêtre.

De gros flocons tombaient du ciel. C'était un décor féerique, idéal pour Noël, et les enfants seraient ravis quand ils les rejoindraient. Ils travaillaient et menaient leur propre vie, à présent. Le monde de Kate évoluait entièrement autour de Joe. C'était lui qui occupait toutes ses pensées.

— Madame Allbright ?

Ce n'était pas la voix de Joe. Une bouffée de déception l'envahit. Elle était tellement sûre que c'était lui... Mais ce n'était pas bien grave, il l'appellerait plus tard. Comme d'habitude. Il y eut un long silence comme si, à l'autre bout du fil, le propriétaire de la voix vaguement familière s'attendait à ce qu'elle devinât la raison de son appel. C'était le nouvel assistant de Joe ; Kate avait eu l'occasion de lui parler à plusieurs reprises.

— Je vous appelle du bureau de M. Allbright, reprit-il avant de marquer une nouvelle pause.

Pour une raison inexplicable, Kate eut l'impression que Joe lui avait demandé de l'appeler, qu'il se tenait à côté d'elle...

— Je... je suis désolé. Il y a eu un accident.

A ces mots, tout son corps se glaça, comme si on l'avait traînée nue sous la neige.

Un accident... il y a eu un accident... combien de fois avait-elle redouté d'entendre ces mots-là ? Au fil du temps, elle avait appris à surmonter ses angoisses : Joe avait plusieurs vies, c'était certain. Il était infaillible, invincible, immortel. Quand ils s'étaient rencontrés, il lui avait dit qu'il avait cent vies et qu'il n'en avait utilisé que quatre-vingt dix-neuf. Il semblait toujours en avoir une autre de côté.

— Il s'est envolé pour Albuquerque en début d'après-midi, reprit la voix.

Le tic-tac d'une horloge emplit tout à coup les oreilles de Kate. Elle avait entendu le même son voilà plus de quarante ans, quand sa mère était venue lui annoncer que son père était mort. C'était le bruit du temps qui passe et l'impression de basculer dans un gouffre sans fond. Non, elle n'avait pas le droit d'y replonger. Joe l'en empêcherait.

— Il voulait tester un nouvel appareil.

La voix lui parut soudain enfantine. Pourquoi Joe n'était-il pas en ligne ? Pour la première fois depuis des années, les griffes de l'angoisse se refermèrent sur elle.

— Il y a eu une explosion, acheva-t-il dans un murmure.

Le dernier mot lui fit l'effet d'une bombe.

— Non... je... c'est impossible... je ne peux pas...

Sa voix se brisa tandis qu'elle se figeait. Elle devina la suite en sentant le sol se dérober sous ses pieds.

— Ne me dites rien.

Ils demeurèrent silencieux un long moment, sous le choc. Les yeux de Kate s'embuèrent. Il s'était porté volontaire pour l'appeler. Personne d'autre n'avait eu le cran de lui annoncer la nouvelle.

— Ils se sont écrasés dans le désert, déclara-t-il simplement.

Kate ferma les yeux, pétrifiée. Il n'y avait pas eu d'accident. C'était impossible. Joe ne lui aurait pas fait ça. Pourtant, elle avait toujours su que cela pouvait arriver, bien qu'aucun d'eux n'y crût vraiment. Il était trop jeune pour mourir ainsi. Et elle était trop jeune pour devenir veuve. Elle n'était hélas pas la seule... combien de femmes de pilotes avaient perdu leur mari pendant un vol d'essai ? Joe rendait souvent visite à ces veuves désemparées. Aujourd'hui, c'était son tour. Ce gamin qui venait de lui annoncer la terrible nouvelle, comment pouvait-il savoir ce que Joe représentait pour elle, et ce qu'elle représentait pour lui ?

Comment pouvait-il savoir qui était vraiment Joe ? Il ne connaissait que le bâtisseur d'empire. La légende. Il y avait tant d'autres choses qu'il ne connaîtrait jamais au sujet de Joe. Elle-même avait passé la moitié de sa vie à le découvrir.

— Quelqu'un a inspecté la carlingue ? demanda-t-elle d'une voix tremblante.

Nul doute que Joe émergerait des débris de l'appareil. Il les taquinerait en époussetant ses vêtements. Puis il l'appellerait pour lui raconter sa mésaventure. Rien ne pouvait atteindre Joe.

A l'autre bout du fil, le jeune homme préféra ne pas lui dire que l'avion avait explosé en plein ciel, embrasant le ciel telle une éruption volcanique. Le pilote qui volait au-dessus de lui avait comparé l'explosion à Hiroshima. Il ne restait rien de Joe, à part son illustre renommée.

— Il n'y a aucun doute possible, madame Allbright... je suis sincèrement désolé. Puis-je faire quelque chose pour vous ? Avez-vous quelqu'un à vos côtés ?

Incapable d'articuler le moindre mot, Kate demeura silencieuse. Elle aurait aimé répondre que Joe était auprès d'elle, qu'il ne la quitterait jamais. Rien ni personne ne pourrait jamais le lui arracher.

— Quelqu'un vous appellera plus tard pour les... euh... les formalités, conclut-il d'un ton embarrassé.

Kate hocha la tête avant de raccrocher. Il n'y avait rien à ajouter. Elle fixa d'un air absent les gros flocons de neige mais, à travers l'écran blanc, c'était Joe qu'elle voyait. Il se tenait juste devant elle, comme il l'avait toujours fait. Elle le revit le soir de leur rencontre, tant d'années plus tôt.

Un vent de panique souffla sur elle. Elle devait

se montrer forte pour lui, elle devait se raccrocher à la femme qu'elle était devenue grâce à lui. C'était ce que Joe aurait souhaité. Elle ne pouvait pas se permettre de sombrer ni de céder à l'angoisse qui s'était dissipée au fil du temps, grâce à son amour pour Joe. Elle ferma les yeux et murmura son nom dans cette pièce qui leur était si familière.

— Joe... ne pars pas... j'ai besoin de toi... chuchota-t-elle tandis que des larmes roulaient sur ses joues.

— Je suis là, Kate. Je ne pars pas, je reste avec toi. Tu le sais bien.

La voix était ferme et posée, tellement vibrante qu'elle crut l'avoir réellement entendue. Il ne la quitterait pas. Il continuerait simplement à avancer dans ses propres cieux, tout là-haut. C'était ainsi avec Joe. Il n'avait pas changé pendant toutes ces années où elle l'avait aimé. Il était fort, indestructible. Et libre, par-dessus tout.

Rien ne changerait. Ce n'était pas une explosion qui lui prendrait Joe. Il était au-dessus de ça. Une fois de plus, elle devait lui rendre sa liberté afin qu'il puisse poursuivre sa route. Ce serait l'ultime marque de courage.

Comment parviendrait-elle à vivre sans lui ? Le regard perdu dans la nuit, elle le vit s'éloigner à pas lents. Il se retourna soudain et lui sourit. Il n'avait pas changé. C'était l'homme qu'elle avait toujours connu, l'homme qu'elle avait aimé de toutes ses forces. Immuable.

Un silence cotonneux s'abattit sur la maison pendant que Kate pensait à lui, assise dans l'obscurité. Dehors, la neige continuait de tomber. Leur première rencontre lui revint à l'esprit. Elle avait alors dix-sept ans et Joe était jeune, beau comme un dieu, auréolé de charisme. Cette soirée inoubliable avait à jamais bouleversé le cours de sa vie. Elle avait posé les yeux sur lui... et était entrée dans la danse.

1

Ce fut au bal des débutantes que Kate Jamison vit Joe pour la première fois. C'était en décembre 1940, trois jours avant Noël. Elle était venue de Boston avec ses parents ; tous trois avaient décidé de passer une semaine à New York pour faire leurs courses de Noël, rendre visite à quelques amis et assister au fameux bal. Kate était une amie de la sœur cadette de la jeune débutante. Il était rare qu'on invitât une jeune fille de dix-sept ans à ce genre de soirée, mais Kate, qui paraissait plus mûre que son âge, avait toujours séduit son entourage.

Les deux amies exultaient. C'était la plus belle réception à laquelle Kate soit jamais allée. Lorsqu'elle pénétra dans la grande salle au bras de son père, elle reconnut aussitôt une foule de gens célèbres. Les hommes politiques côtoyaient les grands patrons d'industrie. Il y avait aussi un nombre impressionnant de séduisants jeunes gens. Tous les grands noms de la bonne société new-yorkaise s'étaient donné rendez-vous ce soir-là ; certains étaient même venus de Philadelphie et de Boston. Au total, sept cents personnes bavardaient dans les élégants salons de réception. Entourée d'immenses glaces, la salle de bal était magnifique. Une marquise se dressait dans le jardin. Plusieurs centaines de serveurs en livrée circulaient parmi les convives. Parées de superbes bijoux et de robes à couper le souffle, les femmes rivalisaient d'élégance tandis que les hommes paradaient dans leurs costumes taillés sur mesure. L'invitée d'honneur était une ravissante jeune fille blonde et menue, vêtue d'une robe créée spécialement pour elle par Schiaparelli. Elle rêvait de ce moment depuis qu'elle était toute petite : ce soir, elle faisait officiellement son entrée dans la bonne société de la côte Est. Gracieuse entre ses parents, elle ressemblait à une poupée de porcelaine. Un valet annonçait d'une voix sonore le nom de chaque nouvel arrivant.

Ce fut bientôt le tour des Jamison, et Kate alla embrasser la débutante en la remerciant de l'avoir invitée. C'était la première fois qu'elle assistait à ce genre de réception. L'espace d'un instant, les deux jeunes filles ressemblèrent à un tableau de Degas, deux jolies ballerines qui se tenaient côte à côte. La petite taille de la débutante, ses cheveux clairs et ses rondeurs délicates contrastaient avec la beauté plus saisissante de Kate. Cette dernière était grande et mince ; ses cheveux auburn flottaient librement sur ses épaules. Elle avait un teint laiteux, de grands yeux bleu foncé et une silhouette de rêve. Tandis que la débutante accueillait les convives avec un calme olympien, il émanait de Kate une espèce de flamme, d'énergie formidable. Elle regardait droit dans les yeux chaque invité que ses parents lui présentaient et les éblouissait tous par son sourire. A son allure et à la courbe de sa bouche, on aurait dit qu'elle s'apprêtait à dire quelque chose de drôle ou d'important, de plaisant et d'inoubliable. Kate bouillonnait de vitalité et elle donnait l'impression de vouloir partager ce trop-plein d'énergie.

Partout où elle se trouvait, elle se distinguait autant par sa beauté que par son esprit. Enfant unique, malicieuse et imaginative, elle avait toujours surpris et amusé ses parents. Elle était née alors que ces derniers fêtaient leurs vingt ans de mariage et son père se plaisait à répéter, avec la bénédiction de son épouse, qu'ils avaient été largement récompensés de leur patience. Ses parents l'adoraient. Toute petite déjà, ils l'avaient placée au centre de leur univers.

Les premières années de son existence avaient été joyeuses et insouciantes. Son père, John Barrett, héritier d'une illustre famille bostonienne, avait épousé Elizabeth Palmer dont la fortune était encore plus considérable. Les deux familles avaient applaudi leur union. Le père de Kate était connu et respecté dans le milieu financier pour son jugement avisé et ses investissements judicieux. Hélas, le krach boursier de 1929 l'entraîna, comme des milliers d'autres, dans la faillite et le désespoir. Heureusement, la famille d'Elizabeth avait veillé à ne pas mêler sa fortune à celle des Barrett, préférant gérer elle-même la majeure partie de ses biens. Par miracle, le krach effleura à peine Elizabeth.

John Barrett perdit toute sa fortune. Son épouse fit tout pour l'aider à sortir de ce mauvais pas. Mais le sentiment de défaite qu'il éprouvait l'ébranla jusqu'au plus profond de son être. Trois de ses plus gros clients et amis se suicidèrent dans les mois qui suivirent leur faillite. Deux années s'écoulèrent avant que John cédât lui-même à son désespoir. Kate le vit à peine pendant tout cette période. Il passait le plus clair de son temps enfermé dans sa chambre. Il recevait peu de visites et sortait très rarement. La banque qui avait été fondée par sa famille et qu'il gérait depuis presque vingt ans ferma ses portes deux mois après le krach. Il devint lointain, solitaire, inaccessible. Seule Kate réussissait à le faire sourire. Alors âgée de six ans, elle allait souvent le voir pour lui apporter un bonbon ou un dessin. Comme si elle sentait le labyrinthe qui le retenait prisonnier, elle tentait inconsciemment de l'en sortir. En vain. Elle se heurta bientôt à une porte fermée à clé et, un peu plus tard, sa mère lui interdit de monter à l'étage. Elizabeth ne voulait pas qu'elle voie son père ivre, échevelé, mal rasé, enlisé dans sa dépression. Cette vision qui brisait le cœur de l'épouse aurait certainement terrifié la fillette.

John Barrett mit fin à ses jours en septembre 1931, pratiquement deux ans après le krach. Dernier membre de sa famille, il laissait derrière lui une veuve et une enfant de huit ans. La fortune d'Elizabeth était intacte ; elle faisait partie des rares à avoir échappé au désastre, jusqu'au décès de John.

Kate se souvenait encore précisément du moment où elle avait appris l'horrible nouvelle. Elle était en train de boire une tasse de chocolat chaud dans la nursery, avec sa poupée préférée sur les genoux, lorsque sa mère pénétra dans la pièce. Elle devina aussitôt qu'un drame s'était produit. Elle ne vit plus que les yeux de sa mère, n'entendit plus que le tic-tac assourdissant de l'horloge. Elizabeth lui annonça la nouvelle sans pleurer. D'une voix posée, avec des mots simples, elle lui dit que son père était allé rejoindre Dieu au Paradis. Il avait vécu dans une tristesse infinie ces deux dernières années mais retrouverait certainement le bonheur auprès de Dieu. En entendant les paroles de sa mère, Kate eut l'impression que le ciel lui tombait sur la tête. Elle suffoqua. La tasse de chocolat s'échappa de ses mains et elle lâcha sa poupée. Sa vie était en train de basculer, irrémédiablement.

Kate fut très digne à l'enterrement. Elle n'entendit pas un mot de ce qui fut dit. Son père les avait quittées, accablé par le désespoir. Plus tard, quelques phrases résonnèrent à ses oreilles : fou de chagrin... il ne s'en est jamais remis... tiré une balle dans la tête... perdu plusieurs fortunes... heureusement qu'il ne gérait pas les biens d'Elizabeth... En apparence, rien ne changea pour elles après le drame. Elles continuèrent à vivre dans la même maison, à fréquenter les mêmes personnes. Quelques jours après le décès de son père, Kate entra au cours élémentaire.

Pendant plusieurs mois, elle eut l'impression de vivre dans une espèce de brouillard. L'homme qu'elle avait aimé de toutes ses forces, celui à qui elle vouait une confiance aveugle, ce père qu'elle prenait comme modèle et qui l'aimait tendrement, ce père les avait quittées brusquement, sans un mot d'explication. Les raisons de sa mort lui échappaient. Pour elle, son père était parti, bouleversant sa vie à tout jamais. Un des piliers de son univers venait de s'effondrer. Terrassée par le chagrin, sa mère ne lui apporta aucun soutien pendant les mois qui suivirent. A tel point que la fillette eut l'impression d'avoir perdu ses deux parents.

Elizabeth s'occupa de ce qui restait des biens de John avec leur meilleur ami, le banquier Clarke Jamison. La fortune et les investissements de ce dernier avaient survécu au krach. C'était un homme tranquille, attentionné et solide. Son épouse était morte de tuberculose quelques années plus tôt ; il n'avait pas d'enfant et ne s'était jamais remarié. Neuf mois après le décès de John, il demanda la main d'Elizabeth. Ils se marièrent cinq mois plus tard, dans la plus stricte intimité. Agée de neuf ans, la fillette assista à la cérémonie avec de grands yeux graves.

Au fil du temps, la décision s'avéra des plus sages. Bien qu'elle ne l'eût jamais admis publiquement, par respect pour son défunt époux, Elizabeth fut encore plus heureuse auprès de Clarke. Ils formaient un beau couple, partageaient les mêmes passions et en plus d'être un excellent mari, Clarke s'avéra un père merveilleux pour Kate. Il adorait la fillette, et celle-ci le lui rendait bien. Sans le formuler clairement, il s'efforça de remplacer le père qu'elle avait perdu. Calme, tendre, solide, il se laissa gagner par la joie et l'espièglerie qui avaient fini par renaître en Kate. Au terme d'une longue discussion avec la mère et la fille, il décida d'adopter Kate. Elle avait alors dix ans. Au début, la fillette avait craint de manquer de respect à son père biologique en acceptant l'adoption, mais le matin de la signature, elle avoua à Clarke que c'était là son souhait le plus cher. Clarke apporta à Kate toute la stabilité affective qui lui avait cruellement manqué après le décès de son père. Il ne lui refusait rien ; il était toujours là pour elle, dans n'importe quelle circonstance.

Le temps aidant, tous les amis de Kate semblèrent oublier que Clarke n'était pas son vrai père. Kate elle-même s'y laissa prendre. En de rares occasions, toujours empreintes de solennité, elle songeait à son père, paisiblement. Il lui paraissait tellement loin, à présent. La seule chose dont elle se souvenait avec acuité était la sensation de panique et d'abandon qu'elle avait éprouvée à sa mort. Elle y pensa de moins en moins, jetant volontairement un voile sur ces douloureux souvenirs.

Kate n'était pas d'une nature nostalgique ; elle ne se complaisait pas non plus dans la mélancolie. Il émanait d'elle une joie de vivre communicative. Son rire cristallin et ses yeux pétillants d'excitation séduisaient celles et ceux qu'elle rencontrait, pour le plus grand bonheur de Clarke. Ils ne reparlèrent jamais de l'adoption. C'était une page tournée dans la vie de Kate. Clarke l'avait prise sous son aile et faisait désormais partie intégrante de sa vie. Il était devenu son père, à part entière. Tout comme elle était devenue sa fille.

Clarke Jamison était un banquier très apprécié à Boston. Issu d'une famille respectable, il avait fait ses études à Harvard et menait une existence qui le satisfaisait pleinement. Il s'était toujours félicité d'avoir épousé Elizabeth puis adopté Kate. Sa vie était une belle réussite, à tous points de vue. Avec un mari qu'elle aimait de tout son cœur et une fille qu'elle adorait, Elizabeth, la mère de Kate, était aussi une femme comblée. Elle avait quarante ans lorsque Kate était née et celle-ci demeurait son plus grand bonheur. Elle avait placé tous ses espoirs en elle et ne lui souhaitait que de belles choses. Malgré le tempérament dynamique et exubérant de Kate, Elizabeth avait réussi à lui inculquer une éducation irréprochable. Après qu'elle eut épousé Clarke et que le traumatisme du suicide de John se fut atténué, le couple considéra Kate comme une jeune adulte. Ils l'inclurent dans toutes leurs activités et l'emmenèrent avec eux dans leurs voyages aux quatre coins du monde.

Kate les avait accompagnés en Europe chaque été. L'année précédente, elle avait visité Singapour et Hong Kong avec eux. Elle était plus mûre que la plupart de ses amies et ce soir-là, alors qu'elle circulait d'un pas assuré entre les convives, elle ressemblait davantage à une femme qu'à une jeune fille de dix-sept ans. Kate était heureuse et bien dans sa peau, c'était évident. Spontanée, elle allait au-devant des gens et n'hésitait pas à réaliser tout ce qui lui tenait à cœur. Pour elle, la vie était une belle pomme brillante qu'elle croquait à pleines dents.

La robe qu'elle portait pour ce bal avait été commandée spécialement pour elle à Paris, au printemps dernier. Elle ne ressemblait en rien aux tenues des autres jeunes filles. La plupart d'entre elles arboraient de longues robes de soirée dans des tons vifs ou pastel. Par respect pour l'invitée d'honneur, aucune n'avait souhaité porter du blanc. Toutes étaient ravissantes, mais Kate était bien plus que ça. Elle était élégante, éblouissante. C'était une vraie jeune femme et il émanait d'elle un raffinement à la fois discret et saisissant. Sa tenue était toute simple, sans dentelles ni falbalas. Coupée dans le biais et retenue par de fines bretelles, la robe en satin bleu glacier moulait sa silhouette sculpturale comme une seconde peau. Prêtées par sa mère qui les tenait de la sienne, des aigues-marines serties de diamants ornaient ses oreilles. Etincelantes, les pierres dansaient entre les longues mèches cuivrées et soyeuses. Elle n'était presque pas maquillée ; seul un léger nuage de poudre rehaussait l'éclat de son teint. La couleur de sa robe rappelait celle d'un ciel hivernal, glacé, et sa peau veloutée ressemblait à un pétale de rose. Son sourire éblouissant attirait tous les regards.

Son père la taquinait gentiment tandis qu'ils s'éloignaient de leurs hôtes et Kate rit de bon cœur en glissant sous son bras une longue main gantée de blanc. Derrière eux, sa mère s'arrêtait à chaque pas pour échanger quelques mots avec des amis. Quelques minutes plus tard, Kate aperçut son amie, la sœur cadette de la débutante, entourée d'un petit groupe de jeunes gens. Elle abandonna alors son père pour aller la rejoindre. Ils se promirent de se retrouver plus tard et Clarke Jamison suivit sa fille des yeux. Une bouffée de fierté l'envahit quand il vit toutes les têtes se tourner sur son passage. Elle était magnifique. Quelques instants après, le petit groupe riait et bavardait, et tous les jeunes gens semblaient sous le charme. Où qu'elle se trouvât et quoi qu'elle fît, Clarke ne s'inquiétait jamais pour Kate. Elle séduisait tout le monde. Quant à Elizabeth, elle désirait simplement que sa fille épouse un jeune homme bien sous tous rapports, d'ici quelques années.

A présent cela faisait huit ans qu'elle menait une vie heureuse auprès de Clarke et elle souhaitait à sa fille de connaître le même bonheur. Mais Clarke s'était montré inflexible : Kate devait d'abord songer à ses études. L'intéressée ne s'était pas fait prier. Elle était trop intelligente pour laisser passer une telle occasion. Si Clarke ne s'attendait pas à ce qu'elle travaille une fois ses diplômes en poche, il était convaincu qu'elle saurait tirer parti de son cursus universitaire. Elle avait posé sa candidature dans plusieurs établissements — Wellesley, Radcliffe, Vassar, Barnard et d'autres encore qui lui plaisaient un peu moins — et ferait sa rentrée à l'automne suivant, à dix-huit ans.

Cette perspective l'enthousiasmait. Son père ayant fait ses études à Harvard, elle rêvait d'être admise à Radcliffe, l'université qui accueillait les filles sur le même campus.

Kate se dirigea avec les autres vers la salle de bal. Elle bavardait avec des amies et fut présentée à des dizaines de jeunes gens. Elle semblait parfaitement à l'aise au milieu des nombreux admirateurs qui écoutaient avec délectation ses anecdotes cocasses, charmés par sa beauté et son élégance. Et lorsque le bal débuta, les cavaliers se succédèrent sans relâche. Elle commençait une danse dans les bras d'un jeune homme et la terminait dans ceux d'un autre. C'était une soirée féerique. Kate s'amusait follement. L'attention démesurée dont elle faisait l'objet ne lui tournait pas la tête. Elle savait l'apprécier en toute lucidité.

Kate se tenait près du buffet quand elle le vit pour la première fois. Elle écoutait avec attention une étudiante de Wellesley quand son regard fut attiré par lui, comme par un aimant. Grand, doté d'une carrure athlétique et d'un visage aux traits finement ciselés, il était blond comme les blés et semblait plus âgé que les jeunes gens qui s'empressaient autour d'elle. Il devait approcher la trentaine, songea-t-elle, indifférente aux paroles de sa compagne, le regard fixé sur Joe Allbright, occupé à composer son assiette. A l'instar des autres convives, il était en tenue de soirée et Kate le trouva très séduisant. En même temps, il semblait étrangement mal à l'aise. De toute évidence, il aurait mille fois préféré se trouver ailleurs. Il longea le buffet d'un pas mal assuré, comme un albatros dont on aurait attaché les ailes et qui ne rêvait qu'à une chose : prendre son envol.

Il n'était plus qu'à quelques centimètres d'elle.

Tenant à la main son assiette à moitié pleine, il se sentit soudain observé. Il plongea les yeux sur Kate, l'air grave. Leurs regards se rencontrèrent. Joe se raidit. Lorsqu'elle lui sourit, il oublia tout le reste. Il n'avait jamais vu une femme aussi belle, aussi vivante qu'elle. Elle dégageait quelque chose de fascinant, une espèce d'onde de chaleur, de lumière éblouissante. Incapable de soutenir son regard plus longtemps, il baissa les yeux mais ne bougea pas, comme pétrifié. L'instant d'après, il leva de nouveau les yeux sur elle.

— Ce n'est pas un repas décent pour un homme de votre taille, lança Kate d'un ton espiègle.

Elle n'était pas timide, remarqua Joe avec soulagement. Lui-même avait toujours eu du mal à communiquer avec les gens.

— J'ai dîné avant de venir, expliqua-t-il.

Dédaignant le caviar et le vaste choix d'huîtres spécialement sélectionnées pour l'occasion, il s'était contenté de deux côtelettes d'agneau, accompagnées d'un petit pain beurré et d'une poignée de crevettes. C'était assez pour lui. Sous sa queue-de-pie, Kate devina un corps svelte. Le costume bâillait à certains endroits, sans doute l'avait-il emprunté pour l'occasion. Kate ne se trompait pas : c'était la première et probablement la dernière fois qu'il arborait ce genre de tenue qu'un ami lui avait prêtée pour la soirée. Il avait pourtant essayé de se désister en prétextant qu'il n'avait rien à se mettre, mais c'était compter sans l'obstination dudit ami. Il aurait tout donné pour être ailleurs ce soir... jusqu'à sa rencontre avec Kate.

— On dirait que vous n'êtes pas ravi d'être ici, observa-t-elle sans se départir de son sourire.

Joe sourit à son tour.

— Comment avez-vous deviné ?

— Vous sembliez sur le point de cacher votre assiette dans un coin et de vous enfuir en courant. Vous détestez les réceptions, c'est ça ? ajouta-t-elle d'un ton léger.

L'étudiante de Wellesley s'éloigna vers un autre petit groupe. C'était comme s'ils étaient seuls, comme si la foule de convives qui se pressait autour d'eux n'existait plus.

— Oui. Enfin, je crois que oui. C'est la première fois que je me rends à ce genre de soirée.

Et il devait bien admettre qu'il était impressionné.

— Moi aussi, renchérit Kate.

Elle était jeune pour assister à de telles réceptions. Mais ça, Joe ne l'aurait jamais deviné. Elle semblait tellement à l'aise, tellement mûre qu'il lui donnait une bonne vingtaine d'années.

— C'est joli, n'est-ce pas ? reprit-elle en balayant la pièce du regard avant de reporter son attention sur lui.

Il ne put s'empêcher de sourire. « Joli » n'était pas le terme qui lui était venu à l'esprit en pénétrant dans l'immense salle de réception. Le nombre de convives et la chaleur qui régnait dans les salons l'oppressaient. Il y avait tant de choses qu'il aurait préféré faire au lieu de se rendre à cette soirée ! Mais maintenant qu'il l'avait rencontrée, il n'était plus aussi sûr d'avoir perdu son temps...

— Très joli, en effet, approuva-t-il.

Kate remarqua la couleur de ses yeux. Ils étaient comme les siens, bleu foncé, comme le saphir.

— Vous aussi, vous êtes très jolie, ajouta-t-il à brûle-pourpoint.

Dénué d'artifice, son compliment lui fit plus d'effet que toutes les formules élégantes qu'elle avait entendues dans la bouche des dizaines de jeunes gens qui l'avaient courtisée ce soir-là.

— Vous avez des yeux magnifiques, reprit-il, fasciné.

Limpides, ouverts au monde, ils pétillaient de vivacité et d'audace. Elle donnait l'impression de n'avoir peur de rien. Un point qu'ils partageaient, dans des domaines différents. Cette soirée, par exemple, était une des rares choses qu'il ait jamais redoutées dans sa vie. Il aurait mille fois préféré risquer sa vie, ce qui lui arrivait souvent, plutôt que de devoir affronter une foule aussi impressionnante. Il était là depuis moins d'une heure et songeait déjà à s'éclipser. Il attendait seulement que son ami lui donne le signal du départ.

— Merci. Je m'appelle Kate Jamison.

Il lui tendit la main.

— Joe Allbright. Voulez-vous manger quelque chose ?

Il s'exprimait avec concision, sur un ton simple et direct. Il avait pour habitude d'aller à l'essentiel, dédaignant les formules ampoulées. Lorsqu'elle hocha la tête, il lui tendit une assiette. Elle piocha quelques légumes et un petit morceau de poulet. Sans mot dire, il porta son assiette jusqu'à une table où dînaient d'autres convives. Ils trouvèrent deux places et s'assirent en silence. En s'emparant de sa fourchette, il leva les yeux sur elle, intrigué. Pourquoi l'avait-elle abordé ? Quelle que fût la raison, sa soirée s'en trouvait nettement embellie. Celle de Kate aussi.

— Vous connaissez beaucoup de monde, ici ? s'enquit-il sans la quitter des yeux.

Un sourire étira ses lèvres.

— Je connais quelques personnes, mais beaucoup moins que mes parents, ajouta-t-elle, surprise par la timidité inhabituelle qui la paralysait.

C'était comme si le moindre de ses mots comptait, comme s'il était attentif à chaque inflexion de sa voix. Elle n'était pas aussi détendue avec lui qu'avec les autres jeunes gens. Peut-être parce qu'il y avait quelque chose d'incroyablement intense en lui. Face à cet homme, on était obligé de se dévoiler. Tout de suite.

— Vos parents sont ici, eux aussi ?

— Oui. Ils sont dans les parages. Cela fait des heures que je ne les ai pas vus.

Plusieurs heures s'écouleraient encore avant qu'elle les revoie. Sa mère aimait s'installer dans un petit coin tranquille en compagnie d'amis proches, avec lesquels elle bavardait toute la soirée, sans danser une seule fois. Le père de Kate ne s'éloignait jamais beaucoup d'elle.

— Nous sommes venus de Boston pour assister à ce bal, reprit-elle pour relancer la conversation.

Joe hocha la tête en la dévisageant avec attention.

— Vous habitez là-bas ?

Quelque chose en elle l'hypnotisait. C'était peut-être sa façon de parler, ou bien la manière qu'elle avait de le regarder. Elle semblait calme et intelligente, mais l'intérêt qu'elle lui portait le mettait mal à l'aise. Et puis, au-delà de sa culture et de ses bonnes manières, elle était merveilleusement belle. Il aimait la regarder, tout simplement.

— Oui. Vous êtes de New York ? demanda-t-elle en délaissant son assiette.

— Pas vraiment, non. Je suis originaire du Minnesota mais j'habite à New York depuis un an. J'ai vécu un peu partout avant de m'y installer.

Dans le New Jersey, à Chicago. J'ai passé deux ans en Allemagne. Et je pars m'installer en Californie au mois de janvier. Je m'arrête dès que je trouve une piste d'atterrissage.

Ces derniers mots, sibyllins, allumèrent une nouvelle lueur d'intérêt dans les yeux de Kate.

— Vous pilotez des avions ?

Pour la première fois, il parut amusé par sa question et se détendit visiblement en lui répondant.

— On peut dire ça, oui. Etes-vous déjà montée dans un avion, Kate ?

C'était la première fois qu'il prononçait son prénom et elle aima l'entendre dans sa bouche. C'était aussi intime qu'une caresse. Et il s'en était souvenu...

— Nous avons pris l'avion pour nous rendre en Californie l'an dernier. Un bateau pour Hong Kong nous attendait là-bas. D'habitude, nous voyageons en train ou en bateau.

— Vous voyagez souvent, on dirait. Qu'est-ce qui vous a poussée à Hong Kong ?

— J'y suis allée avec mes parents. J'ai visité Hong Kong et Singapour. Nous ne connaissions que l'Europe, avant.

Sa mère avait veillé à ce qu'elle parlât couramment l'italien et le français, ainsi qu'un peu d'allemand. Ce serait toujours utile pour elle. Son père l'imaginait souvent mariée à un diplomate. Elle ferait une parfaite épouse d'ambassadeur et il l'éduquait dans ce sens.

— Etes-vous pilote ? demanda-t-elle de nouveau avec de grands yeux qui, pour la première fois, trahirent son jeune âge.

Il sourit.

— Oui, je suis pilote.

— Pour une compagnie aérienne ? reprit Kate en le regardant étendre ses longues jambes devant lui.

Son petit air mystérieux l'intriguait et elle avait envie de mieux le connaître. Il ne possédait pas le vernis social des garçons qu'elle fréquentait d'habitude mais il émanait de lui une ouverture au monde qui la fascinait. Au-delà de son apparente timidité, elle sentait une grande assurance ; cet homme-là saurait se débrouiller n'importe où, dans n'importe quelle circonstance. Un raffinement discret et naturel l'habitait et elle l'imaginait très bien aux commandes d'un avion. Aux yeux de Kate, c'était une image forte et romantique.

— Non, je ne travaille pas pour une compagnie. Je conçois et je teste des appareils dans le but d'améliorer leur vitesse et leur résistance.

Son métier était un peu plus compliqué que ça, mais ces explications succinctes ravivèrent la curiosité de Kate.

— Avez-vous déjà rencontré Charles Lindbergh ? demanda-t-elle.

Joe ne lui dit pas qu'il portait la queue-de-pie de Charles ni qu'il était venu au bal avec lui. Anne, la femme de Lindbergh, était restée à la maison, au chevet de leur enfant malade. Joe l'avait perdu de vue peu après leur arrivée. Sans doute s'était-il réfugié dans un coin discret. Charles détestait la foule et les mondanités, mais il avait promis à Anne de se rendre à cette soirée. Et comme elle ne pouvait se libérer, il avait demandé à Joe de l'accompagner pour le soutenir moralement.

— Oui. Nous avons même eu l'occasion de travailler ensemble. Nous avons volé tous les deux en Allemagne pendant mon séjour là-bas.

C'était pour voir Charles qu'il était venu à New

York et c'était ce dernier qui lui avait déniché une mission en Californie. Charles Lindbergh était son mentor et son ami. Ils avaient fait connaissance sur un aérodrome de l'Illinois, des années plus tôt. Lindbergh était au sommet de sa gloire à l'époque tandis que Joe n'était encore qu'un gamin. Aujourd'hui, l'élève était presque aussi connu que le maître dans le milieu de l'aéronautique. Depuis quelques années, Joe collectionnait les records de vol et, au dire d'un grand nombre, il était encore plus talentueux que Lindbergh. Ce dernier l'avait d'ailleurs reconnu une fois, et ce jour-là avait été l'apogée de la carrière de Joe. Liés par une solide amitié, les deux hommes se vouaient une profonde admiration.

— Ce doit être un homme passionnant... Il paraît que sa femme est très gentille. C'est affreux, ce qui est arrivé à leur petit garçon [1].

— Ils ont d'autres enfants, répliqua Joe, désireux de dissiper l'émotion du moment.

Son commentaire stupéfia Kate. A ses yeux, cela ne compensait en aucun cas l'horreur qu'ils avaient vécue. Elle avait neuf ans quand le drame s'était produit. Sa mère s'était effondrée en apprenant la nouvelle. Kate était encore triste pour eux. A ses yeux, le drame occultait presque les exploits de l'aviateur.

— C'est sans doute un homme exceptionnel, conclut-elle simplement.

Joe approuva d'un signe de tête. Qu'aurait-il pu ajouter ? Le grand public adulait Lindbergh et il méritait bien cette reconnaissance — du moins était-ce son avis.

1. En 1932, le fils de Lindbergh, âgé de 20 mois, se fit enlever et son cadavre fut retrouvé dix semaines plus tard.

— Que pensez-vous de la guerre en Europe ? reprit Kate en l'interrogeant du regard.

Joe réfléchit. Le Congrès avait voté la loi d'appel sous les drapeaux deux mois plus tôt et tous deux mesuraient pleinement les implications d'une telle décision.

— C'est une situation délicate. Le conflit risque de dégénérer s'il n'est pas rapidement maîtrisé. Si vous voulez mon avis, nous serons bientôt sur le front.

Les bombardements nocturnes sur l'Angleterre avait commencé en août. De son côté, la Royal Air Force pilonnait l'Allemagne depuis le mois de juillet. Joe s'était rendu en Angleterre pour dresser un bilan de la vitesse et de l'efficacité de leurs appareils. La frappe aérienne jouerait un rôle essentiel dans la survie de l'Angleterre. Des milliers de civils avaient déjà trouvé la mort. Il fut surpris d'entendre Kate le contredire. Elle possédait décidément un caractère bien trempé.

— Selon le président Roosevelt, nous ne prendrons pas part au conflit, déclara-t-elle avec fermeté.

A l'instar de ses parents, elle faisait confiance au président des Etats-Unis.

— Vous le croyez encore, après la loi qu'il a fait voter au Congrès ? Méfiez-vous de ce que vous lisez dans les journaux. Tôt ou tard, nous n'aurons plus le choix.

Il avait songé à se porter volontaire pour intégrer la RAF [1], mais le travail qu'il accomplissait ici, aux côtés de Charles, était d'une importance capitale pour l'avenir de l'aviation américaine, surtout si les Etats-Unis entraient finalement dans

1. Royal Air Force.

le conflit. C'était d'ailleurs pour cette raison que Joe se rendait en Californie. Lindbergh craignait que l'Angleterre ne résiste pas longtemps aux assauts répétés des Allemands, et tous deux désiraient faire leur possible pour préparer au mieux les Etats-Unis à intervenir. Même si Lindbergh s'opposait farouchement à l'entrée en guerre du pays.

— J'espère que vous vous trompez, dit-elle doucement.

S'il voyait juste, tous les jeunes gens qui évoluaient dans la salle seraient menacés. Le monde entier serait remis en cause et, à terme, profondément bouleversé.

— Vous pensez vraiment que nous allons entrer en guerre ? insista-t-elle d'un air inquiet, oubliant l'espace d'un instant le faste qui les entourait.

Le sujet était grave. La guerre avait déjà pris une ampleur effarante en Europe.

— Oui, je le pense vraiment, Kate.

Elle aimait la façon qu'il avait de la regarder, en prononçant son prénom. Il y avait déjà tant de choses qu'elle aimait en lui...

— J'espère que vous vous trompez, répéta-t-elle à mi-voix.

— Moi aussi.

Sur une impulsion, elle demanda :

— Voulez-vous danser avec moi ?

Soudain mal à l'aise, Joe baissa les yeux sur son assiette. A l'évidence, il n'était plus dans son élément.

— Je ne sais pas danser, avoua-t-il d'un ton penaud.

A son grand soulagement, elle ne se moqua pas de lui mais parut plutôt surprise.

— C'est vrai ? Qu'à cela ne tienne, je vous apprendrai ! C'est assez facile, vous savez : il suffit de tournoyer sur la piste en ayant l'air de prendre du bon temps.

— Je ne crois pas que ce soit une bonne idée. Je risquerais de vous marcher sur les pieds.

Baissant de nouveau les yeux, il remarqua les délicats escarpins en satin bleu pâle.

— Je ferais mieux de vous laisser retourner auprès de vos amis, conclut-il.

Cela faisait une éternité qu'il n'avait pas tenu une conversation aussi longue, et encore moins à une jeune fille de son âge, bien qu'il ignorât encore qu'elle n'avait que dix-sept ans.

— Vous vous ennuyez, c'est ça ? demanda-t-elle en fronçant les sourcils.

On eût dit qu'il lui signifiait son congé. Pourquoi un tel revirement ? L'avait-elle contrarié en l'invitant à danser ?

— Grand Dieu, non ! protesta-t-il en riant.

Il avait plus l'habitude de fréquenter les hangars d'aérodrome que les salles de bal, certes, mais malgré tout, il passait un moment très agréable en compagnie de Kate. Et il en était le premier surpris.

— Vous êtes tout sauf ennuyeuse. Simplement, vous préféreriez peut-être danser avec un meilleur danseur que moi.

Charles était aussi piètre danseur que lui.

— J'ai déjà beaucoup dansé, ce soir, dit-elle en guise de réponse.

Il était presque minuit et elle n'avait pas eu un seul instant de répit avant sa rencontre avec Joe.

— A quoi occupez-vous votre temps libre ?

— Je pilote mes avions, répondit-il avec un sourire timide.

Il se sentait bien en compagnie de Kate, et les avions constituaient depuis toujours son sujet favori.

— Et vous ?

— J'aime lire, voyager et jouer au tennis. L'hiver, je fais du ski. Je joue aussi un peu au golf avec mon père, mais je ne suis pas très douée. J'adorais faire du patin à glace quand j'étais petite, ajouta-t-elle dans un sourire ; je rêvais de jouer au hockey, mais ma mère s'y est farouchement opposée !

— C'était sage de sa part, elle vous aurait récupérée complètement édentée.

A en juger par son sourire éclatant, elle n'avait effectivement pas joué au hockey.

— Vous conduisez ? demanda-t-il en s'adossant à sa chaise.

Une idée folle venait de lui traverser l'esprit. Peut-être aimerait-elle apprendre à piloter ? Kate esquissa un sourire.

— J'ai eu mon permis l'an dernier, pour mes seize ans, mais mon père n'aime pas que je prenne la voiture. C'est lui qui m'a appris à conduire l'été dernier, à Cape Cod. Il n'y a pas de circulation, là-bas, c'est plus facile.

L'étonnement se lut sur le visage de Joe.

— Quel âge avez-vous ?

On lui donnait facilement vingt ans. Elle semblait tellement mûre, tellement épanouie.

— Dix-sept ans. J'aurai dix-huit ans dans quelques mois. Quel âge me donniez-vous ? demanda-t-elle, flattée par son air surpris.

— Je ne sais pas... vingt-trois, peut-être vingt-cinq ans. On devrait interdire aux jeunes filles de votre âge de s'habiller ainsi. Un vieux type comme moi se laisserait facilement duper.

Il ne semblait pas si vieux que ça aux yeux de Kate. Surtout quand il prenait son air de petit garçon penaud, ce qui lui arrivait souvent. Au beau milieu de la conversation, il paraissait soudain mal à l'aise, baissait les yeux, puis se reprenait et rencontrait son regard. Sa réserve plaisait à Kate. Elle contrastait de façon frappante avec son aura de pilote et trahissait une certaine humilité.

— Quel âge avez-vous, Joe ?

— Vingt-neuf ans. Presque trente. Je pilote depuis l'âge de seize ans. Ça vous dirait de faire une balade en avion avec moi, un de ces jours ? A moins que vos parents ne vous l'interdisent.

— Ma mère ne voudra pas. Mais je suis sûre que mon père trouverait ça amusant. Il n'arrête pas de parler de Lindbergh.

— Je pourrais peut-être vous apprendre à piloter, dit-il d'un ton rêveur, les yeux pleins d'images.

Il n'avait encore jamais donné de cours à une femme, bien qu'il connût un grand nombre de femmes pilotes. Amelia Earhart avait été son amie jusqu'à sa disparition, trois ans plus tôt. Il avait volé à plusieurs reprises avec Edna Gardner Whyte, l'amie de Charles, et Joe la trouvait presque aussi expérimentée que Lindbergh. Elle avait remporté son premier trophée de « tête brûlée » sept ans plus tôt et s'occupait à présent de former les futurs pilotes de chasse. Edna appréciait beaucoup Joe.

— Venez-vous parfois à Boston ? demanda Kate, les yeux pétillants d'espoir.

Joe sourit. Il aimait les contrastes qui bouillonnaient en Kate : jeune, enthousiaste, féminine, elle était en même temps terriblement bien élevée.

— De temps en temps. J'ai des amis à Cape

Cod. Je suis passé les voir l'an dernier, mais je serai en Californie, cette année. Je pourrais vous appeler à mon retour. Votre père serait peut-être heureux de se joindre à nous.

— Il adorerait cela, oui ! s'écria Kate avec entrain.

C'était une excellente idée... Il ne lui restait plus qu'à convaincre sa mère. Mais peut-être Joe oublierait-il de l'appeler. Rien n'était sûr, au fond.

— Vous êtes étudiante ?

Kate hocha la tête. Joe avait abandonné ses études à l'âge de vingt ans, et le reste de sa formation s'était déroulée dans les avions, dès que Lindbergh l'avait pris sous son aile.

— Je rentre à l'université à l'automne prochain.

— Laquelle, vous le savez déjà ?

— Pas encore, non. J'aimerais être admise à Radcliffe parce que mon père a étudié à Harvard. Ma mère, elle, préférerait que je sois admise à Vassar, comme elle. Je leur ai envoyé mon dossier mais, pour être franche, ça me plairait nettement moins que Radcliffe. J'aimerais rester dans les environs de Boston. Ou bien m'installer à New York, si je suis admise à Barnard. J'aime beaucoup cette ville. Et vous ?

Troublé par son regard pénétrant, Joe répondit :

— Je ne sais pas trop. Je crois que je préfère les petites villes.

Mais Kate eut du mal à le croire. Ses racines étaient peut-être à la campagne, mais il faisait à présent partie d'un monde plus cosmopolite. Même s'il n'en avait pas encore pris conscience, Kate, elle, le sentait.

Ils étaient encore en train de comparer les charmes de Boston et de New York quand son père les rejoignit. Kate se chargea des présentations.

— J'ai peur d'avoir monopolisé votre fille, s'excusa Joe, confus.

Cela faisait presque deux heures qu'ils bavardaient ensemble. Tout à coup, Joe craignit que Clarke Jamison ne voie d'un mauvais œil leur différence d'âge.

— Comment pourrais-je vous en vouloir ? répliqua ce dernier d'un ton jovial. Ma fille est d'excellente compagnie. Je me demandais simplement où elle était passée, mais je suis heureux de constater qu'elle est entre de bonnes mains.

Clarke avait été surpris de découvrir l'identité du compagnon de Kate. Pour avoir souvent lu son nom dans les journaux, il savait que Joe Allbright était un surdoué de l'aviation. Comment Kate et lui avaient-ils fait connaissance ? Savait-elle à qui elle avait affaire ? Après Lindbergh, il faisait partie des meilleurs pilotes du moment ; juste un tout petit moins célèbre que son mentor. Il avait remporté plusieurs trophées sur des vols organisés à travers le pays, aux commandes du célèbre P-51 Mustang de Dutch Kindelberger.

— Joe a proposé de nous emmener faire un tour en avion, un jour. Tu crois que maman va bondir au plafond ?

— Je te répondrai d'un seul mot : oui, fit son père en riant, mais peut-être réussirai-je à la convaincre.

Il se tourna vers Joe.

— C'est très aimable à vous, en tout cas, monsieur Allbright. Je suis un de vos plus fervents admirateurs ; vous avez réalisé un bel exploit, récemment.

Joe eut l'air à la fois gêné et flatté. Contrairement à Charles, il avait, jusqu'à présent, réussi à éviter les feux de la rampe mais sa réputation avait grimpé en flèche après ses derniers records.

— Ce fut un vol exceptionnel. J'ai bien essayé d'entraîner Charles, mais il était retenu à Washington auprès de la NACA, l'agence aéronautique américaine.

Clarke hocha la tête, visiblement impressionné. S'ensuivit une discussion animée sur les dérapages possibles de la guerre en Europe. La mère de Kate ne tarda pas à faire son apparition. Il était tard, elle avait envie de rentrer. Clarke présenta Joe à sa femme. Ce dernier la salua poliment. Comme ils se dirigeaient vers la sortie, Clarke tendit au pilote une carte de visite.

— Appelez-nous si vous passez à Boston. Ce sera l'occasion de vous prendre au mot et d'aller faire un tour en avion ; moi, en tout cas, je serai partant, conclut-il en gratifiant Joe d'un clin d'œil.

Ce dernier rit de bon cœur. Kate les observait en souriant. Apparemment, son père appréciait beaucoup Joe. Quelques instants plus tard, les deux hommes se serrèrent la main. Joe devait retrouver son ami Charles. Ce dernier fuyait les mondanités comme la peste ; sans doute s'était-il réfugié dans un coin tranquille, mais comment le retrouver dans une foule aussi dense ? Cinq cents convives au moins circulaient entre la maison et la marquise chauffée. Après avoir pris congé d'Elizabeth Jamison, Joe se tourna vers Kate.

— J'ai été ravi de dîner avec vous, déclara-t-il en l'enveloppant d'un regard pénétrant.

Ses yeux ressemblaient à des charbons ardents, d'un bleu profond.

— J'espère vous revoir un jour, ajouta-t-il.

Jamais personne ne l'avait autant fascinée que

Joe Allbright. Elle le connaissait à peine mais elle savait déjà que c'était un être d'exception.

— Bonne chance en Californie, murmura-t-elle, soudain intimidée.

Leurs chemins se croiseraient-ils de nouveau ? Penserait-il à l'appeler ? Rien n'était moins sûr. Il vivait dans son monde à lui, totalement dévoué à sa passion. Il était célèbre, respecté par ses pairs. Pourquoi perdrait-il son temps avec une gamine de dix-sept ans ? La voix de Joe l'arracha à ses pensées.

— Merci, Kate. J'espère que vous serez admise à Radcliffe. En fait, je ne me fais pas de souci pour vous. Ils auront de la chance de vous compter parmi leurs étudiantes.

Il lui serra la main et cette fois, ce fut Kate qui baissa les yeux, troublée par l'intensité de son regard. Il la dévisageait avec attention, comme s'il voulait graver ses traits dans sa mémoire. C'était une sensation étrange et, l'espace d'un instant, elle se sentit irrésistiblement attirée par lui.

— Merci, murmura-t-elle.

Sur un petit salut gêné, il tourna les talons et se perdit dans la foule.

— C'est un homme extraordinaire, observa Clarke d'un ton admiratif tandis qu'ils se dirigeaient vers le vestiaire. Savez-vous au moins qui il est ?

Il leur raconta les exploits de Joe et les records qu'il avait établis en quelques années. Clarke semblait connaître sa biographie dans les moindres détails.

Dans la voiture, Kate se tourna vers la fenêtre et songea au moment qu'elle venait de passer en sa compagnie. Elle ignorait tout de ses exploits lorsqu'elle avait fait sa connaissance et, bien qu'elle admirât son talent, ce n'était pas ce qui comptait le plus pour elle. C'était sa personnalité qui l'avait attirée. Son assurance, sa force, sa gentillesse, sa maladresse aussi l'avaient profondément bouleversée. A cet instant, sans aucun doute possible, elle sut qu'il avait emporté une part d'elle avec lui. Une bouffée d'angoisse l'envahit. Le reverrait-elle seulement ?

2

Comme l'avait pressenti Kate, elle ne reçut aucune nouvelle de Joe Allbright. Malgré la carte de visite que lui avait donnée son père, il n'appela pas. Elle lut souvent son nom dans les journaux et l'entendit même aux actualités télévisées, chaque fois qu'il remportait un trophée. Il battit plusieurs records en Californie et reçut de chaleureuses félicitations pour le dernier modèle d'avion qu'il avait conçu, avec l'aide de Dutch Kindelberger et John Leland Atwood. Joe était déjà un mythe dans le monde de l'aéronautique, Kate s'en rendit vite compte, mais il évoluait dans son monde à lui, loin du sien... si loin qu'il l'avait oubliée.

Kate était persuadée qu'elle ne le reverrait jamais. Elle devrait désormais se contenter de lire les articles relatant ses exploits et garderait toute sa vie le souvenir du merveilleux moment qu'elle avait passé en sa compagnie, alors qu'elle était toute jeune fille.

En avril, elle fut admise à Radcliffe. La nouvelle fit la joie de ses parents. A la même époque, le conflit s'envenimait en Europe. Son père continuait à croire que les Etats-Unis n'entreraient pas en guerre, mais les nouvelles étaient de plus en plus alarmantes. Deux des amis de Kate étaient déjà partis en Angleterre pour intégrer la Royal Air Force. Les puissances de l'Axe avaient lancé une vaste contre-offensive en Afrique du Nord ; sous le commandement du général Rommel, l'Afrikakorps remportait victoire sur victoire. En Europe, l'Allemagne avait envahi la Yougoslavie et la Grèce, et l'Italie venait de déclarer la guerre à la Yougoslavie. A Londres, les raids aériens de la Luftwaffe faisaient plus de deux mille victimes par jour.

En raison du conflit et pour la seconde année consécutive, ils passèrent tout l'été à Cape Cod. Kate aimait leur maison de vacances. Cet été-là, la perspective de rentrer à l'université l'emplissait d'enthousiasme. Sa mère était heureuse de la savoir toute proche : il suffisait de traverser le fleuve pour se retrouver à Cambridge. Kate et sa mère avaient tout préparé avant de partir à Cape Cod, où elles avaient prévu de rester jusqu'au Labor Day[1]. Comme à l'accoutumée, Clarke les rejoindrait pour le week-end.

L'été fut placé sous le signe des soirées, des tournois de tennis et des longues balades sur la plage, entre amis. Kate se baignait tous les jours. Elle fit la connaissance d'un charmant jeune homme qui entrait à Dartmouth à l'automne et d'un autre qui entamait sa troisième année à Yale. Elle était entourée d'amis brillants, sportifs et bien élevés. Ils jouaient au golf, au croquet et au badminton sur la plage. De temps en temps, les garçons s'affrontaient au football sous les encouragements des filles. Ce fut un été doux et agréable. Les seules ombres au tableau venaient

1. Fête du Travail fixée au premier lundi de septembre. *(N.d.T.)*

d'Europe, où la situation se dégradait de jour en jour.

Les Allemands avaient envahi la Crète ; les combats faisaient rage en Afrique du Nord et au Moyen-Orient. Les escadrons britanniques et les Italiens s'affrontaient au-dessus de Malte. A la fin du mois de juin, les Allemands avaient envahi la Russie lors d'une offensive surprise. Un mois plus tard, le Japon pénétra en Indochine. Ce fut un été de combats acharnés ; les mauvaises nouvelles arrivaient des quatre coins du monde.

Quand Kate ne songeait pas à la guerre, elle pensait à sa rentrée à Radcliffe. L'échéance approchait à grands pas et son enthousiasme grandissait au fil des jours. La plupart de ses amies avaient décidé de ne pas poursuivre leurs études après le lycée. Kate faisait presque figure d'exception. Deux de ses amies s'étaient mariées après la remise des diplômes et trois autres avaient annoncé leurs fiançailles au cours de l'été. A dix-huit ans, Kate se sentait presque vieille fille. D'ici un an, toutes ses amies auraient des bébés ou au moins se seraient mariées. Pourtant, elle partageait l'avis de son père : elle voulait étudier à l'université, même si elle n'avait pas encore choisi sa spécialité.

Dans un contexte différent, elle aurait aimé faire des études de droit. Cependant, si elle choisissait cette voie, il était fort probable qu'elle resterait célibataire toute sa vie. C'était un choix à faire, le monde juridique était encore exclusivement masculin. Par la force des choses, Kate s'était rabattue sur l'histoire ou la littérature, avec l'italien ou le français en option. Elle pourrait toujours enseigner si elle ne trouvait aucun autre débouché. En dehors du droit, aucune matière ne l'attirait vraiment. Ses parents étaient sûrs qu'elle se marierait en quittant l'université. Ce serait juste une parenthèse enrichissante pour elle, en attendant le prince charmant.

Le nom de Joe continuait à apparaître dans les journaux, toujours associé à une invention ou une nouvelle importante. Son père s'intéressait encore plus au jeune pilote maintenant qu'il l'avait rencontré, et c'était souvent lui qui en parlait à Kate. Malgré son silence, Joe restait bien présent dans l'esprit de la jeune fille. Pourtant, le temps aidant, sa fascination pour lui commença à pâlir au bénéfice d'intérêts plus concrets, comme l'université ou son petit groupe d'amis.

Le dernier week-end de l'été, celui du Labor Day, Kate et ses parents se rendirent à une soirée qui se tenait tous les ans, marquant ainsi la fin de leurs vacances à Cape Cod. C'était un immense barbecue, organisé sur la plage par leurs voisins. Tout le quartier était convié ; jeunes et moins jeunes réunis pour l'occasion, des familles entières s'y rendaient. Pieds nus, vêtue d'un short et d'un débardeur, Kate se tenait au milieu de ses amis ; elle était en train de faire griller des marshmallows et des hot dogs lorsque, reculant d'un pas, elle bouscula quelqu'un. Murmurant un mot d'excuse, elle pivota sur ses talons et retint son souffle. Devant elle se tenait Joe Allbright. Incapable d'articuler le moindre mot, elle se contenta de le regarder, serrant sa brochette de marshmallows. Joe esquissa un sourire.

— Vous allez immoler quelqu'un par le feu, si vous ne prenez pas garde...

— Que faites-vous ici ?

— J'attends un marshmallow, répondit Joe, mais les vôtres me semblent un peu trop cuits.

Les guimauves se transformaient en cendres, tandis qu'elle le contemplait, abasourdie. Il paraissait heureux de la voir. Dans son pantalon kaki et son pull, il ressemblait à un petit garçon. Il était pieds nus, lui aussi.

— Quand êtes-vous rentré de Californie ? demanda-t-elle après s'être ressaisie.

Elle avait l'impression de retrouver un vieil ami. Tout à coup, il n'y avait plus qu'eux sur la plage. Kate avait oublié ses amis et Joe ne pensait plus au camarade qui l'avait amené jusqu'ici.

— Je ne suis pas vraiment rentré de Californie, corrigea-t-il dans un sourire. Je vis toujours là-bas, et j'y resterai probablement jusqu'à la fin de l'année. Je suis ici pour quelques jours. J'avais l'intention d'appeler votre père mardi pour lui rappeler ma proposition. Vous êtes déjà rentrée à l'université ?

— Je ne commence que la semaine prochaine.

Kate avait un mal fou à se concentrer sur ce qu'il disait. Joe était très beau, avec son teint hâlé et ses cheveux blonds comme les blés. Son pull mettait en valeur ses épaules puissamment musclées. Il était encore plus séduisant que dans son souvenir et elle se sentit tout à coup très intimidée. Joe lui faisait toujours penser à un oiseau géant qu'on aurait capturé, avec ses longs bras et son balancement nerveux, presque imperceptible. Mais il semblait plus à l'aise avec elle, ce soir-là. Il avait souvent pensé à elle depuis leur dernière rencontre. En outre, ce barbecue géant sur la plage était nettement plus chaleureux que la fastueuse salle de bal du mois de décembre. Kate tenait encore à la main le bâtonnet de marshmallows carbonisés. D'un geste délicat, il le lui prit et le jeta dans le feu.

— Avez-vous déjà mangé ?

— Juste quelques marshmallows, avoua-t-elle avec une moue penaude.

Il se tenait tout près d'elle, et sa main effleura légèrement la sienne.

— Avant de dîner ? Vous devriez avoir honte. Que diriez-vous d'un hot dog ?

Elle acquiesça d'un signe de tête. Joe s'empara d'un bâtonnet sur lequel il enfila deux hot dogs qu'il plaça au-dessus du feu.

— Alors, qu'avez-vous fait depuis le mois de décembre ? demanda-t-il d'un air intéressé.

— J'ai eu mon diplôme et j'ai été admise à Radcliffe. C'est à peu près tout.

De son côté, Kate était au courant de tous les records qu'il avait battus. Entre les articles qu'elle avait lus et les commentaires de son père, elle avait l'impression de tout savoir sur lui.

— Félicitations. J'étais sûr que vous seriez admise à Radcliffe.

A son grand désarroi, Kate sentit ses joues s'empourprer. Heureusement, il faisait déjà nuit. Le sable blanc était frais sous ses pieds nus.

Joe semblait plus sûr de lui, plus détendu. Kate ignorait qu'il avait beaucoup pensé à elle ces derniers mois et qu'il la considérait déjà comme une amie. Il aimait revivre dans sa tête les épisodes marquants de son existence, comme dans un film au ralenti, et revoyait les gens en pensée jusqu'à ce qu'ils lui deviennent familiers.

— Avez-vous eu l'occasion de prendre le volant depuis notre dernière rencontre ? reprit-il avec un sourire taquin.

— Mon père trouve que je suis une conductrice exécrable ! Pourtant, je me débrouille plutôt bien. Je conduis mieux que ma mère, en tout cas. Elle n'arrête pas d'accrocher la voiture, fit Kate en lui rendant son sourire.

— Vous êtes peut-être mûre pour des cours de pilotage. Nous verrons ça quand je reviendrai sur la côte Est. Je compte m'installer dans le New Jersey à la fin de l'année pour travailler sur un nouveau projet avec Charles Lindbergh. Mais je dois d'abord terminer ma mission en Californie.

Une onde d'excitation envahit Kate. C'était plus fort qu'elle, et complètement idiot... Voudrait-il seulement la revoir quand il serait installé dans le New Jersey ? A trente ans, Joe était déjà célèbre dans le monde de l'aviation alors qu'elle n'était qu'une petite étudiante. Consciente de sa réputation, elle était encore plus impressionnée que lors de leur précédente rencontre. Cette fois, c'était elle qui manquait d'assurance tandis que Joe semblait calme et serein.

— Vous êtes prête pour la grande rentrée ? demanda-t-il sur un ton presque fraternel.

Comme Kate, Joe était un enfant unique. Ses parents étaient morts alors qu'il était tout bébé et il avait été élevé par des cousins de sa mère, dans un climat dénué d'amour.

— Oui, j'ai même hâte d'y être ! Je m'installe sur le campus mardi.

— Ça doit être très excitant, fit Joe en lui tendant un hot dog.

— Pas aussi excitant que ce que vous faites, vous ! J'ai suivi vos exploits dans les journaux.

Joe la gratifia d'un sourire, flatté. Ils avaient beaucoup pensé l'un à l'autre, mais aucun d'eux n'était disposé à le révéler.

— Mon père est votre plus fervent admirateur.

Joe hocha la tête en souriant. Il se souvenait de l'intérêt que lui avait porté Clarke Jamison, lors de ce fameux bal. A l'époque, Kate ignorait tout de ses exploits aériens.

Ils finirent leurs hot dogs et s'assirent sur un tronc d'arbre pour déguster leur glace et boire une tasse de café. La glace de Kate dégoulinait de son cône tandis que Joe la contemplait en sirotant son café. Il prenait un plaisir infini à la regarder. Elle était si belle, si jeune, débordante de vie et d'énergie. Elle lui faisait penser à un magnifique pur-sang, caracolant librement, crinière rousse au vent. Jamais il n'avait imaginé qu'il rencontrerait un jour une femme comme elle. Les femmes qui avaient croisé son chemin jusqu'alors étaient beaucoup plus ordinaires. Kate, elle, ressemblait à une étoile étincelante dans le vaste ciel, et Joe, comme hypnotisé, la dévorait des yeux, craignant de la perdre de vue.

— Si nous allions nous promener ? suggéra-t-il lorsqu'ils eurent terminé.

Elle accepta l'invitation d'un signe de tête. Ils longèrent lentement la plage. La lune presque pleine éclairait les flots sombres. Au bout d'un moment, Joe leva les yeux au ciel puis la regarda en souriant.

— J'adore voler par des nuits comme celles-ci. Je suis sûr que vous aimeriez ça aussi. On a l'impression de côtoyer Dieu, juste un petit moment, tellement tout est paisible.

Il venait de partager avec Kate ce qui lui tenait le plus à cœur. Il avait pensé à elle parfois, quand il volait la nuit, et pris un plaisir immense à l'imaginer auprès de lui. Puis il se rabrouait... C'était absurde, complètement ridicule ! Kate sortait tout juste de l'adolescence ; si jamais leurs chemins devaient se recroiser, il était fort probable qu'elle ne se souviendrait plus de lui. Mais il s'était trompé et, à cet instant précis, ils se sentaient infiniment proches l'un de l'autre, tels deux amis de longue date. Malgré ce qu'il lui avait dit un moment plus tôt, il n'était pas sûr qu'il aurait eu le courage d'appeler son père. Leur rencontre fortuite venait de balayer ses hésitations.

— D'où vous vient votre passion pour les avions ? demanda-t-elle comme ils ralentissaient le pas.

C'était une belle nuit chaude. Doux comme du satin, le sable caressait leurs pieds.

— Je ne sais pas... J'ai toujours aimé les avions. Ils me fascinaient déjà quand j'étais petit. J'avais peut-être envie de m'enfuir... ou bien de m'élever tellement haut que personne ne pourrait plus me rattraper.

— Qu'essayiez-vous de fuir ? demanda-t-elle doucement.

— Les gens. Des événements tristes qui s'étaient produits dans ma vie et mon propre malêtre.

Il n'avait jamais connu ses parents, et les cousins qui l'avaient recueilli ne s'étaient pas montrés très tendres avec lui. Il avait toujours eu l'impression d'être un intrus au sein de leur famille. A l'âge de seize ans, il était parti. Il les aurait quittés bien plus tôt s'il l'avait pu.

— J'ai toujours aimé la solitude. Et j'aime les machines. Toutes les pièces, les composantes qui les font fonctionner, toutes les subtilités de la mécanique. C'est magique de voler dans le ciel, ça remet tout en perspective. On a l'impression d'être au-dessus de tout, de pénétrer au Paradis.

— Vous en parlez tellement bien... Ça a l'air merveilleux, soupira Kate comme ils s'arrêtaient pour s'asseoir sur le sable.

Ils avaient marché longtemps, et elle se sentait un peu fatiguée.

— *C'est* merveilleux, Kate. C'est tout ce dont j'ai toujours rêvé, depuis que je suis gosse. Je n'arrive pas à croire qu'on me paie pour que je puisse vivre pleinement ma passion.

— C'est parce que vous excellez dans votre domaine, sans doute.

Il inclina légèrement la tête de côté et Kate fut touchée par l'humilité qu'elle perçut en lui.

— J'aimerais que vous veniez un jour avec moi. Je ne vous ferai pas peur, c'est promis.

— Vous ne me faites pas peur, répliqua-t-elle posément.

Il était assis tout près d'elle et c'était lui qui avait peur. Peur de ses propres sentiments. Kate l'intriguait. Elle exerçait sur lui une attirance irrésistible. Pourtant, tout les séparait en apparence : il avait douze ans de plus qu'elle, elle venait d'une famille fortunée et s'apprêtait à entrer à Radcliffe. Bref, il n'appartenait pas à son monde, il fallait bien se rendre à l'évidence. D'un autre côté, ce n'était pas son monde qui lui plaisait, c'était elle — ce qu'elle était et le sentiment de bien-être qu'il éprouvait en sa compagnie. Kate était unique, exceptionnelle. Aucune des femmes de son âge ne lui arrivait à la cheville. Il en avait fréquenté quelques-unes qu'il avait rencontrées dans les aérodromes ou que d'autres pilotes lui avaient présentées, et elles n'avaient rien de commun avec Kate. Il y en avait eu une seule dont il s'était vraiment cru amoureux ; elle avait fini par en épouser un autre, sous le prétexte qu'il ne lui consacrait pas assez de temps et qu'elle ne supportait plus d'être seule. Kate ne se plaindrait probablement jamais d'être seule, elle était trop passionnée et semblait aussi très autonome. C'était également ce qui lui plaisait chez elle. A dix-huit ans, elle était mûre et équilibrée. Elle ne semblait pas trop exigeante ; elle ne lui demanderait pas de combler des manques qu'il ne pourrait pas satisfaire et ne l'accablerait pas de reproches. Elle avait sa propre personnalité et suivait son chemin, comme une comète qu'il brûlait d'envie de capturer.

Elle lui confia sa passion pour le droit ; malheureusement, elle avait dû renoncer à son rêve, car ce n'était pas une carrière convenable pour une femme.

— C'est idiot, s'insurgea Joe. Si c'est ce que vous voulez faire, pourquoi ne pas aller jusqu'au bout de vos désirs ?

— Mes parents ne veulent pas. Ils sont d'accord pour que j'aille à l'université mais ils sont sûrs que je me marierai à la fin de mes études, expliqua-t-elle sans cacher sa déception.

Cette perspective lui semblait horriblement ennuyeuse.

— Pourquoi ne pourriez-vous pas faire les deux ? Devenir avocate et vous marier ? demanda Joe, sincèrement étonné.

Kate secoua la tête et ses cheveux auburn dansèrent sur ses épaules. Sa chevelure souple et cuivrée ajoutait encore à la sensualité naturelle qui se dégageait d'elle — une sensualité à laquelle il avait bien du mal à résister. Il ne s'était pas trop mal débrouillé pour le moment. Kate ignorait tout de l'attirance qu'il éprouvait pour elle. Elle ne voyait en lui qu'un ami, captivant et sympathique.

— Quel homme permettrait à sa femme de devenir avocate ? Celui que j'épouserai voudra forcément que je reste à la maison pour élever nos enfants, conclut-elle d'un ton résigné.

— Y a-t-il quelqu'un que vous aimeriez épouser, Kate ? demanda-t-il, cédant à la curiosité.

Peut-être avait-elle rencontré quelqu'un depuis Noël, ou peut-être le connaissait-elle depuis longtemps. Après tout, il ne savait pas grand-chose d'elle.

— Non, répondit-elle sans hésiter. Il n'y a personne.

— Dans ce cas, pourquoi vous tracasser à ce sujet ? Pourquoi ne pas faire ce qui vous tient à cœur en attendant de trouver l'âme sœur ? Après tout, qui sait si vous ne rencontrerez pas votre futur mari à la faculté de droit ?

Il se tourna vers elle et l'enveloppa d'un regard interrogateur. Leurs jambes se frôlaient à peine, il n'essaya pas de prendre sa main ni de glisser un bras sur ses épaules.

— Le mariage est si important que ça, pour vous ?

Lui-même n'y avait encore jamais songé, et il avait trente ans. Kate n'avait que dix-huit ans, elle avait encore tout le temps pour se marier et faire des enfants. Elle parlait du mariage comme d'un choix de vie imposé plutôt que comme l'aboutissement de sentiments partagés. Quelle étrange vision des choses... Peut-être tenait-elle cela de ses parents. Le mariage préoccupait toutes les femmes, c'était évident, mais contrairement aux autres, Kate n'hésitait pas à s'exprimer sur le sujet.

— Je suppose que le mariage est une étape importante, répondit-elle d'un ton songeur. Tout le monde le dit, en tout cas. J'y penserai un jour, sans aucun doute, mais pour le moment, c'est le cadet de mes soucis. Je ne suis pas pressée. Je veux d'abord aller à l'université.

Les études lui permettraient d'échapper pour un temps aux projets qu'avait échafaudés sa mère pour elle.

— J'ai devant moi quatre ans de répit, reprit-elle, et d'ici là, tout peut arriver.

— Qui sait si on ne vous retrouvera pas dans un cirque, d'ici là, renchérit Joe d'un air faussement sérieux qui la fit éclater de rire.

Elle s'allongea sur le sable moelleux et plia un bras sous sa nuque. Joe la contempla sans mot dire, émerveillé par sa beauté. Il s'efforça de ne pas oublier leur différence d'âge. Elle n'avait pourtant rien d'une enfant, allongée sur le sable, baignée par le clair de lune. Au contraire, elle ressemblait à une jeune femme épanouie et sensuelle. Troublé, il détourna le regard. A mille lieues d'imaginer ce qui se passait dans la tête de Joe, Kate prit la parole.

— Ça me plairait assez de faire partie d'un cirque. J'adorais leurs costumes, quand j'étais petite. Et les chevaux. J'ai toujours aimé les chevaux. Il n'y a que les lions et les tigres qui m'effraient.

— Ils me font peur, à moi aussi. Je ne suis allé au cirque qu'une seule fois, à Minneapolis. J'ai trouvé ça trop bruyant et j'ai détesté les clowns ; ils ne m'avaient pas du tout fait rire.

Kate ne put s'empêcher de sourire. C'était tout Joe. Elle imaginait le petit garçon au visage grave qu'il avait dû être, effrayé par le bruit et l'agitation. Avec leurs farces dénuées de finesse, les clowns ne l'avaient jamais beaucoup amusée, elle non plus. A l'instar de Joe, elle préférait une forme d'humour plus subtile. Malgré leurs différences, ils possédaient de nombreux points communs. Et puis il y avait, juste à fleur de peau, cette attirance quasi magnétique.

— Je n'aimais pas non plus les odeurs du cirque, mais je crois que j'aurais trouvé ça plutôt amusant de vivre au milieu de tous ces gens. J'aurais toujours trouvé quelqu'un à qui parler.

Joe laissa échapper un petit rire et la dévisagea longuement. C'était tout elle, ce besoin de communiquer ; cette qualité qu'il ne possédait pas, hélas, l'avait attiré sur-le-champ.

— Un véritable cauchemar, pour moi, railla-t-il. C'est pour cette raison que j'aime les avions. Tant que je suis dans le ciel, je ne suis obligé de parler à personne. Alors que sur terre, j'ai l'impression d'être sollicité en permanence. C'est épuisant.

Il y avait de la douleur dans son regard, lorsqu'il prononça ces mots. Pour lui, mener une conversation ressemblait parfois à une véritable épreuve. Peut-être s'agissait-il d'un trait commun à tous les pilotes. Il avait déjà effectué de longs vols en compagnie de Charles dans un silence parfaitement détendu. Ils avaient échangé leurs premières paroles après l'atterrissage, en ouvrant la porte du cockpit. Pour eux, c'étaient des vols fabuleux. Mais Kate ne pourrait jamais se taire huit heures durant, c'était évident.

— Je trouve les gens fatigants ; ils attendent tellement de vous ! Comme ils ne comprennent pas tout ce qu'on leur explique, ils interprètent et déforment nos paroles. Ils ont l'art de compliquer les choses les plus simples.

Kate l'étudiait avec attention, touchée par sa sincérité.

— Vous préférez le calme et la simplicité, n'est-ce pas, Joe ? demanda-t-elle avec douceur.

Il hocha la tête. Il détestait les complications, contrairement à la plupart des gens, qui y voyaient un moyen de s'accomplir.

— Moi aussi, j'aime les choses simples, déclara Kate. Mais j'ai moins besoin de silence. J'aime parler, aller au-devant des gens, écouter de la musique... J'apprécie même le bruit pour le bruit, de temps en temps. Il m'arrivait de détester la maison de mes parents, quand j'étais petite, parce que je la trouvais trop calme. Ils étaient plus âgés que les parents de mes camarades, plus posés, et je n'avais souvent personne à qui parler. Ils me considéraient déjà comme une adulte alors que moi, j'avais envie de n'être qu'une enfant... J'avais envie de me salir, de faire du bruit et de courir partout. Il régnait toujours un ordre et une propreté impeccables dans notre maison. C'était assez dur à supporter, pour une enfant comme moi.

Joe avait du mal à imaginer un cadre comme celui qu'elle venait de décrire. La maison de ses cousins était constamment en désordre, le ménage n'était jamais fait et personne ne s'occupait des enfants. Petits, ils braillaient en permanence et quand ils grandissaient, ils passaient leur temps à se chamailler. A aucun moment Joe ne s'était senti heureux avec eux. Ils prenaient un malin plaisir à l'accabler de reproches, à lui faire comprendre qu'il les gênait et le menaçaient même de l'envoyer dans un autre foyer. Conscient de la précarité de sa situation, Joe ne s'était attaché à personne ; il avait vécu dans la crainte et se méfiait encore des gens qu'il rencontrait maintenant. Surtout des femmes, en fait. Au fond, il était plus heureux seul.

— Vous menez la vie dont tout le monde rêve,

Kate. Le problème, c'est que personne ne sait exactement ce que c'est que de la vivre au quotidien. Je comprends que cela puisse être oppressant, parfois.

Elle lui avait peint un tableau lisse, tellement parfait qu'il en devenait rigide. Mais c'était aussi un environnement sûr et protégé que ses parents avaient créé pour elle, elle en était consciente. Malgré tout, elle avait hâte de quitter le cocon familial. Elle se sentait prête à prendre son envol.

— Comment réagiriez-vous si vous aviez des enfants ? En quoi votre mode de vie serait-il différent ?

Kate prit le temps de réfléchir.

— Je crois que je leur donnerais tout mon amour et en même temps, je les laisserais affirmer leur personnalité sans essayer de les transformer. Je ne chercherais pas à ce qu'ils me ressemblent. Je les laisserais réaliser leurs rêves, comme vous. S'ils choisissaient d'être pilotes, je les encouragerais dans cette voie. Je ne penserais pas aux risques, je n'essaierais pas de les faire changer d'avis. Aucun parent ne devrait avoir le droit d'agir ainsi.

Kate était avide de liberté, cela sautait aux yeux. C'était aussi ce que Joe avait désiré toute sa vie. Aucune chaîne n'était assez forte pour le retenir, aucun obstacle n'était insurmontable. La liberté était plus qu'un désir pour lui, c'était une *nécessité* vitale. Rien ni personne ne l'obligerait jamais à y renoncer.

— Ce fut peut-être plus facile pour moi, fit-il observer, étant donné que je suis orphelin.

Il lui parla de ses parents, décédés dans un accident de voiture alors qu'il n'avait que six mois, de ses cousins qui l'avaient recueilli.

— Se sont-ils bien occupés de vous ? demanda Kate, bouleversée par son histoire.

— Pas vraiment, non. Ils me confiaient toutes les corvées ; je devais aussi m'occuper de leurs enfants. A leurs yeux, je n'étais qu'une bouche de plus à nourrir. Ils n'ont pas caché leur soulagement de me voir partir, lorsque la Dépression a frappé. Ils n'avaient pas beaucoup d'argent.

Kate, elle, n'avait jamais connu que le confort et le luxe. Le krach avait épargné sa famille — tout au moins sa mère. Elle avait eu une existence paisible et protégée et pouvait à peine imaginer ce que Joe avait enduré. Les avions avaient été sa planche de salut, le symbole de sa liberté. Kate n'avait jamais été tenaillée par cette soif intense de liberté, elle aspirait seulement à se détacher un peu de ses parents.

— Avez-vous envie d'avoir des enfants, un jour ? demanda-t-elle à brûle-pourpoint, emportée par sa curiosité.

— Je ne sais pas. A vrai dire, je n'y ai jamais vraiment songé. Je ne suis pas sûr d'en vouloir, non. Je ne crois pas que je ferais un très bon père. Jamais là, toujours en vol. Un enfant a besoin de son père. Si j'en avais, je serais toujours en train de me faire des reproches, ce serait insupportable.

— Désirez-vous vous marier ?

Kate buvait ses paroles, captivée par sa franchise. Encore un point qu'ils partageaient, tous les deux. Ils ouvraient leur cœur sans se soucier de l'opinion des autres. Joe se confiait rarement mais avec Kate, c'était différent. Il n'avait rien à lui cacher, aucune excuse à lui fournir. Il ne traînait aucun cœur brisé derrière lui. La seule femme qu'il avait réellement aimée l'avait quitté sans rancœur. Elle était partie quand elle avait compris qu'il n'aurait jamais assez de temps à lui consacrer — à ses yeux, en tout cas. Il avait d'autres priorités et ne s'en était jamais caché.

— Je n'ai encore jamais rencontré de femme qui puisse s'adapter à mon rythme de vie sans se sentir délaissée. Quand on choisit l'aviation, je crois qu'on choisit en même temps de mener une vie de solitaire. Je ne sais pas comment Charles se débrouille avec sa femme, car il n'est pas souvent chez lui. Anne se consacre entièrement à ses enfants. C'est une femme formidable.

Une femme qui a aussi beaucoup souffert, pensa Kate, envahie par une bouffée de compassion.

— Peut-être aurai-je la chance de trouver quelqu'un comme elle, reprit-il en gratifiant Kate d'un sourire, mais je n'y crois pas vraiment. Elle est unique. En fait, j'ai toujours plus ou moins su que je n'étais pas fait pour le mariage. Dans la vie, on doit d'abord réaliser ses rêves les plus chers, affirmer sa personnalité. On ne peut pas se forcer à être quelqu'un d'autre. Ça ne marche jamais, on finit toujours par faire souffrir quelqu'un. Je préfère ne pas prendre ce risque. J'ai besoin de suivre ma voie, d'être moi-même.

Ses paroles ravivèrent l'envie qu'avait Kate de se spécialiser dans le droit. D'un autre côté, ses parents seraient terriblement contrariés si elle leur annonçait cette décision. Joe était tout seul, lui ; il n'avait pas de comptes à rendre, pas d'effort à fournir pour faire plaisir à quelqu'un. Il pouvait se permettre de ne songer qu'à lui. La vie de Kate était complètement différente. Elle portait sur ses épaules le fardeau des rêves et des espoirs de ses parents et elle ne voulait en aucun cas risquer de les blesser ou de les décevoir. C'était impossible, surtout après ce que son père avait fait pour elle.

Ils restèrent assis encore un moment, dans un silence complice, chacun savourant la compagnie de l'autre, songeant à ce qu'ils venaient de se dire. Ils avaient fait preuve d'honnêteté et de spontanéité. Ils menaient des vies très différentes, indéniablement, et pourtant une attirance irrésistible les poussait l'un vers l'autre. Ils étaient comme les deux faces d'une même médaille.

Joe fut le premier à rompre le silence. Il se tourna vers elle et l'enveloppa d'un long regard. Allongée sur le sable, elle contemplait la lune. Il n'avait pas osé s'étendre à côté d'elle, craignant ses propres réactions. Mieux valait respecter une certaine distance. C'était la première fois qu'il éprouvait une attirance aussi forte, quasi magnétique, et presque malgré lui, il se rapprocha légèrement.

— Nous ferions mieux de rentrer. Je ne voudrais pas que vos parents s'inquiètent ou, pire encore, qu'ils envoient la police à mes trousses. Ils vont finir par croire que vous avez été kidnappée.

Elle hocha la tête et se redressa lentement. Elle n'avait dit à personne qu'elle partait se promener avec Joe, mais elle savait que plusieurs de ses amis l'avaient vue s'éloigner. Elle n'avait pas prévenu ses parents, de crainte que son père ne décide de venir avec eux pour profiter de la compagnie de Joe.

Il lui tendit la main et l'aida à se relever. Ils marchèrent sans se hâter vers le feu de joie qui crépitait au loin. Kate ne s'était pas rendu compte de la distance qu'ils avaient parcourue, toute à sa joie de marcher aux côtés de Joe. A mi-chemin, elle glissa une main sous son bras et il l'attira contre lui en souriant. Elle aurait pu devenir sa meilleure amie s'il n'avait pas désiré davantage.

Mais il n'avait pas l'intention de céder à son désir, il n'en avait pas le droit. Kate méritait bien plus que ce qu'il avait à lui offrir. Belle comme le jour, vive et pétillante, elle lui semblait inaccessible.

Il leur fallut une demi-heure pour rejoindre les autres. A leur grande surprise, personne ne semblait avoir remarqué leur disparition.

— On aurait pu rester plus longtemps, murmura Kate, radieuse, comme il lui tendait une tasse de café.

Il se servit un verre de vin. Il buvait rarement car il était souvent en vol. Mais ce soir, aucun avion ne l'attendait.

En son for intérieur, Joe se félicita d'avoir rejoint les autres. Il ne faisait pas confiance à sa volonté quand il était avec Kate. Ce qu'il éprouvait pour elle était trop intense, trop troublant. Il fut presque soulagé quand ses parents vinrent la trouver pour lui dire qu'ils partaient. Clarke Jamison ne cacha pas sa joie de le voir.

— Quelle bonne surprise, monsieur Allbright ! Quand êtes-vous rentré de Californie ?

— Hier, répondit Joe en serrant la main des parents de Kate. Je ne suis là que pour quelques jours. J'avais l'intention de vous appeler.

— Tant mieux. Je ne désespère pas de voler avec vous un jour, peut-être lors de votre prochain séjour dans la région.

— C'est promis, assura Joe.

Il appréciait beaucoup les parents de Kate. Ces derniers s'éloignèrent pour prendre congé de leurs amis et remercier leurs hôtes. Joe se tourna vers Kate, soudain mal à l'aise. Une question lui brûlait les lèvres depuis le début de la soirée. Etait-ce convenable ? Aurait-elle un peu de temps libre lorsqu'elle serait à Radcliffe ? Il s'agissait d'une proposition tout à fait honnête, du moins cherchait-il à s'en persuader. Il ne voulait surtout pas lui donner de faux espoirs, ni s'exposer à une tentation à laquelle il serait incapable de résister. L'éloignement géographique lui semblait salutaire.

— Kate, commença-t-il d'un ton hésitant, que diriez-vous de m'écrire de temps en temps ? J'aimerais beaucoup recevoir de vos nouvelles.

— C'est vrai ? s'écria Kate d'un ton surpris.

Après ce qu'il lui avait confié ce soir sur le mariage et les enfants, elle savait qu'il ne s'agissait pas d'une manœuvre de séduction. Il recherchait simplement son amitié. Si elle appréciait sa réserve, elle n'en ressentait pas moins un vif sentiment de déception. Manifestement, l'attirance qu'elle éprouvait pour lui n'était pas réciproque. Malgré tout, une mince lueur d'espoir brillait au fond de son cœur : en parlant avec Joe, elle avait senti qu'il était passé maître dans l'art de dissimuler ses sentiments.

— J'aimerais que vous me racontiez ce que vous faites, ce que vous devenez, répondit prudemment Joe. Et moi, je vous parlerai des vols d'essai que j'accomplis en Californie, si ça ne vous ennuie pas trop, bien entendu.

— Oh, non, au contraire !

Elle pourrait même faire lire ses lettres à son père qui serait ravi, évidemment.

Joe griffonna son adresse sur un morceau de papier.

— Je ne suis pas un grand écrivain, s'excusa-t-il en lui tendant la feuille, mais je ferai de mon mieux. C'est surtout pour rester en contact et suivre un peu votre vie à l'université, ajouta-t-il en s'efforçant de prendre un ton à la fois neutre et amical.

Il ne voulait surtout pas trahir l'attirance qu'il ressentait pour elle, et encore moins la peur qu'il éprouvait face à ce sentiment. S'il s'écoutait, il se perdrait en elle sans retenue, mais il ferait tout pour que cela n'arrive pas. S'il parvenait à canaliser ses sentiments en une amitié sincère et profonde, ils ne courraient aucun danger.

— Vous avez la carte de visite de mon père avec notre adresse. Je vous enverrai mon adresse à Radcliffe dès que je l'aurai.

— J'attends votre courrier.

Il le recevrait lorsqu'il rentrerait en Californie et s'en réjouissait d'avance. Elle lui manquait déjà. C'était un constat effrayant, mais bien réel. Elle l'attirait comme une lumière qui brille dans l'obscurité, comme un endroit chaud où il fait bon vivre.

— Rentrez bien, murmura Kate, hésitante.

L'espace d'un instant, leurs regards s'unirent et l'émotion passa sans qu'ils aient à prononcer la moindre parole — au grand soulagement de Joe qui aurait été incapable de trouver les bons mots.

Quelques minutes plus tard, elle s'éloigna en direction des dunes où elle rejoignit ses parents. Joe la suivit des yeux. Juste avant de disparaître, elle s'immobilisa et se retourna pour lui adresser un petit signe de la main. Joe l'imita. Son visage grave, ses yeux qui la fixaient avec intensité s'inscrivirent dans la mémoire de Kate.

Lorsqu'elle eut disparu, il se promena lentement le long de la plage, seul.

3

Les premières semaines à l'université furent trépidantes. Kate dut acheter des livres, suivre des cours, rencontrer ses professeurs, établir son emploi du temps avec un conseiller et faire la connaissance des étudiantes qui habitaient le même pavillon qu'elle. C'était un grand bouleversement pour elle, mais sa nouvelle vie lui plut aussitôt. Elle n'avait même pas envie de rentrer chez elle le week-end, au grand désarroi de sa mère qu'elle s'efforçait d'appeler régulièrement.

Trois semaines s'étaient écoulées depuis la rentrée quand elle se décida à écrire à Joe. Elle avait attendu tout ce temps à dessein, afin d'avoir quelques anecdotes intéressantes à lui raconter. Lorsqu'elle s'installa à son bureau, un dimanche après-midi, elle avait une foule de choses à écrire. Elle lui parla de ses colocataires, de ses professeurs, de ses cours, de la cafétéria. Jamais elle ne s'était sentie aussi heureuse. Pour la première fois de sa vie, elle goûtait à la liberté.

Elle s'abstint de lui parler des étudiants de Harvard qu'elle avait rencontrés la semaine précédente. A quoi bon ? Elle n'avait pas envie de partager cela avec lui. Il y avait parmi eux un étudiant de troisième année, Andy Scott, qu'elle appréciait beaucoup. Malgré tout, il n'arrivait pas à la cheville de Joe, devenu son idéal masculin. Aucun garçon n'était aussi séduisant, fort, intéressant, talentueux et passionnant que lui. Comparé à Joe, le pauvre Andy lui semblait bien ordinaire, mais il était drôle et agréable. Capitaine de l'équipe de natation de Harvard, il rencontrait un franc succès auprès des étudiantes de première année.

Ce fut une lettre pleine de vie et de pétulance que Joe reçut quelques jours plus tard — toutes les qualités qu'il aimait chez Kate. Il lui répondit sur-le-champ, lui parla des derniers modèles d'avion qu'il avait dessinés et de sa victoire sur un problème technique jusque-là insoluble. Il lui raconta ses vols d'essai, mais préféra taire le décès d'un jeune pilote qui avait péri la veille, lors d'un vol expérimental au-dessus du Nevada. C'était lui qui aurait dû faire le vol, mais il avait été obligé d'y renoncer pour assister à une réunion. Il avait annoncé la triste nouvelle à l'épouse du pilote et était encore sous le choc. Mais il s'efforça de mettre de la joie et de l'excitation dans sa lettre afin qu'elle capte l'attention de Kate. Pourtant, lorsqu'il se relut, il se sentit horriblement frustré. Le résultat lui semblait fade par rapport à la lettre de Kate ; il ne maniait pas les mots aussi facilement qu'elle. Il l'envoya malgré tout, pressé de recevoir son prochain courrier.

Elle reçut la lettre de Joe dix jours après lui avoir envoyé sa première missive et profita du week-end pour lui répondre. Au grand dam de ses nouvelles amies, elle refusa un rendez-vous avec Andy Scott pour pouvoir écrire tranquillement. Son cœur ne battait déjà plus que pour le pilote installé en Californie. Elle ne leur parlait pas beaucoup de Joe. Elle n'avait pas précisé qui il était, se contentant de le présenter comme un ami. A Andy, elle avait simplement dit qu'elle souffrait d'une migraine. Rien dans sa lettre à Joe ne trahissait autre chose qu'un sentiment d'amitié. Au lieu de lui confier ce qu'elle éprouvait pour lui, elle brossa plusieurs portraits cocasses, avec des mots bien choisis. Assis à son bureau, Joe éclata de rire en parcourant sa lettre. Sa description de la vie universitaire était hilarante. Elle avait le don de cerner et de retranscrire le détail croustillant de la situation la plus banale. Joe prenait un plaisir immense à recevoir de ses nouvelles.

Leurs lettres se croisèrent durant tout l'automne, et le ton devint plus grave quand la guerre redoubla d'intensité en Europe. Ils échangeaient leurs opinions et leurs inquiétudes. Kate respectait les positions de Joe qui continuait à croire que les Etats-Unis pouvaient entrer en guerre d'un jour à l'autre. Il projetait de retourner en Angleterre pour participer à une réunion de la Royal Air Force. Il lui raconta que son ami Charles Lindbergh avait rencontré Henry Ford à Washington. Ce dernier partageait son sentiment au sujet de la guerre. Il s'efforçait aussi de la distraire avec des anecdotes amusantes, comme elle le faisait si brillamment. Il comptait les jours en attendant ses lettres, de plus en plus impatient de la lire.

Deux mois plus tard, le mardi qui précédait le week-end de Thanksgiving, Kate fut appelée au téléphone du pavillon. Elle avait prévu de rentrer chez elle le lendemain, et sa mère désirait probablement connaître son heure d'arrivée. Ils avaient invité plusieurs personnes pour le week-end, qui s'annonçait chargé. La veille, Kate avait pris un café avec Andy qui rentrait à New York pour l'occasion. Il avait promis de l'appeler une fois qu'il serait chez lui. Elle avait dîné avec lui à une ou deux reprises au cours des deux derniers mois, mais ils n'avaient pas dépassé le stade de l'amitié. Kate était trop captivée par la relation épistolaire qu'elle entretenait avec Joe pour s'intéresser à un étudiant de Harvard.

— Allô ? lança-t-elle dans le combiné.

A sa grande surprise, la voix de Joe se fit entendre à l'autre bout du fil. La communication longue distance était étonnamment claire. C'était la première fois qu'il l'appelait.

— Quelle surprise ! s'écria-t-elle en rougissant violemment. Joyeux Thanksgiving, Joe.

— A toi aussi, Kate. Comment ça va, à l'université ?

Il faisait allusion à une anecdote complètement farfelue qu'elle lui avait racontée et ils éclatèrent de rire. Malgré tout, Kate se sentait nerveuse. Ils s'étaient beaucoup dévoilés dans leurs lettres et elle se sentait plus vulnérable à présent.

— Tout va bien, merci. Je rentre chez moi demain. D'ailleurs, je croyais que c'était ma mère qui m'appelait. Je vais passer le week-end à la maison.

Elle le lui avait déjà écrit dans sa précédente lettre, mais elle parlait pour ne pas laisser le silence s'installer.

— Je sais.

A l'autre bout du fil, Joe était aussi nerveux qu'elle. Il se faisait l'effet d'un petit garçon, malgré tous ses efforts pour paraître sûr de lui.

— J'appelais pour t'inviter à dîner.

Il retint son souffle en attendant sa réponse.

— A dîner ? répéta-t-elle d'un ton perplexe.

Mais... où ?... Quand ? Tu comptes revenir bientôt de Californie ?

— Je suis déjà à New York. C'est une escapade impromptue. Charles est en ville et j'avais besoin de le voir. Je dîne avec lui ce soir, mais j'avais pensé que je pourrais venir te voir ce week-end.

En réalité, il aurait pu attendre le retour de son mentor en Californie, mais il avait saisi ce prétexte pour venir sur la côte Est. C'était un voyage innocent, il allait simplement rendre visite à une amie et si elle était trop occupée pour le voir, il retournerait en Californie. Il avait fait exprès de ne pas la prévenir, songeant qu'il lui serait plus difficile de refuser son invitation si elle le savait à New York. Presque malgré lui, il avait mis au point un stratagème efficace, bien que totalement inutile, car Kate exultait littéralement à l'idée de le voir. Au prix d'un effort, elle répondit d'un ton faussement détaché :

— Quand veux-tu venir ? Je serais ravie de te voir.

C'était la voix d'une amie, pas celle d'une femme amoureuse. Tous deux tenaient leur rôle à la perfection, aiguillonnés par le défi qu'ils s'imposaient secrètement, chacun de leur côté. C'était un jeu nouveau pour eux. Kate n'avait jamais été courtisée par un homme plus âgé qu'elle. Quant à Joe, c'était la première fois qu'il éprouvait des sentiments aussi forts, aussi déroutants.

— Quand tu voudras, répondit-il avec la même désinvolture.

Kate réfléchit rapidement. Elle n'était pas sûre de la réaction de sa mère, mais elle savait que son père serait heureux, aussi décida-t-elle de courir le risque.

— Que dirais-tu de venir dîner avec nous pour Thanksgiving ?

Elle retint son souffle tandis qu'un silence s'installait à l'autre bout du fil. Il semblait aussi surpris par son invitation qu'elle l'avait été par son appel.

— Tu es sûre que tes parents seront d'accord ?

Il ne voulait surtout pas s'imposer ni déranger. D'un autre côté, il n'avait rien prévu pour Thanksgiving, une fête qu'il avait l'habitude de passer seul.

— Sûre et certaine, affirma-t-elle en priant pour que sa mère ne soit pas trop fâchée.

Il y aurait d'autres invités et, bien qu'il fût réservé, Joe apporterait une note passionnante au dîner.

— Alors, qu'en dis-tu ?

— Ça me plaît beaucoup. Je partirai de New York jeudi matin. A quelle heure passerez-vous à table ?

— Les invités arriveront vers 17 heures et nous dînerons à 19 heures, mais tu peux venir plus tôt, si ça t'arrange.

— Je serai là à 17 heures, annonça-t-il avec entrain.

Il serait venu à six heures du matin si elle le lui avait demandé. Sans qu'il puisse s'expliquer pourquoi, il brûlait d'impatience de la voir. Après des années de désert affectif, il était incapable de décrypter ses sentiments.

— Est-ce un dîner habillé ? s'enquit-il, soudain inquiet.

Il ne voulait pas arriver en costume si les autres convives portaient un smoking. Il pourrait toujours en emprunter un à Charles, s'il le fallait.

— Non. En général, mon père porte un costume, mais il est un peu vieux jeu. Mets ce que tu as emporté, ce sera parfait.

— Formidable, j'arriverai en combinaison de pilote !

Kate partit d'un éclat de rire.

— J'aimerais beaucoup voir ça !

— On pourrait peut-être organiser un petit vol avec ton père, ce week-end.

— Surtout, pas un mot à ma mère. Elle risquerait de s'étrangler avec un morceau de dinde et te chasserait au beau milieu du repas.

— Je serai muet comme une tombe. A jeudi, conclut-il d'un ton léger.

Kate prit congé à son tour. Mais lorsqu'ils raccrochèrent le combiné, ils avaient tous deux les paumes moites. Et Kate devait encore annoncer la nouvelle à sa mère.

Elle aborda courageusement le sujet le lendemain après-midi, en arrivant chez elle. Sa mère était en train d'inspecter son service en porcelaine, dans la cuisine. Elle prenait plaisir à dresser de somptueuses tables, ornées de compositions florales raffinées. Elle leva les yeux en entendant Kate arriver.

— Bonjour, maman. As-tu besoin d'aide ?

Elizabeth lui jeta un coup d'œil surpris. Kate n'aimait pas les tâches ménagères ; elle était toujours la première à fuir quand on avait besoin d'aide en cuisine.

— T'aurait-on renvoyée de l'université ? lança-t-elle avec une pointe d'amusement dans la voix. En tout cas, tu as dû faire quelque chose d'horrible pour me proposer de compter les pièces de mon service ! Alors, dis-moi tout...

— Et si j'étais tout simplement plus mûre maintenant que je vais à l'université ? répliqua

Kate en gratifiant sa mère d'un regard faussement indigné.

Cette dernière fit mine de réfléchir quelques instants.

— Possible, mais très improbable. Ça ne fait que trois mois que tu y es. Il faut attendre la troisième année pour prétendre acquérir un peu de maturité et ce n'est qu'en quatrième année qu'on mûrit vraiment.

— Chouette. Si je comprends bien, je prendrai *vraiment* plaisir à compter les pièces de ton service quand j'aurai obtenu mon diplôme, c'est ça ?

— Absolument. Surtout si tu le fais pour ton mari, ajouta sa mère avec le plus grand sérieux.

— Maman... d'accord, d'accord. J'ai fait quelque chose qui s'accorde tout à fait avec l'esprit de Thanksgiving, tel que tu me l'as toujours enseigné.

Kate afficha une expression candide pour affronter sa mère.

— Laisse-moi deviner... Tu as tué une dinde ?

— Non, j'ai invité à dîner une âme solitaire. Je veux dire par là quelqu'un qui n'a pas de famille.

— C'est très gentil de ta part, chérie, approuva aussitôt sa mère. Qui est-ce ? Une de tes amies de Radcliffe ?

— Non, de Californie, biaisa Kate pour gagner du temps.

— La pauvre ne peut pas rentrer chez elle, évidemment, compatit sa mère. Tu as bien fait de l'inviter. Nous attendons dix-huit invités mais il y a encore de la place à table.

— Merci, maman, fit Kate, en partie soulagée. Au fait, ce n'est pas une fille.

Elle se tut et attendit. Une expression stupéfaite se peignit sur le visage de sa mère.

— C'est un garçon ?

— En quelque sorte.

— De Harvard ?

Elizabeth avait l'air enchantée. Ainsi, Kate fréquentait un étudiant de Harvard trois mois seulement après la rentrée universitaire. C'était une excellente nouvelle.

— Non, il n'est pas de Harvard, répondit Kate avant de se jeter à l'eau. C'est Joe Allbright.

Un long silence accueillit ses paroles. Elizabeth l'enveloppa d'un regard plein d'interrogations.

— Le pilote ? De quelle manière est-il entré en contact avec toi ?

— Il m'a appelée hier. Il est venu rendre visite aux Lindbergh mais il n'avait rien prévu pour Thanksgiving.

— Tu ne trouves pas ça un peu bizarre qu'il t'appelle à l'université ? insista sa mère d'un air soupçonneux.

— Si, un peu.

Elle ne parla pas des lettres à sa mère. C'était déjà suffisamment difficile d'expliquer pourquoi elle l'avait invité au repas de Thanksgiving.

— T'avait-il déjà appelée ?

— Non, répondit Kate avec franchise. Je crois qu'il apprécie beaucoup papa, et puis il doit se sentir un peu seul. Il semblerait qu'il n'ait pas de famille. Je ne sais pas pourquoi il a appelé, maman, mais quand il a dit qu'il n'avait rien prévu pour Thanksgiving, ça m'a fait de la peine. Je croyais que cela ne vous dérangerait pas. Après tout, c'est ça, l'esprit de Thanksgiving ! conclut-elle allègrement en saisissant un bâtonnet de carotte.

Sa mère ne fut pas complètement convaincue ; elle n'avait encore jamais vu sa fille dans cet état.

A cinquante-huit ans, elle n'avait pas complètement oublié ce qu'on ressent quand on est amoureuse et courtisée par un homme plus âgé. Pourtant, quelque chose chez Joe Allbright la chagrinait. Il semblait si distant, presque inaccessible, et il était en même temps terriblement intelligent. C'était le genre d'homme capable de faire chavirer le cœur d'une femme s'il jetait son dévolu sur elle. Kate manquait encore d'expérience pour comprendre cela, et c'était précisément ce qui inquiétait sa mère.

— Cela ne me dérange pas qu'il vienne dîner avec nous, déclara Elizabeth Jamison, mais je n'apprécierais pas qu'il cherche à te séduire. Il est beaucoup plus âgé que toi, Kate, et je ne crois pas que tu devrais t'enticher d'un homme comme lui.

Comment décidait-on de ces choses-là ? s'étonna Kate en elle-même. Pouvait-on choisir l'homme dont on *devait* tomber amoureuse ? Pouvait-on seulement contrôler les sentiments qu'on portait à quelqu'un ? Préférant taire ses interrogations, elle se contenta de hocher la tête.

— Je ne suis pas amoureuse de lui, maman. Il vient juste partager la dinde de Thanskgiving avec nous.

— C'est parfois ainsi que les choses commencent, l'avertit sa mère. On est amis et on devient de plus en plus proches.

— Il vit en Californie, rétorqua Kate.

— Pour être franche, j'en suis soulagée. Très bien, je préviendrai ton père. Et bien sûr, il sera ravi. Mais si jamais il lui propose de monter avec lui dans un de ces engins de mort, je glisserai une bonne dose d'arsenic dans sa farce, fais-moi confiance ! N'hésite pas à lui répéter ce que je viens de dire.

— Merci, maman ! s'écria Kate en se dirigeant nonchalamment vers la porte de la cuisine.

— Je croyais que tu devais m'aider ! protesta sa mère juste avant que la porte se referme derrière elle.

— J'ai un devoir à rendre pour lundi, je ferais mieux de m'y mettre tout de suite ! lança Kate en poursuivant son chemin.

Elizabeth n'était pas dupe. L'expression qu'elle avait surprise dans le regard de Kate quand elle avait donné son accord l'effrayait. La même lueur avait dansé dans ses yeux jadis, lorsqu'un ami de son père l'avait courtisée en secret. Dieu merci, ses parents avaient découvert le pot aux roses avant que la situation ne dégénère. Elle en avait eu le cœur brisé. Et puis, quelques semaines plus tard, elle avait rencontré le père de Kate.

Qu'y avait-il au juste entre Kate et Joe Allbright ? Elle ne cacha pas son inquiétude à Clarke lorsqu'ils se retrouvèrent seuls dans leur chambre, ce soir-là. Mais ce dernier ne partageait pas ses craintes.

— Il vient juste dîner, Elizabeth. C'est un garçon passionnant. Il est trop intelligent pour s'enticher d'une gamine de dix-huit ans, crois-moi. Avec le physique qu'il a, il peut avoir toutes les femmes qu'il veut.

— Si tu veux mon avis, tu es trop naïf, objecta son épouse. Kate est ravissante et elle est totalement fascinée par cet homme. Il est très attirant, tu sais. La moitié des femmes de ce pays sont folles de Charles Lindbergh et Joe dégage le même charisme. Il est pilote, il est beau, un peu timide, tout cela est très romantique pour une jeune fille.

— Aurais-tu peur que Kate cherche à le séduire ? s'enquit Clarke, stupéfait.

— Ce n'est pas impossible. Pour être franche, j'ai plutôt peur du contraire. Pourquoi l'a-t-il appelée à l'université alors qu'il avait ton numéro au bureau ?

— C'est vrai, je te l'accorde, elle est beaucoup plus jolie que moi. Mais c'est une jeune fille raisonnable et intelligente. Quant à Joe, il m'a tout l'air d'un gentleman.

— Et s'ils tombaient amoureux ?

— Des choses bien pires peuvent arriver. Il n'est pas marié. Il jouit d'une excellente réputation. Il a un travail. D'accord, il n'est pas banquier à Boston, mais c'est la vie. Elle n'est pas obligée de rencontrer un médecin, un avocat ou un banquier. Elle peut aussi rencontrer un prince arabe ou indien, ou un Français ou, pire encore, un étudiant allemand à Harvard, et dans ce cas, elle passera le restant de sa vie à voyager entre les continents. On ne peut pas la séquestrer à la maison, Elizabeth. Si Joe Allbright est l'homme qu'elle aime, s'il la rend heureuse et s'il prend bien soin d'elle, je m'en accommoderai parfaitement. C'est un type bien, je t'assure.

— Imagine qu'il périsse dans un accident d'avion et qu'elle se retrouve seule avec une ribambelle d'enfants à élever ?

L'expression paniquée de sa femme arracha à Clarke un sourire amusé.

— Imagine qu'elle épouse un banquier qui se fasse écraser par une voiture. Pire, imagine qu'il la batte ou qu'elle se marie avec lui seulement pour nous faire plaisir. Je préfère mille fois qu'elle épouse quelqu'un qui l'aime sincèrement, conclut-il posément.

Le visage d'Elizabeth s'assombrit.

— Crois-tu qu'il soit amoureux d'elle ? demanda-t-elle d'une voix étranglée.

— Je ne crois pas, non. Il n'a pas de famille, nulle part où aller pour Thanksgiving, et, connaissant notre fille, je pense qu'elle a eu de la peine pour lui. Je ne crois pas qu'ils soient amoureux l'un de l'autre, si ça peut te rassurer.

— C'est exactement ce que Kate m'a dit, qu'elle avait eu de la peine pour lui.

— Tu vois ? fit Clarke en l'enlaçant. Tu t'inquiètes pour rien. Kate a le cœur sur la main, comme sa mère.

Elizabeth poussa un long soupir. Clarke avait sans doute raison. Mais lorsque Joe fit son apparition le lendemain, Kate ne semblait pas du tout triste pour lui. Plus belle que jamais, gaie comme un pinson, elle rayonnait littéralement. Joe était déjà sous le charme lorsqu'il la suivit au salon et prit place à côté d'elle. Quand Clarke l'incita à parler de ses avions pendant le dîner, Kate but ses paroles, comme envoûtée. L'inquiétude d'Elizabeth se renforça quand elle surprit les regards de connivence et d'admiration qu'échangeaient les deux jeunes gens. Elle eut alors la certitude qu'ils se connaissaient beaucoup mieux qu'ils ne le prétendaient. Ils paraissaient tout à fait à l'aise, assis l'un à côté de l'autre, plongés dans une conversation animée.

La relation épistolaire qu'ils entretenaient avait instauré entre eux une complicité que Kate ne chercha pas à masquer. Leur amitié était évidente, à l'instar de l'attirance qu'ils éprouvaient l'un pour l'autre. Elizabeth fut forcée de reconnaître que Joe était un jeune homme intelligent, bien élevé et charmant. Il s'adressait à Kate avec beaucoup de douceur et de respect. Il n'en demeurait pas moins que quelque chose en lui l'effrayait. Il dégageait une espèce de froideur, de retenue troublantes ; il semblait parfois apeuré, comme s'il avait été blessé à une époque de sa vie et que la blessure, profonde et douloureuse, n'était pas encore cicatrisée. Malgré son côté avenant et sympathique, il semblait insaisissable.

En l'entendant parler avec fougue de ses avions, la mère de Kate se posa d'autres questions. Quelle femme serait de taille à se mesurer à une passion aussi dévorante que celle qui le consumait ? Elle voulait bien croire que Joe était quelqu'un de bien, mais ce n'était pas l'homme qu'il fallait à Kate. Il ne ferait pas un bon époux. Il menait une vie pleine de défis et de dangers qui ne conviendrait pas à sa fille. Pour Kate, elle rêvait d'une vie insouciante et confortable, aux côtés d'un homme qui se risquerait tout juste à aller ramasser le journal du matin sur le perron. Elizabeth avait passé sa vie à protéger Kate ; du danger, du mal, de la maladie, de la douleur. Pourrait-elle la protéger d'une peine de cœur ? Elle en doutait, hélas. Kate avait énormément souffert à la mort de son père. Si Joe et Kate tombaient amoureux, elle ne pourrait plus rien faire pour sa fille. Il était trop envoûtant, trop excitant. Même sa retenue était attirante ; on avait envie de lui tendre la main pour l'aider à enjamber les murailles qu'il avait érigées autour de lui. C'était exactement ce que Kate était en train de faire, juste sous ses yeux. Sans même s'en rendre compte, elle redoublait d'efforts pour le mettre à l'aise, l'aider à sortir de sa coquille.

En les observant tous les deux, Elizabeth eut la terrible impression que le mal était fait. La jeune fille ne le savait peut-être pas encore, mais sa mère, elle, le sentait avec une acuité troublante : Kate était amoureuse de Joe. Elizabeth était moins sûre des sentiments de Joe. Il était attiré par Kate, c'était évident, poussé vers elle par un élan quasi magnétique, irrésistible. Cette attirance physique cachait-elle quelque chose de plus profond ? C'était difficile à dire. Même Joe était incapable de définir ce qu'il éprouvait pour Kate.

A la fin du repas, alors que les convives quittaient la table, Clarke glissa un bras sur ses épaules avant de lui murmurer d'un ton rassurant :

— Tu vois, ils sont amis, tout simplement. Je te l'avais dit...

— Qu'est-ce qui te fait croire ça ? demanda Elizabeth, envahie par une vague de tristesse.

— Regarde-les, voyons, ils discutent à bâtons rompus, comme deux amis d'enfance. Il la taquine comme une petite sœur.

— Si tu veux mon avis, ils sont amoureux, insista Elizabeth en ralentissant le pas.

— Tu es une incorrigible romantique, mon amour, plaisanta Clarke avant de l'embrasser.

— Non, malheureusement. Je suis plutôt cynique, ou tout simplement réaliste. Je ne veux pas qu'il la fasse souffrir ; hélas, je l'en crois tout à fait capable. Il pourrait lui faire très mal... Je ne veux pas que cela arrive, répéta-t-elle d'un ton buté.

— Moi non plus. Joe ne lui fera pas de mal. C'est un garçon honnête.

— Permets-moi d'en douter. Quoi qu'il en soit, il n'en demeure pas moins un homme. Un homme très romantique, qui plus est. Il semble subjugué par Kate, mais je le sens fragile, quelque part. Il n'aime pas parler de sa famille, ses parents sont morts quand il était bébé. Dieu seul sait ce qu'il a subi pendant son enfance, il porte en lui de profondes blessures. Pourquoi n'est-il pas déjà marié ?

D'un ton apaisant, Clarke s'efforça de calmer les inquiétudes de sa femme.

— Il est trop occupé pour songer à ça, répondit-il comme ils rejoignaient leurs hôtes au salon.

Assis dans un coin de la pièce, Kate et Joe étaient en pleine conversation. Dès qu'Elizabeth les aperçut, la vérité lui sauta au visage, éclatante. Ils semblaient seuls au monde, prêts à tout l'un pour l'autre. Il était déjà trop tard. Elizabeth n'avait plus qu'à prier.

4

Le lendemain de Thanksgiving, Joe vint chercher Kate en début d'après-midi. Ils allèrent se promener au Boston Garden puis prirent le thé au Ritz. Kate lui raconta quelques anecdotes amusantes sur leur périple à Hong Kong et Singapour avant de se lancer dans le récit de leurs aventures européennes. Les proches de Joe ne l'auraient pas reconnu. Avec Kate, il était plus loquace qu'il ne l'avait jamais été et ils passèrent l'après-midi à rire et plaisanter.

Le soir, il l'invita à dîner au restaurant, puis ils allèrent voir *Citizen Kane* au cinéma. Il était presque minuit quand il la déposa chez elle. Kate étouffa un bâillement.

— J'ai passé une merveilleuse journée, murmura-t-elle en souriant.

Joe l'enveloppa d'un long regard.

— Moi aussi, Kate.

L'espace d'un instant, il parut sur le point d'ajouter quelque chose, mais se ravisa. Kate croisa sa mère en rentrant.

— Tu t'es bien amusée, chérie ? demanda celle-ci en s'efforçant de prendre un ton neutre.

Au fond d'elle, elle brûlait d'envie de tout savoir : ce que Joe avait dit, ce qu'il avait fait...

L'avait-il embrassée ? Se rappelant les conseils de son mari, elle s'abstint de questionner sa fille.

— J'ai passé un après-midi formidable, maman, répondit Kate, rayonnante.

Elle aimait la compagnie de Joe, elle se sentait incroyablement bien à ses côtés. Elle avait du mal à croire qu'ils ne s'étaient vus que quatre fois. Les lettres qu'ils avaient échangées pendant trois mois avaient créé entre eux un lien puissant. Ils avaient l'impression de se connaître depuis toujours, et les années qui les séparaient ne comptaient pas. Parfois, Joe ressemblait plus à un enfant qu'à un adulte.

— Tu le revois demain ?

La jeune fille hocha la tête.

— Tu ne montes pas dans son avion, n'est-ce pas ?

— Bien sûr que non !

Joe n'avait pas reparlé de sa proposition et dimanche il retournait en Californie.

Sa mère lui souhaita bonne nuit et Kate gagna sa chambre, songeuse. Ses sentiments pour Joe la troublaient. L'attirance qu'elle éprouvait pour lui se renforçait de jour en jour. Joe, de son côté, semblait uniquement intéressé par son amitié.

Le lendemain matin, Kate se dirigeait vers la cuisine quand le téléphone sonna dans le hall d'entrée. Il était tôt, tout juste huit heures, et ses parents dormaient encore. Une belle journée d'automne s'annonçait. Kate alla décrocher. Qui pouvait bien appeler à cette heure-ci ? Elle reconnut aussitôt la voix de Joe.

— Je te réveille ? demanda-t-il d'un ton gêné.

— Non, j'étais debout. J'allais prendre mon petit déjeuner.

Elle se tenait dans l'entrée, en robe de chambre.

Ils avaient prévu de déjeuner ensemble ce jour-là et Joe appelait probablement pour préciser l'heure du rendez-vous. Kate se félicitait d'avoir répondu. Sa mère aurait été contrariée qu'il appelle si tôt.

— Belle journée, n'est-ce pas ? reprit Joe. Je... j'ai une petite surprise pour toi... Je crois qu'elle devrait te plaire... Enfin, j'espère.

On aurait dit un petit garçon qui vient de recevoir une nouvelle bicyclette et Kate ne put s'empêcher de sourire.

— Tu l'apporteras quand tu viendras me chercher ?

Joe hésita.

— J'envisageais plutôt de te conduire jusqu'à elle. Ce sera plus simple. Qu'en dis-tu ?

Il fallait absolument qu'elle accepte, c'était vital pour lui. C'était le seul cadeau qu'il tenait réellement à lui offrir. La seule chose qu'il ait à lui donner. Le père de Kate aurait peut-être deviné de quoi il s'agissait mais Kate, elle, ne soupçonna rien.

— C'est très mystérieux, tout ça, murmura-t-elle, tout sourire, en passant la main dans ses cheveux cuivrés. Quand pourrai-je la voir ?

Elle songeait à une voiture, mais pourquoi Joe aurait-il acheté une voiture sur la côte Est, alors qu'il habitait en Californie ? Pourtant, elle reconnaissait dans sa voix cette espèce d'excitation typiquement masculine, lorsque les hommes parlent mécanique ou voitures de sport.

— Seras-tu prête dans une heure ?

— Bien sûr.

Si ses parents dormaient encore d'ici là, elle leur laisserait un mot pour leur expliquer qu'elle était partie plus tôt que prévu.

— Parfait, je passe te prendre à 9 heures, déclara Joe. Et, Kate... habille-toi chaudement.

Une heure plus tard, elle attendait sur le perron, chaudement vêtue d'un duffle-coat et coiffée d'un béret de laine. Une longue écharpe pendait à son cou. Un taxi s'arrêta le long du trottoir.

— Tu es adorable, comme ça, dit Joe avec un sourire appréciateur.

Elle portait des mocassins et des socquettes en laine, avec un kilt et un vieux pull-over en cachemire. Et, bien sûr, l'incontournable collier de perles. C'était le genre de tenue qu'elle portait tous les jours pour aller en cours.

— Auras-tu assez chaud ? reprit-il en la considérant d'un air inquiet.

Elle hocha la tête en riant. Peut-être avait-il prévu de l'emmener faire du patin à glace... Mais il indiqua au chauffeur une adresse située en grande banlieue de Boston.

— Qu'y a-t-il, là-bas ? demanda-t-elle, perplexe.

— Tu verras.

Et là, elle devina. Pourquoi n'y avait-elle pas songé plus tôt ? Il l'emmenait voir son avion.

Elle ne posa aucune question et ils bavardèrent pendant tout le trajet. Il lui confia qu'il avait passé deux jours merveilleux en sa compagnie et qu'il avait envie de lui offrir quelque chose de spécial.

Ce « quelque chose de spécial », pour lui, c'était forcément son avion. Grâce à ses lettres, elle savait qu'il était très fier de son appareil ; il l'avait conçu lui-même, et Charles Lindbergh l'avait aidé à l'assembler. Kate regrettait que son père ne soit pas avec eux. Sa mère n'aurait pas pu leur reprocher d'admirer un avion. Un moment plus tard, ils arrivèrent à Hanscom Field, un petit aérodrome situé à la périphérie de Boston. Plusieurs hangars entouraient une piste d'atterrissage longue et étroite. Un petit Lockheed Vega rouge atterrit au moment où ils sortirent du taxi.

Joe régla le chauffeur. Il ressemblait à un garçonnet le matin de Noël lorsqu'il prit la main de Kate pour l'entraîner vers le hangar voisin. Ils entrèrent par une porte de côté et elle retint son souffle en découvrant le joli petit appareil qu'il caressa d'un geste affectueux. Avec un sourire radieux, il ouvrit la porte du cockpit.

— Joe, il est magnifique !

Kate ne connaissait rien aux avions. Avec ses parents, elle avait toujours voyagé dans des avions de ligne. Contre toute attente, un flot d'adrénaline se répandit dans ses veines alors qu'elle contemplait l'appareil que Joe avait créé de toutes pièces. C'était un merveilleux engin.

Il l'aida à grimper dans le cockpit et passa une demi-heure à lui expliquer le fonctionnement de l'appareil, stupéfait de voir qu'elle comprenait tout du premier coup. Kate l'écoutait avec attention, enregistrant chacune des informations. Elle ne commit qu'une seule erreur en confondant deux cadrans que la plupart des jeunes pilotes avaient du mal à distinguer au début. Au fil de ses explications, Joe avait l'impression que toutes les portes, tous les murs tombaient un à un autour d'eux. Il l'invitait avec bonheur à découvrir de nouveaux horizons, à pénétrer un monde dont elle ne soupçonnait même pas l'existence. Partager sa passion avec Kate le combla de joie. Son cœur se gonfla d'allégresse tandis qu'elle buvait chacune de ses paroles, captivée par le moindre détail.

Ils étaient dans le cockpit depuis une heure lorsqu'il se tourna vers elle, l'air grave. Avait-elle envie de voler, quelques minutes seulement, juste pour ressentir les vibrations de l'avion quand il s'élevait dans les airs ? Il n'avait pas prévu de l'emmener en promenade mais, devant son intérêt, la tentation fut trop forte. Et Kate ne se fit pas prier.

— Maintenant ? s'écria-t-elle, partagée entre l'étonnement et l'excitation.

C'était le plus beau cadeau qu'il puisse lui offrir. La métamorphose de Joe la fascinait : dès qu'il s'approchait d'un avion, il oubliait toute retenue et ressemblait à un oiseau sur le point de s'envoler.

— Ce serait formidable, Joe... C'est possible, vraiment ?

Les avertissements de sa mère partirent aux oubliettes. Joe disparut un moment. Lorsqu'il revint, un large sourire éclairait son visage.

Sur le plan technique, c'était un avion de petite taille mais, grâce à quelques modifications, il pouvait parcourir des distances honorables. Le moteur vrombit et l'appareil roula lentement jusqu'aux portes béantes du hangar. Quelques minutes plus tard, il se dirigeait vers le tarmac. Joe avait procédé aux vérifications d'usage en lui expliquant chacun de ses gestes. Ils ne voleraient qu'un petit moment, juste pour qu'elle découvre la sensation de planer en plein ciel. Ils quittaient la piste lorsqu'une pensée lui traversa soudain l'esprit.

— Tu n'es pas malade en avion, Kate ?

A son grand soulagement, elle secoua la tête en riant. Au fond, cela ne le surprenait guère. Elle n'était pas du genre fragile et délicate, Dieu merci.

— Absolument pas. Pourquoi, on va faire un looping ?

Joe ne put s'empêcher de rire devant son regard

plein d'espoir. Il ne s'était encore jamais senti aussi proche d'elle. C'était un rêve de pouvoir voler avec elle.

— J'espère que non. Gardons ça pour la prochaine fois, dit-il tandis qu'ils prenaient de l'altitude.

Ils bavardèrent avec animation pendant les premières minutes du vol puis un silence complice s'installa entre eux. Emerveillée, Kate regardait autour d'elle en observant Joe de temps en temps. Il était exactement tel qu'elle l'avait imaginé : fier, posé, parfaitement maître de l'engin qu'il avait construit, régnant avec superbe sur le ciel limpide. C'était fascinant, presque magique. On avait l'impression qu'il était né pour être pilote et, aux yeux de Kate, personne d'autre que lui ne réussissait mieux dans ce domaine, pas même Charles Lindbergh. L'attirance qu'elle éprouvait déjà pour lui devint totalement irrésistible dès l'instant où elle le vit aux commandes de son avion. Il incarnait tous ses rêves, toutes ses aspirations. Il était à lui seul la force, la liberté et l'allégresse, un fier oiseau qui planait lentement au-dessus de la campagne. Lorsqu'ils regagnèrent la terre ferme une heure plus tard, elle n'avait qu'une envie : repartir avec lui. Une onde d'euphorie coulait dans ses veines ; elle venait de passer un moment inoubliable. Au cours de ce vol, un lien puissant, instantané, s'était tissé entre elle et Joe.

— Mon Dieu, Joe, c'était fabuleux... Merci, murmura-t-elle tandis qu'il garait l'appareil et coupait les moteurs.

Le pilotage était sa passion, sa raison d'être, et il avait souhaité la partager avec elle. C'était une expérience presque mystique pour tous les deux. Il la contempla longuement, sans mot dire.

— Je suis heureux que ça t'ait plu, déclara-t-il finalement.

Les barrières qui se dressaient entre eux avant le vol étaient en train de tomber une à une. Jamais il ne s'était senti aussi proche de quelqu'un.

— Ça ne m'a pas plu, Joe, j'ai adoré, corrigea-t-elle d'un ton solennel.

Voler en plein ciel l'avait non seulement rapprochée de Joe, mais aussi de Dieu.

— Tant mieux, Kate. Aimerais-tu apprendre à piloter ?

— Oui, ce serait formidable !

Braqués sur Joe, ses yeux brillaient de joie. Elle avait tellement envie de repartir avec lui !

— Merci infiniment... Au fait, ajouta-t-elle précipitamment, n'en parle surtout pas à ma mère. Elle me tuerait... ou toi... nous deux, sans aucun doute. Je lui ai promis de ne jamais monter dans ton avion.

Mais elle ne regrettait rien, au contraire. Elle venait de vivre une expérience unique ; côtoyer Joe dans son environnement naturel l'avait profondément bouleversée. C'était un être exceptionnel. Avant elle, Charles Lindbergh avait été conquis par l'incroyable talent de Joe alors que celui-ci sortait tout juste de l'adolescence. Joe avait ça dans le sang. Ils avaient passé une matinée féerique. Lorsque les moteurs se turent, il l'enveloppa d'un regard empreint de fierté.

— Tu es une excellente copilote, Kate, la félicita-t-il.

Elle avait posé les bonnes questions, prononcé les mots justes, elle avait su rester silencieuse pour savourer l'incroyable beauté qui s'offrait à eux.

— Je t'apprendrai à piloter quand nous aurons un peu plus de temps devant nous, promit-il, sincèrement impressionné par les compétences de Kate.

— J'aimerais tant passer la journée ici, soupira cette dernière.

Joe l'aida à descendre de l'appareil. Un sourire éclairait son visage.

— Moi aussi. Mais ta mère m'écharperait si elle soupçonnait la vérité, Kate. C'est pourtant moins dangereux que de conduire une voiture, mais je ne crois pas qu'elle partagerait mon avis.

Ils regagnèrent le centre-ville en silence et choisirent l'Union Oyster House pour déjeuner. Dès qu'ils furent attablés, Kate se mit à parler de leur vol, de l'incroyable aisance de Joe, de la beauté de son avion. Elle avait l'impression de le connaître vraiment, à présent. Joe avait déjà retrouvé sa réserve, tel l'albatros qui, après avoir plané gracieusement dans le ciel, titubait maladroitement sur la terre ferme. Hors de son avion, il n'était plus le même. Mais pour Kate, il restait le pilote génial, l'aviateur d'exception qui l'attirait irrésistiblement.

Elle lui raconta quelques anecdotes croustillantes sur le campus et Joe finit par se sentir plus à l'aise. Elle possédait le don de le mettre en confiance et il se sentait encore mieux avec elle à présent qu'elle l'avait vu évoluer dans son monde. L'envie de l'emmener en vol le tenaillait depuis le début. Maintenant, Kate comprenait... Elle comprenait sa passion pour les avions et comprenait du même coup qui il était.

Au fil du repas, il parvint à se détendre complètement. C'était formidable de pouvoir oublier sa timidité et s'ouvrir au monde grâce à la sensibilité de Kate. Le pont-levis s'abaissait lentement, reliant sa tour d'ivoire au monde extérieur. Elle l'aidait à traverser ce chemin éprouvant et il l'appréciait aussi pour ça.

En fait, il y avait tant de choses qu'il appréciait chez elle qu'il prenait parfois peur. Comment lutter contre les sentiments qui naissaient en lui ? Kate était très jeune et sa famille l'impressionnait beaucoup. Attentionnés et lucides, ses parents la surveillaient de près. Pourtant, il n'avait pas l'intention de leur prendre leur fille. Il désirait simplement passer du temps avec elle pour absorber la lumière et la chaleur qu'elle dégageait. En sa compagnie, il se faisait l'impression d'un lézard paressant au soleil, sur une pierre chaude. Il se sentait bien, heureux auprès d'elle. Pourtant, ces simples sensations l'inquiétaient parfois. Il ne voulait pas devenir vulnérable, craignant de souffrir par la suite. Ces réflexions n'étaient pas clairement formulées dans son esprit, elles l'habitaient d'une manière diffuse. Si Kate avait eu quelques années de plus, les choses auraient peut-être été différentes. Mais elle avait dix-huit ans et lui trente. En même temps, l'expérience en plein ciel qu'ils avaient vécue ce matin l'avait profondément touché. Le processus était enclenché, irréversible.

La dernière journée qu'ils passèrent ensemble s'écoula trop rapidement. Ils rentrèrent chez Kate et jouèrent aux cartes dans la bibliothèque. Joe lui apprit à jouer au menteur. Elle comprit vite les finesses du jeu et gagna à deux reprises, pour son plus grand plaisir. Elle ressemblait à une petite fille lorsqu'elle battait des mains en riant. Le soir, il l'invita à dîner au restaurant. Ils avaient passé un merveilleux week-end. Ils se dirent au revoir sans savoir quand ils se reverraient. Joe prévoyait de revenir à New York pour Noël, mais une charge de travail impressionnante les attendait,

Charles et lui ; ensemble, ils s'apprêtaient à concevoir un nouveau moteur. Le temps de Charles était précieux. Il se consacrait de plus en plus au mouvement qu'il soutenait activement, America First[1], multipliant les discours et les apparitions publiques. De son côté, Joe était également très occupé. Il ne pourrait pas se rendre à Boston tout de suite après son retour, et il hésitait à lui demander de venir le voir à New York. Ses parents n'autoriseraient probablement pas une telle sortie.

Elle semblait plus calme que d'habitude lorsqu'il lui dit au revoir. Ils se tenaient sur les marches du perron. Pour la première fois en trois jours, Joe avait l'air affreusement mal à l'aise.

— Prends bien soin de toi, Kate, dit-il, les yeux rivés sur le bout de ses chaussures.

Un sourire naquit sur les lèvres de Kate. Elle avait envie de saisir son menton pour l'obliger à la regarder, mais elle se retint. Il suffisait d'attendre un peu, il finirait par relever les yeux. Ce qu'il fit, quelques instants plus tard.

— Merci de m'avoir emmenée dans ton avion, murmura-t-elle.

C'était leur secret, désormais.

— Rentre bien. Combien de temps dure le voyage, jusqu'en Californie ?

— Environ dix-huit heures, en fonction de la météo. Une tempête fait rage sur le Midwest, je vais être obligé de descendre plus au Sud, jusqu'au Texas. Je t'appellerai quand je serai arrivé.

— Ça me ferait très plaisir, dit Kate à mi-voix.

Leurs regards débordaient de toutes les choses

1. Fondé sur la doctrine de l'isolationnisme, ce mouvement militait contre l'implication des Etats-Unis dans la Seconde Guerre mondiale. (*N.d.T.*)

qu'ils ne s'étaient pas dites et qu'ils avaient encore du mal à cerner. Il s'était passé quelque chose d'intense entre eux ce jour-là. Elle ne savait toujours pas ce qu'il éprouvait pour elle, en dehors d'une affection quasi fraternelle. Joe était venu la voir parce qu'ils étaient amis. A aucun moment il ne lui avait témoigné autre chose que de l'amitié. Parfois même, il se montrait presque paternel à son égard. Pourtant, il y avait autre chose entre eux, quelque chose de plus profond qu'une simple amitié, de plus mystérieux. Etait-ce un effet de son imagination ou bien avaient-ils peur de l'admettre ?

— Je t'écrirai, promit-elle.

Joe hocha la tête. Il prenait un plaisir immense à lire ses lettres. La finesse de son style le surprenait à chaque fois. Drôles et émouvantes, ses missives se lisaient comme de véritables nouvelles.

— J'essaierai de venir te voir à Noël, mais Charles et moi risquons d'avoir beaucoup de travail.

Kate faillit lui proposer de venir le voir à New York, mais elle n'osa pas. Ses parents n'auraient pas approuvé une telle initiative. De l'avis de sa mère, elle avait déjà passé trop de temps avec lui, et Joe en était conscient. Il ne voulait surtout pas précipiter les choses, encore moins contrarier ses parents.

— Sois prudent, Joe. Bon vol.

L'inquiétude qui perçait dans sa voix le toucha. Elle était adorable.

— Sois sérieuse, et ne te fais pas renvoyer de la fac, ajouta-t-il d'un ton taquin.

Elle rit de bon cœur. Il lui tapota légèrement l'épaule puis dévala les marches du perron et lui adressa un petit signe de la main. Elle eut l'impression qu'il partait vite avant de commettre une bêtise. Un sourire aux lèvres, elle rentra et referma doucement la porte derrière elle.

Les trois jours qu'elle avait passés avec lui étaient comme une parenthèse enchanteresse, faite de chaleur, de détente et d'amitié. Et puis, il y avait eu ce vol absolument magique. Perdue dans ses pensées, elle monta lentement l'escalier. Elle était heureuse de l'avoir rencontré. Un jour, elle parlerait de lui à ses enfants. A cet instant, il ne faisait aucun doute pour elle que Joe ne serait pas le père de ses enfants. Sa vie était trop pleine d'avions, de vols d'essai et de moteurs compliqués. Il n'y avait pas de place pour une femme — peu de place, en tout cas —, et encore moins pour une épouse et des enfants. Il le lui avait dit très clairement, le soir du barbecue sur la plage, à Cape Cod, et le lui avait répété au cours de ce week-end idyllique. Il était prêt à tout sacrifier pour aller jusqu'au bout de sa passion. « J'ai très peu de temps à consacrer aux autres », lui avait-il affirmé à plusieurs reprises. C'était la réalité. En même temps, quelque chose de profondément enfoui en elle refusait de l'accepter, et même d'y croire. Comment pouvait-il renoncer à fonder une famille au nom de sa passion pour l'aviation ? D'un autre côté, elle ne se sentait pas le droit de s'opposer à ce qu'il disait ; elle devait au contraire l'accepter tel qu'il était. Les sentiments qu'elle éprouvait pour lui n'étaient que chimère — du moins chercha-t-elle à s'en persuader. Un simple rêve, et rien d'autre.

Le lendemain, sa mère ne fit aucun commentaire. Elizabeth avait décidé d'écouter les conseils de son mari. Il serait toujours temps d'aviser si cela s'avérait nécessaire. Au fond, Clarke avait peut-être raison : Joe ne tenterait pas de séduire Kate. Il s'agissait simplement d'une amitié peu ordinaire entre un homme mûr et une jeune fille. C'était en tout cas ce qu'elle espérait.

De retour à l'université, Kate eut du mal à contenir son excitation. Ses compagnes de chambre arrivèrent à leur tour, et chacune se lança dans le récit détaillé de son week-end. Certaines avaient passé Thanksgiving avec des amis, d'autres étaient rentrées chez elle, dans leur famille. Kate ne raconta à personne la visite de Joe. Leur relation était difficile à expliquer. Qui aurait cru qu'elle n'était pas amoureuse de lui ? D'ailleurs, pouvait-elle encore le prétendre ? Au bout d'un moment, Sally Tuttle lui demanda qui était l'homme qui l'avait appelée de Californie.

— Il est étudiant là-bas ? Un ancien petit ami ?

Kate évita délibérément son regard inquisiteur.

— Non, c'est un ami, tout simplement, répondit-elle d'un ton vague. Il travaille en Californie.

— En tout cas, il a l'air très gentil.

Kate hocha la tête.

— Je te le présenterai s'il vient à Boston, plaisanta-t-elle.

Sur ces paroles légères, elles se concentrèrent sur les cours du lendemain. Un peu plus tard, une autre de leurs camarades les rejoignit. Elle avait passé Thanksgiving en famille, dans le Connecticut, et leur annonça qu'elle s'était fiancée pendant le week-end. La nouvelle fut comme un déclic pour Kate. Il fallait bien se rendre à l'évidence : elle était amoureuse d'un homme de douze ans son aîné, un homme qui clamait haut et fort que le mariage ne faisait pas partie de ses projets. Un homme qui ignorait tout des sentiments qu'elle éprouvait. C'était complètement absurde. Lorsqu'elle se coucha ce soir-là, elle s'exhorta au calme et à la prudence. Si elle n'y prenait pas garde, elle risquait de froisser Joe et, pire encore, de perdre son amitié. Jamais plus il ne l'emmènerait se promener en avion... Jamais il ne lui apprendrait à piloter.

A sa grande surprise, Joe appela le lendemain. Il venait d'atterrir. Le vol avait été éprouvant, il avait dû refaire le plein à trois reprises ; deux tempêtes de neige avaient considérablement ralenti sa traversée. Il avait même été retenu au sol à cause d'une averse de grêle qui s'était abattue sur Waynoka, dans l'Oklahoma. Sa voix trahissait une grande fatigue. Au total, le voyage avait duré vingt-deux heures.

— C'est vraiment gentil de m'appeler, dit-elle, à la fois surprise et heureuse.

— Je ne voulais pas que tu t'inquiètes. Comment ça va, à l'université ?

— Ça va.

Elle se sentait mélancolique depuis qu'il était parti, et ce signe de faiblesse l'irritait profondément. Pourquoi diable s'était-elle attachée à lui ? A aucun moment il ne l'avait encouragée dans cette voie. Pourtant, il lui manquait déjà. Pourquoi avait-il fallu qu'elle s'entiche d'un homme qui resterait toujours inaccessible ? Elle tenait trop à leur amitié pour la gâcher bêtement.

— J'ai hâte que les vacances de Noël arrivent, ajouta-t-elle d'un ton faussement neutre.

Ce n'était pas tant l'idée d'être en vacances qui la séduisait que la perspective de son retour sur la côte Est. Ses parents l'autoriseraient peut-être à lui rendre visite à New York, si elle s'y rendait avec une amie. Mais elle se garda bien d'en parler à

Joe, sentant d'instinct que cette idée l'aurait effrayé.

— Je te rappellerai dans quelques jours, déclara celui-ci.

Après ce voyage interminable, il mourait d'envie d'aller se reposer.

— Les communications longue distance sont terriblement chères, on devrait peut-être s'en tenir au courrier, objecta Kate.

— Je peux me permettre de t'appeler une fois de temps en temps... à moins que cela t'ennuie, ajouta prudemment Joe.

Le téléphone accentuait sa timidité et c'était un grand pas qu'il venait de franchir en décidant de l'appeler.

— Non, non, pas du tout, ça me fait plaisir, au contraire. Simplement, je ne voudrais pas que tu dépenses une fortune en communications téléphoniques.

— Ne t'inquiète pas pour ça.

D'ordinaire, Joe mettait tout son argent dans ses nouveaux projets, que ce fût pour la conception de nouveaux appareils ou de nouveaux moteurs. Pendant le week-end de Thanksgiving, il avait pris plaisir à emmener Kate dans de grands restaurants.

— Kate ? reprit-il d'une voix rauque.

Gagnée par une soudaine bouffée d'appréhension, Kate dit à mi-voix :

— Oui ?

— Tu continueras à m'écrire, n'est-ce pas ? J'adore tes lettres.

Un sourire étira les lèvres de la jeune fille, partagée entre le soulagement et la déception. Elle avait cru un instant qu'il s'apprêtait à lui dire quelque chose d'important. Ça l'était sans doute pour lui, mais ce n'était pas ce qu'elle avait espéré.

— Bien sûr ! Mais j'ai plusieurs examens, la semaine prochaine.

— Moi aussi, répliqua Joe en riant.

Il devait effectuer des vols d'essai pendant toute la semaine. Certains risquaient d'être dangereux, mais il tenait à les faire lui-même avant de quitter la Californie.

— Je risque d'être très pris les prochaines semaines, mais je t'appellerai dès que j'aurai un moment.

Ils raccrochèrent quelques instants plus tard et Kate regagna sa chambre en s'efforçant de le chasser de son esprit pour se concentrer sur ses révisions.

Une question la hantait depuis quelques jours. Ses parents organisaient une grande fête au Copley Plaza pour son entrée dans la société, juste avant Noël. Ce ne serait pas une soirée aussi fastueuse que celle où elle avait rencontré Joe, mais ce serait malgré tout une belle réception. Elle n'avait pas encore osé aborder le sujet avec ses parents, mais elle avait l'intention de leur demander si elle pouvait inviter Joe. Elle désirait de tout son cœur qu'il puisse se libérer pour cette grande soirée mais, devant les réticences de sa mère, elle avait préféré attendre un peu avant de lui en parler. Elle avait encore trois semaines devant elle et pour le moment Joe était en Californie. Il ne serait probablement pas pris tous les soirs, à son retour.

Le dimanche suivant, alors qu'elle était en train de parler au téléphone avec sa mère, une étudiante déboula dans le hall du pavillon en sanglotant. Elle avait dû recevoir une terrible nouvelle... peut-être même venait-elle de perdre un de ses parents.

Elle marmonna quelques mots inintelligibles, tandis que Kate s'efforçait d'écouter sa mère. Elizabeth avait une liste interminable de questions à lui poser au sujet du bal qu'ils donnaient en son honneur. Quel genre de gâteaux, de hors-d'œuvre, les dimensions exactes de la piste de danse... La robe de Kate était prête depuis le mois d'octobre. Le haut était très simple, taillé dans du satin blanc, et la longue jupe était en tulle. Coupée sur mesure, elle lui allait à ravir. Sur les épaules, elle porterait une étole de tulle blanc laissant deviner l'étoffe chatoyante du bustier. Ses cheveux roux foncé seraient retenus en chignon, à la manière d'une ballerine de Degas. Une foule de détails futiles tourbillonnaient dans sa tête quand des cris retentirent tout autour d'elle.

— Que disais-tu, maman ? fit Kate en fronçant les sourcils.

Le brouhaha qui régnait dans le pavillon l'empêchait d'entendre correctement.

— Je te demandais si... oh, mon Dieu... comment ? Tu parles sérieusement ? Clarke...

A l'autre bout du fil, sa mère fondit en larmes.

— Que se passe-t-il, maman ? demanda Kate, le cœur battant. Il est arrivé quelque chose à papa ?

En proie à une sourde angoisse, elle regarda autour d'elle. Dans le hall, plusieurs filles sanglotaient. Il ne s'agissait donc pas de son père. Quelque chose de terrible venait de se produire.

— Qu'y a-t-il, maman ? Parle, je t'en supplie !

— Ton père est en train d'écouter la radio.

Clarke se tenait dans la cuisine, l'air abasourdi. La nouvelle venait de tomber, incroyable. Une nation entière était sous le choc.

— Les Japonais ont bombardé Pearl Harbor il

y a une demi-heure. De nombreux navires ont coulé, des hommes ont été tués, d'autres blessés. Oh mon Dieu, c'est affreux...

Autour de Kate régnait la plus grande confusion. Les radios hurlaient dans toutes les chambres, les filles pleuraient à chaudes larmes. Toutes songeaient à leurs pères, leurs frères et leurs fiancés, soudain en danger. L'Amérique allait entrer en guerre, c'était inévitable. Les Japonais étaient venus les provoquer chez eux, et malgré ses promesses le président Roosevelt allait être obligé de prendre une décision radicale. Après avoir raccroché, Kate se précipita dans sa chambre.

Assises en silence, ses camarades écoutaient la radio. Des larmes baignaient leurs visages. L'une d'entre elles venait d'Hawaii, et il y avait deux Japonaises à l'étage. Que devaient-elles ressentir, si loin de chez elles, prisonnières d'un pays étranger ?

Plus tard dans la soirée, après avoir écouté la radio, Kate rappela sa mère. Dans peu de temps, inévitablement, tous les jeunes gens du pays partiraient au combat, loin de leur patrie. Dieu seul savait combien d'entre eux survivraient à ce terrible conflit.

En apprenant la nouvelle, les Jamison se réjouirent de ne pas avoir de fils. Dans les villes et les campagnes, aux quatre coins du pays, des milliers de jeunes gens se préparaient à quitter leur famille pour défendre la patrie. Tous vivaient un vrai cauchemar ; on craignait en outre que les Japonais ne frappent de nouveau. La rumeur courait que leur prochaine cible serait la Californie ; un chaos indescriptible régnait dans la région.

Le général en chef Joseph Stilwell était aussitôt

entré en action ; tous les moyens avaient été déployés pour protéger les grandes villes de la côte Ouest. Des abris anti-bombes étaient érigés, le personnel médical s'était déjà mobilisé. Même à Boston, les gens vivaient dans la peur. Les parents de Kate insistèrent pour qu'elle rentre à la maison au plus vite et elle leur promit de se mettre en route le lendemain. Avant de partir, elle voulait entendre ce qu'on leur dirait à l'université.

Tous les cours furent suspendus et la direction demanda aux étudiantes de rentrer chez elles. L'établissement rouvrirait ses portes après les vacances de Noël. Toutes avaient hâte de rejoindre leur famille. Kate était en train de faire sa valise, le lendemain du bombardement, lorsque Joe appela. Il avait mis plusieurs heures avant d'obtenir la communication ; toutes les lignes étaient occupées. Entre-temps, les Etats-Unis avaient déclaré la guerre au Japon. Aussitôt, le Japon avait déclaré la guerre aux Etats-Unis et à la Grande-Bretagne qui avait à son tour déclaré la guerre au Japon.

— Mauvaises nouvelles, hein, Kate ? fit Joe d'un ton étonnamment calme.

— C'est affreux, oui. Comment ça se passe, en Californie ?

— Selon l'expression officielle, il règne une panique larvée. Les gens n'osent pas admettre ouvertement qu'ils sont terrifiés. Ils ont pourtant de bonnes raisons d'avoir peur. Il est difficile d'anticiper les intentions des Japonais.

— Et toi, Joe ? demanda Kate, inquiète.

Au cours de ces deux dernières années, il s'était rendu plusieurs fois en Angleterre pour collaborer avec la Royal Air Force. Il était facile d'imaginer ce qui allait se passer. Les Etats-Unis entraient finalement dans le conflit et Joe serait certainement envoyé en Europe. Si tel n'était pas le cas, il irait se battre contre le Japon. Quoi qu'il en soit, il ne faisait aucun doute que ses compétences de pilote seraient réquisitionnées.

— Je rentre sur la côte Est dès demain. Je ne pourrai pas terminer mon travail ici. On m'attend à Washington où je recevrai mes ordres de mission.

Il avait été contacté par le ministère de la Guerre. Kate avait vu juste : il quitterait bientôt le pays.

— J'ignore combien de temps je resterai là-bas. S'ils me laissent suffisamment de temps, j'essaierai de passer te voir à Boston avant de partir. Sinon...

Il n'acheva pas sa phrase. Tout était possible, désormais. Pas seulement pour eux, mais pour le pays tout entier. Tous les hommes valides se préparaient à partir au combat.

— Je pourrais peut-être venir te dire au revoir à Washington, proposa Kate.

L'avis de ses parents lui importait peu. Elle voulait absolument le voir avant son départ. L'idée qu'il parte à la guerre l'emplissait d'effroi.

— N'entreprends rien tant que je ne t'aurai pas appelée. Peut-être m'enverront-ils à New York pour quelques jours. J'ignore s'ils ont prévu de me faire suivre une formation ici avant de partir. Il se pourrait que je me rende directement en Angleterre, je ne sais pas encore.

Joe était quasiment sûr de sa destination, bien qu'il ait affirmé aux autorités qu'il partirait là où on l'enverrait. La date de son départ demeurait le seul point d'interrogation.

— Pour être franc, je préférerais partir en Angleterre plutôt qu'au Japon.

— Je préférerais que tu ne partes pas, murmura tristement Kate.

Elle songea à tous les jeunes gens qu'elle connaissait, ceux avec qui elle avait grandi et qu'elle avait côtoyés à l'école ; elle pensa aussi à leurs sœurs, leurs petites amies et leurs épouses. C'était une épreuve déchirante pour tout le monde. Beaucoup de ses amies étaient déjà mariées et s'apprêtaient à fonder une famille. Combien de vies allaient être bouleversées ? C'était une nation entière qui pleurait le départ de ses hommes. Beaucoup d'entre eux ne reviendraient pas ; une ombre menaçante planait sur tout le pays. Partout, les gens parlaient, chuchotaient, sanglotaient ; la peur régnait sur tous les foyers. Qu'allait-il se passer, à présent ? Selon une autre rumeur, toutes les villes côtières de Floride risquaient d'être attaquées par des sous-marins allemands. Un climat d'insécurité incontrôlable s'était abattu sur le pays à l'instant où était tombée la nouvelle du bombardement de Hawaii.

— Ne t'inquiète pas, Kate. Où seras-tu ? A l'université ou chez tes parents ?

— Je rentre chez mes parents cet après-midi. Les cours sont suspendus jusqu'aux vacances de Noël.

Un Noël qui s'annonçait lugubre, cette année.

— Je compte partir d'ici une heure ou deux pour être sûr d'être à Washington demain. C'est vraiment dommage de devoir laisser tout en plan ici.

Mais il n'avait pas le choix. Aux quatre coins du pays, des hommes abandonnaient leurs affaires pour aller à la guerre.

— Est-ce que la météo t'est favorable ? demanda Kate sans réussir à cacher son angoisse.

Il aurait voulu lui promettre que tout irait bien, qu'elle n'avait aucune raison de s'inquiéter, mais il s'en sentait incapable. D'un autre côté, le simple fait de lui parler suffisait à réchauffer le cœur de Kate. Dans le climat d'hystérie ambiante, il lui semblait solide, calme et fiable, tel un havre de paix au milieu d'une mer déchaînée.

— Il fait beau ici, mais je ne suis pas sûr de la météo un peu plus à l'est.

Deux autres hommes l'accompagneraient dans son voyage.

— Je dois aller faire mes valises, Kate. Le départ est imminent. Je t'appellerai dès que possible.

— J'attendrai ton coup de fil à la maison.

Inutile de prétendre le contraire, l'heure n'était plus à la dissimulation. Kate ne souhaitait qu'une seule chose : réussir à le voir avant qu'il quitte le pays. Joe occupait une place spéciale dans son cœur. Une place très spéciale.

Les étudiantes se dirent au revoir en pleurant. Toutes retournaient chez elles et pour certaines, le voyage serait très long. La jeune fille originaire de Hawaii partait avec une amie californienne ; ses parents ne voulaient pas qu'elle rentre à Honolulu, de peur que les Japonais ne lancent une nouvelle attaque. Des milliers d'hommes avaient péri ou été grièvement blessés à Pearl Harbor et on dénombrait aussi de nombreuses victimes parmi la population civile.

Les étudiantes japonaises étaient attendues au consulat du Japon à Boston. Elles étaient encore plus terrifiées que leurs camarades, ignorant totalement ce qui les attendait. Dans l'impossibilité de joindre leurs parents, elles ne savaient toujours pas si elles pourraient rentrer chez elles.

Kate arriva à Boston en fin d'après midi. Ses parents l'attendaient. Tous deux avaient l'air tristes et inquiets. La radio restait allumée en permanence ; le départ des troupes américaines était imminent. Ce n'était plus qu'une question d'heures ou de jours.

— As-tu eu des nouvelles de Joe ? demanda son père tandis qu'elle posait sa valise dans le hall d'entrée.

Il avait envoyé un chauffeur la chercher, préférant rester auprès de son épouse. Pâle comme un linge, Elizabeth semblait à bout de nerfs. Le calme de Kate impressionna son père. Elle hocha gravement la tête.

— Il est attendu à Washington demain. Il ne sait pas encore où on va l'envoyer.

Son père opina du chef tandis que sa mère glissait vers elle un regard inquiet. Elle ne fit aucun commentaire mais n'en pensa pas moins. A l'évidence, Kate et Joe se parlaient très souvent, même s'il s'agissait là de circonstances exceptionnelles. Combien de fois l'avait-il appelée à l'université ?

Ils dînèrent dans la cuisine en écoutant la radio. Aucun d'eux ne parla. Le contenu de leurs assiettes refroidit rapidement. Finalement, Kate aida sa mère à débarrasser la table, jetant dans la poubelle le contenu intact de leurs assiettes. La nuit lui parut interminable. Allongée dans son lit, elle pensa à Joe. Où se trouvait-il à cet instant précis ? Quel Etat survolait-il ? Réussirait-elle à le voir avant son départ ?

Il était presque midi quand il l'appela, le lendemain. Il venait de se poser au Bolling Field Airport, à Washington.

— Je voulais juste te prévenir que le voyage s'était bien passé.

Une vague de soulagement submergea Kate. Bien qu'aucun d'eux ne désirât en parler, le lien qui les unissait dépassait le stade d'une simple amitié, c'était évident. C'était un lien secret, mystérieux, bien réel.

— Je pars tout de suite au ministère de la Guerre. Je te rappellerai plus tard, Kate.

— Je ne bouge pas.

Le téléphone sonna quatre heures plus tard. La réunion avait duré tout l'après-midi ; il avait reçu de multiples instructions ainsi que ses ordres de mission. On l'avait nommé capitaine au sein de l'Army Air Corps ; sa mission principale consisterait à conduire des raids aériens pour la Royal Air Force. Il partait à Londres dans deux jours. Selon le protocole militaire, il suivrait un entraînement spécial et se familiariserait avec les vols en formation en Angleterre. Il en avait déjà effectué un grand nombre lors de démonstrations aériennes et excellait dans cette spécialité. Dans l'après-midi, le président Roosevelt avait annoncé à la nation que l'Amérique entrait officiellement en guerre.

— Voilà les nouvelles, petite Kate. Je quitte le pays dans deux jours. Mais je vais dans un endroit très agréable.

Il se rendait en East Anglia, région qu'il connaissait déjà grâce à ses fréquentes visites au siège de la RAF. Dans deux semaines, il prendrait ses fonctions de pilote de chasse. Cette perspective terrifia Kate ; lorsque les Allemands apprendraient qu'il avait rejoint les forces alliées, ils ne cesseraient de le traquer, c'était certain. Sa réputation lui collait à la peau, il ferait partie des pilotes à abattre. Kate sentit son estomac chavirer. Joe s'apprêtait à partir loin, très loin d'elle, et il risquerait sa vie à chaque instant. Comment supporterait-elle de rester sans nouvelles de lui ? Au prix d'un effort, elle parvint à se ressaisir. Ils avaient encore deux jours devant eux. Sans l'avoir formulé clairement, ils avaient déjà prévu de passer le plus de temps possible ensemble avant son départ. En l'espace de quelques heures, tout avait changé entre eux. La comédie de l'amitié s'effaçait rapidement pour céder la place à des sentiments plus profonds.

Joe devait aller chercher des documents et des uniformes avant la fin de la journée. Il quitterait le pays le surlendemain, à six heures du matin. Pour être sûr de ne pas manquer le départ, il devrait regagner New York la veille, à minuit. Il prit l'avion pour Boston à 10 heures du matin, le lendemain, et atterrit trois heures plus tard. Son avion pour New York décollait à 22 heures, le même soir. Ils avaient exactement neuf heures devant eux. Dans tout le pays, de jeunes couples vivaient la même situation douloureuse. Certains en profitaient pour se marier à la hâte, d'autres trouvaient refuge dans des chambres d'hôtel, avides de réconfort. D'autres encore restaient dans les gares ou les cafétérias, tandis que certains choisissaient les bancs publics des parcs glacés. Tous désiraient partager leurs derniers moments de liberté en paix, comme s'ils étaient seuls au monde. La mère de Kate compatissait de tout son cœur avec les mères contraintes de faire leurs adieux à leurs fils. Il n'y avait rien de plus déchirant à ses yeux.

Kate attendit Joe à l'aéroport d'East Boston. Il descendit de l'avion, à la fois grave et séduisant dans son uniforme flambant neuf. Il était encore plus beau qu'à Thanksgiving. Un sourire éclaira son visage lorsqu'il vint à sa rencontre. C'était comme s'il ne s'était rien passé de particulier depuis leur dernier rendez-vous. Il s'immobilisa à côté d'elle et, cette fois, glissa un bras sur ses épaules.

— Détends-toi, Kate. Tout se passera bien, dit-il en contemplant son visage tourmenté. Je sais ce qu'on attend de moi et je remplirai ma mission. Après tout, il s'agit seulement de piloter des avions.

Kate se remémora le vol fantastique qu'ils avaient effectué deux semaines plus tôt. L'adresse et la précision de Joe n'étaient plus à démontrer. Mais ils savaient au fond d'eux que ce serait différent, là-bas. Son avion représenterait une cible permanente. Malgré les efforts de Joe pour apaiser ses craintes, Kate ne pouvait chasser de son esprit cette pensée terrifiante.

— Qu'as-tu envie de faire, aujourd'hui ? reprit-il comme s'il s'agissait d'une journée ordinaire.

Comme s'ils n'allaient pas se dire au revoir dans moins de neuf heures... Tant de couples vivaient la même situation, au même instant !

— Veux-tu que nous allions chez moi ? demanda-t-elle d'un ton distrait.

Dans sa tête résonnait le tic-tac angoissant d'une grosse horloge. Le compte à rebours avait commencé, leur dernière journée s'écoulerait vite, trop vite. Et bientôt, Joe ne serait plus là. Un frisson lui parcourut le dos. Elle n'avait pas éprouvé une telle détresse depuis le décès de son père.

— Si nous allions d'abord déjeuner ? suggéra Joe. On passera chez toi après ; j'aimerais saluer tes parents avant de partir.

Cette marque de respect toucha Kate. Elle savait que sa mère avait cessé de s'inquiéter au sujet de Joe ; en tout cas, elle gardait ses remarques pour elle et Kate lui en était reconnaissante. Ses parents étaient désolés pour Joe et les millions d'autres jeunes gens qui partageaient son sort.

Il l'emmena déjeuner chez Locke-Ober. Malgré le cadre élégant et le menu raffiné, Kate mangea du bout des lèvres. Incapable de savourer l'instant présent, elle ne pouvait que penser à l'imminence de leur séparation. Il était 15 heures lorsqu'ils arrivèrent chez elle. Sa mère était en train d'écouter la radio. Quant à son père, il était encore au bureau.

Ils s'installèrent au salon et bavardèrent avec Elizabeth entre deux bulletins d'information. Clarke Jamison les rejoignit une heure plus tard. Les deux hommes échangèrent une poignée de main chaleureuse. Clarke lui tapota l'épaule d'un geste paternel. Aucun d'eux ne trouva les mots pour exprimer leurs sentiments, mais leurs regards étaient éloquents. Un moment plus tard, Clarke entraîna sa femme à l'étage pour les laisser seuls. Kate et Joe apprécièrent son tact. Il était hors de question qu'elle l'emmène dans sa chambre ; même s'ils se conduisaient correctement, sa mère n'apprécierait pas ce geste. Ils restèrent donc au salon, assis côte à côte sur le canapé, et continuèrent à discuter en s'efforçant d'ignorer le temps qui passait.

— Je t'écrirai, Kate, tous les jours, si j'ai le temps, promit-il.

Une expression torturée voilait son beau visage. A aucun moment il ne lui confia ses sentiments et Kate n'osa pas le questionner. Elle ignorait toujours ce qu'il éprouvait réellement pour elle. Etait-ce de l'amitié ? Ou quelque chose de plus profond ? Comme frappée par la foudre, elle comprit qu'elle l'aimait depuis plusieurs mois. C'était arrivé sans crier gare, depuis qu'ils avaient commencé à s'écrire, au mois de septembre. Le week-end de Thanksgiving avait confirmé les sentiments qui l'habitaient déjà sans qu'elle en ait réellement conscience. Joe éprouvait-il la même chose pour elle ? Elle l'ignorait et, malgré l'audace qui la caractérisait, elle ne trouva pas le courage de lui poser la question. Il ne lui restait plus qu'à vivre avec son amour et à se réjouir qu'il ait tenu à passer ses dernières heures avec elle, quelle que fût la raison de sa décision. Hormis ses cousins qu'il n'avait pas vus depuis plusieurs années, il n'avait pas de famille, pas de petite amie. La seule personne qui semblait compter pour lui était Charles Lindbergh. A part lui, Joe était seul au monde. Et c'était avec elle qu'il avait choisi de passer cette journée, avant de partir à la guerre.

Kate lui parla de la soirée que ses parents avaient annulée, avec son accord. C'eût été un manque de tact terrible que de donner une grande réception pour elle dans ce contexte tourmenté. Son père lui avait promis d'organiser une autre réception après la guerre.

— De toute façon, ça n'a plus d'importance, maintenant, conclut-elle tandis que Joe approuvait d'un signe de tête.

— Ç'aurait été une grande fête comme celle où nous nous sommes rencontrés, l'an dernier ? demanda-t-il, désireux de la distraire un peu.

La tristesse qui voilait son beau visage faisait peine à voir. Plus que jamais, il était heureux d'avoir fait sa connaissance, un an plus tôt. Dire qu'il avait bien failli ne pas accompagner Charles à ce fameux bal... Mais le destin avait choisi de les réunir.

Kate esquissa un pâle sourire.

— En beaucoup moins grandiose.

La soirée aurait eu lieu au Copley. Ils avaient établi une liste de deux cents invités, rien de comparable avec les sept cents convives de l'autre réception, où le caviar se servait à la louche et le champagne coulait à flots.

— Je suis heureuse que mes parents aient annulé, conclut-elle sincèrement.

Joe allait occuper toutes ses pensées. Joe qui risquerait sa vie tous les jours, en Angleterre. Elle s'était déjà portée volontaire pour aider la Croix-Rouge dans ses prochaines actions. Sa mère l'avait imitée.

— Tu retourneras quand même à l'université, n'est-ce pas ? s'enquit Joe.

Kate acquiesça. Ils continuèrent à parler tranquillement. Au bout d'un moment, la mère de Kate leur apporta deux assiettes. Elle ne leur demanda pas de se joindre à eux dans la cuisine ; Clarke préférait les laisser seuls et, presque malgré elle, elle approuvait sa décision. Joe se leva pour la remercier. Ils mangèrent à peine, absorbés par leurs pensées. Finalement, il se tourna vers Kate et lui prit la main. Un flot de larmes emplit le regard de la jeune fille avant même qu'il ait le temps d'ouvrir la bouche.

— Ne pleure pas, Kate, murmura-t-il.

Les pleurs l'avaient toujours déstabilisé, mais il comprenait son désarroi. Au même instant, des larmes coulaient dans toutes les maisons.

— Ça ira, ne t'inquiète pas. J'ai neuf vies, tant que je suis aux commandes d'un avion.

Il avait échappé à des accidents effroyables depuis qu'il pilotait.

— Et s'il t'en fallait dix ? demanda-t-elle tandis que les larmes roulaient sur ses joues.

Elle aurait tant aimé se montrer forte et courageuse, mais c'était trop pour elle. L'idée qu'il pourrait lui arriver quelque chose lui était intolérable. Sa mère avait vu juste, dès le départ. Kate était amoureuse de Joe.

— J'aurai vingt vies, s'il le faut. Fais-moi confiance, assura-t-il d'un ton qu'il voulait apaisant.

Tous deux savaient, hélas, qu'il ne pourrait peut-être pas honorer sa promesse. C'était pour cette raison qu'il n'avait pas voulu s'engager avec elle avant de partir.

Joe n'avait pas l'intention de laisser derrière lui une jeune veuve de dix-huit ans. Elle méritait bien mieux que ça et s'il n'était pas capable de le lui donner, elle trouverait quelqu'un d'autre. Il souhaitait avant tout qu'elle se sente libre de faire ce qu'elle voulait pendant son absence.

Mais il était déjà trop tard : Joe avait conquis son cœur. Ils étaient assis côte à côte, elle sentait son bras sur ses épaules et tout à coup, elle se tourna vers lui et lui avoua qu'elle l'aimait. Il la dévisagea longuement, sans mot dire. Le regard de Kate trahissait une immense peine. Il ignorait tout de la perte qu'elle avait subie quand elle était enfant. Kate n'avait jamais parlé à quiconque du suicide de son père ; Joe s'imaginait que Clarke était son père biologique. Mais soudain, le départ de Joe ranimait le désespoir qui l'avait submergée à l'époque.

— Je n'avais pas envie d'entendre ça, Kate, murmura Joe d'un ton désolé. Je n'avais pas envie de te le dire, non plus. Je ne veux pas que tu te sentes liée à moi s'il arrivait quelque chose. Tu comptes beaucoup pour moi, depuis le jour où nous avons fait connaissance. C'est la première fois que je rencontre quelqu'un comme toi. Mais ce serait malhonnête de ma part de t'arracher une promesse ou de te demander de m'attendre. Il est possible que je ne revienne pas et je ne voudrais pas que tu te sentes redevable envers moi. Tu ne me dois rien, Kate. Sens-toi libre de faire ce que bon te semble. Ce que nous ressentons l'un pour l'autre, même si nous n'en parlons pas, me rend infiniment heureux et je l'emporte précieusement avec moi.

Il l'attira dans ses bras et la serra si fort qu'elle entendit les battements de son cœur contre sa poitrine. Il ne chercha pas à l'embrasser. Une déception immense submergea Kate. Elle aurait tant voulu l'entendre dire qu'il l'aimait aussi. C'était peut-être leur dernière chance avant longtemps ou, pire encore, la dernière chance de leur vie.

— Mais je t'aime, Joe, répéta-t-elle avec force. Je tenais à te le dire pour que tu puisses emporter mon amour avec toi. Je ne veux pas que tu te poses des questions quand tu seras là-bas, grelottant dans les tranchées.

Joe haussa un sourcil légèrement amusé.

— Dans les tranchées ? C'est l'infanterie, Kate. Moi, je volerai haut dans le ciel, traquant et pourchassant sans relâche les cibles allemandes. Et la nuit, je dormirai dans un lit douillet. Ce n'est pas aussi périlleux que tu l'imagines, tu sais. Ça le sera pour d'autres, mais pas pour moi. Les pilotes de chasse font partie d'un corps d'élite.

Le temps s'écoula à une vitesse prodigieuse. Ce fut bientôt l'heure du départ. La nuit était froide et cristalline. Ils montèrent ensemble dans le taxi qui les accompagna à l'aéroport. Le père de Kate avait proposé de les y conduire mais Joe avait poliment décliné son offre. Ils avaient besoin d'être seuls.

L'aéroport était bondé de jeunes gens en uniforme. Agés de dix-huit ou dix-neuf ans, ils ressemblaient à des petits garçons qu'on aurait arrachés de force à leur mère. Certains d'entre eux n'avaient encore jamais quitté leur famille.

Les dernières minutes qu'ils passèrent ensemble furent extrêmement éprouvantes. Kate tenta vainement de refouler ses larmes, tandis que Joe semblait tout à coup tendu. C'était un moment chargé d'émotion, pour tous les deux. Ils ne savaient pas quand ils se reverraient... s'ils se revoyaient un jour. La guerre risquait de durer plusieurs années. Kate ne pouvait que prier pour qu'il en fût autrement. L'embarquement fut presque salvateur. Ils n'avaient plus rien à se dire, et Kate s'accrochait désespérément à lui. Elle ne voulait pas le laisser partir, elle ne voulait pas perdre le seul homme qu'elle ait jamais aimé.

— Je t'aime, murmura-t-elle encore.

Une expression contrite assombrit le visage de Joe. Ce n'était pas ce qu'il avait imaginé en venant passer la journée avec Kate. Bizarrement, il avait eu l'impression d'avoir conclu un pacte tacite avec elle, un pacte qui leur interdisait de se dire de telles choses. Mais Kate l'avait trahi.

C'était plus fort qu'elle. Elle ne pouvait pas le laisser partir sans lui dire son amour. A ses yeux, Joe avait le droit de savoir. Elle ignorait qu'en écoutant son cœur, elle lui rendait les choses plus difficiles encore. Jusqu'à présent, il avait réussi tant bien que mal à se convaincre qu'ils n'étaient que de bons amis. Il ne pouvait plus se voiler la face. Ils étaient bien plus que de simples amis.

Ces quelques mots étaient comme un cadeau qu'elle lui offrait, le seul qui ait une véritable valeur. La réalité les enveloppa brusquement. En une seconde, Joe prit conscience de sa propre vulnérabilité. Il ne reviendrait peut-être jamais. Il contempla Kate, savourant chaque instant passé en sa compagnie. Jamais il ne rencontrerait une autre femme comme elle, pleine de vie, de feu et d'enthousiasme. Où qu'il aille, quoi qu'il advienne, il ne l'oublierait pas.

Une voix annonça de nouveau son vol. Alors, très doucement, il la prit dans ses bras et captura ses lèvres. Il était trop tard pour lutter contre ses sentiments. Il s'était leurré en s'imaginant qu'il parviendrait à les maîtriser. Ce qu'ils éprouvaient l'un pour l'autre était aussi inéluctable que le temps qui passe. Sans échanger la moindre promesse ni le moindre mot, ils prirent tous deux conscience du lien rare, infiniment précieux, qui les unissait, envers et contre tout.

— Prends bien soin de toi, murmura-t-il d'une voix rauque.

— Je t'aime, chuchota-t-elle encore.

Elle planta son regard dans le sien en prononçant ces mots et il hocha la tête, incapable de les dire à son tour malgré les sentiments qui l'habitaient. Ces trois petits mots exprimaient des émotions qu'il fuyait délibérément depuis trente ans.

Il l'attira tout contre lui et l'embrassa de nouveau. Le moment de se séparer était arrivé. L'embarquement avait commencé. Rassemblant tout son courage, il tourna les talons et s'éloigna. Arrivé devant la porte, il s'immobilisa. Le visage baigné de larmes, Kate ne le quittait pas des yeux. Il fit encore quelques pas, s'arrêta de nouveau et se tourna vers elle une dernière fois.

— Je t'aime, Kate, cria-t-il en agitant la main.

Au moment où elle laissait échapper un petit rire entre ses larmes, il disparut.

5

Ce fut un Noël morose pour tout le monde. Deux semaines et demie après Pearl Harbor, le monde était encore sous le choc. Les fils de l'Amérique partaient à la guerre, des paquebots entiers les emmenaient se battre en Europe ou dans le Pacifique. Des noms de villes dont personne n'avait entendu parler jusqu'alors flottaient sur toutes les lèvres. Kate était presque soulagée de savoir Joe en Angleterre. D'après l'unique lettre qu'elle avait reçue depuis son départ, il menait une vie relativement confortable.

Il se trouvait en poste à Swinderby. Par mesure de sécurité, la censure interdisait aux soldats de parler en détail de leur emploi du temps, aussi s'attachait-il à lui demander de ses nouvelles avant de brosser le portrait des gens qu'il avait rencontrés jusqu'à présent. Il décrivit également la campagne anglaise et loua la gentillesse du peuple anglais à leur égard. Il ne lui écrivit pas qu'il l'aimait. Il le lui avait dit une fois mais ne se sentait pas le courage de coucher ses sentiments noir sur blanc.

Les parents de Kate avaient compris à quel point elle aimait Joe ; leur seule consolation était d'avoir deviné qu'il l'aimait aussi. Pourtant, quand ils se retrouvaient seuls, Elizabeth ne pouvait s'empêcher d'exprimer ses craintes. Elle redoutait que Kate ne passe sa vie en deuil, si le pire se produisait. Pourrait-elle jamais oublier un homme comme Joe ?

— Que Dieu me pardonne de parler ainsi, commença Clarke d'un ton posé, mais je suis sûr que Kate finirait par s'en remettre, s'il lui arrivait quelque chose. D'autres femmes sont passées par là avant elle. Cependant, j'espère de tout cœur que cela n'arrivera pas.

Hélas, ce n'était pas uniquement la guerre qui inquiétait Elizabeth, c'était quelque chose de plus intense qu'elle avait perçu chez Joe à l'instant même où ils avaient été présentés. Comment l'expliquer à Clarke ? Elle avait l'impression que Joe était incapable d'ouvrir son cœur, de donner pleinement, d'aimer vraiment. Il semblait toujours en retrait, comme s'il respectait des limites invisibles. Sa passion illimitée pour les avions et la conquête de nouveaux horizons n'était qu'un moyen d'échapper à la réalité. En bref, Elizabeth craignait qu'il ne soit pas capable de faire le bonheur de sa fille, même s'il revenait sain et sauf.

Elle avait pourtant ressenti le lien puissant qui unissait les deux jeunes gens, ainsi que la profonde fascination qu'ils éprouvaient l'un pour l'autre. Ils étaient aussi différents et complémentaires que le jour et la nuit. Sans qu'elle puisse expliquer pourquoi, Elizabeth savait qu'ils étaient un danger l'un pour l'autre.

Le soir où aurait dû se tenir le bal en son honneur, Kate se plongea dans un ouvrage qu'elle devait lire pour la rentrée. Le téléphone sonna et elle fut surprise d'entendre la voix d'Andy Scott. A présent, presque tous les jeunes gens de son entourage étaient partis. Quelques semaines plus tôt, Andy lui avait expliqué qu'il souffrait d'un léger souffle au cœur depuis son enfance. Si cela ne l'affectait en rien dans sa vie quotidienne, il n'en demeurait pas moins inapte à intégrer l'armée. Très contrarié, il avait pourtant tout fait pour rejoindre ses amis, mais les autorités étaient restés catégoriques dans leur refus. Il raconta à Kate qu'il songeait à porter un insigne pour expliquer aux gens pourquoi il n'était pas parti combattre aux côtés des forces alliées. Il se faisait l'impression d'un traître perdu au milieu de toutes ces femmes. Ils en discutèrent pendant un moment, puis il l'invita à dîner. Kate déclina son invitation ; cela lui semblait incongru de prendre du bon temps alors que l'homme qu'elle aimait se battait de l'autre côté de l'Atlantique. Elle expliqua à Andy les raisons de son refus. Le jeune homme tenta alors de la convaincre de l'accompagner au cinéma, mais Kate ne se sentait pas d'humeur à sortir. Bien qu'ils soient amis, elle avait appris par le biais de relations communes qu'Andy était follement amoureux d'elle. Il n'avait pas cessé de la courtiser depuis la rentrée universitaire.

— Cela te ferait le plus grand bien de sortir un peu, déclara sa mère après qu'elle lui eut rapporté sa conversation avec Andy. Tu ne vas tout de même pas rester enfermée à la maison ! Qui sait combien de temps durera cette guerre ?

Joe et elle n'avaient échangé aucune promesse. Ils n'étaient pas fiancés, il ne l'avait pas non plus demandée en mariage. Ils s'aimaient, tout simplement. Mais sa mère aurait été bien plus heureuse de la voir fréquenter Andy Scott, Kate le savait pertinemment.

— Je n'ai pas envie de sortir, répliqua-t-elle

avant de regagner sa chambre, son livre sous le bras.

Elle se moquait bien de rester enfermée chez ses parents, même si la guerre devait se prolonger.

— Elle ne peut pas continuer à se morfondre ainsi jour et nuit, se lamenta Elizabeth en retrouvant son mari un peu plus tard. Il n'y a rien d'officiel entre eux, ils ne sont même pas fiancés !

— D'après ce que j'ai compris, c'est un engagement qui vient du cœur, répliqua posément le père de Kate.

Clarke s'inquiétait pour Joe et compatissait à la tristesse de sa fille. Il ne partageait pas les craintes de son épouse, persuadé que Joe était un homme formidable.

— Je ne suis pas sûre que Joe soit capable de s'engager un jour, insista Elizabeth d'un air tourmenté.

— Je crois au contraire qu'il fait preuve d'une conduite exemplaire en refusant de laisser derrière lui une veuve de dix-huit ans.

— Si tu veux mon avis, les hommes comme lui passent leur vie à fuir les engagements, répliqua son épouse. Il aime trop ses avions, le reste passera toujours après. Il ne donnera jamais à Kate ce dont elle a besoin. Sa passion restera toujours sa priorité absolue, prédit-elle d'un ton peiné.

Clarke ne put s'empêcher de sourire.

— Ce n'est pas forcément vrai. Regarde Lindbergh. Il est marié et père de famille.

— Sa femme est-elle vraiment heureuse ? demanda Elizabeth, sceptique.

Malgré les inquiétudes de sa mère, Kate continua à faire ce que bon lui semblait. Elle passa les vacances de Noël chez elle, en compagnie de ses parents. Lorsqu'elle retourna à l'université au mois de janvier, ses compagnes avaient l'air aussi abattues qu'elle. Cinq d'entre elles s'étaient mariées avant le départ de leurs compagnons, une bonne douzaine s'étaient fiancées et toutes les autres fréquentaient des garçons qui ne tarderaient pas à rejoindre les troupes. Leur vie s'articulait désormais autour de photos et de lettres. Kate, elle, ne possédait aucune photo de Joe, seulement une volumineuse liasse de lettres.

Elle décida de se jeter à corps perdu dans ses études. Andy passait souvent la voir à Radcliffe ; elle refusait toujours de sortir avec lui, mais ils restaient bons amis. Ils se promenaient longuement sur le campus puis allaient déjeuner à la cafétéria. Andy la taquinait toujours sur le manque de raffinement des repas qu'ils partageaient mais, tant qu'elle restait sur le campus, Kate n'avait pas l'impression de trahir Joe. Andy trouvait sa réaction ridicule et ne cessait de l'inviter à sortir.

— Pourquoi ne me laisses-tu pas t'emmener dans un endroit agréable ? gémit-il un jour alors qu'ils étaient attablés devant un pain de viande desséché et un morceau de poulet immangeable.

— Ce ne serait pas bien. Et puis je trouve ça plutôt bon, mentit-elle avec aplomb.

— Bon ? Tu trouves ça bon ? répéta-t-il en plongeant sa fourchette dans une purée blanchâtre qui ressemblait à de la colle à papier. Il me faut deux jours pour me remettre des douleurs qui me tordent le ventre à chaque fois que je mange avec toi.

Ses protestations demeuraient vaines : Kate, elle, ne songeait qu'aux rations que recevait Joe, en Angleterre. Elle aurait trouvé choquant d'aller dîner avec Andy dans de luxueux restaurants. S'il désirait passer un peu de temps en sa compagnie, il n'avait pas d'autre choix que la cafétéria de l'école.

A part les rebuffades de Kate, Andy menait une vie sociale très active. Grand, brun, très séduisant, il était un des rares jeunes gens à ne pas être parti à la guerre. Les filles se battaient presque pour sortir avec lui ; il aurait pu choisir n'importe laquelle, sauf bien sûr celle qu'il désirait. Kate.

Andy continua pourtant à lui rendre visite régulièrement. Au fil des mois s'instaura entre eux un lien de profonde amitié. Kate l'appréciait énormément ; leur relation était solide, stable et tranquille. Rien de comparable avec le feu, la passion, l'attirance magnétique qu'elle éprouvait pour Joe. A ses yeux, Andy était comme un frère. Ils jouaient au tennis plusieurs fois par semaine. A l'approche de Pâques, elle finit par accepter d'aller au cinéma avec lui, tenaillée toutefois par une profonde culpabilité. Ils allèrent voir *Madame Miniver* avec Greer Garson, et Kate pleura tout le long du film.

Elle recevait des lettres de Joe plusieurs fois par semaine et devinait à ses allusions qu'il pilotait des Spitfires au cours de raids aériens conduits par la RAF. Tant que les lettres arrivaient, Kate continuait de prier : Joe était sain et sauf. Elle vivait dans la crainte permanente d'apprendre que son avion avait été abattu et c'était d'une main tremblante qu'elle ouvrait le journal chaque matin. Avec sa réputation et les rapports étroits qu'il entretenait avec Charles Lindbergh, il ne faisait aucun doute que la presse mentionnerait la triste nouvelle. Mais jusqu'à présent, il semblait en forme et gardait le moral. Après s'être plaint du froid et de la nourriture exécrable durant tout l'hiver, il lui écrivit une jolie lettre au mois de mai. La campagne anglaise était magnifique au printemps, les fleurs poussaient partout, tous les habitants — même les plus démunis — soignaient leur jardin avec passion.

Il ne lui avait toujours pas écrit qu'il l'aimait.

A la fin du mois de mai, la RAF organisa un raid aérien nocturne de grande envergure : plus d'un millier de bombardiers se déployèrent au-dessus de Cologne. Kate lut la nouvelle dans le journal et, bien que Joe ne l'ait mentionné dans aucune de ses lettres, elle eut la certitude qu'il avait participé à l'opération. En juin, Andy obtint le diplôme de fin d'année de Harvard grâce à un cursus accéléré. Il entrerait à la faculté de droit à l'automne. Kate termina sa première année et assista à la cérémonie de remise des diplômes d'Andy. Puis elle partit travailler à plein temps à la Croix- Rouge. Les équipes de bénévoles préparaient les kits de premiers secours, pliaient des vêtements chauds à l'intention des soldats, envoyaient des colis et distribuaient des médicaments. Le travail en lui-même n'avait rien de passionnant, mais Kate tenait à participer à l'effort de guerre. Dans son petit cercle d'amis, le conflit avait déjà frappé. Trois étudiantes avaient perdu des frères sur des navires torpillés par les Allemands. Une de ses compagnes de chambre avait dû rentrer chez elle pour aider son père à tenir l'entreprise familiale. Plusieurs fiancés étaient tombés au champ de bataille et l'une des cinq filles qui s'étaient mariées à Noël était rentrée chez elle après le décès de son époux. Comment oublier cette terrible guerre quand on croisait tous les jours des regards attristés et des visages angoissés ? Chacun vivait dans la peur permanente de recevoir un télégramme du ministère de la Guerre.

Cet été-là, Andy travailla comme bénévole dans un hôpital militaire, désireux de compenser par tous les moyens possibles son absence au front. Il appela Kate pour lui raconter les histoires atroces des hommes qu'il côtoyait et les moments uniques qu'il partageait avec eux. Il ne l'aurait avoué pour rien au monde, sauf peut-être à Kate, mais il lui arrivait souvent de se réjouir de ne pas être parti, finalement. La plupart des hommes qu'ils accueillaient revenaient d'Europe, les blessés du Pacifique étant rapatriés dans des hôpitaux de la côte Ouest. Nombre d'entre eux rentraient amputés d'un membre, borgnes ou défigurés ; d'autres avaient sauté sur une mine, d'autres encore étaient truffés d'éclats d'obus. Il y avait aussi un service entier plein de soldats devenus fous à la suite du traumatisme subi. Kate était horrifiée. Hélas, tous deux savaient que la situation risquait fort de s'aggraver dans les mois à venir.

Après avoir travaillé pendant deux mois et demi à la Croix-Rouge, Kate alla passer ses deux dernières semaines de vacances à Cape Cod en compagnie de ses parents. C'était un des rares endroits où rien n'avait changé. La communauté était essentiellement composée de personnes âgées et Kate retrouva tous les visages qui lui étaient familiers. Cette année pourtant, les petits-fils ne viendraient pas et la plupart des amis de Kate étaient absents. Les filles étaient là, elles, et le jour de Labor Day, les voisins organisèrent leur traditionnel barbecue sur la plage. Comme tous les ans, Kate et ses parents s'y rendirent avec plaisir. Cela faisait presque une semaine qu'elle était sans nouvelles de Joe. Les lettres qu'elle recevait dataient souvent de plusieurs semaines et arrivaient groupées. Il aurait pu mourir un mois plus tôt, ses lettres auraient continué à lui parvenir. Cette pensée lui glaçait le sang à chaque fois qu'elle lui traversait l'esprit.

Neuf mois s'étaient écoulés depuis le départ de Joe — une éternité. Andy l'avait appelée à deux reprises depuis qu'elle était à Cape Cod. Il passait sa dernière semaine de vacances chez ses grands-parents, dans le Maine, après avoir travaillé trois mois durant à l'hôpital. Cette expérience l'avait aidé à mûrir. Il commencerait ses études de droit à Harvard à la rentrée, désireux de travailler le plus rapidement possible. Contraint de rester au pays, c'était la seule solution acceptable pour lui. Son père dirigeait le cabinet juridique le plus prestigieux de New York et la place d'Andy était déjà réservée.

Kate se dirigea vers le feu pour faire griller quelques marshmallows. Elle se souvint du barbecue de l'an dernier, et ses pensées se tournèrent inévitablement vers Joe. Cette soirée avait marqué le début de leur idylle. Ils avaient commencé à s'écrire peu de temps après, puis il y avait eu le week-end de Thanksgiving. Elle se souvenait de toutes les paroles qu'il avait prononcées ce soir-là, alors qu'ils se promenaient sur la plage. Perdue dans sa rêverie, elle n'entendit pas le bruit de pas derrière elle.

— C'est une manie, chez toi, de brûler les marshmallows ?

Kate sursauta et fit volte-face, le souffle coupé. Joe se tenait devant elle, grand, mince et pâle. Un sourire éclairait son visage fatigué. Interdite, Kate lâcha la brochette dans le sable. L'instant d'après, il la serrait dans ses bras.

— Oh, mon Dieu... mon Dieu, balbutia-t-elle, éperdue de bonheur.

Elle ne rêvait pas, Joe était bel et bien là, tout contre elle. Soudain, une pensée lui traversa l'esprit et elle recula pour l'examiner d'un air inquiet. Non, il n'était pas blessé.

— Que fais-tu là ?

— Je suis en permission, pour deux semaines. Je dois me présenter au ministère de la Guerre mardi. J'imagine que j'ai abattu mon quota d'Allemands, alors ils m'ont renvoyé au pays pour que je puisse prendre de tes nouvelles. Tu m'as l'air plutôt en forme. Comment vas-tu, ma chérie ?

Elle allait bien, incroyablement bien depuis quelques instants. Elle était si heureuse de le voir ! A l'évidence, Joe partageait sa joie. Ses mains se promenaient doucement sur elle, tandis qu'ils restaient blottis l'un contre l'autre. Il caressa ses cheveux, l'embrassa plusieurs fois, la serra dans ses bras avec fougue. Le monde extérieur n'existait plus. Ils étaient heureux de se retrouver, enfin.

Le père de Kate les aperçut quelques minutes plus tard. Il ne reconnut pas tout de suite le grand jeune homme blond qui se tenait près de sa fille. Ce ne fut que lorsqu'ils échangèrent un baiser qu'il comprit qu'il s'agissait de Joe. Aussitôt, il se dirigea vers eux à grandes enjambées et gratifia le pilote d'une chaleureuse accolade.

— Ravi de te revoir parmi nous, Joe, déclara-t-il avec joie. Nous nous sommes fait un sang d'encre pour toi, ajouta-t-il en tapotant l'épaule du jeune homme.

— C'est pour les Allemands que vous devriez vous inquiéter. Nous leur faisons passer un sale quart d'heure, croyez-moi.

— Ils l'ont bien cherché, riposta le père de Kate avec un sourire entendu.

— Personnellement, je remplis mes missions

dans le seul but de pouvoir rentrer au pays, fit Joe, radieux.

Sa joie sautait aux yeux ; quant à Kate, elle exultait. Elle n'arrivait pas à croire qu'il ne s'agissait pas d'un rêve. C'était une récompense inespérée après ces longs mois d'angoisse et de prières. Quinze jours de permission... cela tenait du miracle ! Kate était incapable de détacher les yeux de Joe. Tous deux se tenaient l'un contre l'autre, souffles mêlés.

— Comment ça se passe là-bas, fiston ?

Au prix d'un effort, Kate s'écarta de lui pour aller annoncer la bonne nouvelle à sa mère.

— Les Anglais sont en mauvaise posture, répondit Joe avec franchise. Les Allemands s'acharnent sur eux ; ils ont déjà bombardé toutes les grandes villes. On finira sans doute par en venir à bout, mais ce ne sera pas facile.

Les bulletins d'information étaient très décourageants depuis deux mois. L'Allemagne avait assiégé Sébastopol avant de se lancer à l'assaut de Stalingrad. En Afrique du Nord, Rommel pilonnait systématiquement les cibles britanniques. Quant à l'Australie, elle menait un combat acharné contre le Japon en Nouvelle-Guinée.

— Je suis vraiment heureux de te voir, répéta Clarke.

A ses yeux, Joe faisait déjà partie de la famille, même si aucun engagement n'avait été pris dans ce sens. Elizabeth aussi semblait radoucie lorsqu'elle les rejoignit quelques minutes plus tard, en compagnie de Kate. Elle le serra dans ses bras et l'embrassa affectueusement, en lui disant à quel point elle était heureuse de le voir sain et sauf. Sa joie était sincère, pour le bonheur de sa propre fille.

— Vous avez maigri, Joe, fit-elle observer d'un ton inquiet.

Il avait perdu beaucoup de poids, en effet, car il passait de longues heures aux commandes de son avion de chasse et se nourrissait à peine. Les rations qu'on leur distribuait n'avaient rien d'appétissant.

— Comment allez-vous ? reprit Elizabeth.

— Je me porte comme un charme depuis que j'ai appris que je disposais de deux semaines de liberté, répondit Joe. Je dois me rendre à Washington demain mais je serai de retour jeudi. Il me restera dix jours que j'avais l'intention de passer à Boston.

Pour des raisons évidentes. Le visage de Kate s'illumina.

— Ce serait formidable, approuva Clarke en glissant un bref regard à son épouse.

Incapable de résister à l'expression de bonheur de sa fille, Elizabeth enchaîna :

— Voulez-vous séjourner à la maison ?

Le regard brillant, Kate remercia sa mère avec effusion. Elizabeth avait renoncé à se battre contre des montagnes. Quand l'amour était là, personne ne pouvait lutter. Et puis, s'il devait arriver malheur à Joe, elle ne voulait surtout pas que Kate leur reproche de les avoir séparés alors qu'ils s'aimaient. La clémence était finalement la voie de la sagesse, tant que Kate ne commettait pas d'imprudence. En les voyant tous les deux réunis, Elizabeth se promit d'en toucher deux mots à sa fille. Après tout, Joe était un homme de trente et un ans, avec des désirs et des besoins qui ne correspondaient pas à ceux d'une jeune fille de l'âge de Kate. Tant qu'ils se conduisaient correctement,

Elizabeth ne voyait pas d'inconvénient à ce qu'il séjournât sous leur toit.

La fin de la soirée s'écoula comme dans un rêve. Il était plus de minuit lorsque Joe quitta Kate. Il devait regagner Boston en voiture avant de prendre le train pour Washington où il était attendu le lendemain matin. Aucun avion n'avait été mis à sa disposition. Avant de partir, il prit les lèvres de Kate dans un baiser passionné et lui donna rendez-vous à Boston, trois jours plus tard. Elle ferait malgré tout sa rentrée à l'université, surtout pour contenter ses parents qui tenaient à ce qu'elle reprenne les cours en même temps que les autres. Ils acceptaient d'accueillir Joe, à la condition qu'elle aille tous les jours en cours.

— Je la conduirai moi-même à l'université et je veillerai à ce qu'elle ne s'échappe pas, leur promit ce dernier.

Il s'était toujours montré très protecteur, parfois même paternel à son égard, et Kate appréciait de pouvoir se reposer sur lui. Il y avait tant de choses qu'elle appréciait en lui, songea-t-elle tandis qu'il la serrait dans ses bras. Avant de la libérer, il lui confia qu'elle lui avait terriblement manqué, pendant ces longs mois.

— Je t'aime tant, ajouta-t-il dans un murmure.

Ivre de joie, Kate plongea dans son regard pour mieux savourer ces quelques mots. Cela faisait si longtemps qu'elle ne les avait pas entendus !

— Je t'aime aussi, Joe. J'étais si inquiète pour toi... ajouta-t-elle d'une voix enrouée par l'émotion.

— On s'en sortira, mon cœur. Promis. Quand tout sera fini, nous profiterons enfin du bonheur d'être ensemble.

Sa mère aurait préféré un autre genre de promesse, mais Kate s'en moquait. Elle désirait simplement être auprès de lui.

Il rentra de Washington le surlendemain, un peu plus tôt que prévu, et s'installa chez les Jamison, où il se montra courtois, poli et discret. Le respect qu'il témoignait à Kate impressionna favorablement ses parents. En fait, ces derniers auraient été comblés s'il l'avait demandée en mariage.

Le père de Kate aborda habilement le sujet en rentrant du bureau un après-midi, alors que Joe travaillait sur un de ses croquis dans la cuisine. C'était un projet qui lui tenait à cœur. Lorsque la guerre serait finie, il ferait tout son possible pour construire cet avion qui nourrissait ses rêves.

Les deux hommes parlèrent de Charles Lindbergh, chargé d'aider Henry Ford à gérer la production d'avions bombardiers. Lindbergh avait émis le souhait de rejoindre les troupes américaines, mais Franklin Roosevelt s'y était personnellement opposé. L'aide qu'il apportait à Henry Ford était précieuse et considérable ; pourtant, la presse et l'opinion publique demeuraient très critiques à son égard après les positions qu'il avait affichées avant la guerre. Comme le reste du pays, ses déclarations en faveur d'America First avaient beaucoup déçu Clarke. Tout le monde avait cru alors qu'il allait se ranger aux côtés des Allemands. Comment un homme aussi brillant, patriote de surcroît, avait-il pu se laisser berner par l'Allemagne avant que la guerre éclate ? Récemment, il était quelque peu remonté dans l'estime de Clarke en soutenant l'effort de guerre par tous les moyens possibles.

La conversation glissa peu à peu vers Kate. Sans formuler clairement le fond de sa pensée, Clarke laissa entendre à Joe qu'il était curieux de connaître ses intentions au sujet de sa fille. Sans l'ombre d'une hésitation, Joe lui confia qu'il l'aimait de tout son cœur. Malgré son air embarrassé, il se montra franc et direct. Il examina longuement ses mains avant de rencontrer le regard de Clarke. Ce dernier apprécia la sincérité qui brillait dans ses yeux. Jusqu'à présent, Joe ne l'avait pas déçu. Simplement, il avançait dans la vie plus lentement que ce qu'aurait souhaité Elizabeth, mais Kate s'en moquait éperdument — n'était-ce pas là l'essentiel ? Leur amour était évident, ils cheminaient tous deux sur la même voie, à leur rythme. Et Clarke respectait leur choix.

— Je n'ai pas l'intention de l'épouser tout de suite, déclara Joe sans détour.

Il s'agita nerveusement sur l'étroite chaise de cuisine, tel un oiseau géant perché sur une branche, ses grandes ailes repliées contre lui.

— Ce ne serait pas raisonnable. S'il m'arrivait malheur là-bas, elle serait veuve.

S'il lui arrivait malheur, veuve ou non, Kate serait folle de chagrin, les deux hommes le savaient pertinemment. Elle était encore très jeune, et Joe était son premier amour — peut-être le dernier, si la mère de Kate parvenait à obtenir ce qu'elle désirait pour sa fille. La veille au soir, Elizabeth avait encore répété à Clarke à quel point elle aimerait qu'ils se fiancent, au moins pour officialiser leur relation.

— Nous n'éprouvons pas le besoin de nous marier, poursuivit Joe. Nous nous aimons, elle est la seule femme dans ma vie.

— Songez-vous malgré tout à vous marier, un peu plus tard ? demanda Clarke d'un ton posé.

C'était la première fois qu'ils abordaient un sujet aussi personnel.

— Oui, je suppose. Tant que je pourrai continuer à piloter et dessiner des avions, je ne vois pas pourquoi nous ne nous marierions pas. Pour être franc, je n'y ai pas vraiment réfléchi, conclut-il en haussant les épaules.

Il ne s'agissait ni d'une demande en mariage, ni d'une promesse, ni même d'une déclaration d'intention. C'était tout au plus une hypothèse. Il avait mis du temps avant de grandir et ne souffrait apparemment d'aucun manque affectif. Fonder une famille ne faisait pas partie de ses priorités absolues, il ne l'avait pas caché à Kate. Plus que tout au monde, il désirait assouvir sa passion pour les avions.

— C'est assez difficile de se projeter dans l'avenir quand on risque sa vie en permanence, fit-il observer. Dans ce genre de situation, rien d'autre ne compte vraiment.

Il effectuait jusqu'à trois missions par jour et chaque fois qu'il décollait, il savait qu'il ne reviendrait peut-être pas. Aussi s'efforçait-il de se concentrer sur le court terme et les cibles qu'on lui assignait. Le reste n'avait pas d'importance. Même Kate, dans ces moments-là, sortait de ses pensées. Kate était un luxe qu'il pouvait savourer une fois liquidées les affaires importantes. C'était ainsi qu'il concevait sa vie. Kate devrait attendre qu'il en ait terminé avec ses préoccupations actuelles, c'est-à-dire les missions qu'on lui assignait.

— J'aime Kate, monsieur Jamison, affirma-t-il au moment où Clarke lui tendait un verre de bourbon.

Il en but une gorgée avant de demander d'un ton inquiet :

— Pensez-vous qu'elle pourrait être heureuse

avec un homme comme moi ? Serai-je capable de faire le bonheur d'une femme ? L'aviation est toute ma vie, et il en sera toujours ainsi. Il faut que Kate en prenne conscience.

Joe était un génie, à sa façon. Il concevait de brillants projets aéronautiques et connaissait par cœur les moteurs de ses appareils. Il pouvait voler dans n'importe quelle circonstance et l'avait déjà démontré à plusieurs reprises. L'aérodynamique n'avait pas de secret pour lui. Mais il connaissait beaucoup moins bien les femmes. Clarke commençait tout juste à s'en apercevoir — contrairement à son épouse qui avait aussitôt perçu la faille.

— Elle serait heureuse si tu lui assurais une existence équilibrée, si tu prenais soin d'elle. A mon avis, elle nourrit les mêmes aspirations que les autres femmes : elle veut un mari sur qui elle pourra compter en toute circonstance, une jolie maison et des enfants. C'est assez simple, somme toute.

— Ça ne m'a pas l'air trop compliqué, en effet, observa Joe en avalant une grande gorgée de bourbon.

— Ça peut le devenir, parfois. Les femmes se froissent souvent pour des choses complètement stupides. On ne les traite pas comme de simples objets. Si on a le malheur de les contrarier, ou si on manque de psychologie, les choses se corsent dangereusement.

C'était un conseil avisé, mais Clarke n'était pas sûr que Joe soit prêt à l'entendre.

— Vous avez sans doute raison. Je n'avais encore jamais pensé à ça.

Il se tortilla de nouveau sur son siège, mal à

l'aise. Les yeux rivés sur son verre, il reprit la parole quelques instants plus tard.

— En fait, je n'ai pas le temps d'y songer pour le moment. C'est encore trop tôt. Nous nous connaissons à peine, Kate et moi ; et à l'heure qu'il est, je suis incapable de me concentrer sur autre chose que mes missions. Quand la guerre sera finie, nous pourrons débattre de la couleur du linoléum et de la longueur des rideaux. Pour le moment, nous n'avons même pas de maison à nous. Ni Kate ni moi ne souhaitons brûler les étapes.

Malgré la justesse de ses propos, Clarke éprouva une vive déception. Il espérait secrètement que Joe lui demanderait la main de Kate. Bien sûr, celui-ci n'avait pas complètement rejeté l'idée, mais il avait reconnu qu'il ne se sentait pas prêt à franchir le cap. Sa franchise était appréciable. D'un autre côté, Kate aurait été folle de joie si Joe l'avait demandée en mariage. A dix-neuf ans, elle se sentait prête à fonder un foyer.

Jusqu'à présent, l'existence de Joe ne ressemblait en rien à celle de Kate. Survolant le monde aux commandes de ses engins, il s'était entièrement voué à sa passion, nourrissant de grands rêves concernant l'avenir de l'aviation. La vie de tous les jours ne l'intéressait pas. Quand la guerre serait finie, il lui faudrait se consacrer davantage au quotidien au lieu de garder en permanence les yeux levés vers le ciel. Du moins était-ce la conclusion résignée de Clarke. Joe était un incorrigible rêveur. Kate faisait-elle partie de ses rêves ?

— Alors, que t'a-t-il dit ? lui demanda Elizabeth, le soir venu, dès qu'ils eurent refermé la porte de leur chambre.

C'était pour elle que Clarke avait abordé le sujet avec Joe.

— Ça tient en quelques mots. Il m'a dit qu'il n'était pas prêt. Ou plutôt qu'ils n'étaient prêts ni l'un ni l'autre, répondit Clarke en s'efforçant de dissimuler sa déception.

— Kate serait prête s'il l'était, objecta tristement Elizabeth.

— C'est aussi ce que je pense, mais on ne peut pas le forcer. Il combat en Europe et risque sa vie tous les jours. C'est assez délicat d'essayer de le convaincre qu'il devrait se fiancer.

Kate était amoureuse de Joe et ses parents avaient décidé de l'aider autant que possible. Ils auraient tant aimé officialiser leur idylle avant qu'il reparte ! Cette permission de deux semaines était un cadeau du ciel ; de son côté, Clarke avait renoncé à célébrer leurs fiançailles — pour cette fois, en tout cas.

— Joe n'est pas le genre d'homme à se poser facilement, mais je crois qu'il le ferait, par amour pour Kate. Il l'aime, cela ne fait aucun doute ; il est même fou amoureux d'elle. Le problème, c'est qu'il est également fou amoureux de ses avions.

Les craintes d'Elizabeth prirent corps avec les paroles de son mari.

— Que se passera-t-il si elle attend sagement son retour et qu'en arrivant ici il décide finalement qu'il n'a plus envie de se poser ? Elle aura gâché plusieurs années de sa vie et sortira de cette histoire le cœur brisé.

C'était le pire scénario qu'elle puisse imaginer pour sa fille, mais comment faire pour éviter qu'il ne se réalise ? Même s'il l'épousait, il pourrait mourir au combat et faire d'elle une jeune veuve éplorée. Dans ce cas, peut-être aurait-elle la chance d'avoir un bébé de lui, un petit enfant qui l'aiderait à surmonter son chagrin... Elizabeth avait beau tourner et retourner le problème dans sa tête, aucune de ces éventualités ne la satisfaisait. Pour Kate, elle avait souhaité un mari qui l'aime, un mari disponible avec une belle situation. Même Clarke commençait à penser que Joe était peut-être trop marginal pour leur fille. Malgré tout, en rapportant leur conversation à sa femme, il continua à prôner la patience.

— Essayait-il de te dire qu'il ne se marierait peut-être jamais ? s'enquit Elizabeth, gagnée par la panique.

Clarke conserva son sang-froid.

— Non, je ne crois pas. Il finira bien par l'épouser, tu verras. J'ai déjà connu des types dans son genre, ils sont tous rentrés dans le rang, même s'ils ont mis plus de temps que les autres, expliqua-t-il avec un sourire rassurant. Joe est encore un peu sauvage, mais il s'adoucira. Sois patiente avec lui. Notre Kate, elle, n'a pas l'air de lui en tenir rigueur.

— C'est bien ce qui m'inquiète. Elle est tellement amoureuse qu'elle serait prête à n'importe quoi pour lui. Excuse-moi, mais je n'ai aucune envie de la voir s'installer sous une tente au bout d'une piste d'atterrissage.

— Ne dramatise pas, je t'en prie. Nous pourrons toujours leur offrir une maison, s'il le faut.

— Ce n'est pas la maison qui me cause du souci, Clarke. J'aimerais plutôt savoir qui y vivra et qui n'y mettra jamais les pieds.

— Il fera comme les autres, la rassura Clarke avec conviction.

— J'espère être toujours en vie pour voir ça, répliqua Elizabeth d'un ton narquois.

Clarke l'embrassa.

— Tu as encore de belles et longues années devant toi, mon amour.

Liz se sentait pourtant fatiguée depuis quelque temps ; l'approche de son soixantième anniversaire la déprimait. Elle aurait tant voulu voir Kate mariée et heureuse... Mais le moment était mal choisi ; la guerre battait son plein de l'autre côté de l'Atlantique. Et elle se savait moins optimiste que son époux. Malgré les affirmations de ce dernier, elle continuait à douter des véritables intentions de Joe.

Le soir même, ce dernier rapporta à Kate la conversation qu'il avait eue avec son père. La jeune fille en fut extrêmement contrariée.

— C'est écœurant, lança-t-elle avec dédain.

Elle n'avait aucune envie que ses parents obligent Joe à l'épouser. Ils prendraient la décision tous les deux, une fois le moment venu.

— Je n'arrive pas à croire que mon père t'ait posé ce genre de questions !

— Ils s'inquiètent pour toi, c'est tout, répondit Joe.

Il comprenait leur réaction, bien que cette conversation l'ait profondément embarrassé. Jamais encore il n'avait dû justifier son mode de vie et ses aspirations.

— Ils ne pensaient pas à mal, Kate, reprit-il. Ils désirent simplement le meilleur pour toi, et pour moi aussi, on dirait. En fait, je suis presque flatté. Ils ne m'ont pas mis à la porte, ils ne m'ont pas dit non plus que je n'étais pas assez bien pour leur fille, alors qu'ils auraient été en droit de le faire. Ils veulent simplement savoir si je t'aime vraiment et si je compte m'engager vis-à-vis de toi. J'ai dit à ton père que je t'aimais. Pour le reste, nous en discuterons quand je rentrerai d'Angleterre. Dieu seul sait où j'atterrirai alors.

Ces dernières paroles ne réconfortèrent pas Kate. Le vent l'avait poussé d'aéroport en aéroport. Mais elle préféra se taire ; son père l'avait déjà suffisamment ennuyé avec ces histoires. Heureusement, il ne semblait ni contrarié ni agacé. Kate savait en revanche que ses parents étaient restés sur leur faim et qu'ils aborderaient le sujet avec elle. Mais pour le moment elle s'en moquait.

Les journées qu'ils passèrent ensemble en ce mois de septembre 1942 furent féeriques. Joe venait la chercher après les cours ; assis sur un banc, ils passaient des heures à discuter des sujets qui leur tenaient à cœur et de la vie en général. Bien sûr, Joe parlait beaucoup de ses avions, mais il y avait aussi les gens qu'il avait rencontrés, les endroits qu'il avait visités, et toutes les choses qu'il projetait de réaliser. Braver la mort au quotidien lui avait fait comprendre à quel point la vie était précieuse. Ils passèrent des après-midi langoureux, main dans la main, à flâner sous les arbres en échangeant de longs baisers. D'un commun accord, ils avaient décidé de ne pas faire l'amour. Au fil des jours, leur serment s'avérait de plus en plus difficile à respecter, mais ils tinrent bon. Joe ne voulait pas repartir à la guerre en la sachant enceinte. Il ne voulait pas non plus être contraint de l'épouser à cause d'un moment d'égarement. S'ils se mariaient, ce serait de leur propre chef. Kate approuva sa décision, bien que tout au fond d'elle, elle se surprit parfois à désirer un enfant de lui. Même si le pire arrivait à Joe, elle garderait ainsi un petit peu de lui...

L'avenir était trop incertain pour que l'on puisse formuler des promesses et exiger des garanties. Il ne leur restait que leurs espoirs, leurs rêves et tous ces moments merveilleux qu'ils avaient passés ensemble.

Lorsque arriva l'heure de la séparation, ils étaient plus amoureux que jamais et se connaissaient par cœur. Ils se complétaient à la perfection, comme deux pièces d'un puzzle. Ils étaient à la fois différents et tellement bien assortis que Kate décréta qu'ils avaient été conçus l'un pour l'autre. Joe ne la détrompa pas. Il continuait parfois à se perdre dans ses rêveries, se murant alors dans un mutisme insondable, mais Kate comprenait et respectait son besoin de solitude. En fait, toutes les excentricités de Joe la ravissaient. Lorsqu'il lui dit au revoir cette fois-ci, des larmes embuaient son regard. Il l'embrassa avec passion en lui murmurant qu'il l'aimait. Il lui promit aussi d'écrire dès son arrivée en Angleterre. Ce fut la seule promesse qu'il lui fit avant de partir. Pour Kate, c'était largement suffisant.

6

En octobre 1942, les combats redoublèrent d'intensité et les bulletins d'information devinrent plus optimistes. Les Australiens et leurs alliés étaient en train de repousser les Japonais hors des frontières de Nouvelle-Guinée et ces derniers commençaient à donner des signes de faiblesse à Guadalcanal. En Afrique du Nord, les Britanniques venaient enfin à bout des forces allemandes tandis que Stalingrad résistait vaillamment à leurs assauts.

Joe multipliait les missions, et celle qu'il effectua au-dessus du détroit de Gibraltar entra dans l'histoire. Soutenu par trois autres pilotes de Spitfires, il abattit douze bombardiers allemands stukas qui effectuaient un vol de reconnaissance avant le lancement d'une vaste campagne d'invasion alliée. La mission fut un immense succès.

En Grande-Bretagne, Joe fut décoré de la Distinguished Flying Cross, puis il gagna Washington où il reçut des mains du président en personne la médaille de la Distinguished Flying Cross américaine. Kate fut avertie à temps de son retour. Trois jours avant Noël, elle prit le train pour Washington. Ils disposaient de quarante-huit heures. Cette fois encore, ce bref intermède fut comme un don précieux, un cadeau inespéré. Le ministère de la Guerre réserva une chambre d'hôtel à Joe et Kate prit une petite chambre au même étage. Elle assista à la cérémonie donnée en l'honneur de Joe à la Maison-Blanche. Le président des Etats-Unis leur serra chaleureusement la main et le jeune couple prit la pose en sa compagnie. Kate avait l'impression de jouer dans un film.

Après la cérémonie, Joe l'emmena dîner au restaurant. Kate l'admira en souriant. Il arborait sa médaille et lui sembla plus beau que jamais.

— Je n'arrive pas à croire que tu es là, avoua-t-elle, radieuse.

Joe était un véritable héros. Pour Kate, la cérémonie avait été un étrange mélange de joie et de tristesse tandis qu'elle réalisait les risques qu'il avait courus durant cette périlleuse mission. La vie lui semblait douce-amère, ces temps-ci. Elle priait quotidiennement pour Joe et apprenait presque tous les jours le décès d'un jeune homme en Europe ou dans le Pacifique. Ses compagnes d'université avaient déjà perdu de nombreux proches. Jusqu'à présent, elle avait eu beaucoup de chance.

— Moi non plus je n'arrive pas à croire que je suis là, renchérit Joe en prenant une gorgée de vin. Dire que dans quelques heures, je serai de nouveau en train de geler en Angleterre, ajouta-t-il d'un ton rieur.

Mais la guerre ne semblait pas si proche ici, et une ambiance de fête régnait dans les rues. Il y avait des sapins décorés partout, les chants de Noël retentissaient joyeusement sur les trottoirs et des enfants rieurs attendaient le père Noël. Tous ces visages heureux contrastaient violemment avec les mines accablées et affamées que Joe croisait en Angleterre. Même les enfants avaient l'air épuisés, là-bas. Tous en avaient assez des bombes et des raids aériens. Les maisons s'effondraient, les amis périssaient, des enfants mouraient tous les jours. En Angleterre, le bonheur était devenu tabou, et pourtant les gens que Joe connaissait là-bas faisaient preuve d'un courage admirable.

Washington ressemblait à un pays de conte de fées pour les deux jeunes gens. Après dîner, ils regagnèrent l'hôtel et bavardèrent dans le petit salon du rez-de-chaussée. Ils y restèrent plusieurs heures, incapables de se séparer. Les parents de Kate avaient eu l'intention de l'accompagner à Washington pour assister à la cérémonie mais un empêchement les avait retenus. Son père recevait d'importants clients de Chicago et Elizabeth avait été contrainte de rester auprès de lui. Ils autorisèrent Kate à partir seule car ils lui faisaient confiance. Ils savaient aussi que Joe était un homme responsable. Le salon était plein de courants d'air et au bout d'un moment, alors qu'ils étaient tous deux frigorifiés, Joe suggéra de monter dans sa chambre. Il promit d'être sage et Kate le suivit sans se faire prier, claquant des dents, les mains engourdies par le froid.

Ils grimpèrent l'étroit escalier qui conduisait aux chambres. C'était un petit hôtel qui appliquait des tarifs dérisoires pour le personnel militaire. La chambre de Kate était à peine plus confortable. De dimensions modestes, les chambres étaient décorées simplement mais aucun d'eux n'y prêta attention. Seules comptaient leurs retrouvailles. Pour Kate, c'était le plus beau cadeau de Noël, la réponse inespérée à toutes ses prières. Joe lui avait tant manqué depuis le mois de septembre ! En même temps, elle se sentait presque coupable de le voir. Certaines de ses amies n'avaient pas revu leurs frères ni leurs fiancés depuis l'attaque de Pearl Harbor. En quatre mois, elle avait eu la chance de voir Joe à deux reprises.

Il faisait plus chaud dans les chambres qu'au salon. Un lit, une chaise, une table de chevet et un lavabo meublaient chaque pièce. La douche et les toilettes se trouvaient dans un ancien placard. Une patère servait à accrocher les vêtements derrière la porte.

Joe s'installa sur le lit tandis que Kate s'asseyait sur la chaise. Il déboucha une petite bouteille de champagne qu'il avait achetée en arrivant à Washington pour fêter la médaille qui ornait le plastron de son uniforme.

La cérémonie à la Maison-Blanche s'était déroulée comme dans un rêve. Kate avait trouvé Mme Roosevelt très sympathique, exactement comme elle l'avait imaginée. La First Lady avait de très jolies mains, Kate n'avait pu s'empêcher de remarquer leur extrême finesse. Chaque détail de cet après-midi féerique resterait à jamais gravé dans son esprit. Joe était plus blasé qu'elle, car il avait beaucoup voyagé en compagnie de Charles Lindbergh, et ce genre de cérémonie ne l'impressionnait guère. Les exploits aéronautiques et les pilotes d'exception attisaient davantage sa curiosité en même temps qu'ils forçaient son respect. Il était toutefois heureux d'avoir été décoré, mais il ne pouvait s'empêcher de songer aux pilotes qui avaient trouvé la mort au cours de toutes ces missions. Il aurait mille fois préféré renoncer à la médaille en échange de leurs vies. Pour toutes ces raisons, il n'avait pas vraiment le cœur à célébrer l'événement ; il avait déjà perdu tant d'amis... Il confia ses pensées à Kate en lui tendant une coupe de champagne.

La chaise sur laquelle était assise la jeune femme était tellement inconfortable qu'il l'invita à le rejoindre sur le lit. Ils avaient conscience de tenter le sort, mais ils se faisaient confiance. Sans l'ombre d'une hésitation, Kate s'installa à côté de lui et ils reprirent leur conversation. Lorsqu'ils eurent terminé leur coupe, Kate annonça qu'elle allait se coucher.

Sans lui laisser le temps de se lever, Joe l'embrassa. Ce fut un long baiser sensuel, empreint de nostalgie et de désir mal contenu, mêlé à la joie qu'ils éprouvaient d'être enfin ensemble. Lorsqu'il s'écarta, ils étaient tous deux à bout de souffle. Une gigantesque sensation de faim s'empara d'eux, un peu comme si toutes les privations de l'année écoulée venaient de les rattraper. Ni Kate ni Joe n'avait encore éprouvé un désir aussi intense. Il ne pensait plus à rien quand il la poussa doucement sur le lit pour prendre de nouveau ses lèvres. Il s'allongea sur elle et Kate se laissa faire, fondant sous ses caresses. Il fallait absolument qu'ils reprennent leur souffle, qu'ils se ressaisissent avant d'atteindre le point de non-retour.

— Je t'aime tant, Kate, chuchota Joe d'une voix étrangement enrouée.

— Je t'aime aussi, répondit-elle, hors d'haleine.

Elle voulait qu'il l'embrasse, elle voulait le serrer dans ses bras et sentir son corps contre le sien. Comme dans un brouillard, elle entreprit de déboutonner sa veste. Elle avait besoin du contact de sa peau sous ses doigts. Un désir brûlant, incontrôlable, la consumait. De son côté, Joe avait de plus en plus de mal à maîtriser son ardeur.

— Qu'est-ce que tu fais ? murmura-t-il comme elle écartait les pans de sa veste.

Sans attendre sa réponse, il déboutonna son corsage et, prenant ses seins dans ses mains, inclina la tête pour les couvrir de baisers. Un gémissement s'échappa des lèvres de Kate. En un éclair, Joe la débarrassa de son corsage et détacha son soutien-gorge. Lorsqu'elle l'eut aidé à ôter sa veste, il enleva son tee-shirt et plaqua son torse nu contre sa poitrine. Le contact de leurs épidermes les électrisa.

— Chérie... veux-tu que nous arrêtions ?

Joe sentait sa volonté fondre comme neige au soleil. Le simple fait de la regarder, de sentir sa peau contre la sienne lui ôtait toute lucidité.

— Nous devrions arrêter, je sais, murmura-t-elle entre deux baisers.

Mais elle n'en avait aucune envie. Son désir pour Joe était plus fort que tout. Elle en avait assez de devoir brider son amour. Dans un soupir, elle s'abandonna à ses caresses. Au prix d'un effort surhumain, Joe s'écarta d'elle et la dévisagea d'un air grave. Parce qu'il l'aimait tant...

— Kate, écoute-moi... nous ne sommes pas obligés de le faire si tu ne le veux pas vraiment...

C'était l'ultime geste dont il était capable pour elle, mais Kate l'ignora. Elle voulait simplement l'aimer et recevoir en échange tout son amour.

— Je t'aime tant, Joe... J'ai envie de toi...

Plus que tout au monde, elle voulait faire l'amour avec lui avant qu'il reparte. La cérémonie à la Maison-Blanche lui avait ouvert les yeux : la vie ne tenait qu'à un fil, il n'y avait aucune certitude dans ce monde-là. Peut-être ne reverrait-elle jamais Joe... Pour toutes ces raisons, elle tenait à vivre ce moment de bonheur avec lui. Il se pencha vers elle pour l'embrasser puis, avec une douceur infinie, termina de la déshabiller avant de se débarrasser de ses propres vêtements. Il effleura son corps de tendres caresses et couvrit sa peau de baisers, se délectant de sa douceur, de ses soupirs et de ses frissons. Ils s'embrassaient avec fougue lorsqu'il la pénétra ; une brève sensation de douleur la transperça et quelques instants plus tard, elle s'offrit à lui entièrement. La même passion dévorante les engloutit simultanément ; c'était la première fois que Joe faisait l'amour aussi intensément, qu'il se donnait aussi pleinement. Il lui offrit tout ce qu'il était et craignit presque de se fondre en elle jusqu'à disparaître. Son âme se mêla à la sienne tandis que leurs corps ne faisaient plus qu'un. Ils firent l'amour longuement, langoureusement. Le plaisir qui les submergea à l'unisson les laissa pantelants, incapables de bouger et de parler. Finalement, Joe roula sur le côté. Le regard dont il l'enveloppa débordait d'une tendresse infinie. En s'offrant à lui, Kate avait ouvert des portes dont il ignorait l'existence.

— Je t'aime, Kate, murmura-t-il contre ses cheveux en promenant paresseusement un doigt le long de son corps.

Il remonta la couverture sur elle. Envahie d'une douce torpeur, elle esquissa un sourire. Elle n'éprouvait aucune honte, aucun regret, aucune souffrance. En fait, elle n'avait jamais été aussi sereine. Elle lui appartenait, enfin.

Elle ne regagna pas sa chambre, cette nuit-là. Après l'avoir bordée, Joe s'allongea auprès d'elle. Il aurait aimé lui faire l'amour encore une fois, mais il craignait de lui faire mal. Au petit matin pourtant, ce fut Kate qui l'attira contre elle. Quelques instants plus tard, leurs corps se mêlèrent et ils atteignirent ensemble les cimes d'un plaisir indicible. En explorant des espaces vierges, blottis l'un contre l'autre, ils avaient fait jaillir entre eux de nouveaux sentiments. Lorsque Kate contempla Joe un peu plus tard, elle sut qu'un lien encore plus profond les unissait désormais. Peu importait son passé, peu importait leur séparation imminente, elle sentait d'instinct qu'elle resterait sienne pour le restant de ses jours. Incapable de le formuler clairement, elle le suivit sous la douche, portant dans son cœur cette intime conviction : elle lui appartenait, corps et âme.

7

Cette séparation fut encore plus éprouvante que celle du mois de septembre. Joe faisait partie d'elle désormais, et il se montra d'une tendresse infinie, comme s'il sentait lui aussi qu'elle lui appartenait et qu'il devait à tout prix la protéger. Il lui répéta une dizaine de fois de faire attention en rentrant chez elle et de bien prendre soin d'elle. Il aurait aimé pouvoir rester mais c'était, hélas, impossible. On l'attendait en Angleterre.

Leurs adieux furent déchirants. Pour la première fois de sa vie, Joe s'était dévoilé sans retenue. A la fois fort et vulnérable, il s'était donné à elle totalement. Il se sentait responsable d'elle à présent, et la séparation fut extrêmement douloureuse.

— Ecris-moi tous les jours... Je t'aime, Kate, dit-il avant de l'embrasser une dernière fois.

Lorsque le train quitta lentement le quai, Kate eut l'impression que son cœur se brisait. Joe courut à côté d'elle le plus longtemps possible, puis il s'immobilisa et, debout sur le quai, lui fit de grands signes de la main. Le visage baigné de larmes, Kate agita la main à son tour. Comment réussirait-elle à vivre sans lui ? S'il lui arrivait quelque chose, elle en mourrait. Elle ne voulait pas vivre une heure de plus que Joe. Alors que le train quittait la gare, elle se remémora le chagrin indicible qui lui avait déchiré le cœur à la mort de son père. Joe avait éveillé en elle un sentiment amoureux qu'elle n'avait encore jamais éprouvé. Leur séparation attisait la sensation d'abandon terrifiante qu'elle s'était efforcée d'oublier tout au long de ces années.

Quelques heures plus tard, quand elle entra dans le salon où ses parents l'attendaient, sa mère se leva aussitôt.

— Que se passe-t-il, Kate ? demanda-t-elle d'un ton angoissé en apercevant le visage blême de sa fille.

Kate secoua la tête. Elle n'était plus seulement une femme amoureuse, elle avait l'impression qu'elle ne pourrait plus mener une vie normale sans Joe. Ces deux derniers jours avaient bouleversé son univers.

— Rien, murmura-t-elle à mi-voix.

— Tu es sûre ? insista Elizabeth, sceptique. Vous vous êtes disputés avant de vous séparer ?

— Non, Joe a été adorable...

Sa voix se brisa et elle fondit en larmes dans les bras de sa mère, sous le regard inquiet de son père.

— Et s'il se fait tuer, maman ?... s'il ne revient pas ?

Tout à coup, la passion, la peur, le désir, les rêves et les espoirs, l'euphorie et la déception, tout se mêla en une gigantesque explosion, comme une bombe qui lui serait tombée dessus après le départ de Joe, retourné au combat. La simple idée de perdre l'être aimé lui était insupportable. Elle avait l'impression de retomber en enfance, tenaillée par cette crainte permanente.

— Il ne nous reste plus qu'à prier pour lui, chérie. C'est tout ce que nous pouvons faire. Si Dieu le veut, il reviendra. Tu dois te montrer courageuse, maintenant.

Sa mère s'exprimait avec beaucoup de douceur. Au-dessus de l'épaule de Kate, elle glissa un regard en direction de son mari. Un regard attristé, plein de regrets.

— Je n'ai pas envie d'être courageuse, hoqueta Kate. Je veux qu'il revienne... je veux que la guerre se termine.

On aurait dit une enfant, et ses parents ne purent que compatir à sa peine. C'était terrible, et pourtant, tant d'autres personnes se trouvaient confrontées aux mêmes angoisses... Son chagrin n'avait rien d'exceptionnel. En fait, elle avait même plus de chance que les autres. Combien de femmes avaient déjà perdu les hommes qu'elles aimaient, fils, frères ou maris, parfois tous à la fois ? Joe était encore là pour Kate. Pour le moment, en tout cas.

Elle s'assit sur le canapé, entre ses parents, et finit par se ressaisir. Sa mère lui tendit un mouchoir, tandis que son père la serrait dans ses bras. Ils étaient peinés pour elle. Une fois qu'Elizabeth fut allée la border dans sa chambre ce soir-là, comme une petite fille, elle rejoignit son mari. Elle ferma la porte de leur chambre en soupirant et s'installa devant sa coiffeuse.

— C'est exactement ce que je craignais, déclara-t-elle tristement. Je ne voulais pas qu'elle tombe amoureuse de lui. Mais c'est trop tard, à présent. Ils ne sont pas mariés, pas même fiancés. Il ne lui a fait aucune promesse. Ils n'ont aucun projet. Ils s'aiment, c'est tout.

— C'est déjà beaucoup, Liz. Ils n'ont peut-être besoin que de ça. Le fait d'être marié ne l'aiderait pas à rester en vie. Sa vie repose entre les mains de Dieu. Ils s'aiment, c'est déjà ça.

— S'il devait lui arriver quelque chose, Clarke, elle ne s'en remettrait jamais.

En la voyant pleurer à chaudes larmes ce soir-là, elle n'avait pu s'empêcher de revivre le passé. Et elle avait revu Kate, éperdue de chagrin, à la mort de son père.

— La moitié des femmes de ce pays sont dans la même situation qu'elle. Si quelque chose devait arriver, elle finirait par s'en remettre, crois-moi. Elle est jeune. Elle surmonterait cette épreuve.

— J'espère qu'elle n'aura pas à le faire, répondit Elizabeth avec ferveur.

Le lendemain matin, jour de Noël, Kate se leva d'humeur morose. Sa mère lui offrit un magnifique collier de saphir avec les boucles d'oreilles assorties et son père proposa de lui acheter une voiture d'occasion en parfait état, à condition qu'elle perfectionne sa conduite. Mais avec les restrictions d'essence, Kate avait rarement l'occasion de s'entraîner et Elizabeth n'approuvait guère l'idée de son mari. Kate leur avait offert à tous les deux de jolis cadeaux. Mais c'était Joe qui occupait toutes ses pensées, alors qu'elle était attablée devant le repas de Noël, incapable de prononcer le moindre mot. Joe qui était arrivé en Angleterre... Joe qui était peut-être déjà parti en mission, à l'heure qu'il était.

Son moral ne s'améliora pas au cours des semaines qui suivirent. Très inquiète, sa mère songea à l'emmener chez le médecin. Kate avait le teint blafard, les traits tirés. Elle refusait toutes les sorties et Andy l'appela plusieurs fois pour se plaindre de ne plus la voir. Elle passait ses journées à dormir et à relire les lettres de Joe. Il semblait aussi déprimé qu'elle là-bas, en Angleterre. Le retour avait été difficile. Les conditions météorologiques désastreuses les avaient contraints à annuler plusieurs missions et les hommes se morfondaient.

Le jour de la Saint-Valentin, la mère de Kate s'affola. La jeune fille était rentrée la veille, pour le déjeuner dominical. Elle avait à peine touché à son assiette. Des cernes sombres soulignaient ses yeux et elle fondait en larmes chaque fois qu'elle parlait de Joe. Après son départ, Elizabeth informa Clarke qu'elle avait l'intention d'emmener Kate chez le médecin.

— Elle se sent seule, c'est tout, répondit ce dernier. Il fait froid et gris, elle travaille dur à l'université. Elle va se reprendre, Liz, laisse-lui un peu de temps. Peut-être que Joe obtiendra une autre permission bientôt, qui sait ?

Mais en ce mois de février 1943, les missions se multipliaient de l'autre côté de l'Atlantique. Joe avait pris part à l'attaque nocturne de Wilhelmshaven. La plupart du temps, il effectuait des raids en plein jour car les Britanniques préféraient opérer eux-mêmes la nuit. Ils lui demandèrent néanmoins de se joindre à eux pour le bombardement de Nuremberg

Une semaine plus tard, alors que le mois de février touchait à sa fin, une vague de panique s'empara de Kate. Huit semaines s'étaient écoulées depuis qu'elle avait vu Joe. Les soupçons qui l'avaient assaillie le mois précédent se muèrent en certitude. Elle était enceinte. Enceinte et complètement désemparée. Il était hors de question qu'elle en parle à ses parents. Elle avait demandé à une de ses compagnes de chambre le nom d'un médecin de Mattapan, prétendant qu'une de ses amies devait aller consulter. Mais elle n'arrivait pas à se résoudre à l'appeler. Sa vie basculerait irrémédiablement si elle avait un enfant maintenant. Il lui faudrait quitter l'université, la nouvelle provoquerait un véritable scandale. Même s'ils le désiraient, Joe et elle ne pourraient pas se marier tout de suite. Il lui avait dit qu'il ne pensait pas revenir prochainement, et Kate s'était gardée de lui confier ses craintes. Elle ne voulait surtout pas qu'il se sente obligé de l'épouser à cause du bébé. D'un autre côté, s'il arrivait malheur à Joe alors qu'elle avait décidé d'avorter, jamais elle ne se le pardonnerait. Mariée ou pas, elle désirait garder son bébé. Plutôt que de prendre une décision, elle laissa passer le temps, jusqu'à ce qu'il soit trop tard pour interrompre sa grossesse.

Andy passa la voir à la cafétéria un soir. Devant ses traits tirés, il crut qu'elle avait attrapé la grippe. A Harvard, tout le monde était malade. Kate souffrait de violentes nausées depuis le mois de janvier. Mars arriverait dans quelques jours. Elle s'était pratiquement faite à l'idée de mener sa grossesse à terme. De toute façon, elle n'avait pas le choix : c'était le bébé de Joe qu'elle portait en elle. Elle annoncerait la nouvelle à ses parents quand il deviendrait difficile de dissimuler son état. Si son ventre s'arrondissait avant les vacances de Pâques, elle serait obligée de quitter l'université à ce moment-là. Elle aurait toutefois préféré attendre le mois de juin afin de terminer sa deuxième année ; elle aurait pu ainsi reprendre les cours à la rentrée suivante, après avoir accouché. Mais elle serait enceinte de six mois en juin ; son corps l'aurait forcément trahie d'ici là. Tôt ou tard, il lui faudrait assumer sa décision. Au fond d'elle, elle trouvait déjà surprenant que sa mère ne se soit aperçue de rien. Autant profiter de ce bref répit, car lorsqu'ils découvriraient la vérité, ses parents entreraient immanquablement dans une colère noire.

Elle continua à taire la nouvelle à Joe, bien qu'elle lui écrivît tous les jours. Elle ne voulait ni l'inquiéter ni le contrarier. Les missions qu'il menait exigeaient de sa part une concentration extrême et la nouvelle de sa grossesse aurait pu le distraire dangereusement. Aussi vécut-elle seule cette période difficile, se précipitant chaque matin dans la salle de bains, le cœur au bord des lèvres, avant de se traîner en cours, épuisée. Même ses compagnes de chambre avaient remarqué qu'elle dormait beaucoup et la responsable du pavillon lui demanda si elle souhaitait consulter un médecin. Kate refusa, prétextant que sa fatigue était due à un surcroît de travail. Ses résultats commencèrent à se dégrader, ses professeurs remarquèrent tous que quelque chose ne tournait pas rond. Sa vie était devenue un cauchemar. Elle commençait à redouter la réaction de ses parents quand elle leur annoncerait qu'elle allait accoucher au mois de septembre d'un enfant conçu en dehors des liens du mariage. Son père essaierait probablement de contraindre Joe à l'épouser dès qu'il rentrerait, et c'était précisément ce qu'elle voulait éviter. Joe était un oiseau épris de liberté. Il lui avait confié sans honte qu'il ne tenait pas à avoir d'enfant. Elle lui laisserait le temps de s'habituer à l'idée, confiante en l'avenir, persuadée qu'il finirait par aimer cet enfant. Mais elle ne voulait surtout pas qu'il se sente piégé. Au milieu du chaos, Kate n'était plus sûre que de deux choses : elle aimait Joe passionnément, et elle désirait son enfant plus que tout au monde. Début mars, elle accepta enfin totalement l'idée et en conçut même une certaine excitation. C'était son petit secret. Personne d'autre qu'elle n'était au courant.

— Alors, comment ça va pour toi, ces temps-ci ? s'enquit Andy, un jour qu'il était venu lui rendre visite.

Sa première année de droit lui demandait beaucoup d'efforts et il se sentait vidé. Alors qu'ils déambulaient dans les allées du parc de Harvard, toutes les filles qu'ils croisaient se retournaient sur ce séduisant jeune homme brun. Sa cour d'admiratrices ne cessait de grandir, depuis quelque temps.

— Tu es trop gâté, le taquina Kate.

Le visage d'Andy s'éclaira. Il avait un sourire magnifique, et de grands yeux noirs pleins de chaleur et de gentillesse.

— Il faut bien que quelqu'un veille sur toutes ces filles pour nos jeunes soldats, répliqua-t-il d'un ton espiègle. C'est du travail, crois-moi.

A force d'expliquer les raisons de son exemption, il avait finalement surmonté sa déconvenue et commençait à tirer parti de sa situation. Il lui arrivait même parfois, secrètement, de se réjouir d'être resté au pays.

— Tu es parfaitement écœurant, Andy, lança Kate en riant.

Andy et elle étaient devenus très proches et la jeune fille appréciait beaucoup sa compagnie.

Il avait l'intention de retourner travailler à l'hôpital pendant l'été. A cause de son état, Kate n'avait pas entamé de recherches. Qui accepterait d'embaucher une future mère célibataire ? Elle avait prévu de rester dans leur maison de Cape Cod jusqu'à l'accouchement. Dans quelques semaines, elle annoncerait à la direction de Radcliffe qu'elle ne reviendrait pas en cours après les vacances de Pâques. Avec un peu de chance, il ne lui en coûterait qu'un semestre à rattraper, si toutefois ils acceptaient de la réintégrer l'année suivante. Elle allait être obligée de leur dévoiler la raison de son départ prématuré. Elle n'était pas la première étudiante confrontée à cette situation et elle assumait pleinement sa décision. Quelle serait la réaction de Joe quand il découvrirait la vérité ? Elle avait décidé de ne rien lui dire avant son prochain retour, dût-elle accoucher entre-temps. Elle regrettait aussi de ne pas pouvoir se confier à Andy, son meilleur ami, mais c'était plus sage ainsi. Sans doute serait-il choqué par une telle nouvelle. Peut-être même baisserait-elle dans son estime, mais c'était le prix qu'elle acceptait de payer.

— Alors, qu'as-tu prévu pour cet été, Kate ? Tu retournes à la Croix-Rouge ?

— Sans doute, répondit-elle vaguement.

Andy ne remarqua pas son embarras. Elle avait meilleure mine qu'au mois de février, aussi tenta-t-il de la convaincre d'aller au cinéma avec lui. Elle acceptait plus souvent ses invitations maintenant qu'il avait renoncé à la courtiser. Depuis cette époque, Kate était devenue son amie. Mais elle devait rendre le lendemain un devoir qu'elle n'avait pas encore terminé.

— Tu n'es pas drôle ! En tout cas, je suis content de voir que tu vas mieux. Tu avais une mine épouvantable, la dernière fois que je t'ai vue.

Les nausées du matin avaient presque disparu ; elle était enceinte de bientôt trois mois, le premier trimestre de la grossesse était toujours un peu délicat. L'idée de porter l'enfant de Joe la comblait de joie ; elle espérait secrètement que ce serait un petit garçon qui ressemblerait trait pour trait à son père.

— J'avais la grippe, éluda-t-elle.

— Tu es guérie, c'est l'essentiel. Débarrasse-toi de ton devoir et nous irons au cinéma la semaine prochaine, décréta-t-il en sautant sur son vélo.

Il agita la main en s'éloignant, les yeux pétillants d'espièglerie ; une bourrasque de vent ébouriffa sa tignasse brune. C'était un garçon adorable, Kate avait appris à l'apprécier à sa juste valeur.

Les choses auraient-elles été différentes entre eux si elle n'avait pas connu Joe ? C'était difficile à dire. Elle éprouvait une profonde affection pour Andy ; elle aimait son côté chaleureux et tendre, mais il n'avait jamais éveillé en elle les sentiments intenses, la passion dévorante qu'elle ressentait pour Joe. Andy serait un bon mari, cela ne faisait aucun doute. C'était un jeune homme responsable, tendre et cultivé ; bref, il possédait toutes les qualités qui plaisaient aux femmes. Contrairement à Joe, le génie solitaire, mal à l'aise en société, obsédé par ses avions... Joe qui ne manifestait pas le moindre désir de fonder une famille. Kate n'aurait jamais cru qu'elle tomberait amoureuse d'un homme comme lui... Quant à tomber enceinte sans être mariée, une telle idée ne lui aurait même pas effleuré l'esprit ! Sa vie avait pris d'importants tournants depuis quelque temps, dans des directions tout à fait inattendues. L'enfant de Joe grandissait en elle, et elle n'avait jamais été plus amoureuse.

Pour la première fois depuis longtemps, elle se sentait en pleine forme ce week-end-là. Elle avait terminé ses devoirs et reçu trois lettres de Joe le même jour. Elles arrivaient souvent groupées, en fonction du travail de la commission de censure. Les missives de Joe ne posaient jamais de problème ; il n'abordait que des sujets neutres, décrivant les gens qu'il rencontrait, la beauté du paysage ou encore la force de ses sentiments.

Elle avait prévu de rentrer chez elle pour le week-end, mais changea d'avis au dernier moment. Le dimanche soir, elle se rendit au cinéma avec un petit groupe d'amies. Au milieu des spectateurs, elle aperçut Andy. Une étudiante qu'elle connaissait de vue l'accompagnait. C'était une grande fille blonde originaire du Midwest, dotée d'un sourire éblouissant et de jambes interminables. Elle était arrivée récemment de Wellesley. Kate gratifia Andy d'un sourire entendu lorsque sa compagne se détourna pour enfiler son cardigan, et le jeune homme lui adressa une grimace. Après le film, Kate et ses amies regagnèrent leur pavillon à bicyclette. C'était le moyen de transport le plus pratique pour se déplacer dans Cambridge et sur le campus. Elles étaient presque arrivées quand un garçon surgi de nulle part leur coupa la route en criant. Il percuta Kate si violemment qu'elle fut projetée de son vélo et retomba sur le trottoir, inconsciente. Elle avait repris connaissance lorsque ses amies se précipitèrent sur elle, mais elle se sentait encore sonnée. Le garçon qui l'avait heurtée se tenait à côté d'elle ; il avait l'air paniqué et il ne faisait aucun doute qu'il avait trop bu.

— Tu es fou ou quoi ? lui lança une des filles tandis que deux autres aidaient Kate à se relever.

Elle s'était fait mal au bras et à la hanche en heurtant le sol, mais ne semblait souffrir d'aucune fracture. En boitillant jusqu'à sa chambre, elle ne pensait qu'à une seule chose : son bébé. Sans en souffler mot à personne, elle alla directement se coucher. Une de ses amies lui apporta deux sachets de glace pour soulager sa hanche et son bras douloureux.

— Comment te sens-tu ? s'enquit Diana avec l'accent traînant du Sud. Ces gars du Nord n'ont décidément aucune éducation !

Se forçant à sourire, Kate la remercia. Hélas, ce n'était ni son bras ni sa hanche qui la préoccupait. Depuis quelques minutes, elle ressentait des contractions. Que faire, alors que personne n'était au courant de son état ? Elle songea un instant à se rendre à l'infirmerie, mais ne se sentit pas le courage de marcher jusque là-bas. Les contractions disparaîtraient peut-être si elle restait allongée. De toute évidence, le choc avait affecté le bébé, mais avec un peu de chance, tout rentrerait rapidement dans l'ordre.

— Si tu as besoin de quelque chose, appelle-moi, fit Diana avant de la laisser pour aller fumer une cigarette avec un étudiant venu lui rendre visite.

Lorsqu'elle remonta une heure plus tard, Kate s'était assoupie. Tout le monde dormait profondément quand Kate se réveilla à quatre heures du matin. Elle souffrait le martyre et lorsqu'elle voulut se tourner sur le côté pour prendre une position plus confortable, elle s'aperçut avec stupeur qu'elle était couverte de sang. Malgré la douleur déchirante qui la transperçait, elle s'efforça de rester calme pour ne pas réveiller ses compagnes de chambre. Le visage déformé par la souffrance, elle se traîna jusqu'à la salle de bains, laissant derrière elle une longue coulée de sang. Son bras et sa hanche la faisaient toujours souffrir, mais ce n'était rien comparé à la douleur qui irradiait son ventre. Elle pouvait à peine tenir debout.

Après avoir refermé doucement la porte derrière elle, elle alluma la lumière et jeta un coup d'œil à son reflet dans le miroir. De la taille jusqu'aux chevilles, sa chemise de nuit était maculée de sang. Elle devina d'instinct ce que signifiait l'hémorragie : elle était en train de perdre le bébé de Joe. Si elle prévenait quelqu'un, on la mettrait très certainement à la porte de l'université, non sans avoir d'abord prévenu ses parents.

Que faire, mon Dieu, que faire ? Ce n'était pas comme ça que les choses étaient censées se passer... Elle n'eut pas le temps de réfléchir davantage. Plus intense que jamais, la douleur lui coupa le souffle. De puissantes contractions la traversaient de part en part. Agenouillée sur le carrelage, tachée de sang, elle s'efforçait de reprendre sa respiration lorsque Diana entra dans la pièce, en quête d'un verre d'eau.

— Oh, mon Dieu... Kate... que se passe-t-il ?

Dans l'esprit de Diana clignotèrent aussitôt les mots médecin et ambulance. Mais lorsqu'elle formula sa pensée à voix haute, Kate la supplia de ne prévenir personne.

— Non, Diana... je t'en prie... ne fais pas ça... je...

Elle n'acheva pas sa phrase, mais la jeune étudiante de la Nouvelle-Orléans n'eut pas besoin d'en entendre davantage.

— Tu es enceinte, c'est ça ? Dis-moi la vérité, Kate.

Elle désirait l'aider et pour cela, il fallait qu'elle sache exactement de quoi il retournait. Avec une mère infirmière et un père médecin, elle connaissait les gestes d'urgence. C'était cependant la première fois qu'elle voyait autant de sang, et la flaque dans laquelle baignait Kate grandissait de seconde en seconde. Elle redoutait que l'hémorragie ne lui soit fatale si elle ne prévenait personne.

— Oui, c'est ça... hoqueta Kate. Je... je suis enceinte.

Diana l'aida à s'allonger sur une pile de serviettes-éponges. Kate criait à chaque contraction, plantant les dents dans une serviette pour étouffer ses gémissements.

— Enceinte de presque trois mois...

— Je vois. Je me suis fait avorter, une fois. Mon père a bien failli me tuer, ce jour-là. J'avais dix-sept ans et une peur bleue de lui dire la vérité, alors je suis allée voir quelqu'un qui travaillait en dehors de la ville. Pour finir, je me suis retrouvée dans le même état que toi... pauvre chou, conclut-elle en plaçant un gant de toilette humide sur le front de Kate.

Elle lui serrait la main à chaque contraction. La porte de la salle de bains était fermée à clé. Diana redoutait que la perte de sang ne lui coûte la vie si elle n'alertait personne. Heureusement, les saignements diminuèrent légèrement tandis que la douleur s'intensifiait. Sans le savoir vraiment, les deux jeunes filles supposèrent en silence que le bébé serait bientôt expulsé. Comment aurait-il survécu à une telle hémorragie ?

Le calvaire dura encore une heure. Finalement, de violentes convulsions secouèrent le corps de Kate et en quelques secondes, elle perdit le bébé. L'hémorragie sembla s'arrêter peu après l'expulsion. Diana redoublait d'efforts pour éponger le sol et d'un geste prompt, elle enveloppa le fœtus dans une serviette. De toute façon, Kate aurait été trop faible pour réagir. Elle manqua s'évanouir en tentant de se redresser. Diana l'aida à se rallonger.

Il était presque sept heures du matin lorsque Diana ramena enfin Kate dans son lit. Elle avait tout nettoyé et, dès que Kate fut allongée et bordée, elle se précipita au rez-de-chaussée pour jeter dans les poubelles de service les serviettes maculées de sang.

Les saignements étaient moins importants, les douleurs moins intenses. Diana lui expliqua que l'utérus était en train de se contracter pour stopper les saignements, ce qui était bon signe, alors que les douleurs précédentes avaient préparé l'expulsion du bébé. Elle avait déjà prévenu Kate que, si les saignements reprenaient, elle appellerait sur-le-champ une ambulance. Terrifiée et trop faible pour protester, Kate s'était contentée de hocher la tête. En état de choc, elle tremblait de tout son corps. Diana lui apporta trois autres couvertures. Quelques minutes plus tard, les autres filles commencèrent à se réveiller.

— Que se passe-t-il, Kate ? Tu ne te sens pas bien ? s'enquit l'une d'elles en se levant. Tu es toute pâle. C'est sans doute le choc que tu as reçu quand ce type t'a percutée, hier soir.

Elle se dirigea vers la salle de bains en bâillant. Kate prétendit souffrir d'une terrible migraine ; de violents frissons continuaient à la parcourir, tandis que Diana s'affairait toujours autour de son lit. Beverly, une étudiante d'une chambre voisine, vint emprunter une serviette. Une expression inquiète se peignit sur son visage quand elle aperçut les lèvres crayeuses et le teint blafard de Kate.

— Que t'est-il arrivé, hier soir ? demanda-t-elle en s'approchant pour lui prendre le pouls.

— Elle a reçu un choc à la tête en tombant de vélo, répondit précipitamment Diana.

Mais l'autre étudiante ne s'y trompa pas. Comme Diana, elle venait d'une famille de médecins et elle vit tout de suite qu'il ne s'agissait ni d'une migraine, ni d'un traumatisme crânien. A en juger par son teint cireux, Kate avait perdu beaucoup de sang et se trouvait en état de choc.

Elle se pencha vers la jeune fille et lui caressa doucement la joue.

— Kate... dis-moi la vérité... est-ce que tu saignes encore... ? demanda-t-elle dans un murmure.

Secouée de tremblements, Kate acquiesça d'un signe de tête. Elle claquait tellement des dents qu'elle était incapable d'articuler le moindre mot.

— Tu es encore en état de choc... Tu t'es fait avorter, c'est ça ?

Diana et Berverly se tenaient à son chevet, pâles d'inquiétude.

— Non, murmura Kate, j'ai perdu mon bébé.

— L'hémorragie s'est arrêtée ?

Kate hocha la tête. Les draps n'étaient pas humides autour d'elle mais elle n'osait pas vérifier.

— Je crois, oui.

— Je n'irai pas en cours aujourd'hui, je préfère rester avec toi. On ne doit pas te laisser toute seule. Veux-tu aller à l'hôpital ?

Kate secoua la tête.

— Je vais rester aussi, proposa Diana avant d'aller lui chercher une tasse de thé.

Une demi-heure plus tard, les autres filles étaient toutes parties en cours. Assises de chaque côté du lit, Beverly et Diana veillaient sur Kate. Elle était parfaitement réveillée et pleurait à chaudes larmes. Elle venait de vivre une expérience à la fois terrifiante et bouleversante.

— Ça va aller, Kate, affirma Beverly d'un ton rassurant. Je me suis fait avorter l'an dernier, c'était affreux. Essaie de te reposer, tu te sentiras mieux d'ici un jour ou deux. Tu seras même surprise de voir à quelle vitesse tu te remettras.

Elle marqua une pause avant de demander :

— Veux-tu que je prévienne quelqu'un de ta part ?

Saisissant l'allusion, Kate secoua la tête.

— Il est en Angleterre, murmura-t-elle d'une voix à peine audible.

Jamais encore elle ne s'était sentie aussi faible.

— Est-ce qu'il est au courant ? s'enquit Diana en lui caressant gentiment l'épaule.

Kate posa sur elle un regard reconnaissant. Que serait-elle devenue sans elle ? Grâce au soutien de Diana, personne ne découvrirait son secret. Ni la direction de Radcliffe, ni ses parents. Ni même Joe.

— Je ne lui avais rien dit. J'avais l'intention de garder le bébé.

— Vous en ferez un autre quand il rentrera.

Beverly eut la délicatesse d'employer le futur, mais les trois jeunes filles songèrent en même temps à l'avenir incertain qui les attendait, et Kate fondit de nouveau en larmes. La journée fut longue et éprouvante.

Le lendemain, Diana et Beverly retournèrent en cours, tandis que Kate restait au lit. Elle pleura toute la journée. Elle dut attendre le mercredi avant de pouvoir se lever. D'une pâleur cadavérique, les yeux cernés, elle se sentait sans forces et avait perdu cinq kilos. Elle n'avait rien avalé depuis le dimanche. Les saignements avaient presque cessé. De l'avis de ses deux amies, elle était sortie d'affaire. Elle voulut les remercier pour leur gentillesse et leur soutien mais les larmes l'empêchaient à chaque fois de terminer sa phrase.

— Ça risque de durer un petit moment, l'avertit Beverly. J'ai pleuré pendant tout un mois. C'est à cause des hormones.

Mais il ne s'agissait pas que de cela. C'était leur bébé, une partie de Joe qu'elle avait perdue.

Personne ne sut ce qui lui était arrivé. Dans son pavillon, toutes les filles attribuèrent son malaise à sa chute de vélo. Kate garda soigneusement son secret. Elle avait l'impression d'avoir vécu sur une autre planète pendant quelques jours. Tout lui paraissait irréel et changé. Seules les lettres de Joe parvenaient à lui remonter le moral. Mais un profond abattement s'emparait d'elle chaque fois qu'elle songeait qu'elle ne pourrait même pas se confier à lui, qu'il n'était pas conscient de ce qu'ils venaient de perdre.

Elle passa le week-end suivant à travailler, couchée dans son lit. Encore pâle et faible, elle n'avait pas bonne mine quand Andy lui rendit visite le samedi. Presque une semaine s'était écoulée depuis sa fausse couche et elle se sentait très fatiguée. Rassemblant son courage, elle alla le rejoindre au rez-de-chaussée. C'était la première fois qu'elle quittait sa chambre. Beverly et Diana lui avaient monté ses repas tous les jours. Andy l'attendait au salon.

— Bon sang, Kate, tu ressembles à un fantôme ! Que t'est-il arrivé ?

Sa maigreur et sa pâleur cadavérique le stupéfièrent.

— J'ai été renversée par un vélo dimanche dernier. J'ai souffert d'une légère commotion.

— Tu es allée à l'hôpital ?

— Non, mais je me sens beaucoup mieux, affirma-t-elle en s'asseyant à côté de lui.

Andy fronça les sourcils d'un air inquiet.

— Tu devrais tout de même aller voir un médecin. Qui sait si ton cerveau fonctionne encore ? ajouta-t-il d'un ton taquin.

— Très drôle. Je vais mieux, je t'assure.

— J'ai bien fait de ne pas passer lundi...

— Tu as très bien fait, en effet, renchérit Kate en retrouvant un peu d'entrain.

La visite de son ami lui réchauffa le cœur et elle se sentait moins déprimée en regagnant sa chambre, un moment plus tard. Mais elle était exténuée. Diana l'avait prévenue qu'elle risquait de souffrir d'anémie. Pour pallier cette déficience, elle lui avait conseillé de manger beaucoup de foie.

La semaine suivante, elle se sentit assez bien pour retourner en cours. Personne ne sut ce qui lui était arrivé et, avec le temps, Kate remisa ce triste souvenir dans un coin de son esprit. Elle n'en parla jamais à Joe.

8

Après cette expérience traumatisante, Kate se consacra entièrement à ses études. Elle continuait à recevoir régulièrement des lettres de Joe, mais aucune permission ne s'annonçait. Le printemps 1943 arriva. La jeune femme essayait de suivre toutes les actualités filmées dans l'espoir d'apercevoir le visage de Joe.

La RAF pilonnait sans relâche Berlin, Hambourg et d'autres villes allemandes. Tunis avait été assiégée par les Britanniques tandis que les Américains avaient repris aux Allemands Bizerte, en Afrique du Nord. Sur le front de l'Est, les Allemands et les Russes n'avançaient plus, bloqués par le dégel.

Kate rendait souvent visite à ses parents, le week-end ; elle écrivait à Joe et sortait de temps en temps avec Andy. Ce dernier fréquentait une nouvelle étudiante de Wellesley, avec qui il passait beaucoup de temps. Diana et Beverly étaient devenues des amies très proches depuis sa fausse couche. Pendant les vacances, Kate avait décidé de retourner travailler pour la Croix-Rouge.

Elle se rendit à Cape Cod avec ses parents à la fin du mois d'août mais, cette année-là, Joe ne fit pas d'apparition surprise au traditionnel barbecue.

Huit mois s'étaient écoulés depuis qu'ils s'étaient retrouvés à Washington, pour Noël. Kate fit de longues promenades solitaires sur la plage, laissant libre cours à ses pensées. Si elle n'avait pas perdu le bébé, elle aurait été enceinte de huit mois. Ses parents n'avaient jamais su la vérité. En fait, sa mère continuait à lui répéter que Joe n'avait échafaudé aucun projet de vie commune. Pour Elizabeth, Kate perdait son temps à attendre un homme qui ne lui avait rien promis : ni mariage, ni bague... aucun avenir. Il s'attendait simplement à la retrouver là où il l'avait laissée, et ils aviseraient à ce moment-là. Mais Kate avait vingt ans et Joe trente-deux. Il était en âge de savoir ce qu'il voulait.

La même rengaine résonna aux oreilles de Kate jusqu'à la fin du mois d'octobre. Elle avait entamé sa troisième année d'université et était en train de réviser ses cours en vue d'un examen quand la responsable du pavillon vint lui annoncer qu'un visiteur l'attendait en bas. Kate crut qu'il s'agissait d'Andy. En deuxième année de droit, il travaillait d'arrache-pied.

Elle descendit l'escalier, tenant encore son livre de cours à la main. Elle portait une jupe grise, des derbies bicolores et un pull bleu pâle noué autour du cou. Elle l'aperçut à l'instant où son pied quitta la dernière marche. Joe. Grand, incroyablement séduisant dans son uniforme de l'armée de l'air. Son beau visage était empreint de gravité. Leurs regards se croisèrent. Kate retint son souffle. Ils se contemplèrent un instant, presque hésitants. Puis elle se jeta dans ses bras et il la serra contre lui. Elle sentit aussitôt qu'il avait traversé des épreuves difficiles. Il ne trouvait pas les mots, mais elle comprit qu'il avait besoin d'elle. La guerre affectait tout le monde, même les plus endurcis comme Joe.

— Je suis tellement heureuse de te voir, dit-elle en se blottissant contre lui, paupières fermées.

Ces dix derniers mois avaient été douloureusement longs, emplis d'inquiétude et d'incertitude. Et puis, il y avait eu la fausse couche...

— Moi aussi, Kate, avoua Joe en s'écartant légèrement pour plonger son regard dans le sien.

La fatigue marquait ses traits. Il était constamment en vol, depuis quelque temps. Un nombre alarmant d'appareils avaient été abattus par les Allemands, qui, sentant l'étau se resserrer, frappaient de plus en plus fort. Il la dévisagea avec gravité et Kate sentit qu'il était encore sur ses gardes. Il lui fallait parfois un peu de temps pour lui ouvrir son cœur et reprendre ses marques avec elle. Ses lettres étaient si riches et si spontanées qu'elle en arrivait à oublier sa timidité.

— Je n'ai que vingt-quatre heures devant moi, Kate. Je dois être à Washington demain après-midi et je repars en Angleterre dans la soirée.

Au terme de longues négociations, il avait réussi à rentrer aux Etats-Unis pour assister à des réunions concernant une mission secrète. Hélas, il ne pouvait rien dire à Kate et elle ne lui posa aucune question, comprenant d'instinct la situation. Une pensée surgit tout à coup dans son esprit, déroutante : si elle n'avait pas perdu le bébé au mois de mars, Joe aurait fait ce jour-là la connaissance de son enfant, âgé d'un mois.

— Peux-tu te libérer un moment ?

C'était presque l'heure du dîner et Kate n'avait aucun projet. De toute façon, elle aurait tout annulé pour lui.

— Bien sûr ! Veux-tu que nous allions chez moi ?

Là-bas, au moins, ils n'auraient pas à respecter le code des visites qui régissait chaque établissement universitaire. Après dix mois de séparation, ils aspiraient à se retrouver seuls, au calme.

— On ne pourrait pas aller ailleurs, juste toi et moi ? suggéra Joe.

Il souhaitait avant tout se détendre et savourer sa compagnie en toute tranquillité. Il n'éprouvait pas forcément le besoin de parler, mais désirait simplement la regarder et sentir sa présence lui réchauffer le cœur. Comment exprimer tout cela dans son état d'intense fatigue ? Sans qu'il ait besoin de parler, Kate perçut son désarroi.

— Préfères-tu que nous allions à l'hôtel ? demanda-t-elle à mi-voix, consciente de l'agitation qui régnait autour d'eux.

Le soulagement se peignit sur le visage de Joe tandis qu'il approuvait d'un signe de tête. Il avait juste envie de s'allonger auprès d'elle quelques heures. Le cerveau en ébullition, Kate prit les choses en main.

— Ecoute, essaie d'appeler le Palmer House de la cabine téléphonique. Ou le Statler. Je reviens dans une minute.

Après avoir signé le registre des départs, elle monta à l'étage prévenir sa mère qu'elle allait passer la nuit chez une amie pour réviser plus tranquillement. Ainsi, elle ne s'inquiéterait pas si elle cherchait à la joindre. Son appel toucha beaucoup Elizabeth qui la remercia de l'avoir prévenue. Jamais elle n'aurait soupçonné sa fille de lui mentir.

Cinq minutes plus tard, Kate redescendit dans le hall et alla rejoindre Joe qui l'attendait dehors.

Elle avait rassemblé quelques affaires dans un petit sac, prenant soin d'emporter avec elle un diaphragme. Beverly lui avait donné le nom d'un médecin à qui elle avait déclaré être fiancée. Après le douloureux épisode du mois de mars, elle préférait être prête lorsque Joe reviendrait.

— J'ai réservé une chambre au Statler, déclara-t-il d'un ton embarrassé.

Ils étaient un peu gênés d'aller directement à l'hôtel, mais ils disposaient de peu de temps, et ils brûlaient d'envie de se retrouver seuls. Joe s'était fait prêter une voiture. Ils discutèrent de choses et d'autres sur le chemin de l'hôtel. Kate ne le quittait pas des yeux. Bien que très amaigri, il était toujours aussi beau. Il paraissait aussi beaucoup plus âgé — ou simplement plus mûr. Il y avait tant de choses qu'elle avait envie de lui dire, des choses qu'elle n'arrivait pas à exprimer dans ses lettres, et Joe avait tant de questions à lui poser.

Ils commencèrent à se détendre pendant le trajet. C'était à la fois comme s'ils s'étaient quittés la veille et comme s'ils ne s'étaient pas vus depuis une éternité. Etrangement, après avoir fait l'amour avec lui et perdu son bébé, Kate se sentait presque mariée avec lui. Elle n'avait pas besoin d'un contrat, d'une cérémonie ou d'une alliance pour éprouver ce sentiment intense de lui appartenir.

Joe alla garer la voiture avant de rejoindre Kate dans le hall de l'hôtel. Il avait réservé au nom du major et Mme Allbright, et le réceptionniste, ayant reconnu son nom, les accueillit avec beaucoup de respect. Un groom leur proposa de monter son sac à l'étage.

— Ça va aller, merci, répondit Joe en souriant.

Ils prirent leur clé et montèrent sans mot dire. Au grand soulagement de Kate, qui s'était attendue à une petite chambre sombre, la pièce était claire et joliment décorée. Elle était gênée d'aller à l'hôtel mais pour rien au monde elle n'aurait renoncé à passer la nuit avec Joe, d'autant que ce serait la seule jusqu'à sa prochaine permission. Comme tant d'autres couples, ils vivaient au jour le jour, profitant de l'instant présent comme s'il s'agissait du dernier.

Après quelques secondes d'hésitation, Joe s'installa sur le sofa. D'un petit geste nerveux, il lui fit signe de le rejoindre et Kate obéit en souriant.

— Je n'arrive pas à croire que tu es là, murmura-t-elle en l'enveloppant d'un regard qui en disait long sur l'intensité de ses sentiments.

— Moi non plus, pour être franc.

Deux jours plus tôt, il avait escorté des bombardiers chargés de pilonner Berlin. Quatre appareils avaient été abattus lors de l'opération. Et presque du jour au lendemain, il se retrouvait dans une chambre d'hôtel à Boston, en compagnie de Kate, plus ravissante que jamais. Elle paraissait si jeune, si fraîche... à l'opposé de la vie qu'il menait depuis presque deux ans. On lui avait accordé sa permission deux heures avant le départ, et Joe s'estimait heureux de pouvoir partir, fût-ce pour quarante-huit heures. Pendant tout le voyage, il avait craint de ne pas pouvoir la voir. Cette nuit au Statler était un cadeau inespéré. Presque irréel, aux yeux de Joe. Ils ressemblaient un peu à deux pigeons voyageurs qui finissaient toujours par se retrouver après leurs longs périples. Leurs chemins se croisaient inévitablement, que ce fût à Cape Cod, Washington ou ici, à Boston. Ils se retrouvaient et se reconnaissaient. Peu importait la durée de leurs séparations, la même passion, la même étincelle jaillissaient entre eux.

Sans un mot de plus, il l'embrassa. Il avait besoin qu'elle le réconforte, qu'elle panse les blessures qui meurtrissaient son âme. Il n'avait qu'à étancher sa soif à la fontaine limpide qu'elle lui offrait. Kate anticipait le moindre de ses désirs. En retour, quand elle était auprès de lui, elle se sentait entourée d'amour et s'épanouissait comme une fleur au soleil. C'était l'échange parfait.

Quelques minutes plus tard, il la porta jusqu'au lit. Un soupçon de culpabilité le tenailla lorsqu'ils se déshabillèrent. Il avait prévu de l'emmener dîner, puis de prendre le temps de discuter un peu avant de lui faire l'amour, mais ni Kate ni lui ne souhaitait se retrouver dans un endroit public. Ils avaient besoin d'être seuls avec leurs sentiments. Même les mots étaient devenus superflus.

Il l'embrassa avec passion et douceur mêlées tandis qu'ils s'allongeaient sur le lit. Puis il acheva de la déshabiller, surpris par la force de son désir. A son grand étonnement, il n'avait eu envie d'aucune femme pendant ces dix derniers mois. Quant à Kate, elle n'aimait et ne désirait que lui.

Embarrassée, elle s'éclipsa quelques minutes dans la salle de bains. Joe ne la questionna qu'un long moment plus tard, alors qu'ils reposaient, repus de caresses, dans les bras l'un de l'autre, comme dans un cocon doux et chaud. Rougissante, Kate lui parla du diaphragme. Joe parut aussitôt soulagé.

— Je me suis fait beaucoup de souci à ce sujet, la dernière fois, avoua-t-il. Je n'arrêtais pas de me demander ce que nous ferions si tu tombais enceinte. Je n'aurais même pas pu rentrer pour t'épouser.

Ses paroles la bouleversèrent. Ainsi, il s'était

inquiété et avait même envisagé le mariage... Rassurée, elle décida de lui dire la vérité.

— Je *suis* tombée enceinte la dernière fois, Joe, annonça-t-elle à mi-voix.

Les bras de Joe l'enveloppaient. Elle avait posé la tête sur son épaule et ses cheveux caressaient sa joue. Frappé de stupeur, il se tourna brusquement vers elle.

— C'est vrai ? Qu'as-tu fait quand tu t'en es aperçue ?

Il n'arrivait pas à croire qu'elle lui ait caché ça... mais peut-être n'était-ce pas tout, songea-t-il soudain, le souffle coupé.

— Ou bien... avons-nous... tu as...

Son air abasourdi lui arracha un sourire. Ce n'était pas tant la peur que la stupéfaction qu'elle lisait dans ses yeux. Pourquoi ne lui avait-elle rien dit ? En même temps, son admiration pour elle grandit encore quand il se rendit compte qu'elle avait assumé la situation toute seule.

— J'ai perdu le bébé en mars. J'étais désemparée, mais je savais que s'il t'arrivait quelque chose, je ne me pardonnerais jamais d'avoir avorté. J'allais donner naissance à ton bébé, c'était le destin. J'étais presque enceinte de trois mois quand je l'ai perdu, conclut-elle, les yeux embués de larmes.

Joe resserra son étreinte.

— Tes parents sont au courant ? demanda-t-il, partagé entre l'appréhension et la culpabilité.

— Non, ils ne savent rien, répondit Kate en se lovant contre lui. J'avais l'intention d'arrêter les cours au mois d'avril et de leur annoncer la nouvelle à ce moment-là. C'était tout ce qu'il me restait à faire. Mais, un dimanche, un garçon m'a heurtée à vélo ; le choc a été assez violent, je me suis évanouie quelques instants. J'ai perdu le bébé dans la nuit.

Joe la considéra d'un air horrifié.

— On t'a conduite à l'hôpital ?

Jamais il n'avait connu ce genre de problème, mais certains de ses amis avaient vécu la même situation. Il avait toujours pris ses précautions avec les femmes qu'il avait rencontrées... sauf avec Kate.

— Je suis restée à l'université, mais deux amies de mon pavillon se sont occupées de moi, éluda-t-elle, peu désireuse de lui raconter en détail cette horrible nuit.

Joe aurait été mortifié en apprenant qu'elle avait risqué sa vie. Plusieurs mois s'étaient écoulés avant qu'elle se rétablisse complètement. A présent, elle se sentait en pleine forme. Joe réalisa avec stupeur qu'il aurait pu être le père d'un bébé d'un mois si la grossesse était arrivée à terme. Cette idée le bouleversa profondément.

— Tu sais, c'est drôle, j'y ai pensé pendant longtemps. Je m'attendais vraiment à ce que tu m'annonces que tu étais enceinte ; c'était devenu une véritable obsession. Mais tu ne disais rien et je n'osais pas te questionner. Je ne sais pas si quelqu'un lit ton courrier avant de te le remettre, à l'université. Avec le temps, j'ai fini par oublier. Mais ce drôle de sentiment m'a tenaillé pendant quelques mois. Pourquoi ne m'as-tu rien dit, Kate ?

Son silence le peinait mais en même temps, il comprenait sa décision. Et il admirait sa force de caractère. Elle avait surmonté cette épreuve seule, sans lui en tenir rigueur. Il lui en était infiniment reconnaissant. Au son de sa voix, il devinait que l'épisode avait été douloureux et traumatisant. Son courage l'impressionnait.

— J'ai pensé que tu avais assez de soucis comme ça, répondit-elle simplement.

Il hocha la tête et la serra tout contre lui.

— C'était aussi mon bébé.

Il marqua une pause. Kate aurait tant aimé avoir un enfant de lui, mais le destin en avait décidé autrement. Au fond, compte tenu de l'avenir incertain, n'était-ce pas mieux ainsi ?

— Je suis heureux que tu aies pris des précautions, cette fois.

Lui aussi avait emporté ce qu'il fallait pour leurs retrouvailles. Il tenait à prendre ses responsabilités, à présent. Un enfant ne serait qu'une complication supplémentaire dans leurs vies déjà décousues.

Ils parlèrent de la guerre. Combien de temps allait-elle encore durer ? Etouffant un soupir, Joe répondit à Kate.

— C'est difficile à dire. J'aimerais pouvoir t'annoncer que c'est bientôt la fin mais je n'en sais rien, Kate. Si nous pilonnons les Boches sans relâche, la guerre sera peut-être terminée dans un an.

C'était en partie pour cette raison qu'il se rendait à Washington. Les autorités militaires voulaient trouver un moyen d'intensifier les bombardements grâce à de nouveaux engins ultra-performants. A leur grand découragement, les Allemands continuaient à frapper toujours plus fort. Les Alliés avaient beau détruire leurs villes, leurs usines, leurs dépôts de munitions, ils continuaient à résister et à frapper avec la même intensité qu'aux premiers jours. Telle une machine indestructible.

Dans le Pacifique, les choses n'allaient guère mieux. Ils combattaient un peuple et une culture inconnus sur un terrain qu'ils ne maîtrisaient pas. Des avions kamikazes détruisaient sans relâche les porte-avions alliés, les navires coulaient, les bombardiers étaient abattus. A l'automne 1943, le moral des Alliés était au plus bas.

Autour de Kate, les décès se multipliaient. Un nombre terrifiant de jeunes gens qu'elle avait rencontrés au cours de ces deux dernières années, soit à Harvard, soit au MIT, l'Institut de technologie du Massachusetts, étaient morts. Chaque jour, elle remerciait le ciel que Joe soit encore en vie.

Ils parlèrent longuement ce soir-là. Même Joe, d'habitude si renfermé, livra le fond de ses pensées. Le temps leur était compté, ils avaient décidé de profiter de chaque instant passé ensemble en s'efforçant de ne plus penser à la guerre.

Ils refirent l'amour un peu plus tard dans la soirée puis commandèrent un repas qu'ils firent monter dans leur chambre. Le serveur leur demanda s'ils étaient en lune de miel et ils éclatèrent de rire. A aucun moment ils n'évoquèrent l'avenir. Kate ne désirait qu'une seule chose : que Joe reste en vie. Pour le reste, elle souhaitait simplement passer du temps avec lui. Peu importaient le lieu et la durée de leurs retrouvailles. Il eût été totalement irréaliste d'en demander davantage pour l'instant. Sa mère ne comprenait toujours pas qu'elle puisse se contenter de cette situation. Mais une alliance n'aurait rien changé ; elle n'aurait certainement pas protégé Joe du danger. Ce dernier ne lui demandait rien d'autre que ce qu'elle voulait bien lui donner, et à sa manière, Kate lui donnait tout.

Ils dormirent à poings fermés, cette nuit-là, blottis l'un contre l'autre. Ils se réveillèrent en sursaut, soulagés de découvrir qu'ils n'avaient pas rêvé : ils étaient bel et bien ensemble.

— Bonjour, murmura Kate d'une voix ensommeillée.

Un sourire flottait sur ses lèvres quand elle ouvrit un œil, le lendemain matin. Elle avait senti la chaleur de Joe toute la nuit. Elle s'étira et rencontra ses jambes puissamment musclées. Joe se pencha sur elle pour l'embrasser. Il avait passé une nuit merveilleuse.

— As-tu bien dormi ? demanda-t-il en l'attirant contre lui.

Allongés sur le dos, ils parlaient à voix basse. Comme c'était bon de se réveiller auprès de lui !

— Je te sentais tout à côté de moi et j'étais persuadée que c'était un rêve, répondit Kate.

— Moi aussi, avoua Joe en souriant.

Il songea à leurs étreintes passionnées de la veille. Il emporterait avec lui chaque instant passé en sa compagnie.

— A quelle heure dois-tu partir ? demanda-t-elle avec une pointe de tristesse dans la voix.

— L'avion pour Washington décolle à 13 heures. Je te déposerai à l'université vers 11 h 30.

Kate se moquait totalement de manquer les cours du matin. A ses yeux, rien n'était plus important que Joe.

— Tu as faim ?

Elle avait faim, oui, mais de lui. Leurs bouches se cherchèrent, leurs mains commencèrent leur tendre exploration et ils s'unirent de nouveau, avec la même passion.

A 9 heures, ils se levèrent et commandèrent le petit déjeuner. Ils avaient pris une douche et revêtu les peignoirs de l'hôtel lorsque le serveur arriva. Il apportait du jambon, des œufs, du pain grillé, du jus d'orange et du café. Un véritable festin pour Joe qui se nourrissait depuis trop longtemps de rations militaires. Kate le contempla avec un plaisir indicible. Son visage aux traits ciselés, empreints de gravité, dégageait une beauté captivante. Il lisait le journal, sa tasse de café à la main. Tout à coup, son regard rencontra le sien et un sourire naquit sur ses lèvres.

— Comme dans la vraie vie, hein ? Qui croirait que notre pays est en guerre ?

Le journal ne parlait que de ça, et les dernières nouvelles n'étaient guère optimistes. Il reposa les feuillets et gratifia Kate d'un sourire plein de tendresse. Ils avaient passé une soirée merveilleuse. Il ne se sentait entier qu'en compagnie de Kate. C'était comme si elle comblait un vide dont il ne prenait conscience qu'en la voyant. Le reste du temps, il était trop occupé pour y songer. Il n'avait pas besoin d'être entouré de nombreuses personnes. Il n'y avait que Kate qui le touchait au plus profond de son être. Personne d'autre avant elle n'avait réussi cet exploit. Cette idée le frappa de plein fouet tandis qu'il la contemplait en silence. Elle avait un regard profond, plein de détermination ; il aimait sa franchise et son ouverture d'esprit, son incroyable audace. Elle lui faisait penser à une jeune biche en train de humer le vent, se délectant des odeurs qui lui parvenaient. Elle dégageait une énergie incroyable et donnait l'impression d'être constamment sur le point d'éclater de rire. Ce matin n'était pas différent des autres. Elle posa sa tasse et lui adressa un sourire radieux.

— Qu'est-ce qui te fait sourire ? demanda-t-il, amusé.

Sa bonne humeur était contagieuse. Il était d'un

tempérament beaucoup moins jovial qu'elle. Et c'était justement son côté sérieux et posé qui plaisait à Kate.

— J'imaginais la tête de ma mère si elle nous voyait ici.

— N'y pense plus. Je vais culpabiliser. Ton père me tuerait, lui aussi, et le pire, c'est que je ne pourrais même pas lui en vouloir.

Surtout pas après ce qui était arrivé à Kate au mois de mars... Les Jamison auraient été horrifiés s'ils avaient été au courant.

— Je ne pourrai plus jamais les regarder en face, ajouta Joe d'un ton lugubre.

— Pourtant, tu seras amené à les revoir, alors prépare-toi dès à présent.

Kate se sentait plus en forme que jamais, maintenant qu'elle avait revu Joe. En fait, elle regrettait presque d'avoir utilisé un moyen de contraception. L'envie de mettre au monde le bébé de Joe était encore plus forte que celle de devenir sa femme. Comme Joe ne parlait jamais de mariage, elle commençait elle aussi à croire que c'était une conception du couple désuète, une idée complètement futile. Elle raconta à Joe qu'en se mariant, ses amies ne songeaient qu'aux cadeaux et à la tenue des demoiselles d'honneur ; quelque temps plus tard, les mêmes amies s'apitoyaient sur leur sort, accusant leurs époux de passer trop de temps avec leur bande de copains, de boire trop ou encore de leur manquer de respect. Aux yeux de Kate, tous ces couples ressemblaient à des enfants qui jouaient aux adultes. En revanche, avoir un bébé de Joe revêtait pour elle une importance extraordinaire. Un enfant consoliderait encore le lien qui les unissait. En dehors des problèmes qu'elle aurait dû résoudre, elle avait aimé l'idée de porter son enfant. Elle aurait gardé à jamais un morceau de lui — probablement le meilleur. Elle avait caressé l'idée de mettre au monde un petit garçon à qui elle aurait communiqué la passion de son père pour les avions. A présent, elle vivait dans l'angoisse permanente de perdre Joe.

Devinant ses inquiétudes, il lui prit la main et la porta doucement à ses lèvres.

— Ne prends pas cet air attristé, Kate. Je reviendrai. Notre histoire n'est pas terminée. Elle ne le sera jamais.

Ses paroles quasi prophétiques réchauffèrent le cœur de la jeune femme.

— Promets-moi simplement d'être prudent, Joe, c'est tout ce que je te demande.

Comme tant d'autres, la vie de Joe reposait entre les mains du Seigneur. Le reste importait peu.

Ils s'habillèrent après le petit déjeuner et faillirent rendre la clé en retard. Incapables de se séparer, ils s'embrassèrent longuement, blottis l'un contre l'autre. Mais l'heure du départ approchait inexorablement. Joe devait déposer Kate à l'université avant de se rendre à l'aéroport. Il ne pouvait pas se permettre d'arriver en retard à la réunion. Elle revêtait une importance extrême pour la suite des événements en Europe. Il aimait Kate, mais il devait absolument garder la tête froide. Il avait des choses à régler sans elle.

Le trajet jusqu'au campus fut silencieux. Kate le regardait de temps en temps, désireuse de graver chacun de ses traits dans sa mémoire. Ce souvenir lui tiendrait chaud pendant les mois à venir. Elle avait l'impression de vivre comme dans un film au ralenti. Hélas, ils atteignirent le campus de Radcliffe bien trop vite. Ils descendirent de voiture et

Kate leva sur lui un regard plein de larmes. Ils s'apprêtaient à vivre une nouvelle séparation, plus déchirante encore que la précédente. Mais elle devait s'armer de courage. Après tout, la nuit qu'ils venaient de passer ensemble avait été un cadeau tout à fait inattendu.

— Sois prudent, murmura-t-elle alors qu'il l'attirait dans ses bras. Je t'aime, Joe.

Un sanglot lui noua la gorge et elle baissa les yeux, incapable d'en dire plus.

— Je t'aime aussi... Promets-moi de ne rien me cacher s'il t'arrive quelque chose d'important, ajouta-t-il, encore impressionné par son courage. Fais attention à toi et salue tes parents de ma part si tu leur dis que tu m'as vu.

Kate avait jugé plus sage de ne pas leur en parler pour ne pas attiser leurs inquiétudes. Ils restèrent un long moment immobiles, tendrement enlacés, priant pour que Dieu leur soit clément. Quelques minutes plus tard, Kate regarda la voiture s'éloigner, le visage baigné de larmes. C'était une scène banale, ces temps-ci. Chaque ville, chaque bourgade accueillait des soldats blessés ou mutilés. Les fenêtres étaient ornées de petits drapeaux en l'honneur de tous ces hommes partis se battre, quelque part dans le monde. De jeunes couples se faisaient des adieux déchirants, et des cris de joie retentissaient lorsqu'un soldat rentrait au pays. Des enfants allaient se recueillir sur la tombe de leur père, tombé au combat. Kate et Joe étaient comme les autres, peut-être même plus chanceux que la plupart. Le pays traversait une période difficile, des drames frappaient quotidiennement de nombreux foyers. Kate s'estimait heureuse que Joe soit encore en vie.

Elle n'assista pas aux cours de l'après-midi et

resta dans sa chambre jusqu'au soir. Elle ne descendit pas dîner, au cas où Joe l'appellerait. Ce qu'il fit à 20 heures, juste après sa réunion. Il s'apprêtait à partir pour l'aéroport, mais ne put ni lui raconter sa réunion, ni même lui dire où il se rendait ni à quelle heure ; toutes ces informations étaient classées top secret. Elle lui souhaita un bon voyage et lui répéta qu'elle l'aimait. Joe fit de même avant de raccrocher. Kate remonta dans sa chambre. Allongée sur son lit, elle donna libre cours à ses pensées. Cela faisait presque trois ans qu'ils se connaissaient... Il s'était passé tant de choses depuis leur rencontre à New York, Joe dans sa queue-de-pie empruntée et elle dans sa robe de bal... A dix-sept ans, elle n'était alors qu'une enfant. Trois ans plus tard, elle se sentait femme. Mieux encore : elle était une femme amoureuse et comblée.

Elle rentra chez elle le week-end suivant, désireuse à la fois de préparer ses examens et d'échapper à la promiscuité du pavillon. D'humeur songeuse depuis le départ de Joe, elle avait envie de se retrouver seule. Sa mélancolie n'échappa pas à l'œil vigilant de sa mère. Quelque chose n'allait pas ? voulut savoir Elizabeth devant le mutisme de sa fille. Avait-elle eu des nouvelles de Joe récemment ? Kate assura que tout allait bien, mais ses parents restèrent sceptiques. Elle mûrissait à une vitesse inquiétante. L'université y était sans doute pour quelque chose, mais c'était surtout sa relation avec Joe qui l'avait catapultée du jour au lendemain dans le monde des adultes. L'angoisse qui la tenaillait en permanence l'avait rendue plus calme, plus réfléchie. Et il en était de même de beaucoup de jeunes.

Ses parents soulevèrent la question lorsqu'ils se

retrouvèrent seuls, ce soir-là. Kate n'était pas la seule à vivre cette situation. Partout dans le pays, des jeunes filles et des femmes s'inquiétaient pour quelqu'un : des frères, des fiancés, des maris, des pères, des amis. Presque tous les hommes de leur entourage étaient partis à la guerre.

— Quel dommage qu'elle ne soit pas tombée amoureuse d'Andy, fit observer Elizabeth. Il aurait été parfait pour elle et en plus, il n'est pas parti, lui.

Mais malgré sa gentillesse et son éducation, Andy paraissait fade comparé à Joe, passionné et captivant. Joe incarnait le parfait héros dans l'esprit d'une jeune fille romantique.

Pendant le mois qui suivit, Kate s'efforça de se concentrer sur ses études. Elle réussit ses examens et continua de recevoir régulièrement des lettres de Joe. Trois semaines après leur séparation, elle fut à la fois soulagée et déçue de constater qu'elle n'était pas enceinte. C'était malgré tout préférable ainsi. Les choses étaient déjà suffisamment compliquées et incertaines.

Lorsqu'elle rentra chez elle pour le week-end de Thanksgiving, elle se sentait plus en forme que lors de sa précédente venue. Plus sereine, aussi. Pendant le dîner, elle parla de Joe avec les invités et surprit tout le monde par sa connaissance approfondie de l'actualité. En toute logique, elle avait une opinion très marquée au sujet des Allemands et ne mâcha pas ses mots pour exprimer le fond de ses pensées.

Finalement, au grand soulagement de tous, ce fut un dîner très agréable. En allant se coucher ce soir-là, Kate remercia encore le Seigneur de lui avoir envoyé Joe un mois plus tôt. Elle ignorait la date de son prochain retour, mais ce qu'ils avaient partagé cette nuit-là suffirait à la faire patienter aussi longtemps qu'il le faudrait. Elle avait parfois du mal à croire que deux ans s'étaient écoulés depuis son départ à la guerre.

Elle dormit mal cette nuit-là. Son sommeil fut peuplé de rêves étranges et de sensations troublantes qui la réveillèrent à intervalles réguliers. Elle confia ses tourments à sa mère, le lendemain matin ; cette dernière répondit d'un ton taquin qu'elle avait sans doute abusé de la farce aux marrons.

Kate se sentait déjà mieux. Elle fit les magasins avec une amie l'après-midi et en prenant le thé au Statler, elle se remémora la nuit qu'elle y avait passée avec Joe. Lorsqu'elle rentra chez elle, elle se sentait rassérénée. Malgré l'entrain qui continuait de l'habiter, elle paraissait plus grave, moins espiègle qu'avant. Comme si sa rencontre avec Joe, ou peut-être simplement l'inquiétude qui la tenaillait au quotidien, l'avait rendue plus réfléchie, moins exubérante.

Elle regagna l'université le dimanche soir et fit d'autres cauchemars. Elle se réveilla en sursaut avec des images d'avions torpillés plein la tête. C'était un rêve terrifiant, incroyablement précis. Prise de panique, elle se leva et se prépara longtemps avant que les autres se lèvent. Elle fut la première à descendre prendre son petit déjeuner, savourant ce moment de solitude.

Ces cauchemars la poursuivirent toute la semaine. Elle était épuisée quand on l'appela au téléphone le jeudi après-midi. A sa grande surprise, la voix de son père se fit entendre à l'autre bout du fil. C'était la première fois qu'il l'appelait à Radcliffe. Il lui proposa de rentrer dîner chez eux le soir même et lorsqu'elle déclina l'invitation, prétextant du travail en retard, il insista jusqu'à ce qu'elle finisse par accepter. Son père lui avait semblé bizarre au téléphone. Sa mère était-elle malade ? A moins que ce ne fût lui... Ce qui aurait expliqué son insistance peu coutumière. Kate espéra de tout son cœur se tromper.

A l'instant où elle franchit le seuil de la maison, elle sut qu'il s'était passé quelque chose. Ses parents l'attendaient au salon. Sa mère lui tournait le dos pour dissimuler son visage ravagé par les larmes.

Ce fut son père qui se chargea de lui annoncer la nouvelle. Dès que Kate fut assise, il plongea son regard dans le sien et prit la parole. Il avait reçu un télégramme le matin même et appelé aussitôt Washington pour glaner un maximum d'informations.

— Ce ne sont pas de bonnes nouvelles, déclara-t-il sans ambages.

Les yeux de Kate s'arrondirent de surprise. Ces nouvelles la concernaient, elle. Elle sentit son cœur s'emballer. Elle redoutait ce qui allait suivre et pourtant, il fallait qu'elle sache. Son père la fixa quelques instants avant de poursuivre :

— Joe t'a désignée comme sa plus proche parente, Kate, avec des cousins qu'il n'a pas vus depuis des années.

C'était Elizabeth qui avait ouvert la première le télégramme porteur de terribles nouvelles. Elle avait immédiatement appelé Clarke au bureau et ce dernier avait aussitôt téléphoné à l'une de ses connaissances qui travaillait au ministère de la Guerre pour obtenir de plus amples détails. Il continua. Kate retenait son souffle.

— Son avion a été abattu vendredi dernier, alors qu'il survolait l'Allemagne.

Une semaine s'était écoulée depuis. Elle avait commencé à faire ces rêves effrayants dans la nuit du jeudi au vendredi. Elle voyait encore les avions tomber en vrille dans le ciel sombre. Avec le décalage horaire, elle avait fait ce cauchemar alors que c'était le vendredi matin en Europe.

— Ils ont vu son appareil tomber et ils ont réussi à localiser approximativement l'endroit où il s'est écrasé. Il a sorti son parachute au dernier moment ; il est possible qu'il ait été abattu avant d'atterrir, à moins qu'il n'ait été capturé par les Allemands. Toujours est-il qu'ils n'ont aucune nouvelle de lui depuis l'accident. Son nom ne figure pas sur la liste des officiers prisonniers. Il vole sous un nom d'emprunt, mais aucun de ses pseudonymes n'est apparu. Ils pensent que les Allemands le détiennent secrètement... ou bien qu'ils l'ont exécuté. D'après ce que j'ai compris, Joe était en possession d'informations confidentielles qui intéressent considérablement les Allemands. En outre, s'ils ont découvert sa véritable identité, il constitue un prisonnier rêvé pour eux. Compte tenu de ses précédents exploits, Joe est un héros national.

Kate observait son père d'un air absent, s'efforçant d'assimiler ses paroles. Elle se sentait incapable de réagir.

— Kate... les services de renseignements alliés pensent qu'il n'a pas pu s'en sortir, conclut-il. Et s'il est encore en vie, les Allemands s'en débarrasseront bientôt. Il est probablement mort à l'heure qu'il est ; les Américains ou les Britanniques auraient entendu parler de lui, sinon.

Elle continua à regarder son père, abasourdie. Aucun son ne sortait de sa bouche. Sa mère se rapprocha d'elle et glissa un bras sur ses épaules.

— Maman... il est mort ? demanda-t-elle finalement d'une voix de petite fille égarée.

Son cerveau n'avait pas enregistré la nouvelle ; quant à son cœur, il refusait d'entendre. C'était comme une terrible répétition du jour où sa mère lui avait annoncé la mort de son père. A certains égards, c'était même pire. Elle avait tant aimé Joe...

— C'est ce qu'ils pensent, ma chérie, répondit doucement sa mère, compatissant de tout son cœur à la douleur de sa fille.

Pâle comme un linge, Kate était sous le choc. Elle voulut se lever puis se rassit, complètement désorientée. Son père l'enveloppa d'un regard voilé par la tristesse.

— Je suis désolé, Kate.

Des larmes brillaient dans ses yeux ; il était triste pour Joe, mais aussi pour Kate.

— Il ne faut pas, coupa la jeune femme en se levant.

Les choses n'allaient pas se passer ainsi. C'était impossible. Elle ne croirait pas à la mort de Joe tant qu'on ne lui aurait pas fourni de preuve officielle.

— Il n'est pas encore mort. Sinon, quelqu'un le saurait, déclara-t-elle d'un ton résolu.

Ses parents échangèrent un regard peiné. Ils ne s'attendaient pas à une telle réaction. Kate refusait d'accepter la vérité.

— Joe s'en sortira, maman... papa... c'est ainsi qu'il aimerait que nous réagissions.

— Kate, Joe est tombé en territoire ennemi, au milieu d'Allemands qui veulent sa peau. C'est un pilote hors pair. Ils ne le laisseront pas repartir vivant, à supposer qu'il le soit encore. Il faut que tu acceptes la réalité, conclut son père avec fermeté.

— Ce n'est pas la réalité ! hurla-t-elle en se précipitant vers la porte.

Elle gravit l'escalier quatre à quatre et s'enferma dans sa chambre en claquant la porte. Ses parents se dévisagèrent d'un air interdit. Au lieu de s'effondrer, comme ils s'y étaient attendus, elle semblait furieuse contre eux et la terre entière. Mais une fois seule dans sa chambre, Kate se jeta sur son lit, secouée de sanglots. Elle pleura pendant plusieurs heures, songeant à Joe et aux moments magiques qu'ils avaient vécus ensemble. Elle n'arrivait pas à croire qu'une telle chose ait pu lui arriver ; c'était impossible, injuste. Les terribles cauchemars qui avaient peuplé son sommeil la semaine précédente lui revinrent à l'esprit. Qu'avait ressenti Joe à l'instant où son avion avait été abattu ? Ne lui avait-il pas promis qu'il avait cent vies en réserve ?

La soirée était bien avancée lorsque sa mère se risqua à entrer dans sa chambre. Kate se tourna vers elle, les yeux gonflés, rougis par les larmes. Elizabeth alla s'asseoir au bord du lit et sa fille pleura dans ses bras.

— Je ne veux pas qu'il soit mort, maman... hoqueta-t-elle entre deux sanglots.

— Moi non plus, murmura Elizabeth, le visage baigné de larmes, bouleversée par le chagrin de sa fille.

Malgré les réticences qu'elle nourrissait à son égard, Joe était un homme bien ; il ne méritait pas de mourir à trente-trois ans. Quant à Kate, elle ne méritait pas de se retrouver seule avec le cœur brisé. Ce n'était pas juste. Tout ce qui se passait depuis deux ans n'était pas juste.

— Il ne nous reste plus qu'à prier pour qu'il s'en sorte.

Elizabeth n'avait pas envie de forcer Kate à accepter la réalité. Ce n'était qu'une question de temps. Pour le moment, elle avait encore du mal à accepter l'idée que son avion avait été abattu. Si personne ne retrouvait sa trace, Kate serait bien obligée d'admettre la triste réalité. Pour le moment, la douleur était trop vive. Elizabeth resta auprès d'elle un long moment, caressant tendrement ses cheveux jusqu'à ce qu'elle finisse par s'endormir avec les petits reniflements d'un enfant qui a pleuré trop longtemps. Une bouffée de chagrin l'envahit.

— Si seulement elle ne l'aimait pas autant, déclara-t-elle à son mari en allant se coucher. Les sentiments qu'ils se portent me font peur.

Elle avait décelé cette lueur troublante, indéfinissable dans le regard de Joe l'année précédente, et avait vu la même chose dans les yeux de Kate, depuis. C'était comme un lien puissant qui unissait leurs deux âmes, quelque chose d'inexplicable qui défiait la raison, le temps et les mots. Ce lien résisterait-il à la mort de Joe ? Elizabeth le redoutait ; ce serait terrible pour Kate.

Le lendemain matin, au petit déjeuner, Kate se mura dans un mutisme impénétrable. Sans adresser le moindre mot à ses parents, elle avala une tasse de thé et remonta dans sa chambre. Elle ne retourna pas à l'université et resta enfermée pendant tout le week-end. Heureusement, il ne restait qu'une semaine de cours avant les vacances de Noël.

Mais le dimanche soir, elle s'habilla et retourna à Radcliffe, sans même dire au revoir à ses parents. Elle avait l'impression d'être désincarnée.

Elle ne parla à personne dans son pavillon. Lorsque Beverly lui demanda si elle avait été malade pendant le week-end, elle se garda de lui raconter ce qui s'était passé. Les mots refusaient de sortir de sa bouche. Le soir venu, elle pleurait toutes les larmes de son corps avant de s'endormir, épuisée.

Dans son pavillon de Radcliffe, les filles avaient deviné qu'il s'était passé quelque chose, mais il fallut attendre plusieurs jours avant que l'une d'entre elles ne lise dans le journal un petit article relatant la disparition de Joe. Les services de renseignements de l'armée avaient décidé de minimiser l'événement afin de ne pas démoraliser les Américains. Selon eux, Joe avait disparu au cours d'une mission et le ton de l'article était délibérément vague. Toutes les filles du pavillon savaient que Joe Allbright avait rendu visite à Kate à plusieurs reprises.

« Je suis désolée », murmuraient certaines d'entre elles quand elles la croisaient dans le hall. Kate hochait alors la tête en détournant les yeux. Elle avait perdu plusieurs kilos lorsqu'elle rentra chez elle pour les vacances de Noël. Les traits tirés, les yeux cernés de mauve, elle avait une mine épouvantable. Les efforts que fournit sa mère pour essayer de lui remonter le moral demeurèrent vains. Kate voulait être seule en attendant d'autres nouvelles de Joe.

Elle demanda à son père d'appeler son ami à Washington mais il n'obtint aucune autre information. Joe demeurait introuvable. Les Allemands n'avaient pas signalé sa capture, allant jusqu'à affirmer qu'ils ne l'avaient pas retrouvé. S'ils avaient été au courant de sa véritable identité, ils se seraient au contraire vantés de cette victoire contre les Alliés. Personne ne l'avait vu prendre la fuite, personne ne l'avait aperçu depuis que son appareil s'était écrasé. Il s'était volatilisé.

Cette année-là, on ne fêta pas Noël chez les Jamison. Kate ne fit pas les magasins, décréta qu'elle ne voulait pas de cadeaux et mit un temps fou à ouvrir ceux qu'elle reçut malgré tout. Elle passa la plupart de son temps enfermée dans sa chambre. Joe occupait toutes ses pensées. Où était-il ? Que lui était-il arrivé ? Etait-il encore en vie ? Le reverrait-elle un jour ? Elle revivait en permanence les moments qu'ils avaient partagés, regrettant encore plus amèrement d'avoir perdu le bébé qu'ils avaient conçu l'année précédente. Inconsolable et inaccessible, elle dormait à peine et n'avait plus que la peau sur les os.

Chaque jour, elle décortiquait minutieusement les journaux, alors que son père lui avait assuré qu'on les appellerait sur-le-champ si la situation évoluait. Mais Clarke doutait fort de recevoir un jour d'autres nouvelles. Joe devait être mort depuis plusieurs semaines, à présent, et gisait quelque part en Allemagne, dans une tombe creusée à la va-vite. Kate devenait presque folle quand cette idée germait dans son esprit. C'était comme si une partie de son être avait été arrachée. Elle s'allongeait alors sur son lit, les yeux rivés au plafond, ou bien faisait les cent pas dans sa chambre, en pleine nuit, au bord de la crise de nerfs. Rien ni personne ne parvenait à la réconforter. Un soir, elle chercha même à s'enivrer. Désemparés, ses parents ne firent aucun commentaire. Le chagrin de Kate était infini. Joe hantait ses pensées, nuit et jour. Seul le temps parviendrait à panser ses blessures.

De retour à l'université, elle rata un examen pour la première fois depuis le début de sa scolarité. Sa directrice d'études la convoqua pour comprendre ce qui s'était passé. D'une voix étranglée, Kate expliqua qu'un de ses proches amis avait été abattu en plein vol au-dessus de l'Allemagne. Douce et compréhensive, l'enseignante exprima sa compassion et souhaita à Kate de se rétablir vite. Elle-même avait perdu son fils à Salerne l'année précédente. Hélas, aucune parole, aucun geste ne parvenait à soulager Kate. Parfois, le chagrin cédait la place à la fureur et elle s'emportait contre le destin, les Allemands, l'homme qui avait abattu l'avion de Joe... Elle maudissait Joe — pourquoi n'avait-il pas été plus vigilant ? — et se maudissait elle-même — pourquoi l'aimait-elle tant ? Elle aurait tout donné pour se libérer de ses sentiments, mais c'était impossible. Il était trop tard pour revenir en arrière.

Quand Andy lui rendit visite après les vacances de Noël, il compatit d'abord à son chagrin puis essaya de la secouer. Sans ménagement, il l'accusa de s'apitoyer sur son sort, alors qu'elle avait toujours été consciente des risques que prenait Joe. L'accident aurait pu se produire n'importe quand, tandis qu'il tentait de battre un record de vitesse aux commandes d'un nouvel appareil ou réalisait des acrobaties à couper le souffle, ou de périlleuses cascades. Des milliers de femmes vivaient la même situation qu'elle. Et encore, Joe et elle n'étaient pas mariés, ni même fiancés ; ils n'avaient pas d'enfants. Une bouffée de colère envahit Kate.

— Suis-je censée me sentir mieux maintenant que tu m'as dit tout ça ? On croirait entendre ma mère ! Crois-tu vraiment qu'une bague au doigt fasse la différence ? Ça ne changerait rien pour moi, Andy, et ça ne ferait pas revenir Joe, hélas !

Pourquoi êtes-vous tous obsédés par ces fichues conventions sociales ? Personnellement, je m'en moque complètement ! A l'heure qu'il est, Joe se trouve peut-être dans une prison où on le torture sans pitié pour qu'il avoue tout ce qu'il sait. Tu crois vraiment que ça changerait quelque chose s'il m'avait passé une bague au doigt ? Non, bien sûr ! Joe s'en moque lui aussi. On s'aime passionnément, tous les deux ; je me fiche bien d'être mariée, conclut-elle dans un sanglot. Tout ce que je veux, c'est qu'il revienne.

Elle se blottit dans les bras d'Andy, à bout de nerfs.

— Il ne reviendra pas, Kate, murmura Andy en la berçant doucement. Tu le sais aussi bien que moi. Il y a une chance sur un million pour qu'il s'en sorte.

Et encore...

— Rien n'est perdu, protesta Kate. Il réussira peut-être à s'échapper.

— Il est peut-être déjà mort, répliqua Andy.

Il voulait la forcer à accepter la réalité. Kate savait qu'il avait raison, mais elle n'était pas encore prête à l'admettre.

— Kate, je sais que c'est une épreuve difficile pour toi, mais tu dois absolument la surmonter. Il faut que tu réagisses.

Hélas, elle n'avait pas le choix. Une angoisse indicible la paralysait. Pourrait-elle survivre à sa disparition ? Pourtant, même lorsqu'elle cédait à la panique, une lueur d'espoir continuait à briller au plus profond d'elle. Joe était encore en vie, elle en était intimement convaincue. Il faisait partie d'elle, pour toujours.

Elle accepta d'aller dîner avec Andy à la cafétéria et il l'obligea à manger. Le week-end suivant, il la pressa d'assister à une compétition de natation à laquelle il participait contre le MIT. Presque malgré elle, elle passa un agréable moment et oublia ses tourments l'espace de quelques heures. La victoire de Harvard déclencha la liesse générale.

Ils dînèrent ensemble après la rencontre, puis Andy la raccompagna au pavillon. Elle avait déjà meilleure mine. Le jeune homme eut de la peine lorsqu'elle lui confia qu'elle avait rêvé de Joe. Elle était convaincue qu'il était encore en vie... Son esprit n'était-il pas en train de lui jouer des tours ? Toujours est-il qu'elle refusait obstinément de regarder la vérité en face.

Au bout d'un certain temps, alors qu'elle continuait à soutenir à tous ceux qui manifestaient leur compassion que Joe n'était pas mort mais détenu dans un camp de prisonniers, son entourage cessa d'aborder le sujet.

L'été arriva ; Joe avait disparu depuis sept mois. Kate reçut ses dernières lettres un mois après que son avion eut été abattu et elle les relisait encore la nuit, quand elle n'arrivait pas à trouver le sommeil, la tête pleine de souvenirs. Son cœur refusait de le libérer, comme on ouvre la porte à un oiseau en cage. Kate le gardait tout au fond d'elle, dans un coin secret de son cœur. Les gens avaient raison, bien sûr, il fallait qu'elle essaie d'oublier cette tragédie, mais comment y parvenir ? Joe hantait ses pensées ; il faisait partie d'elle, pour toujours.

Ses parents la poussèrent à partir en vacances et après bien des hésitations, elle accéda à leur demande. Elle rendit d'abord visite à sa marraine qui vivait à Chicago puis elle partit en Californie, chez une amie qui devait étudier à Stanford à la rentrée prochaine. Ce fut un périple intéressant et elle passa d'agréables moments, mais elle restait toujours détachée par rapport à ce qu'elle vivait, comme si ce n'était plus elle qui habitait son corps. Ce fut presque avec soulagement qu'elle rentra chez elle, en train. Le voyage dura trois jours. Trois jours pendant lesquels elle put penser à Joe sans être dérangée, les yeux rivés sur le paysage qui défilait par la fenêtre. L'idée qu'il était peut-être mort commençait à faire son chemin dans son esprit. Elle regagna Boston à la fin du mois d'août, neuf mois après la disparition de Joe. Personne n'avait entendu parler de lui. Les responsables de Washington et de la RAF l'avaient finalement déclaré mort.

Cet été-là, Kate n'alla pas à Cape Cod, craignant de replonger dans un passé à la fois doux et cruel. Elle rentra de Californie juste pour la rentrée universitaire. C'était l'année de sa maîtrise en histoire et en art. Elle ignorait encore ce qu'elle ferait de son diplôme. L'enseignement ne l'attirait pas. Rien ne la passionnait vraiment.

Elle vit Andy quelques semaines après la rentrée ; en troisième année de droit, il n'avait quasiment plus de temps à lui consacrer, mais ce rythme effréné lui plaisait. Quelques-unes de ses amies n'étaient pas retournées à l'université, cet automne-là. Deux d'entre elles s'étaient mariées pendant l'été, une autre avait déménagé sur la côte Ouest. Une autre encore était restée auprès de sa mère après que son père et ses deux frères eurent été tués dans le Pacifique, l'année précédente. Par la force des choses, les femmes avaient pris les rênes et remplacé les hommes dans des métiers qui leur étaient jusque-là réservés. On les voyait au volant des bus, distribuer le courrier, rien ne les effrayait. De temps en temps, Kate taquinait ses parents en prétendant vouloir être conductrice de bus. En réalité, aucun métier ne la motivait.

A vingt et un ans, elle s'apprêtait à sortir diplômée de Radcliffe. C'était une belle jeune femme, intelligente et cultivée. Sans la guerre, affirmait sa mère, elle serait sans doute mariée et mère de famille. Avec Joe ou un autre homme. Mais Kate n'était sortie avec aucun garçon depuis la disparition de Joe. Pourtant, plusieurs étudiants de Harvard l'avaient invitée à dîner, ainsi que deux ou trois jeunes scientifiques du MIT, et même un charmant jeune homme du Boston College, mais elle avait refusé toutes les propositions. Personne ne l'intéressait. Presque inconsciemment, elle s'attendait à voir Joe quand elle prenait le bus ou se promenait en ville. Elle n'arrivait toujours pas à croire qu'il s'était volatilisé, qu'il n'était plus de ce monde et que, malgré tout l'amour qu'elle lui portait, il ne reviendrait plus vers elle.

Les week-ends et les jours fériés s'avérèrent moins éprouvants que l'année précédente. Radoucie, Kate se montrait plus patiente, plus ouverte avec ses parents. Quand sa mère insistait pour qu'elle sorte un peu, elle changeait de sujet ou quittait la pièce. Ses parents commençaient à perdre tout espoir de la retrouver comme avant. Un jour, Elizabeth confia même à Clarke ses craintes de la voir rester célibataire toute sa vie.

— Ne t'inquiète pas, répondit-il d'un ton léger. Elle n'a que vingt et un ans et le pays est en guerre. Attends un peu que les hommes rentrent.

— Quand rentreront-ils ? demanda Elizabeth en lui lançant un regard dubitatif.

— Bientôt, j'espère.

Paris avait enfin été libéré en août. La Russie

avait battu les Allemands et les troupes russes avaient envahi la Pologne. Mais les Allemands multipliaient les raids aériens au-dessus de l'Angleterre depuis le mois de septembre. Et leur offensive en pleine forêt des Ardennes avait déstabilisé les Alliés. A Noël, la bataille des Ardennes avait coûté de nombreuses vies et démoralisé tous ceux qui étaient restés aux Etats-Unis.

Les vacances de Noël touchaient à leur fin quand Andy passa chez Kate avec une bande d'amis. Il réussit à la convaincre de venir faire du patin à glace avec eux, sur un lac voisin. Sa mère la vit partir avec soulagement. Elle ne désespérait pas de voir Kate s'intéresser davantage à Andy, un jour. Mais Kate continuait à soutenir qu'elle ne ressentait rien d'autre pour lui qu'une profonde amitié. Malgré tout, ils s'étaient sensiblement rapprochés au fil des ans et Elizabeth s'accrochait à cet infime espoir. A ses yeux, Andy restait le mari idéal pour Kate ; Clarke partageait son avis, mais c'était à Kate de décider.

Ils passèrent un excellent après-midi à patiner sur le lac. Ils glissèrent à reculons, tombèrent, se relevèrent, se bousculèrent en riant. Les garçons improvisèrent un match de hockey pendant que Kate décrivait des cercles gracieux au milieu du lac. Elle avait fait du patinage artistique quand elle était plus jeune et gardait de bonnes bases. Puis ils se réchauffèrent en buvant des grogs et partirent se promener dans la nuit froide. Au bout d'un moment, Kate se détacha du groupe et Andy se joignit à elle. Il était heureux de la voir s'amuser enfin, la mine resplendissante. Elle avait passé de bonnes vacances de Noël et, pour une fois, ne mentionna pas le nom de Joe. C'était peut-être un signe, Andy l'espérait en tout cas.

— Quels sont tes projets pour l'été prochain ? demanda-t-il d'un ton posé en coinçant sa main gantée sous son bras.

Ses cheveux bruns étaient tout brillants et ses yeux sombres pétillaient d'entrain ; il portait des oreillettes et une chaude écharpe en laine.

— Je ne sais pas, je n'y ai pas encore pensé, répondit-elle vaguement tandis que leurs souffles dessinaient des volutes dans la nuit glaciale. Et toi ?

— J'avais une idée assez amusante, commença Andy. Nous allons tous les deux obtenir notre diplôme de fin d'études au mois de juin. Le cabinet d'avocats de mon père n'a pas besoin de moi avant le mois de septembre. J'avais pensé que ce serait drôle de partir en lune de miel.

Kate hochait lentement la tête. En entendant ses derniers mots, elle fronça les sourcils et l'interrogea du regard.

— Avec qui ?

Elle retint son souffle. Une lueur étrange brillait dans les yeux d'Andy. Il s'immobilisa et plongea son regard dans le sien.

— Avec toi, peut-être, répondit-il à mi-voix.

Kate poussa un long soupir. Cela faisait des années qu'elle considérait Andy comme un frère, elle croyait avoir réglé définitivement la question. Mais ce dernier n'avait jamais cessé de l'aimer. Leurs parents les trouvaient parfaitement assortis et il partageait leur avis.

— C'est une plaisanterie, j'espère ?

A son grand désarroi, il secoua la tête. Kate prit appui contre son épaule.

— Je ne peux pas, Andy, tu le sais, pourtant. Je t'aime comme un frère.

Un pâle sourire joua sur ses lèvres.

— J'aurais l'impression de commettre un inceste en t'épousant.

— Je sais que tu étais amoureuse de Joe, répliqua Andy, mais il n'est plus là. Je n'ai jamais cessé de t'aimer. Je crois sincèrement que je pourrais te rendre heureuse, Kate.

Mais jamais comme Joe. Pour Kate, Joe incarnait la passion, l'exaltation et le danger. Andy, lui, était plutôt chocolat chaud et patin à glace. Ils comptaient tous les deux pour elle, chacun à leur manière, mais elle savait avec certitude qu'elle n'éprouverait jamais pour Andy ce qu'elle avait éprouvé pour Joe. Ils se tenaient immobiles au milieu du chemin. Leur petit groupe d'amis était déjà loin devant.

— Ce ne serait pas honnête envers toi, déclara Kate avec franchise lorsqu'ils se remirent en route. Je n'arrive toujours pas à croire qu'il ne reviendra pas.

— Vous n'étiez même pas fiancés, Kate. Des dizaines de gens vivent des histoires d'amour avant de se marier. Certains rompent même leurs fiançailles quand ils rencontrent la bonne personne.

Il s'interrompit. Son visage devint grave.

— De nombreuses femmes se retrouveront dans la même situation que toi après la guerre. Certaines veuves sont encore plus jeunes que toi, et elles ont des enfants à élever. Elles ne pourront pas se couper de la réalité pendant le restant de leur vie. Elles vont réapprendre à vivre, et toi aussi. Tu ne peux pas continuer à te cacher ainsi, Kate.

— Pourquoi pas ?

Ce qu'elle avait vécu et partagé avec Joe était

si intense, si exceptionnel qu'elle s'en délecterait toute sa vie. Il n'y aurait personne d'autre que lui.

— Parce que ce n'est pas bon. Tu as besoin d'un mari qui te donnera des enfants et une vie confortable, quelqu'un qui t'aimera et prendra soin de toi.

Ses paroles auraient fait la joie de la mère de Kate. Mais celle-ci n'était pas encore prête à tourner la page. Elle aimait toujours Joe.

— Tu mérites mieux qu'une femme amoureuse d'un fantôme, déclara-t-elle sans ambages.

C'était la première fois qu'elle admettait que Joe était peut-être mort. Pour Andy, c'était un signe encourageant.

— Il y aurait peut-être de la place dans nos vies pour un fantôme.

— Je ne sais pas, répondit Kate d'un ton vague.

Andy ne s'avoua pas vaincu.

— Nous ne sommes pas obligés de nous marier l'été prochain, Kate. Je disais ça pour tester ta réaction, c'est tout. On peut attendre aussi longtemps que tu voudras. Et en attendant, on pourrait se voir plus souvent, sortir ensemble...

— Comme tout le monde ? coupa Kate en le dévisageant avec attention.

Pourrait-elle un jour tomber amoureuse de lui ? Non, c'était impossible. A vingt-trois ans, Andy n'était encore qu'un grand enfant, pour elle. Joe avait exactement dix ans de plus que lui. Et ils étaient très différents. Joe l'avait séduite à l'instant où elle avait posé les yeux sur lui. Ç'avait été comme une explosion de lumière. Andy, lui, incarnait l'ami fidèle et affectueux sur qui on pouvait compter en toutes circonstances. L'incarnation du mari idéal, aux yeux de sa mère.

— Alors, qu'en penses-tu ? reprit-il d'un ton plein d'espoir.

Kate ne put s'empêcher de rire. Elle avait l'impression d'entendre un petit garçon l'inviter dans sa cabane perchée dans les arbres ou un adolescent lui proposer son premier rendez-vous.

— Je pense que tu es fou de vouloir m'épouser, répondit-elle franchement.

— Mais toi ? Qu'en penses-tu vraiment ?

— Je ne sais pas. Je n'arrive pas à m'imaginer en train de sortir avec toi. Laisse-moi un peu de temps pour y réfléchir.

Cela faisait trois ans et demi qu'elle tentait vainement de lui arranger des rendez-vous avec ses amies étudiantes, alors qu'Andy n'avait d'yeux que pour elle.

— Si tu veux mon avis, c'est une idée complètement absurde, reprit-elle d'un ton direct.

Andy ne baissa pas les bras. Il était même satisfait : les choses s'étaient mieux passées qu'il ne l'avait imaginé. Cela faisait plusieurs mois qu'il désirait lui poser cette question, sans jamais trouver le courage de se jeter à l'eau. Le temps avait passé, jouant en sa faveur. Joe avait disparu depuis plus d'un an.

— Peut-être moins absurde que tu ne le crois, murmura-t-il. Que dirais-tu de laisser faire les choses pendant les mois qui viennent ?

Kate se surprit à hocher la tête. Elle aimait bien Andy. Au fond, sa mère avait peut-être raison.

Ce soir-là pourtant, après qu'il l'eut raccompagnée chez elle, une vague de tristesse s'abattit sur elle. La conversation qu'elle avait eue avec lui ressemblait déjà à une trahison vis-à-vis de Joe. Il lui manquait tellement ! Andy et Joe étaient plus que différents, ils vivaient sur deux planètes diamétralement opposées. Chez Joe, tout était excitant, fascinant, captivant. Les récits de ses exploits la passionnaient et elle avait vécu un des moments les plus grisants de son existence en volant à ses côtés. Au-delà de ce qu'ils vivaient au quotidien, il y avait cette attirance puissante, irrésistible, qui les poussait l'un vers l'autre. C'était une sorte de chimie inexplicable, de magie indéfinissable qui n'existait pas avec Andy. Au lieu d'un feu d'artifice, il n'était pour elle qu'un havre de paix, tendre et chaleureux. Pourrait-elle jamais s'habituer à un tel bouleversement ? Quand elle le revit sur le campus quelques jours plus tard, elle voulut lui faire part de ses doutes.

— Chut ! la coupa-t-il en posant un index sur ses lèvres. Je sais ce que tu vas dire. Je ne veux pas l'entendre. Tu as peur, c'est tout.

Le problème était plus grave : elle n'était pas amoureuse de lui. Elle s'était gardée de rapporter leur conversation à ses parents, de peur de donner à sa mère de faux espoirs. Kate ne se sentait pas prête, toute cette histoire de rendez-vous galants l'effrayait. C'était idiot.

— Donne-nous une chance, reprit Andy. Dînons ensemble vendredi soir et samedi, on pourrait aller au cinéma.

Le vendredi soir, à contrecœur, Kate s'habilla pour sortir. Elle choisit une robe noire que sa mère lui avait offerte à Noël, assortie à une courte veste en fourrure, chaussa des escarpins et attacha un rang de perles à son cou. Elle était ravissante, avec ses cheveux cuivrés brillants et soyeux. Andy vint la chercher en voiture. Vêtu d'un costume sombre, il était également très séduisant. L'homme idéal pour toutes les étudiantes de Radcliffe. Sauf Kate.

Ils dînèrent dans un charmant restaurant italien,

puis Andy l'emmena danser. Malgré tous ses efforts, Kate avait l'impression de vivre une mascarade. Elle aurait mille fois préféré manger à la cafétéria de l'université, comme d'habitude.

Andy montra beaucoup de retenue lorsqu'il la raccompagna chez elle, à la fin de la soirée. Il ne chercha pas à l'embrasser, craignant de la brusquer. C'était encore trop tôt pour Kate, il le savait pertinemment. Le lendemain soir, il l'emmena revoir *Casablanca*. La soirée fut plus décontractée et ils allèrent manger des hamburgers après la séance. A la grande surprise de Kate, elle passa une excellente soirée. Elle se sentait bien en compagnie d'Andy, même si leurs relations manquaient à ses yeux de piquant et de romantisme. Pour elle, il n'était rien d'autre qu'un ami. Pourrait-elle un jour éprouver quelque chose de plus profond ? Elle en doutait fortement. Mais elle était prête à faire quelques efforts.

Andy attendit le jour de la Saint-Valentin pour l'embrasser. Joe avait disparu depuis quinze mois, pourtant il occupait tout son esprit lorsque les lèvres d'Andy se posèrent sur les siennes. Que lui arrivait-il, grand Dieu ? Andy était un jeune homme attirant et sexy, mais c'était comme si le centre de ses émotions refusait de fonctionner. Son cœur et son esprit étaient anesthésiés. En reprenant sa lumière, Joe avait plongé tout son être dans les ténèbres. Son cœur était parti avec lui.

Andy ne parut rien remarquer ; ils continuèrent à se voir une fois par semaine et Andy l'embrassait invariablement en la raccompagnant chez elle. Au grand soulagement de Kate, il ne chercha pas à aller plus loin. Andy ne prendrait pas le risque de porter atteinte à sa réputation ; l'idée qu'elle avait déjà fait l'amour avec Joe ne l'effleurait probablement pas. Il lui déclarait inlassablement son amour. Kate l'aimait aussi, à sa façon. Ses parents étaient ravis de les voir enfin réunis, même si Kate leur répétait qu'il n'y avait rien de sérieux. Quand son père plongeait son regard dans le sien, une immense tristesse l'envahissait. Miroirs de l'âme, les yeux de Kate trahissaient le moindre de ses sentiments. Et Clarke n'y voyait qu'une peine infinie. Son entrain retrouvé ne le trompait pas.

Il tenta de confier ses craintes à Elizabeth alors qu'ils dînaient un soir tous les deux et que son épouse chantait les louanges d'Andy.

— Ne brusque pas les choses, Liz. Laisse-leur le temps d'avancer à leur rythme.

— Ils ont l'air de savoir où ils vont, tous les deux. Si tu veux mon avis, ils ne vont pas tarder à nous annoncer leurs fiançailles.

Que signifiaient des fiançailles dans de telles circonstances ? songea Clarke. Kate avait aimé passionnément un homme et voilà qu'elle s'apprêtait à en épouser un autre dans le simple but de « rentrer dans le rang », comme ses amies. Quelle triste destinée ! Cela faisait treize ans que Liz et lui étaient mariés et il l'aimait comme au premier jour. Il aurait voulu que Kate connaisse le même bonheur.

— Je crois qu'elle commettrait une erreur en l'épousant, déclara-t-il d'un ton ferme.

Elizabeth se rembrunit.

— Pourquoi dis-tu cela ?

— Elle n'est pas amoureuse de lui, Liz. Ouvre les yeux, bon sang. Son cœur appartient encore à Joe.

— Ce n'était pas un homme pour elle, et il n'est plus là, pour l'amour de Dieu !

— Sa disparition n'a pas altéré la force de ses

sentiments. Elle mettra probablement des années avant de l'oublier.

Si elle y parvenait un jour, ajouta-t-il en son for intérieur. Les choses seraient encore plus difficiles si elle acceptait d'épouser Andy dans le seul but de faire plaisir à ses parents. Tout bien réfléchi, Kate était mieux seule, même si Andy était un jeune homme charmant.

— Laisse-les tranquilles ; ils prendront leur décision seuls, le moment venu, insista-t-il d'un ton pressant.

Elizabeth le regarda en secouant la tête.

— Kate doit se marier rapidement pour fonder une famille, Clarke. Que va-t-elle devenir après la remise des diplômes, en juin ?

Clarke ne partageait pas sa conception du couple. Pour lui, le mariage était plus qu'une simple occupation et il n'hésita pas à lui exposer son opinion.

— Je préférerais qu'elle trouve du travail plutôt que de la voir épouser un homme dont elle n'est pas amoureuse.

— Tu parles sans savoir, répliqua-t-elle, agacée.

Elle commençait à croire que son mari avait été lui aussi ébloui par Joe Allbright. Hélas, le brillant Joe Allbright n'était plus là, et la vie continuait pour Kate.

Ignorant les inquiétudes et les disputes de ses parents, Kate continua à sortir avec Andy tous les week-ends, s'efforçant d'éprouver pour lui des sentiments plus profonds que l'amitié. C'était malheureusement une bataille perdue d'avance. Le printemps venu, tout le monde se tourna vers l'Angleterre, la France et l'Allemagne. La roue était en train de tourner.

Au mois de mars, les troupes américaines remportèrent la bataille de la Ruhr après avoir pris Iwo Jima dans le Pacifique. Nuremberg tomba entre les mains des forces alliées en avril alors que les Russes encerclaient Berlin. A la fin du mois, Mussolini et les membres de son cabinet furent exécutés ; les troupes allemandes basées en Italie rendirent les armes le lendemain, deux semaines après la mort du président Roosevelt, remplacé entre-temps par Harry Truman. L'Allemagne se rendit le 7 mai ; le lendemain, 8 mai, le président Truman proclama la victoire.

Kate et Andy suivirent les nouvelles avec attention, débattant des informations qu'ils lisaient dans les journaux. Pour avoir tant souffert à cause de cette guerre, Kate s'y intéressait davantage que la plupart des jeunes femmes de son âge. Alors qu'elle dévorait les actualités, d'autres retenaient leur souffle en priant pour leurs hommes. Kate avait fini par perdre tout espoir de voir Joe revenir. Dix-sept mois s'étaient écoulés, tout le monde le croyait mort. Son dossier avait été classé ; ses performances de vol tenaient toujours et ne seraient pas battues avant longtemps. Le 8 mai, jour de la victoire, Kate était en cours quand elle apprit la nouvelle. La porte de la classe était ouverte et une de leurs professeurs fit irruption, le visage baigné de larmes. Elle avait perdu son mari en France, trois ans plus tôt. Toutes les filles se levèrent et s'enlacèrent en poussant des cris de joie. La guerre était finie... terminée... Les hommes s'apprêtaient à rentrer au pays. Il ne manquait plus qu'une victoire au Japon, mais personne ne doutait que ce jour-là arriverait bientôt.

Kate rentra chez elle dans l'après-midi. Son père jubilait. Ils échangèrent leurs impressions. Au bout d'un moment, Clarke remarqua l'expression de profonde tristesse qui voilait son regard. Des larmes brillaient dans ses yeux lorsqu'elle se tourna vers lui. Il comprit aussitôt.

— Je suis désolé qu'il ne soit pas là pour fêter la victoire, Kate, murmura-t-il en effleurant sa main.

Elle hocha gravement la tête.

— Moi aussi, articula-t-elle tandis que de grosses larmes roulaient sur ses joues.

Elle retourna à l'université l'après-midi même et alla s'allonger sur son lit, la tête pleine de Joe. Il était là, tout près d'elle. Il ne l'avait jamais quittée. Lorsqu'une de ses camarades monta la prévenir qu'Andy l'appelait au téléphone, elle lui fit dire qu'elle était sortie. Elle se sentait incapable de lui parler. Son cœur et son esprit appartenaient entièrement à Joe.

9

La remise des diplômes fut très discrète après la victoire en Europe. Coiffée de la traditionnelle toque et vêtue de la longue robe noire, Kate était éblouissante et elle fit la fierté de ses parents ; Andy assistait également à la cérémonie. Il lui avait suggéré de se fiancer cette semaine-là, mais Kate lui avait demandé de patienter encore un peu. Il avait prévu de visiter le nord-ouest du pays pendant l'été avant de commencer à travailler pour son père dès l'automne.

Quelques jours plus tard, Kate assista à la cérémonie de remise des diplômes d'Andy qui fut à la fois très solennelle et très intime. Il avait accepté d'attendre la fin de l'été avant de reparler de mariage. Kate prit ce délai comme un véritable sursis.

Etrangement, après son départ en vacances, Andy lui manqua plus qu'elle ne l'aurait imaginé. Ce fut avec un réel soulagement qu'elle prit conscience de ses sentiments à l'égard du jeune homme, bien qu'elle eût encore du mal à analyser leur nature et leur profondeur. Joe hantait toujours son cœur et ce qu'elle éprouvait pour Andy paraissait fade par rapport à ce qu'elle avait ressenti pour lui. Malgré tout, sa sensibilité renaissait, ses sentiments fleurissaient de nouveau grâce à la gentillesse et à la patience d'Andy. Elle était consciente de lui avoir mené la vie dure et à la fin du mois de juin, elle brûlait d'envie qu'il revienne. Il l'appelait aussi souvent que possible et lui envoyait des cartes postales de tous les endroits qu'il visitait. Il se dirigeait vers le Wyoming et passerait ensuite par le lac Louise. Puis il séjournerait chez des amis installés dans l'état de Washington, et s'arrêterait à San Francisco sur le chemin du retour. Il passait d'excellentes vacances, bien qu'elle lui manquât cruellement. De son côté, Kate se surprit à organiser mentalement leurs fiançailles à l'automne. Ils pourraient peut-être se marier au mois de juin prochain. Quoi qu'il en soit, il lui faudrait encore une année pour se faire à l'idée. En attendant, elle travaillait à plein temps pour la Croix-Rouge.

Des hordes de jeunes gens revenaient chaque jour d'Europe tandis que des navires-hôpitaux débarquaient les blessés. Kate travaillait sur les quais ; elle aidait le personnel médical à identifier les hommes et les orientait vers les hôpitaux où ils séjourneraient parfois plusieurs mois. La jeune femme n'avait jamais vu de gens aussi heureux de rentrer au pays. Oubliant pour un temps leurs blessures, ils s'agenouillaient et embrassaient le sol avec ferveur avant d'enlacer la personne la plus proche d'eux, si leur mère ou leur fiancée n'était pas à leurs côtés. Bien qu'éprouvant, le travail était à la fois plaisant et gratifiant. Beaucoup rentraient grièvement blessés dans leur chair ; ils étaient tous jeunes, à peine sortis de l'adolescence, mais leurs regards graves reflétaient les horreurs qu'ils avaient vues et vécues. En même temps, la joie qu'ils manifestaient à se retrouver enfin chez eux était bouleversante. Le regard de Kate s'embuait de larmes chaque fois qu'elle les voyait s'avancer en boitant, bras tendus, vers les proches venus les accueillir.

Elle passait des heures avec eux, tenant des mains, caressant un front, prenant des notes pour ceux qui avaient perdu la vue. Elle les installait dans des ambulances et des camions militaires. Le soir, elle rentrait chez elle exténuée, mais avec l'agréable sensation de se rendre utile.

Un soir, alors qu'elle rentrait d'une journée particulièrement chargée, elle trouva ses parents installés au salon. A peine franchi le seuil de la pièce, elle sut qu'il était arrivé quelque chose. Le visage de son père exprimait une profonde gravité. Assise sur le canapé à côté de lui, sa mère se tapotait les yeux avec un mouchoir. Un long frisson parcourut Kate : quelqu'un était mort... mais qui ?

— Que se passe-t-il, papa ? demanda-t-elle d'un ton faussement posé en avançant dans la pièce.

— Rien, Kate. Assieds-toi, veux-tu ?

Elle obéit, lissant d'un geste mécanique les plis de son uniforme taché. Sa coiffe était de travers. La journée avait été longue, chaude et épuisante.

— Tout va bien, n'est-ce pas, maman ? demanda-t-elle avec douceur.

Sa mère se contenta de hocher la tête.

— Qu'y a-t-il ?

Son regard passa de l'un à l'autre tandis que le silence se prolongeait. Ses grands-parents étaient morts, elle n'avait ni oncle ni tante ; il s'agissait forcément d'un de leurs amis, ou peut-être du fils d'un couple d'amis. Parmi les nombreux blessés, certains n'avaient pas survécu au voyage de retour.

— J'ai reçu un coup de téléphone de Washington aujourd'hui, annonça son père.

Kate ne réagit pas. Elle avait eu sa part de mauvaises nouvelles et n'en attendait pas d'autres. Grâce à cette expérience, elle faisait preuve d'une grande compassion dans son travail. Elle savait ce que c'était que de perdre la personne qu'on chérissait le plus au monde. Comme son père semblait hésiter, elle tenta de lire dans son regard. Finalement, il reprit la parole.

— Ils ont retrouvé Joe, Kate. Il est vivant.

Elle se figea.

— Pardon ? articula-t-elle en blêmissant. Je ne comprends pas.

Ses jambes menaçaient de se dérober sous elle, comme le soir où elle avait perdu son bébé.

— Explique-moi, papa, je t'en prie...

Combien de temps avait-elle espéré recevoir cette nouvelle ? Au bout de ces mois interminables, elle avait fini par accepter l'inimaginable : la mort de Joe. Et maintenant, en entendant ces mots qu'elle avait tant de fois rêvé d'entendre, ses pensées s'emmêlaient, le chaos régnait dans son esprit.

— Son avion a été abattu à l'ouest de Berlin, reprit son père sans chercher à retenir les larmes qui roulaient sur ses joues. Son parachute ne s'est pas ouvert correctement et il s'est blessé aux deux jambes en tombant. Après avoir trouvé refuge chez un fermier, il a essayé de rallier la frontière, mais il a été capturé et conduit à la prison de Colditz, près de Leipzig. Il n'avait eu le temps de contacter personne avant sa capture et d'après ce que nous avait dit le ministère de la Guerre, il était muni de faux papiers d'identité, pour sa propre sécurité, expliqua Clarke en s'essuyant les yeux.

Kate l'observait d'un air hébété, s'efforçant de se concentrer sur ses explications. Elle avait l'impression de ressusciter en même temps que Joe.

— Il a été placé en cellule d'isolement ; pour une raison qu'on ignore, les Allemands ne l'ont jamais inscrit sur leurs listes de prisonniers, même sous le nom d'emprunt qu'il utilisait. Peut-être se doutaient-ils du subterfuge... Toujours est-il qu'ils l'ont torturé pour essayer de le faire parler. Il est resté sept mois à Colditz avant de réussir à s'échapper. Cela faisait un an qu'il se trouvait en Allemagne. Il est parvenu à gagner la Suède et tentait d'embarquer sur un cargo quand il a été de nouveau arrêté. On lui a tiré dessus, cette fois-là, et il a été gravement blessé. On pense qu'il a passé plusieurs mois dans le coma ou dans un état de semi-conscience avant d'être renvoyé à Colditz. Comme il était en possession de faux papiers d'identité suédois, son nom n'est toujours pas apparu sur la liste des prisonniers américains. Je ne suis même pas sûr qu'ils aient jamais su qui il était vraiment. On l'a découvert il y a quelques semaines dans sa cellule d'isolement, mais il a fallu attendre hier pour qu'il parvienne à décliner son identité. A l'heure qu'il est, il se trouve dans un hôpital militaire de Berlin. Kate, il faut que je te dise...

Sa voix s'éteignit quelques instants, alors qu'il faisait un effort visible pour maîtriser son émotion.

— Joe n'est pas en très grande forme. Apparemment, il était mourant lorsqu'ils l'ont sorti de sa cellule. Mais l'essentiel, Dieu soit loué, c'est qu'il ait tenu bon jusqu'au bout. Les médecins pensent qu'il va s'en sortir, s'il n'y a pas d'autres complications. Après tout, il a réussi à sauver sa peau envers et contre tout. Ses jambes sont très abîmées ; elles ont été cassées à deux reprises. Son corps est criblé de cicatrices. Il a vécu l'enfer, pendant tout ce temps. S'il reprend suffisamment de force pour voyager, un bateau le ramènera dans deux semaines. Il devrait arriver dans le courant du mois de juillet.

Incapable d'émettre le moindre son, Kate pleurait à chaudes larmes. Sa mère l'observait, en proie à un désespoir indicible. Elle savait que la vie de Kate allait basculer d'un coup. Andy Scott et tout ce qu'il s'apprêtait à lui offrir venaient de partir en fumée. L'amour que Kate portait à Joe crevait les yeux et pourtant, cet amour finirait par la détruire. Malgré tout, elle l'aimait. Son père ne souhaitait que son bonheur, quel qu'en fût le prix. En outre, il avait toujours voué un profond respect à Joe.

— Pourrai-je lui parler ? demanda enfin Kate d'une voix enrouée.

Clarke avait noté le nom de l'hôpital, mais les communications téléphoniques avec l'Allemagne étaient plus qu'aléatoires.

Elle essaya d'appeler tard dans la soirée, mais l'opératrice ne put établir la communication. Alors Kate monta dans sa chambre et s'assit sur son lit, les yeux levés vers le ciel éclairé d'un croissant de lune argenté. Joe était là, auprès d'elle. Elle avait été tellement sûre qu'il n'était pas mort... c'était une conviction intime, presque viscérale. Cela ne faisait que quelques mois que le doute s'était immiscé en elle.

Les semaines qui suivirent s'écoulèrent comme dans un rêve. Elle travaillait sur les quais tous les jours et allait prêter main-forte dans les locaux de la Croix-Rouge entre deux arrivées. Elle rendait visite aux blessés dans les hôpitaux, écrivait des lettres à leur place, les aidait à s'alimenter. Elle écoutait leurs douloureuses histoires. Quand Andy l'appelait, le soir, elle restait délibérément vague. Elle ne voulait pas lui annoncer le retour de Joe au téléphone, de peur de gâcher la fin de ses vacances. Elle avait essayé si fort de l'aimer... mais le retour de Joe avait instantanément ruiné tous ses efforts.

Le jour où devait arriver le bateau de Joe, elle partit travailler à cinq heures du matin. Le navire devait accoster à six heures, avec la grande marée. Il stationnait au large de la côte depuis la nuit dernière. Vêtue d'un uniforme immaculé, Kate épingla sa coiffe d'une main tremblante. Elle n'arrivait pas à croire qu'elle le verrait bientôt. C'était un rêve étrange, une sorte de mirage.

Elle prit le tramway jusqu'aux quais, alla se présenter à sa chef et inspecta le matériel. Il y avait sept cents blessés dans le paquebot, un des premiers en provenance d'Allemagne. Jusqu'alors, les autres arrivaient de France ou d'Angleterre. Une longue file d'ambulances et de véhicules sanitaires attendait le long des quais. Ils transporteraient les blessés vers des hôpitaux militaires, dans un rayon de cent cinquante kilomètres. Kate ignorait dans quel hôpital serait soigné Joe, mais elle resterait près de lui autant que possible. Elle n'avait pas réussi à le joindre au téléphone ces dernières semaines ; et une lettre ne serait pas arrivée à temps. Ils n'avaient eu aucun contact depuis presque deux ans.

Le bateau approcha lentement dans un nuage de vapeur. Sur le pont, des centaines d'hommes couverts de pansements, appuyés sur des béquilles, criaient, sifflaient, agitaient la main longtemps avant que le bateau ait accosté. La scène arrachait invariablement des larmes à Kate. Cette fois pourtant, elle scrutait le pont avec attention, s'efforçant de repérer la silhouette familière de Joe. D'après les informations qu'elle détenait, il ne tenait sûrement pas debout et ferait plutôt partie des hommes étendus sur une civière, alignés sur le pont. Elle avait déjà demandé à sa chef la permission de monter sur le bateau.

— Quelqu'un que vous connaissez ?

D'ordinaire, les bénévoles attendaient que les hommes soient descendus sur le quai, mais il leur arrivait de temps en temps de monter à bord pour donner un coup de main. L'excitation teintée d'angoisse qui habitait Kate n'échappa pas à l'œil avisé de l'infirmière en retraite chargée de superviser le travail des bénévoles. Le teint pâle de la jeune femme contrastait vivement avec l'auréole de cheveux auburn qui encadrait son visage.

— Je... mon... mon fiancé est à bord, balbutia-t-elle.

C'eût été trop long de lui expliquer qui était vraiment Joe et ce qui lui était arrivé deux ans plus tôt.

— Depuis combien de temps ne l'avez-vous pas vu ? demanda-t-elle à Kate un moment plus tard, alors que le bateau approchait.

— Vingt et un mois.

La responsable des bénévoles dévisagea la jeune femme aux grands yeux bleu foncé.

— On le croyait mort ; il a été retrouvé il y a trois semaines.

Mieux que quiconque, elle comprenait le calvaire qu'avait enduré Kate. Elle-même avait vécu un enfer au cours de cette guerre qui lui avait volé son mari et ses trois fils.

— Où l'ont-ils trouvé ? demanda-t-elle pour tenter de distraire Kate.

La pauvre semblait sur le point de s'effondrer.

— Dans une prison allemande. Son avion avait été abattu lors d'un raid aérien.

Kate ignorait tout des blessures de Joe. Elle se réjouissait simplement qu'il fût en vie.

Il fallut une heure pour amarrer le bateau puis, un par un, les hommes descendirent les passerelles au milieu des cris, des applaudissements et des larmes. Cette fois, Kate ne pleura pas pour eux, mais pour Joe, alors que les scènes de retrouvailles se multipliaient autour d'elle. Elle attendit encore deux heures avant de pouvoir monter à bord. Le personnel s'apprêtait à débarquer les blessés gisant sur des civières, et elle suivit un groupe d'aides-soignantes qui allait prêter main-forte aux infirmières. Au prix d'un énorme effort, elle se retint de courir et observa plutôt le déroulement des opérations. Les équipes médicales continuaient d'acheminer d'autres brancards sur le pont supérieur. Kate se fraya lentement un chemin entre les blessés et les agonisants. Une odeur âcre de maladie et de sueur mêlées flottait dans l'air et elle dut prendre sur elle pour ne pas s'évanouir.

Quelques hommes tendaient la main vers elle, d'autres tentaient de l'agripper ou effleuraient ses jambes. Elle s'arrêtait tous les deux mètres pour échanger quelques mots avec eux. Malgré l'impatience qui la submergeait, elle ne pouvait pas les ignorer. Tout à coup, un cul-de-jatte tendit le bras et lui saisit la main. Il avait perdu la moitié de son visage et l'œil qu'il avait gardé ne voyait plus. Il désirait simplement parler un peu, lui dire combien il était heureux de rentrer au pays. A son accent, elle devina qu'il était originaire du Sud.

Elle était en train de lui répondre, penchée sur lui, lorsqu'une autre main lui effleura doucement le bras. Elle termina d'abord sa conversation avant de se tourner vers l'autre blessé. Allongé sur sa civière, il leva les yeux sur elle, un large sourire aux lèvres. Son visage émacié était très pâle et portait les fines cicatrices des séances de torture qu'il avait subies en Allemagne. Kate tomba à genoux à côté de lui. Il se redressa aussitôt et la prit dans ses bras. Les larmes qui baignaient son visage se mêlèrent à celles de Kate. C'était Joe.

— Oh, mon Dieu, articula-t-elle, sous le choc.

— Bonjour, Kate, fit Joe d'une voix légèrement tremblante. Je t'avais bien dit que j'avais cent vies.

Les sanglots qui la secouaient l'empêchaient de parler. De sa main calleuse, Joe essuya délicatement ses larmes. Il avait perdu beaucoup de poids et ses deux jambes étaient plâtrées. Les médecins ignoraient encore s'il pourrait remarcher un jour. Ses geôliers les avaient brisées au cours de leurs interrogatoires, puis on lui avait tiré dessus quand il avait tenté de s'échapper. Il avait échappé de justesse à la mort, et il était là maintenant, auprès d'elle. Bien qu'il fût encore dans un état inquiétant, Kate savait que le pire était passé.

— Je ne croyais pas que je te reverrais un jour, murmura-t-il tandis que les brancardiers transportaient sa civière sur le quai.

Kate avançait à côté de lui, serrant sa main dans la sienne. De l'autre, il s'essuya les yeux.

— Moi non plus, avoua-t-elle.

La chef d'équipe pleurait en silence quand ils arrivèrent sur le quai. C'était une scène qu'elle avait vue des milliers de fois, mais celle-ci la bouleversa particulièrement, car elle aimait beaucoup

Kate. Ils méritaient d'être heureux, songea-t-elle. Il y avait eu assez de drames ces quatre dernières années.

— Je vois que vous avez retrouvé votre fiancé. Bienvenue au pays, fiston, lança-t-elle en lui tapotant le bras. Voulez-vous monter avec lui dans l'ambulance, Kate ? ajouta-t-elle en remarquant leurs mains jointes.

Joe séjournerait dans un hôpital situé à la périphérie de Boston, et Kate se réjouissait déjà de pouvoir lui rendre visite tous les jours. La roue avait enfin tourné. Quoi qu'il advînt à présent, elle serait à jamais reconnaissante d'avoir retrouvé Joe en vie.

Elle monta dans l'ambulance et s'assit par terre, à côté de lui. Elle avait glissé dans son sac une barre chocolatée qu'elle lui tendit lorsque le véhicule se mit en route. Il y avait trois autres hommes avec eux, et elle sortit une autre barre qu'elle partagea soigneusement avant de la leur distribuer. L'un d'eux se mit à pleurer.

Ils rentraient tous d'Allemagne. Deux d'entre eux avaient été détenus dans des camps de prisonniers tandis que le troisième avait été capturé alors qu'il tentait de passer en Suisse. Il avait été torturé pendant quatre mois avant d'être laissé pour mort. Tous avaient subi des traitements atroces entre les mains des soldats allemands et c'était à chaque fois des civils qui leur avaient sauvé la vie, sauf dans le cas de Joe qui, après avoir passé quelque temps chez un fermier, avait échoué en prison, luttant contre la mort jusqu'à ce qu'on le découvre enfin.

— Comment vas-tu ? demanda Joe à l'adresse de Kate.

Il la dévorait des yeux, émerveillé par sa chevelure souple, son teint diaphane et ses grands yeux. Comme lui, les trois autres hommes ne la quittaient pas du regard. Allongés sur leur civière, ils la contemplaient en silence tandis que Joe lui tenait la main d'un geste possessif.

— Je vais bien. J'ai toujours su que tu étais en vie, affirma-t-elle en se rapprochant de lui. Malgré tout ce qu'on racontait autour de moi, je sentais que tu étais toujours là.

— J'espère que tu n'es pas mariée ou quelque chose comme ça, fit Joe d'un ton espiègle.

Kate secoua la tête. Il s'en était pourtant fallu de peu.

— Tu as terminé tes études ?

Il voulait tout savoir. Combien de fois avait-il pensé à elle avant de sombrer dans le sommeil, hanté par la même question : la reverrait-il un jour ? Pour l'amour de Kate, il avait tenu bon jusqu'au bout.

— J'ai eu mon diplôme en juin...

Elle avait tant de choses à lui raconter ! Plus d'un an et demi à combler...

— Et je travaille comme bénévole pour la Croix-Rouge.

— C'est vrai ? plaisanta-t-il en souriant de ses lèvres gercées qu'elle avait déjà embrassées plusieurs fois.

Pour Joe, il n'y avait rien de plus doux au monde.

— Je croyais avoir affaire à une infirmière particulièrement sympathique.

Il n'en avait pas cru ses yeux quand il l'avait aperçue, sur le bateau. Il n'avait pas réussi à la joindre avant d'être rapatrié. Quelle chance qu'on l'ait envoyé à Boston et non à New York ! Ainsi, elle pourrait venir le voir tous les jours.

Elle resta avec lui pendant qu'on l'installait dans un lit d'hôpital. Finalement, elle fut obligée de rentrer au port avec l'ambulance pour terminer sa journée de travail.

— Je reviendrai ce soir, promit-elle avant de partir.

Il était 18 heures lorsqu'elle rentra chez elle pour emprunter la voiture de ses parents. Moins d'une heure plus tard, elle était au chevet de Joe. Tout propre et dans des draps immaculés, il dormait à poings fermés. Sans bruit, elle s'assit à côté du lit. Deux heures plus tard, il commença à s'agiter et roula sur le côté en grimaçant. Se sentant observé, il ouvrit enfin les yeux.

— Suis-je en train de rêver ? Ou suis-je au paradis ? murmura-t-il en esquissant un sourire endormi. Ça ne peut pas être toi, Kate... Je n'ai pas mérité ça...

— Oh si, chuchota Kate en effleurant ses joues puis ses lèvres d'un doux baiser. C'est moi qui ai une chance inouïe. Ma mère me voyait déjà vieille fille !

— Je croyais que tu t'étais finalement décidée à épouser Andy, l'ami fidèle. Les types comme lui finissent toujours avec la damoiselle éplorée quand le héros meurt.

— Loupé, éluda-t-elle d'un ton faussement léger, le héros n'est pas mort.

— C'est vrai, renchérit Joe en se retournant sur le dos dans un soupir. Pour être franc, j'avais perdu tout espoir de sortir un jour de cette maudite prison. Tous les jours, j'attendais qu'ils m'exécutent. A croire qu'ils s'amusaient davantage à me voir agoniser.

On lui avait fait subir les tortures les plus barbares, Kate ne pourrait jamais imaginer les dix-huit mois d'enfer qu'il avait traversés, ni par quel moyen il avait survécu. Car Dieu merci, il était vivant et c'était là l'essentiel.

Il était 22 heures passées quand elle se décida enfin à rentrer chez elle. Joe était épuisé ; on allait lui administrer des médicaments pour soulager la douleur qui irradiait de ses jambes. Il s'était assoupi et, debout à la tête du lit, Kate contempla quelques minutes le visage volontaire dont elle avait rêvé tant de fois.

De retour chez elle, elle trouva son père debout ; il n'était pas encore rentré du bureau quand elle était passée prendre la voiture et il l'attendait.

— Comment va-t-il, Kate ? demanda-t-il d'un ton inquiet.

— Il est vivant, répondit-elle, radieuse. Et, aussi surprenant que cela puisse paraître, plutôt en forme. Il a les deux jambes plâtrées et son visage est un peu amoché.

C'est un vrai miracle qu'il soit de retour parmi nous, papa.

Devant l'expression béate de sa fille, Clarke Jamison ne put s'empêcher de sourire. Cela faisait des années qu'il ne l'avait pas vue rayonner ainsi. Son bonheur lui réchauffa le cœur.

— Le connaissant, il sera bientôt aux commandes d'un avion, observa-t-il d'un ton léger.

— J'en ai bien peur, en effet.

Les médecins devaient encore examiner ses jambes, et prévoir une éventuelle intervention. Il garderait peut-être une légère claudication, mais pour Kate, il revenait d'entre les morts et elle saurait se contenter de tout ce qui lui restait.

Une ombre voila soudain le visage de son père.

— Andy a appelé pendant que tu n'étais pas là. Que vas-tu lui dire, Kate ?

— Je lui parlerai à son retour.

Elle avait pensé à lui avec compassion pendant le trajet. Le sort en avait décidé ainsi, elle espérait qu'il comprendrait.

— Je lui dirai la vérité, reprit-elle. Dès que je lui annoncerai que Joe est de retour, il comprendra. Je ne sais pas si j'aurais pu l'épouser un jour, papa. Il savait que j'étais toujours amoureuse de Joe.

— Tout comme ta mère et moi. Nous espérions seulement que tu finirais par l'oublier, pour ton propre bonheur, s'il n'était pas revenu. Vous avez l'intention de vous marier, je suppose ?

Après tout ce qu'ils avaient enduré, ce serait un dénouement tout à fait logique.

— Nous n'avons pas encore abordé la question, papa. Je préfère qu'il se rétablisse tranquillement d'abord.

Clarke Jamison ne put qu'approuver les paroles de sa fille quand il rendit visite à Joe le lendemain. Son état était plus grave qu'il ne l'avait imaginé. Habituée à côtoyer des blessés à longueur de journée, Kate n'avait pas été choquée par l'apparence de Joe. En réalité, elle s'était même attendue à pire.

Joe fut ravi de le voir et les deux hommes bavardèrent un long moment. Par correction, Clarke s'abstint de questionner Joe sur sa période de détention en camp allemand mais finalement, ce dernier lui raconta sa triste expérience dans les moindres détails. C'était une histoire absolument incroyable ; étonnamment, le moral de Joe semblait plutôt bon. Son regard s'illumina à l'instant où Kate fit son apparition. Clarke prit congé quelques minutes plus tard et Kate interrogea Joe sur son état de santé. Après avoir examiné ses jambes, les médecins avaient établi un diagnostic optimiste, saluant au passage le travail de leurs confrères qui avaient réduit ses fractures en Allemagne.

Pendant le mois qui suivit, Kate lui rendit visite tous les soirs après le travail. Elle passa chaque week-end à son chevet et poussa son fauteuil roulant aussi souvent que possible dans le parc de l'hôpital. En riant, il l'appelait son ange de miséricorde. Quand personne ne les regardait, ils s'embrassaient et mêlaient leurs mains avec passion. Deux semaines après son retour, il la menaça de s'échapper de l'hôpital pour l'entraîner dans un hôtel. Kate rit de bon cœur.

— Tu n'irais pas loin avec ça, répliqua-t-elle en pointant l'index sur les plâtres qui enserraient ses jambes.

Pourtant, elle brûlait tout autant que lui de le couvrir de caresses. Pour le moment, hélas, ils étaient obligés de se contenter de quelques baisers volés. Joe était encore trop faible pour se déplacer seul, mais il retrouvait peu à peu l'usage de ses jambes, malgré la présence des plâtres. On les lui retira au bout d'un mois et, à la surprise générale, il se leva et se mit aussitôt à marcher. Il ne fit que quelques pas au début, soutenu par des béquilles, mais ce fut une démonstration encourageante.

Entre-temps, les parents de Kate lui avaient tous deux rendu visite ; Elizabeth s'était même donné la peine de lui apporter des fleurs et quelques livres. Elle se montra très agréable avec lui mais, le lendemain de leur visite, elle coinça Kate dans la cuisine, le regard grave.

— Avez-vous fixé la date de votre mariage, Joe et toi ?

Kate poussa un soupir irrité.

— Enfin, maman, tu as vu l'état dans lequel il est, n'est-ce pas ? Tu ne crois pas qu'il faut lui laisser le temps de se rétablir avant d'aborder la question ?

— Tu as passé deux ans de ta vie à le pleurer, Kate. Et ça fait presque cinq ans que vous vous connaissez. Y a-t-il une raison particulière qui vous empêche de faire des projets, un détail qui m'aurait échappé, peut-être ? Est-il marié à une autre femme ?

— Bien sûr que non, voyons ! Tout cela n'a pas d'importance pour nous, maman. Il est en vie, c'est tout ce que je souhaitais.

— Je ne te comprends pas, Kate. Et Andy ? Que comptes-tu faire à son sujet ?

Soudain grave, Kate s'assit avant de répondre.

— Il rentre ce week-end ; je lui expliquerai.

— Lui expliquer quoi ? Il n'y a pas grand-chose à expliquer, me semble-t-il. Tu devrais peut-être réfléchir un peu avant de lui parler. Ecoute bien ce que je vais te dire, Kate : dès que Joe aura retrouvé l'usage de ses jambes, ce n'est pas vers une église qu'il se dirigera pour t'épouser. Non : il courra plutôt vers l'aérodrome le plus proche ! Il n'a pas cessé de parler d'avions, hier. Ses engins l'intéressent beaucoup plus que toi, il faudra bien que tu l'acceptes avant qu'il ne soit trop tard.

— C'est sa passion, maman.

Sa mère avait raison : Joe ne parlait que de ça. Il brûlait d'envie de remonter dans un avion, presque autant que de lui faire l'amour. Mais comment faire comprendre ça à sa mère ?

— T'aime-t-il plus que ses avions, Kate ? C'est la question qu'on peut se poser.

— Pourquoi ne pourrait-il pas aimer les deux ? Pourquoi serait-il obligé de choisir ?

— Peut-il vraiment aimer les deux, Kate ? Je ne suis pas sûr que ce soit compatible.

— C'est absurde. Je ne peux pas lui demander d'abandonner sa passion ; les avions sont toute sa vie. Ils l'ont toujours été.

— Il a presque trente-cinq ans et il vient de passer deux ans entre la vie et la mort, bon sang ! S'il a vraiment envie de se marier et de fonder une famille, c'est le moment ou jamais.

Sur le fond, Kate partageait son avis, mais elle ne voulait pas brusquer Joe. Ils n'avaient pas encore soulevé la question mais Kate n'était pas inquiète. Ils finiraient bien par en parler. Leur amour était tellement fort qu'ils auraient très bien pu être mariés. Joe se moquait des autres femmes ; seuls les avions l'intéressaient.

Andy vint voir Kate le jour même de son retour. Il venait juste de rentrer de Chicago après avoir passé ses dernières semaines de vacances à San Francisco. Il avait été un peu déçu de ne pas la voir en descendant du train, mais il savait qu'elle travaillait dur. La journée avait été torride, et Kate était éreintée en rentrant chez elle. Dès qu'Andy posa les yeux sur elle, il sut qu'il s'était passé quelque chose pendant son absence.

— Tout va bien ? demanda-t-il dès que les parents de Kate quittèrent la pièce.

Elizabeth monta se réfugier dans sa chambre, le cœur serré. Andy allait s'effondrer en apprenant la nouvelle ; pourtant, Kate se devait d'être franche avec lui.

— Oui... je suis juste un peu fatiguée, répondit-elle en lissant ses cheveux en arrière.

Il avait essayé de l'embrasser après le départ de ses parents, mais Kate s'était dérobée, mal à l'aise. Elle ne pouvait plus reculer. Inspirant profondément, elle se jeta à l'eau.

— En fait, ça ne va pas si bien que ça... enfin, je vais bien... mais pas nous.

— Qu'essaies-tu de me dire ?

Une expression inquiète voilait son beau visage ; inconsciemment, il pressentait déjà ce qui allait suivre. Nul doute qu'Andy serait stupéfait d'apprendre le retour de Joe.

Forçant son courage, Kate rencontra son regard. Elle n'avait pas envie de le faire souffrir, mais elle n'avait pas le choix. Le destin avait décidé qu'ils n'étaient pas faits l'un pour l'autre. C'était ainsi. Certes, pour Kate, les choses étaient faciles à accepter : son rêve le plus cher venait de se concrétiser alors que celui d'Andy était sur le point de voler en éclats. En croisant son regard, il devina ce qu'elle allait lui dire, avant même qu'elle ouvre la bouche.

— Que s'est-il passé pendant mon absence, Kate ? s'enquit-il d'une voix sourde.

— Joe est rentré, répondit-elle simplement.

— Il est vivant ? Pourquoi avait-on perdu sa trace ? Où était-il ? Dans un camp de prisonniers ?

— Il était détenu sous un faux nom ; il a réussi à s'échapper avant d'être repris. Ils n'ont jamais découvert sa véritable identité. C'est un miracle qu'il soit toujours en vie, malgré l'étendue de ses blessures.

Le regard de Kate trahissait la force de ses sentiments. Andy ne vit rien pour lui dans ses grands yeux bleus.

— Et nous, Kate, que devenons-nous dans tout ça ? Ai-je besoin de poser la question ? Non, je ne crois pas. Joe a beaucoup de chance. Tu n'as jamais cessé de l'aimer pendant tout ce temps où il n'était plus là. Je l'ai toujours su. Mais je pensais que tu finirais par tourner la page, avec le temps. L'idée que tu aies peut-être raison, qu'il soit encore en vie, ne m'a jamais effleuré. Pour moi, tu refusais simplement d'affronter la réalité. J'espère au moins qu'il sait combien tu l'aimes.

— Je crois qu'il m'aime tout autant, murmura Kate.

En contraste avec le calme et la compréhension qu'il affichait, une peine infinie se lisait dans le regard d'Andy. Le cœur de Kate se serra douloureusement.

— Avez-vous l'intention de vous marier bientôt ? demanda-t-il encore.

Kate avait hanté ses pensées tout l'été. Il s'était plu à organiser mentalement leurs fiançailles, puis leur mariage. Il avait même prévu de lui offrir une bague de fiançailles dès son retour.

— Pas pour le moment, non. Chaque chose en son temps. Je ne suis pas inquiète.

— Je te souhaite d'être heureuse, Kate, déclara Andy avec dignité. Je vous souhaite bonne chance à tous les deux. Transmets mes félicitations à Joe.

Il hésita quelques instants et, lorsqu'elle tendit la main vers lui, il feignit de ne pas la voir. La tête haute, il quitta la pièce, monta dans sa voiture et disparut.

10

Joe quitta l'hôpital deux mois après son retour. Il marchait avec des béquilles et ses jambes étaient encore raides, mais selon les médecins il remarcherait normalement avant Noël. La vitesse à laquelle il s'était rétabli provoqua l'étonnement général ; Kate elle-même était époustouflée. Cela tenait du miracle.

Deux jours après sa sortie, il fut officiellement libéré de ses obligations militaires. Ils avaient déjà passé un après-midi au Copley Plaza. Kate ne pouvait s'éclipser une nuit entière, maintenant qu'elle habitait de nouveau chez ses parents. Joe avait accepté leur invitation à séjourner quelque temps chez eux, mais il n'avait pas l'intention d'y rester longtemps. Il désirait surtout jouir d'une véritable intimité avec Kate.

Lors de son séjour à l'hôpital, il avait appelé Charles Lindbergh et projetait déjà d'aller le voir à New York. Son mentor avait plusieurs idées intéressantes à lui soumettre et désirait le présenter à certaines personnes. Joe passerait plusieurs jours là-bas avant de retourner à Boston.

Kate le conduisit à la gare une semaine après sa sortie de l'hôpital. Le mois de septembre touchait à sa fin. En août, les Etats-Unis avaient vaincu le

Japon. Le cauchemar de la guerre était enfin terminé.

— Amuse-toi bien à New York, murmura-t-elle avant de l'embrasser.

Elle avait pris l'habitude de le rejoindre dans sa chambre sans faire de bruit, la nuit. Ils parlaient à voix basse et riaient sous cape, comme deux enfants malicieux.

— Je serai de retour dans quelques jours. Je t'appelle, d'accord ? Et, je t'en prie, ne t'intéresse pas à d'autres soldats en mon absence.

— Alors ne t'attarde pas trop à New York ! répliqua Kate tandis que Joe pointait un index menaçant sur elle.

Kate n'aurait jamais cru qu'un tel bonheur puisse exister. Joe était merveilleux avec elle ; même sa mère se montrait moins réticente à son égard. L'amour qu'il portait à Kate sautait aux yeux de tout le monde. Liz et Clarke Jamison étaient persuadés que leurs fiançailles étaient imminentes.

Kate n'avait reçu aucune nouvelle d'Andy depuis qu'elle lui avait annoncé le retour de Joe. Elle savait qu'il était parti travailler à New York, dans le cabinet juridique de son père. Elle espérait qu'il s'était remis du chagrin qu'elle lui avait causé. Peut-être lui pardonnerait-il un jour. Elle avait perdu son meilleur ami et sa compagnie lui manquait. Mais la vie en avait décidé ainsi.

Elle agita la main en direction de Joe qui se dirigeait vers le train en boitillant, puis elle prit le chemin du travail et s'efforça de le chasser de ses pensées pour se concentrer sur les hommes dont elle s'occupait.

Joe ne l'appela pas ce soir-là. Il téléphona tôt le lendemain matin.

— Comment c'est, là-bas ? voulut-elle savoir.

— Très intéressant, répondit-il d'un ton sibyllin. Je te raconterai tout à mon retour.

Il partait en réunion et Kate devait se préparer pour aller travailler.

— Je te rappelle ce soir, promis.

Il tint sa promesse. Il avait passé sa journée en réunion avec les personnes que Charles Lindbergh lui avait présentées. Pour le plus grand bonheur de Kate, il rentra à Boston le week-end suivant. Les nouvelles qu'il apportait la stupéfièrent.

Les hommes qu'il avait rencontrés désiraient créer une entreprise avec lui — une entreprise aéronautique qui mettrait au point et fabriquerait des avions ultra-sophistiqués. Ils avaient acheté des terrains au début de la guerre, restauré une ancienne usine et possédaient même un petit aérodrome. L'entreprise était située dans le New Jersey ; placé à sa tête, Joe dessinerait les nouveaux modèles d'appareils et les testerait. Cela représenterait un travail phénoménal au début mais, à long terme, lorsque l'entreprise serait lancée, Joe se contenterait de diriger les opérations. Les investisseurs finançaient le projet ; Joe en serait la tête pensante.

— C'est une proposition de rêve, Kate, dit-il tandis qu'un sourire béat éclairait son visage. Je détiendrai cinquante pour cent de l'affaire et si l'entreprise est un jour cotée en Bourse, je recevrai la moitié des actions. C'est une offre alléchante.

— Et beaucoup de travail en perspective.

Mais le projet semblait avoir été spécialement conçu pour lui. Lorsque Joe l'exposa à Clarke ce soir-là, ce dernier parut très impressionné. Les noms des investisseurs lui étaient familiers ; il s'agissait d'hommes d'affaires honnêtes et dignes de confiance. Pour Joe, leur proposition était une aubaine à ne pas manquer.

— Quand commences-tu ? demanda-t-il avec intérêt.

— On m'attend dans le New Jersey lundi prochain. C'est une région agréable, à moins d'une heure de New York, qui plus est. Les premiers temps, je travaillerai surtout dans l'usine. Il faudra également réorganiser le terrain d'aviation.

Son cerveau bouillonnait déjà. Clarke l'encouragea avec le même enthousiasme que Kate. Il n'aurait pu rêver mieux. Alors qu'il était en train de le féliciter, la mère de Kate prit tout à coup la parole :

— Cela signifie-t-il que vous allez bientôt vous marier, tous les deux ?

Un silence tendu s'abattit soudain sur la pièce. Joe jeta un coup d'œil en direction de Kate.

— Je ne sais pas, éluda celle-ci en rougissant.

La patience de Liz avait atteint ses limites ; pour elle, le moment était venu de connaître les véritables intentions de Joe à l'égard de sa fille. Manifestement embarrassé, celui-ci resta silencieux.

— Pourquoi ne laisses-tu pas Joe répondre à ma question ? insista Liz. Il semble que vous venez d'obtenir un poste important qui vous permettrait d'envisager l'avenir avec sérénité, n'est-ce pas ? Quels sont au juste vos projets en ce qui concerne Kate ?

Ils se connaissaient et s'aimaient depuis cinq ans ; il était grand temps de clarifier la situation.

— Je ne sais pas, madame Jamison. Kate et moi n'en avons pas encore parlé, répondit Joe en évitant le regard de la mère et de la fille.

Malgré ce qu'il éprouvait pour Kate, il avait la

désagréable impression d'être tombé dans un piège. Elizabeth Jamison le traitait comme un sale gamin irresponsable et il détestait ça.

— Eh bien, je vous suggère d'y réfléchir ensemble. Votre disparition a bien failli la tuer ; j'estime qu'elle mérite un peu de reconnaissance pour sa loyauté et son courage. Elle vous a attendu longtemps, Joe.

Une bouffée de colère et de culpabilité mêlées envahit Joe. Luttant contre l'envie de prendre ses jambes à son cou, il répondit d'un ton posé :

— Je sais. Je ne m'étais pas rendu compte que le mariage revêtait une telle importance pour elle, ajouta-t-il sincèrement.

Kate n'avait jamais rien dit à ce sujet ; ils se retrouvaient toutes les nuits, grisés par leur passion, et vivaient l'instant présent sans se soucier de l'avenir. Sous le regard stupéfait de son mari, Liz reprit d'un ton ferme :

— Si Kate n'attache pas d'importance au mariage, Joe, elle a tort. Réfléchissez-y, tous les deux. Le moment serait parfaitement choisi pour annoncer vos fiançailles.

Bien qu'il comprît son point de vue, Joe n'appréciait pas d'être ainsi bousculé. Il aimait Kate, cela ne faisait aucun doute, mais il ne se sentait pas prêt à accéder à la demande de ses parents. Personne ne le forcerait à abandonner un peu de sa liberté.

— Si vous n'y voyez pas d'inconvénient, madame Jamison, je préférerais attendre encore un peu avant de fixer la date de nos fiançailles. Lorsque mon projet professionnel aura pris forme, j'aurai quelque chose de concret à offrir à votre fille. Nous pourrons alors nous installer à New York, afin de nous rapprocher du New Jersey.

Il avait déjà réfléchi à tout ça. Mais il ne se sentait pas encore prêt pour le mariage, il ne l'avait pas caché à Kate. La lueur de panique qui brillait dans ses yeux n'échappa pas à la jeune femme. Le sermon de sa mère lui donnait envie de fuir à toutes jambes. Joe n'était pas un homme qu'on contraignait ou qu'on mettait en cage.

— C'est une sage décision, intervint Clarke en esquissant un geste discret à l'intention de sa femme.

La conversation prenait des allures d'Inquisition et il était temps de passer à un autre sujet. Elle avait exprimé son opinion, ils en avaient tous pris bonne note. Joe avait raison : il n'y avait pas d'urgence ; mieux valait qu'il s'investisse d'abord dans son travail.

Lorsque Kate rejoignit Joe dans sa chambre un peu plus tard, elle ne cacha pas sa contrariété.

— Je n'arrive pas à croire qu'elle t'ait dit ça ! Excuse-la, je t'en prie. Mon père aurait dû la faire taire bien avant. Elle s'est montrée terriblement incorrecte.

— Calme-toi, ma douce, fit Joe, magnanime. Tes parents t'aiment, ils veulent simplement s'assurer que je saurai te rendre heureuse, que je suis quelqu'un de sérieux. Je comprends leur réaction, même si je n'avais pas réalisé à quel point ton avenir les préoccupait. Est-ce un sujet d'inquiétude pour toi aussi ? demanda-t-il en l'embrassant.

— Pas du tout. Je te trouve même beaucoup trop gentil avec ma mère. Je l'ai trouvée odieuse et je suis vraiment désolée.

La contrariété de Kate le soulagea.

— Il n'y a pas de quoi. Mes intentions sont on ne peut plus honorables, mademoiselle Jamison.

Toutefois, si vous n'y voyez pas d'inconvénient, j'aimerais profiter un peu de vous en attendant.

Comme il la débarrassait de sa chemise de nuit, Kate pouffa. A cet instant-là, le mariage était le cadet de leurs soucis. Elle était heureuse d'être avec lui, tout simplement, et ne lui demandait que son amour.

Dans la chambre de ses parents, l'ambiance était beaucoup moins romantique. Son père venait de rabrouer vertement sa mère pour son comportement durant le dîner.

— Je ne vois pas pourquoi tu te mets dans un état pareil, répliqua Liz d'un ton accusateur. Il fallait bien que quelqu'un le mette au pied du mur, et tu t'y refusais.

— Le pauvre garçon revient à peine de l'enfer, bon sang ! Laisse-lui le temps de souffler un peu, Liz. Ce n'est pas bien de le pousser ainsi dans ses retranchements.

Elizabeth Jamison ne désarma pas.

— Ce n'est plus un enfant, Clarke. Joe a trente-cinq ans, il est rentré depuis deux mois et il la voit tous les jours. Il aurait eu mille fois l'occasion de la demander en mariage, mais il ne l'a pas fait, conclut-elle d'un air entendu.

— Il veut d'abord concrétiser son projet professionnel, c'est tout à fait compréhensible et très sage de sa part.

— Comme j'aimerais pouvoir partager ton optimisme ! Si tu veux mon avis, Joe ne songera plus du tout au mariage une fois qu'il aura remis les pieds dans un avion ! Ces fichus appareils passent avant tout, pour lui. Je ne veux pas que Kate passe sa vie à l'attendre vainement.

— Je te parie tout ce que tu veux qu'ils seront

mariés l'an prochain, peut-être même avant, lança Clarke d'un ton assuré.

Liz le foudroya du regard, comme si c'était sa faute. Mais cela faisait longtemps que Clarke ne prêtait plus attention à ses accès de colère.

— Voilà un pari que j'adorerais perdre, commenta-t-elle tandis que son mari la fixait en souriant.

Elle ressemblait à une lionne prête à tout pour défendre sa progéniture et il ne pouvait s'empêcher d'éprouver de l'admiration pour elle. Kate et Joe, en revanche, avaient probablement beaucoup moins apprécié sa diatribe. Le pauvre Joe avait paru terriblement mal à l'aise quand elle l'avait attaqué et Clarke s'était senti plein de compassion pour lui.

— Pourquoi refuses-tu de lui faire confiance, Liz ? demanda-t-il en s'allongeant auprès d'elle.

— Parce que je sais que les hommes comme lui ne se marient jamais. Ou s'ils se marient, ils finissent toujours par tout gâcher. Ils ne savent pas ce qu'est véritablement le mariage. Pour eux, ce n'est rien de plus qu'un passe-temps, quelque chose qu'ils pratiquent quand ils ne s'amusent pas avec leurs joujoux ou leurs amis. Ce ne sont pas de mauvais bougres, non, mais les femmes ne comptent pas vraiment pour eux. J'apprécie beaucoup Joc, je sais que c'est un garçon correct et qu'il aime Kate, mais je crains qu'il ne soit pas capable de prendre soin d'elle. Il va consacrer toute sa vie à ses avions et sera désormais payé pour vivre sa passion. Si son entreprise est couronnée de succès, il ne l'épousera jamais.

— Je ne suis pas d'accord avec toi, rétorqua fermement le père de Kate. En tout cas, il aura les moyens financiers d'assumer son couple. D'après ce que j'ai compris, il risque même de gagner beaucoup d'argent. Je crois que tu fais erreur, Liz. Joe est intelligent, il saura s'occuper à la fois de sa femme et de sa carrière. Il m'arrive souvent de penser qu'il est un génie de l'aviation, tu sais. Il n'aura qu'à redescendre de temps en temps de son nuage pour faire le bonheur de Kate. Ces deux-là s'aiment à la folie, c'est tout ce qui compte.

— Il arrive, hélas, que cela ne suffise pas, observa-t-elle tristement. Mais j'espère me tromper. Ils reviennent de loin, tous les deux, et ils méritent d'être heureux à présent. Je veux juste que Kate soit heureuse auprès d'un homme qui l'aime, dans une jolie maison pleine d'enfants.

— Elle aura tout ça, crois-moi. Il est fou d'elle, assura Clarke.

— J'espère, soupira Liz en se blottissant contre son époux.

Elle aurait aimé que Kate fût aussi heureuse qu'elle. Etait-ce trop demander ? A la vérité, les hommes comme Clarke Jamison ne couraient pas les rues.

Dans une chambre voisine, Kate reposait entre les bras de Joe, repue de plaisir. Gagnée par le sommeil, elle se lova contre lui.

— Je t'aime, murmura-t-elle.

Un sourire flotta sur les lèvres de son compagnon.

— Je t'aime aussi, chérie... et j'aime ta mère aussi.

Kate gloussa ; quelques minutes plus tard, ils dormaient profondément, comme Liz et Clarke. Un couple d'amants, un couple marié. Quels étaient les plus heureux, ce soir-là ?

11

En partant pour le New Jersey, Joe promit à Kate de la faire venir le week-end suivant son installation. Il pensait mettre deux semaines avant de trouver un toit ; il lui fallut en fait un mois pour trouver un appartement. Il y avait un hôtel tout près de chez lui où il avait séjourné en arrivant ; Kate aurait pu y réserver une chambre mais à la vérité, il n'avait pas de temps à lui consacrer. Il travaillait jour et nuit, y compris le week-end, et dormait parfois sur le canapé dans son bureau.

Joe recrutait le personnel, supervisait le montage de l'usine et redessinait le terrain d'aviation. Il ne s'accordait pas un instant de répit et, déjà, l'industrie aéronautique commençait à s'intéresser à son projet. L'unité qu'il était en train de monter symbolisait l'innovation et plusieurs articles avaient été publiés dans les rubriques économiques et financières des quotidiens. Il parvenait tout juste à appeler Kate le soir. Six semaines s'étaient écoulées depuis son départ lorsqu'il la fit enfin venir pour un week-end. La jeune femme lui trouva une mine épouvantable. Mais lorsqu'il lui expliqua tout ce qu'il avait accompli depuis son arrivée, elle fut stupéfaite. C'était une opération de grande envergure, absolument passionnante et, devant son intérêt, Joe prit plaisir à lui en exposer les moindres détails.

Ce fut un merveilleux week-end pour tous les deux. Ils passèrent beaucoup de temps à l'usine, mais Joe trouva toutefois un moment pour l'emmener voler dans un avion flambant neuf qu'il avait lui-même dessiné. De retour à Boston, elle s'empressa de tout raconter à son père. Ce dernier brûlait d'envie de découvrir à son tour les installations de Joe. Dans le monde des affaires, on commençait à réaliser que Joe était sur le point d'entrer dans la légende avec ses idées novatrices.

Deux semaines plus tard, il vint passer Thanksgiving avec eux. Il devait régler quelques problèmes au travail et dut repartir dès le vendredi matin. Jamais encore il n'avait assumé de telles responsabilités ; toute une industrie reposait sur ses épaules. C'était un lourd fardeau. Même s'il s'en sortait plutôt bien, il n'avait plus le temps de se détendre et trouvait à peine un moment pour appeler Kate le soir venu. Noël arriva. Malgré l'enthousiasme sincère qu'elle ressentait pour le projet de Joe, Kate commençait à se languir de lui. Elle l'avait vu deux fois en l'espace de trois mois et se sentait seule à Boston, loin de lui. Une vague de culpabilité l'assaillait à chaque fois qu'elle lui en parlait, mais c'était plus fort qu'elle.

Kate se rallia bientôt à l'opinion de sa mère : il était temps pour eux de se marier. Au moins seraient-ils réunis, au lieu d'être séparés par plusieurs centaines de kilomètres. Lorsqu'elle confia le fond de ses pensées à Joe, il tomba des nues.

— Tu voudrais te marier tout de suite ? Je passe à peu près cinq heures par jour chez moi, tu t'ennuierais à mourir. Et il est encore trop tôt pour que j'aille m'installer à New York.

— On pourrait vivre dans le New Jersey. L'essentiel, c'est que nous soyons ensemble, argua Kate.

Elle en avait assez de vivre chez ses parents et elle ne voyait pas l'utilité de prendre un appartement à Boston s'ils se mariaient rapidement. La plupart de ses amies étaient mariées, à présent, et plusieurs d'entre elles étaient déjà mamans. L'idée de fonder une famille la séduisait de plus en plus. Pour le moment, elle avait l'impression de vivre entre parenthèses, en attendant qu'il ait terminé de monter son affaire. Mais Joe s'était attelé à un projet gigantesque dont il commençait seulement à réaliser l'ampleur. En travaillant cent vingt heures par semaine pendant trois mois, il avait tout juste eu le temps de poser les bases de son entreprise.

— Ce serait idiot de se marier maintenant, expliqua-t-il à Kate le soir du réveillon de Noël, alors qu'il venait de la rejoindre dans sa chambre. Laisse-moi le temps d'avancer un peu plus dans mon projet ; ensuite, nous prendrons un appartement à New York et nous nous marierons. Promis.

Un an auparavant, il subissait encore d'horribles tortures dans les geôles allemandes et voilà qu'il se trouvait à présent catapulté à la tête d'un vaste empire. C'était un énorme bouleversement pour lui. Les choses étaient claires dans son esprit : il ne voulait pas épouser Kate tant qu'il n'aurait pas davantage de temps à lui consacrer. Ce ne serait pas honnête de sa part.

Il réussit à rester trois jours entiers à Boston et passa un Noël de rêve dans la famille de Kate. Il l'emmena faire une balade en avion et ils paressèrent toute une journée au lit, dans une chambre d'hôtel. Quand il dut repartir, Kate avait meilleur moral. Il avait raison : il était plus sage d'attendre que les choses prennent forme avant de se marier. Jusqu'à ce moment-là, elle essaierait de travailler un peu. La Croix-Rouge recrutait moins de bénévoles, aussi décida-t-elle de chercher ailleurs. Elle trouva le poste idéal en tout début d'année. Elle avait passé le réveillon du jour de l'an dans le New Jersey, avec Joe. Ils avaient beaucoup de chance, tous les deux : un an plus tôt, elle le pleurait encore, presque certaine de ne plus le revoir. A l'époque, elle aurait tout donné pour vivre ce qu'elle était en train de vivre, même si elle le voyait trop rarement à son goût. Ils avaient à présent toute la vie devant eux, et un avenir radieux les attendait une fois qu'ils seraient mariés.

Le mois de janvier s'avéra difficile pour chacun d'eux. Kate avait dû s'adapter à son nouveau travail dans une galerie d'art, pendant que Joe entamait un long bras de fer avec les syndicats. Le mois de février fut encore pire pour lui. Il en oublia complètement le jour de la Saint-Valentin. Ils n'avaient pas obtenu l'ultime autorisation pour construire leur piste d'atterrissage. C'était un point essentiel pour eux et il enchaîna les réunions, trois jours durant, avec les hommes politiques et les responsables bornés de plusieurs lobbies. La Saint-Valentin lui revint à l'esprit lorsque Kate l'appela deux jours plus tard, en larmes. Cela faisait six semaines qu'ils ne s'étaient pas vus, et Joe, désireux de rattraper son oubli, lui proposa de venir passer le week-end avec lui.

Comme d'habitude, ils partagèrent de merveilleux moments. Kate l'aida à ranger son bureau ; le soir, Joe l'emmena dîner au restaurant puis dormit avec elle à l'hôtel. Ravie, Kate lui proposa de venir tous les week-ends et Joe accepta. Elle lui manquait terriblement, mais il devait malgré tout travailler dix-huit heures par jour, même pendant le week-end. Il avait parfois l'impression d'être pris dans une spirale infernale : il se sentait coupable vis-à-vis de Kate et en même temps, il était obligé d'investir chaque minute de son temps dans l'entreprise qu'il dirigeait. Plus il songeait à Kate, moins les choses avançaient. Joe s'arrachait les cheveux. Finalement, il la fit venir une semaine, juste pour le plaisir d'être avec elle. A sa grande surprise, Kate lui fut d'une aide précieuse. Ils se croisaient en coup de vent pendant la journée, mais elle avait l'air enchantée. Ils dormaient ensemble la nuit et prenaient leur petit déjeuner à la cafétéria, le matin. Les autres repas, Joe les avalait sur le pouce, dans son bureau ou entre deux rendez-vous. Débordé, il se sentait tiraillé entre mille et une priorités. Le temps passait bien trop vite à son goût.

Le rythme commença seulement à ralentir au mois de mai. Kate démissionna alors de son poste à la galerie d'art et partit travailler avec Joe pendant l'été. Tout se déroula comme dans un rêve et, même si elle gardait un pied-à-terre à l'hôtel pour sauver les apparences, elle emménagea en réalité dans l'appartement de Joe. Elle n'avait jamais été plus heureuse. La situation convenait également à Joe. Seuls les parents de Kate voyaient d'un mauvais œil son séjour prolongé dans le New Jersey, mais elle avait vingt-trois ans, et elle séjournait à l'hôtel. Du moins le croyaient-ils.

Joe était rentré depuis un an ; ils ne parlaient pas de se fiancer. Ils étaient bien trop occupés à faire avancer son projet. Il parvint à se libérer une semaine et partit à Cape Cod avec les Jamison. Clarke était décidé à avoir une conversation sérieuse avec lui. Le sermon d'Elizabeth datait d'un an ; plus le temps passait, plus son amertume grandissait : elle était furieuse contre Kate et Joe. Elle commençait à les soupçonner de vivre sous le même toit et désapprouvait totalement leur conduite. Que se passerait-il si Kate tombait enceinte ? Accepterait-il seulement de l'épouser, alors ? Son ressentiment s'accentuait chaque fois qu'elle posait les yeux sur Joe. De son côté, ce dernier avait plus que jamais l'impression de n'être qu'un sale garnement quand il se trouvait face à Elizabeth. Même lorsqu'elle ne disait rien, il se sentait assailli par une bouffée de culpabilité qui lui donnait envie de prendre la fuite. Tiraillée entre Joe et ses parents, Kate trouvait la situation de plus en plus pesante.

Clarke confia ses inquiétudes à Joe au cours d'une sortie qu'ils firent entre hommes, un après-midi. Joe avait débarqué du New Jersey dans un magnifique appareil conçu et assemblé par son entreprise. En un an, sa carrière avait pris un essor prodigieux. Il commençait à gagner des sommes considérables. En contrepartie, il n'avait plus une seconde à lui. Clarke s'inquiétait sincèrement pour le jeune couple.

A l'insu d'Elizabeth, Joe emmena Clarke dans son nouvel avion. Elle était entrée dans une colère noire en apprenant que Kate volait souvent avec Joe. Malgré sa réputation de pilote hors pair et ses exploits de guerre, elle vivait dans l'angoisse permanente d'un accident. Pour couronner le tout, Kate avait laissé échapper que Joe lui donnait des cours de pilotage. Elle se débrouillait très bien mais n'avait pas encore eu le temps de passer son brevet de pilote. Le travail qu'elle accomplissait pour Joe ne lui laissait pas un instant de répit.

Clarke fut très impressionné par les performances du nouvel avion. Avant de rentrer, ils s'arrêtèrent dans un bar pour boire une bière. C'était une chaude journée d'été. Joe se sentait d'humeur légère. De son côté, Clarke avait d'autres préoccupations — le bonheur de sa fille et celui de son épouse — et il s'apprêtait à prodiguer quelques conseils paternels à Joe.

— Tu travailles trop, fiston, commença-t-il. A la vitesse où tu vas, tu risques de faire des erreurs que tu regretteras par la suite.

Joe devina aussitôt qu'il faisait allusion à Kate. Pourtant, tout allait bien entre eux. C'était juste sa mère qui continuait à se tourmenter parce qu'ils n'avaient toujours pas fixé une date de mariage.

— Les choses vont bientôt se calmer, Clarke, l'entreprise est encore jeune, assura-t-il d'un ton confiant.

— Tu l'es aussi, mais ça ne durera pas. C'est maintenant que tu devrais en profiter.

— C'est ce que je fais. J'adore mon boulot.

Cela sautait aux yeux. Il aimait Kate aussi, Clarke n'en doutait pas un instant. Dans l'espoir de débloquer la situation, ce dernier décida de violer la promesse qu'il avait faite à Elizabeth, des années plus tôt. Elle lui avait fait jurer de ne jamais parler du suicide de son ex-mari et de ne pas dévoiler que Kate était sa fille adoptive aux gens qui ne connaissaient rien du drame. Elle ne voulait pas que le suicide de John Barrett plane au-dessus de la tête de sa fille pour le restant de sa vie. C'était pourtant la réalité, qu'elle le veuille ou non. Et Joe était en droit de savoir. La disparition tragique de John avait joué un rôle important dans la construction de Kate ; c'était un élément essentiel qui permettrait à Joe de mieux comprendre qui elle était vraiment — et peut-être de lui ouvrir complètement son cœur.

— Il y a une chose au sujet de Kate que j'aimerais te confier, déclara-t-il d'un ton posé.

Ils venaient de terminer leur deuxième verre de bière et Clarke avait commandé du gin. Liz serait furieuse contre eux s'ils rentraient ivres mais pour le moment, c'était le cadet de ses soucis. L'alcool lui donnerait le courage de tout raconter à Joe.

— C'est très mystérieux, tout ça, plaisanta ce dernier en le gratifiant d'un sourire amusé.

Il appréciait beaucoup Clarke et s'était toujours senti plus à l'aise en compagnie des hommes. Kate était la seule femme avec qui il se sentait bien, calme et détendu, même si elle lui faisait peur de temps en temps. Surtout quand elle se mettait en colère, ce qui, Dieu merci, n'arrivait pas souvent. En effet, il ne supportait aucune attaque, aucune critique. Il ne lui en avait jamais parlé, craignant de s'exposer encore plus s'il lui expliquait pourquoi elle le terrifiait, dans ces moments-là. A force de l'accabler de reproches et de critiques, de le traiter de bon à rien, les cousins qui l'avaient recueilli après le décès de ses parents avaient laminé son ego et il avait mis des années à se reconstruire. Aussi, à chaque fois que cette situation se représentait, il n'avait qu'une envie : prendre ses jambes à son cou. C'était précisément ce sentiment de panique qu'éveillait en lui la mère de Kate en le poussant dans ses retranchements.

— C'est un secret, en effet, confirma Clarke. Un secret très sombre. Avant tout, Joe, tu dois me promettre de ne jamais parler de notre conversation à Liz ou à Kate ; je suis très sérieux, ajouta-t-il d'un air solennel.

Ils entamaient leur deuxième gin. Joe souriait ;

l'alcool l'aidait à sortir de sa coquille. Il se sentait moins timide, plus près des gens. Il appréciait de plus en plus Clarke ; c'était un homme bon et honnête. Tous deux s'étaient voué un respect mutuel dès le début.

— Alors, quel est ce sombre secret ?

— Je ne suis pas son vrai père, déclara Clarke tout de go.

En treize ans, c'était la première fois qu'il prononçait ces mots. Il rencontra le regard de Joe. Son sourire avait disparu.

— Pardon ? Je ne comprends pas, excusez-moi.

L'inquiétude assombrit ses traits. C'était comme si une ombre menaçante s'approchait d'eux.

— Liz a été mariée avant moi. Pendant presque trente ans. Cela ne fait que quatorze ans que nous sommes mari et femme. Une éternité, parfois, ironisa-t-il.

Joe rit de bon cœur. Clarke aimait Liz, c'était évident. Comment l'aurait-il supportée, autrement ?

— Son mari était un de mes amis ; John était un homme doux, gentil et honnête, issu d'une famille très respectable. J'avais fait sa connaissance par l'intermédiaire de son frère avec qui j'avais fait mes études. John a tout perdu au moment du krach de 1929 ; pas seulement sa fortune personnelle, mais aussi tout l'argent qu'il avait investi pour le compte de ses clients ainsi qu'une partie de la fortune de Liz. Heureusement, la famille de Liz avait veillé jalousement sur son patrimoine et ils s'en sortirent mieux que John. Lui avait tout perdu.

Clarke racontait l'histoire avec une réticence

manifeste ; tout à coup, une vague de peur submergea Joe.

— Ça a bien failli le tuer sur le coup, à l'époque. Le krach boursier a anéanti l'homme le plus droit que j'aie jamais connu. Il a survécu pendant deux ans, terré dans une pièce sombre, tout en haut de chez lui. Il a tenté de se noyer dans l'alcool, mais ça n'a pas marché. Il a fini par se tirer une balle dans la tête en 1931. Kate avait huit ans.

— Elle était là quand il s'est suicidé ? demanda Joe, horrifié.

Son compagnon secoua la tête.

— Non, Dieu merci. C'est Liz qui l'a trouvé. Kate était à l'école, je crois. Il n'y avait plus aucune trace de son père à son retour. Mais elle a su comment il s'était donné la mort. Je connaissais John et Liz depuis des années, j'avais vu naître Kate, il m'a paru normal de les soutenir dans cette douloureuse épreuve. Je n'avais aucune arrière-pensée. J'avais perdu ma femme quelques années plus tôt. Au fil du temps, des sentiments plus profonds sont nés entre Liz et moi ; pour être franc, je crois que je suis d'abord tombé sous le charme de Kate. Après la mort de son père, c'était une fillette terrorisée et inconsolable. J'ai épousé Liz l'année suivante et adopté Kate l'année d'après, lorsqu'elle a eu dix ans. Il m'a fallu encore deux ans pour l'aider à sortir de la coquille où elle s'était réfugiée après le suicide de John. Elle s'est méfiée des hommes pendant des années, moi y compris. Liz adorait sa fille, mais elle n'a jamais vraiment su comment s'y prendre avec elle. Elle était encore sous le choc de la disparition de John. Juste après notre mariage, Liz est tombée malade ; c'était une mauvaise grippe, rien de dramatique, mais Kate a complètement perdu les pédales, la pauvre enfant. Elle était terrifiée à l'idée de perdre sa mère. Je ne crois pas que Liz ait saisi son angoisse, à l'époque. Kate a mis des années avant de devenir la femme qu'elle est aujourd'hui. Forte, pleine d'assurance, drôle, intelligente, pétillante. La femme que tu aimes est restée longtemps une petite fille au cœur brisé. Je crois qu'elle a vécu pendant des années dans l'angoisse que je l'abandonne à mon tour, comme son père l'avait fait avant moi. Le pauvre, il n'a pas eu le courage de repartir de zéro, alors même que la fortune de Liz était restée quasiment intacte. Le krach l'a complètement détruit. En se tuant, il a bien failli tuer sa fille.

— Pourquoi me racontez-vous cela ? s'enquit Joe d'un ton soupçonneux, encore sous le choc de ce qu'il venait d'apprendre.

— Parce que c'est un épisode important de la vie de Kate. Elle adorait son père et lui la vénérait. Ensuite, elle m'a aimé, moi. Et maintenant, c'est toi qu'elle aime, de tout son cœur. Elle t'a cru mort pendant deux ans ; ce qui aurait été dramatique pour n'importe quelle jeune femme fut encore bien pire pour elle. Ta disparition a rouvert d'anciennes blessures, je le lisais tous les jours dans son regard. Cette nouvelle perte aurait pu l'anéantir, si elle n'avait pas été aussi résistante. Puis, miraculeusement, tu es revenu. La vie a été douce avec elle, cette fois. Si tu l'aimes, si tu veux prendre soin d'elle, il faut que tu prennes conscience de cette part d'ombre qui existe en elle, de ce petit morceau de cœur brisé. Chaque fois que tu la quitteras, que tu la repousseras ou que tu la délaisseras, tu réveilleras en elle les fantômes qui la hantent depuis l'enfance. Kate ressemble à une jeune biche blessée ; il faut être doux avec elle. Si tu la couvres de tendresse, elle te le rendra au centuple. Imagine un oiseau avec une aile brisée, un oiseau qui cache bien son jeu car tout le monde admire son vol gracieux. Prends bien soin de cette aile abîmée, Joe... Kate est le plus bel oiseau que j'aie jamais vu et elle volera plus loin que quiconque pour toi. Mais surtout, ne l'effraie pas. Je te fais confiance.

Joe observa un long moment de silence. Le récit de Clarke tournait dans sa tête. C'était une grosse dose de réalité à absorber en cette chaude journée d'été, après plusieurs verres de gin. Clarke avait raison, bien sûr : c'était une part importante de Kate, tout un pan de sa vie qui l'éclairait sur une foule de choses. Il avait déjà perçu cette angoisse à fleur de peau dès qu'il s'éloignait d'elle. Elle ne l'exprimait jamais à haute voix mais à chaque fois qu'il devait la quitter, une lueur de panique dansait dans les yeux bleus de la jeune femme. Cette lueur l'avait effrayé, parfois, lui qui avait toujours eu peur de se faire enchaîner.

— Qu'essayez-vous de me dire, au juste, Clarke ? demanda-t-il enfin.

— Je crois que tu devrais l'épouser, Joe, répondit ce dernier sans ambages. Pas pour les raisons avancées par Liz qui rêve d'une grande cérémonie, d'une belle robe blanche et d'une image de respectabilité. Tout ce que je souhaite pour Kate, personnellement, c'est un foyer aimant et chaleureux. Elle le mérite bien, Joe. En se donnant la mort, son père lui a dérobé quelque chose qu'aucun de nous ne sera jamais capable de lui rendre. Mis à part toi, peut-être. Toi seul pourras compenser ce vide et la rendre heureuse pour le restant de ses jours. J'aimerais qu'elle se sente en sécurité, qu'elle sache que tu ne disparaîtras pas du jour au lendemain.

« Et moi, dans tout ça, qu'est-ce que je deviens ? » cria une voix à l'intérieur de Joe. Le mariage représentait ce qu'il redoutait le plus. C'était une laisse. Une cage. Un piège. Il avait beau aimer Kate de tout son cœur, le mariage constituait pour lui une énorme menace. Comment Clarke aurait-il pu le soupçonner ?

— Je ne suis pas sûr d'en être capable, répondit-il franchement, aidé par l'alcool qui coulait dans ses veines.

— Pourquoi ?

— J'aurais l'impression de tomber dans un piège. Mes parents m'ont abandonné à leur manière, eux aussi. Ils sont morts dans un accident et m'ont laissé à des gens qui me détestaient. J'ai été maltraité durant toute mon enfance et à présent, lorsque je pense mariage, famille ou engagement, je n'ai qu'une envie : m'enfuir à toute vitesse.

— Kate sera une épouse modèle, Joe, insista Clarke. Je la connais bien. C'est une gentille fille, et elle t'aime par-dessus tout.

— C'est bien ça qui me fait peur, fit observer Joe. Je ne veux pas qu'on m'aime autant.

Clarke plongea son regard dans celui de Joe et fut surpris d'y déceler une lueur de panique.

— Je ne suis pas sûr de pouvoir lui donner tout l'amour qu'elle réclame. Comprenez-moi, Clarke, je ne veux ni la décevoir ni l'abandonner. Simplement, je me sentirais coupable si je ne réussissais pas à la rendre heureuse.

— Nous échouons tous à un moment ou à un autre et nos erreurs nous aident à avancer. Vous avez beaucoup à apprendre l'un de l'autre, même si le processus est parfois douloureux. L'amour guérit presque toutes les blessures. Liz a pansé un bon nombre des miennes, tu sais. Tu finiras par te retrouver tout seul si tu ne laisses personne te donner de l'amour, Joe. Tu paieras très cher ta liberté.

— Peut-être, admit Joe d'un ton laconique, les yeux baissés sur son verre.

— Vous avez besoin l'un de l'autre. En plus de ta solidité, Kate a besoin de savoir que tu ne l'abandonneras pas et que tu l'aimes suffisamment pour avoir envie de l'épouser. De ton côté, tu as également besoin de sa force et de sa chaleur. La solitude donne la chair de poule ; je suis passé par là après le décès de ma femme. La vie est triste, quand on est seul. Si tu lui ouvres la porte de ton cœur, ne serait-ce qu'un tout petit peu, Kate chassera ta mélancolie. Elle te fera sortir de tes gonds de temps en temps, mais elle ne te brisera pas le cœur. Elle te fera peur parfois, mais jamais tu ne plieras ; tu es bien plus fort que tu ne le crois. Tu n'es plus un gamin, Joe, personne ne te fera de mal. Tes cousins appartiennent au passé ; tu as grandi, ce ne sont plus que des fantômes. Ne les laisse pas diriger ta vie.

— Pourquoi pas ? Ça a plutôt bien marché jusque-là, non ? Je trouve que je m'en suis assez bien sorti, observa-t-il avec un sourire cynique.

— Justement. Tu seras encore plus heureux si tu acceptes de partager ta vie avec Kate. Tu te mordras les doigts si tu la perds, un jour. Méfie-toi : les femmes sont bizarres, parfois. Elles ont la fâcheuse manie de partir au moment où on s'y attend le moins. Mais Kate ne te quittera pas, sauf si tu l'y contrains. Elle t'aime beaucoup trop. Attrape-la tant qu'il est encore temps. Pour votre bonheur à tous les deux. Fais-moi confiance, fiston. Laisse-lui le temps de grandir un peu, et tu auras à tes côtés une femme merveilleuse. Pour le moment, elle vit encore dans la peur que tu l'abandonnes.

— Ça pourrait arriver, déclara Joe en soutenant le regard de Clarke.

— J'espère que ça n'arrivera pas. Dans le pire des cas, j'espère que tu seras suffisamment intelligent pour donner une deuxième chance à votre couple. Ce que vous partagez tous les deux est infiniment précieux. Vous resterez liés à vie, Kate et toi, quoi qu'il advienne, même si tu pars à l'autre bout du monde. Ce qui vous unit est trop fort, trop intense. Je le vois dans ses yeux et dans les tiens. Vous sortirez tous les deux perdants si tu t'en vas. Votre amour ne s'éteindra jamais, Joe. Que vous soyez ensemble ou non.

Les paroles de Clarke sonnèrent comme une condamnation aux oreilles de Joe et pourtant, par-delà ses peurs et ses angoisses, il savait que c'était la vérité.

— J'y réfléchirai, déclara-t-il simplement.

Clarke hocha la tête. Il avait parlé avec son cœur, par amour pour Kate et Joe.

— Elle doit encore grandir un peu, sois patient avec elle, Joe, répéta-t-il avant de conclure : surtout, ne lui dis pas que je t'ai parlé de son père aujourd'hui. J'ai l'impression qu'elle a honte de ce qui s'est passé. Elle t'en parlera sûrement un jour.

— Je suis heureux que vous m'ayez mis au courant, Clarke.

Même si, à la vérité, cela compliquait un peu les choses. Lui aussi traînait derrière lui un passé douloureux. Pourquoi devrait-il assumer en plus les blessures de Kate ? En même temps, Clarke avait vu juste sur un point : Joe n'avait encore jamais aimé quelqu'un comme il aimait Kate, et il admettait volontiers que leur amour était un don précieux. Ironie du sort, il éprouvait en permanence le besoin de partir, de bouger librement, sans contrainte, alors que Kate s'attachait désespérément aux détails concrets de la vie quotidienne. C'était une lutte acharnée entre deux êtres amoureux, mus par des aspirations diamétralement opposées. S'ils acceptaient de lâcher prise chacun de leur côté, ils connaîtraient un bonheur absolu. Mais en seraient-ils capables ? En tout cas, ils mettraient un certain temps avant de trouver un terrain d'entente. Clarke en était conscient, lui aussi. Seraient-ils suffisamment patients ? Il ne lui restait plus qu'à prier pour qu'ils le soient. L'enjeu était trop important.

Joe prit le volant pour rentrer. Il avait bu lui aussi, mais Clarke lui confia qu'il était complètement ivre. Liz le remarqua aussitôt mais elle ne fit aucun commentaire. Clarke la prit dans ses bras et, au grand soulagement de Joe, elle gloussa avant de disparaître dans la cuisine où elle leur prépara deux tasses de café brûlant. En acceptant la sienne, Clarke déclara avec un clin d'œil à l'adresse de Joe qu'il détestait écourter une bonne cuite. Leur amitié s'était encore consolidée cet après-midi. Quoi qu'il advînt, Joe conserverait toujours son affection pour Clarke.

Après le dîner, Kate et Joe allèrent se promener sur la plage. Ils avaient prévu de regagner le New Jersey le lendemain. Joe l'enlaça et prit ses lèvres dans un tendre baiser. Ce qu'il avait appris cet après-midi-là le poussait à modifier subtilement son comportement. Tout en continuant à fuir les engagements, il avait envie de la protéger non seulement du monde extérieur, mais aussi de ses propres angoisses. Il percevait en elle l'enfant solitaire dont le père s'était donné la mort. Derrière la façade radieuse et pétulante, il voyait à présent l'oiseau à l'aile brisée dont lui avait parlé Clarke. A certains égards, son amour pour elle s'en trouvait renforcé. Elle avait repris des forces et volait haut dans le ciel, aux yeux des autres, mais tout au fond d'elle se trouvait encore la petite fille effarouchée. Tout comme il cachait encore le petit garçon solitaire qu'il avait été jadis. Le destin les avait réunis, inexorablement. Il se souvenait encore à quel point elle l'avait ébloui lors de leur première rencontre.

— Tu as réussi à saouler mon père, aujourd'hui, lança-t-elle d'un ton rieur comme ils marchaient main dans la main.

— On a passé un bon moment, tous les deux.

— Tant mieux.

Il se demanda soudain avec angoisse si elle ressemblerait à sa mère, un jour. Malgré ses craintes, la sagesse de Clarke imprégnait encore son esprit. Ses paroles l'avaient beaucoup touché.

— Je crois qu'on devrait se marier, un de ces jours, lança Joe d'un ton désinvolte.

Kate s'arrêta net.

— Tu es encore sous l'empire de la boisson ?

— C'est possible. Sérieusement, Kate, tu ne crois pas ? Je suis sûr que ça marcherait.

Il ne semblait pas totalement convaincu mais pour la première fois en trente-cinq ans, il avait réellement envie d'essayer.

— D'où te vient cette idée ? Mon père t'aurait-il fait subir un interrogatoire, par hasard ?

— Non. Il m'a simplement dit que je finirai par te perdre si je ne me décide pas. J'ai bien peur qu'il ait raison.

— Tu ne me perdras pas, Joe, murmura Kate alors qu'ils s'asseyaient sur le sable. Je t'aime beaucoup trop pour te quitter. Ne te sens pas obligé de m'épouser.

Joe la prit dans ses bras et elle se laissa aller contre lui, gagnée par une bouffée de mélancolie. Elle savait à quel point sa liberté lui tenait à cœur.

— Et si j'avais envie que tu deviennes ma femme ? Qu'en dirais-tu ?

— Ce serait formidable, admit-elle en le gratifiant d'un sourire rayonnant. Absolument, totalement formidable. Tu en es sûr ? ajouta-t-elle avec un soupçon d'incrédulité dans la voix.

— Presque, répondit-il franchement.

Clarke voyait en eux quelque chose que Joe percevait aussi, quand il était assez courageux pour ouvrir les yeux. Un amour profond et indestructible, inestimable.

— Mais je crois qu'il nous faudra attendre encore un peu, reprit-il, plus circonspect. Six mois, un an tout au plus. J'ai besoin d'un peu de temps pour m'habituer à l'idée. N'en parlons à personne pour le moment, d'accord ?

— D'accord, approuva Kate.

Ils demeurèrent un long moment silencieux. Puis ils se levèrent et rentrèrent à la maison, main dans la main.

12

De retour dans le New Jersey, ils continuèrent à travailler côte à côte. Les choses changèrent imperceptiblement entre eux, à partir du moment où ils décidèrent de se marier. Kate gagna en assurance et en sérénité, tandis que Joe se plaisait à caresser cette idée. Ils parlèrent de la cérémonie, de leur future maison, de leur voyage de noces. Mais au fil du temps, ce genre de conversation commença à agacer Joe. L'idée était certes séduisante, mais elle le rendait nerveux.

En outre, il n'avait pas le temps d'organiser un mariage pour le moment. Son entreprise était en plein essor, ils envisageaient même de construire prochainement une deuxième unité de production. Lorsque l'automne arriva, Joe ne pensait plus du tout à se marier.

Leur emploi du temps fut tellement chargé qu'ils ne purent aller fêter Thanksgiving à Boston. Ils réussirent toutefois à se libérer pendant une semaine, pour passer les fêtes de Noël avec les parents de Kate. Liz était furieuse qu'ils n'aient toujours pas annoncé leurs fiançailles, et personne n'osa aborder la délicate question d'un futur mariage. Tant qu'elle vivait avec Joe, Kate ne voyait pas l'utilité de précipiter les choses. Il était trop débordé pour songer à autre chose qu'à son travail. Et trop effrayé par le début de promesse qu'il lui avait faite. Kate ne l'ignorait pas : à peine l'avait-il demandée en mariage qu'il avait commencé à se rétracter.

Elle attendit le printemps pour soulever de nouveau la question. On était en 1947 ; le temps passait vite. Joe avait-il vraiment l'intention de l'épouser ? Elle venait de fêter ses vingt-quatre ans, Joe en avait trente-six. En l'espace de quelques mois, il était devenu la figure la plus importante du monde de l'aviation. L'entreprise qu'il avait créée un an et demi plus tôt s'était transformée en mine d'or. Lors d'un séjour à Boston, il emmena le père de Kate faire un tour dans un de ses plus récents appareils. La jeune femme continuait à faire croire à ses parents qu'elle vivait à l'hôtel mais son père, bien que discret, s'inquiétait sérieusement pour elle. Joe partageait son temps entre les réunions et les vols d'essai. Chargée des relations publiques de l'entreprise, Kate gagnait un gros salaire. Mais elle n'avait pas besoin d'argent, les Jamison en possédaient plus qu'assez pour elle. C'était un mari qu'il lui fallait. Clarke avait à présent la certitude que Joe n'avait rien retenu de la conversation qu'ils avaient eue l'été précédent. Quant à Liz, elle insistait auprès de sa fille pour qu'elle revienne vivre chez eux. L'été arriva. Cela faisait plusieurs mois que Joe n'avait pas parlé de mariage.

Deux ans s'étaient écoulés depuis son retour au pays et cela faisait tout juste un an qu'il l'avait demandée en mariage, lorsque Kate lui posa la question sans ménagement. Elle avait besoin de savoir.

— Allons-nous nous marier un jour, Joe ? Ou bien as-tu remisé ce projet aux oubliettes ?

Joe reconnut qu'il avait délibérément évité d'aborder la question. L'idée lui avait plu quand il en avait parlé avec Clarke mais en réalité, le passage à l'acte lui semblait tout à fait inutile. D'autre part, il ne voulait pas avoir d'enfant. Il y avait réfléchi à maintes reprises, avant de conclure que ce n'était pas ce qu'il attendait de la vie. Gérer au mieux son entreprise, piloter ses avions, retrouver Kate tous les soirs, voilà tout ce qu'il désirait. Le mariage et les enfants ne l'intéressaient pas ; pire : la simple idée de regagner une maison pleine de cris et de couches sales l'horrifiait. Il avait détesté son enfance et n'avait, de ce fait, aucune envie de replonger dans cet univers, fût-ce avec ses propres enfants.

— Dois-je comprendre que tu ne veux pas en entendre parler du tout, même si nous nous marions ? insista Kate, abasourdie.

Elle savait déjà que l'idée ne l'enthousiasmait guère, mais c'était la première fois qu'il le formulait aussi clairement. De manière aussi catégorique.

— Je crois que tu as bien compris, en effet, répondit-il avec franchise. En fait, j'en suis certain : je ne veux pas d'enfant.

C'était cette conclusion qui l'avait fait revenir sur leur projet de mariage.

— Seigneur... murmura Kate en s'adossant à sa chaise.

Ils se trouvaient dans l'appartement chichement meublé de Joe. A part ce logement, sa chambre d'hôtel et la maison de ses parents, Kate n'avait pas d'endroit à elle. Les paroles de Joe lui faisaient l'effet d'une douche froide.

— J'ai toujours voulu avoir des enfants.

Ce serait un immense sacrifice pour elle, mais en même temps, elle savait qu'elle ne reculerait devant rien pour rester auprès de lui. Elle l'aimait et n'avait aucune envie de le perdre. Elle avait trop souffert pendant leurs deux années de séparation. Cela ne se reproduirait pas. Et puis, il n'était pas impossible que Joe changeât d'avis, une fois qu'ils seraient mariés. C'était un risque qu'elle était prête à prendre.

— Qu'en penses-tu, Joe ? reprit-elle, perdue dans ses pensées.

— De quoi ? fit-il en lui jetant un regard embarrassé.

— Je veux parler de notre mariage. Tu l'as également rayé de tes projets ?

— Je n'en sais rien, répondit-il d'un ton vague. Est-ce vraiment nécessaire ? Pourquoi se marier si nous n'avons pas l'intention d'avoir des enfants ?

Il s'était réfugié dans sa coquille. Une lueur de panique brillait dans ses yeux.

— Tu parles sérieusement ?

Kate le dévisagea avec stupeur, comme si elle avait devant elle un parfait inconnu. N'était-ce pas ce qu'il était devenu, sans même qu'elle s'en aperçoive ? En insistant l'année précédente pour que leur décision restât secrète, il s'était réservé la liberté de changer d'avis sans causer de remous. Kate tombait des nues.

— Si nous reparlions de tout ça un autre jour ? Je dois me lever tôt demain matin, conclut-il sans chercher à cacher son impatience.

Le piège était en train de se refermer sur lui en même temps qu'une vague de culpabilité le submergeait. Joe détestait ce sentiment qui ranimait invariablement les démons du passé — l'époque où ses cousins le traitaient en chœur de minable et de vaurien.

— Nous parlons de notre avenir, Joe, de notre vie de couple, insista Kate. Cela me semble important.

Le ton contrarié de sa voix le hérissa. Il eut l'impression de se retrouver face à sa mère.

— Devons-nous vraiment régler la question ce soir ?

Ils étaient aussi énervés l'un que l'autre. Sentant qu'il était en train de lui échapper, elle s'efforçait de le retenir, et Joe, de plus en plus oppressé par la peur qu'elle dégageait, brûlait d'envie de s'enfuir. C'était une danse macabre, incontrôlable.

— Ce n'est peut-être pas la peine, en effet, constata-t-elle tristement. Tu as déjà tout dit. Tu ne veux pas d'enfants et tu ne vois pas l'utilité de te marier. C'est un sacré revirement, tu ne trouves pas ?

— J'ai une entreprise à gérer, Kate. Pour être honnête, je ne crois pas avoir suffisamment d'énergie pour m'occuper en plus d'une femme et d'un enfant.

Ils étaient tous deux écrasés par la même angoisse mais, chez Joe, elle se manifestait par une attitude de plus en plus froide et distante alors que Kate, en proie à un terrible sentiment d'abandon, cherchait à le retenir par tous les moyens.

— Qu'essaies-tu de me dire, exactement ? murmura-t-elle, les yeux pleins de larmes.

Il était en train d'anéantir tous ses espoirs, ses rêves les plus fous. Elle l'avait suivi dans le New Jersey pour qu'ils vivent ensemble, espérant secrètement qu'il aurait ainsi envie de fonder un vrai foyer. Mais c'était de son travail qu'il était amoureux. Et de ses avions. Ces maudits avions ! Il n'y avait aucune autre femme dans sa vie. Les avions tenaient à eux seuls le rôle d'amantes, d'enfants et d'épouses.

— Je crois avoir été assez clair, répondit-il finalement. Personnellement, cette situation me convient tout à fait. Je n'ai pas besoin de me marier, Kate. Je ne peux pas, je ne veux pas me marier. J'ai besoin de me sentir libre. Nous sommes ensemble, n'est-ce pas ? A quoi servirait un bout de papier ridicule, peux-tu me le dire ? Qu'est-ce que cela signifie, au fond ?

— Ça signifie que tu m'aimes et que tu me fais confiance, que tu veux prendre soin de moi et que tu passeras le restant de tes jours avec moi, Joe. Ça signifie que tu crois en moi et que je crois en toi, que nous sommes fiers l'un de l'autre et que nous n'avons pas peur de le dire aux autres. J'estime que nous nous devons bien ça, tous les deux.

Les paroles de Kate le glacèrent de terreur. Il eut l'impression qu'elle essayait de le clouer au sol... ou sur une croix. Elle lui en demandait trop et il était résolu à se protéger de ses exigences, coûte que coûte. Même si cela signifiait la fin de leur histoire.

— Nous ne nous devons rien, Kate. On vit ensemble au jour le jour et quand on en aura assez, on passera à autre chose. Pas de promesse, pas de garantie, voilà comment ça fonctionne !

Il lui criait au visage, à présent, c'était sa façon à lui de prendre ses distances. Il se dérobait, terrifié à l'idée de perdre sa liberté. Aux yeux de Kate, il l'abandonnait, comme son père l'avait fait des années plus tôt. Mais cette fois, elle se battrait jusqu'au bout.

— C'est arrivé quand ? demanda-t-elle d'une voix tremblante, luttant contre le désespoir qui menaçait de la submerger. Quand as-tu décidé de ne plus te marier ? Pourquoi n'ai-je rien vu venir ? Pourquoi ne m'as-tu rien dit, Joe ?

Des sanglots lui nouaient la gorge, elle suffoquait.

— Pourquoi me fais-tu ça, Joe ?

Il serra les dents alors que sa voix plaintive lui transperçait le cœur.

— Pourquoi n'essaies-tu pas de profiter de la vie, tout simplement ?

— Parce que je t'aime, gémit Kate.

En proie à un profond abattement, Joe baissa les yeux. Il n'était même plus sûr de l'aimer. Parviendrait-il un jour à effacer le traumatisme qu'elle avait subi quand son père s'était donné la mort ? Il en doutait fortement. Désespérée, Kate était en train de le pousser dans ses derniers retranchements. C'était elle qui le chassait, sans même s'en rendre compte. Ils ressemblaient à deux enfants terrorisés, incapables de lâcher prise. Kate avait peur d'être abandonnée, Joe de perdre sa chère liberté.

— Allons nous coucher, Kate. Je suis fatigué, dit-il d'un ton las.

— Moi aussi, je suis fatiguée.

Jamais encore elle ne s'était sentie aussi seule. Elle alla prendre une douche et resta longtemps sous le jet d'eau chaude, en état de choc, les joues baignées de larmes. Joe dormait déjà quand elle le rejoignit. Allongée à côté de lui, elle le contempla longuement. Qui était-il vraiment ? Elle effleura ses cheveux d'une légère caresse, redoutant une nouvelle attaque. Il murmura quelques mots dans son sommeil et se retourna. Malgré ce qu'il lui avait jeté au visage, il l'aimait et elle l'aimait aussi. Elle l'aimait au point de renoncer à tous ses rêves. Hélas, elle ne pouvait rien faire de plus. Il préférait fuir plutôt que d'écouter son cœur. Alors qu'elle ne désirait qu'une chose : rester auprès de lui.

Elle avait pris sa décision sous la douche. Elle le quitterait avant qu'ils se détruisent. Il ne l'épouserait jamais. Il était temps de partir. Sa mère avait vu juste depuis le début.

Elle annonça sa décision à Joe le lendemain matin, alors qu'ils prenaient leur petit déjeuner.

— Je te quitte, Joe.

Leurs regards plongèrent l'un dans l'autre. L'incompréhension se peignit sur le visage de Joe. Il souffrait encore de tout ce qu'ils s'étaient dit la veille.

— Pourquoi, Kate ?

— Il m'est impossible de rester après notre conversation d'hier. Je t'aime. De tout mon cœur. Je t'ai attendu deux longues années, je n'arrivais pas à croire que tu étais mort. Je savais que je ne pourrais aimer personne d'autre que toi et j'en suis encore incapable. Pas de la même manière, en tout cas. Mais je veux un mari et des enfants, un vrai foyer. Hélas, tu ne partages pas les mêmes désirs que moi.

Des larmes embuaient son regard tandis qu'elle s'efforçait de rester calme, malgré la panique qui lui nouait l'estomac et le couteau qui s'enfonçait cruellement dans son cœur. Elle aurait voulu qu'il retire tout ce qu'il avait dit la veille, mais il ne prononça pas un mot.

Il termina son petit déjeuner, puis leva les yeux sur elle. C'était un de ces terribles moments qui restent à jamais gravés dans la mémoire, avec chaque mot, chaque image vécus.

— Je t'aime, Kate, mais je me dois d'être franc

avec toi. Je crois que je n'ai jamais réellement désiré me marier. Je ne veux être lié à personne, sauf peut-être à mes avions. Je ne veux pas me sentir enchaîné, je ne veux pas avoir l'impression d'appartenir à quelqu'un. Il y a de la place pour toi ici, si tu veux continuer à travailler avec moi. Mais c'est tout ce que je peux t'offrir. Moi et mes avions. Je les aime sans doute autant que je t'aime, toi. Plus, certains jours. Je ne pourrai jamais t'aimer davantage, j'ai trop peur. Il faut me prendre comme je suis, Kate. Je ne désire pas avoir d'enfants ; il n'y aura jamais de place pour eux dans ma vie.

A l'instant où il prononçait ces paroles, une pensée terrifiante traversa son esprit : il n'avait pas besoin de Kate non plus. Son entreprise et ses avions lui étaient nécessaires pour vivre ; Kate passait après.

— Le travail ne m'intéresse pas, Joe, répliqua cette dernière. Je veux des enfants, je te veux, toi. Je t'aime, mais je suis obligée de te quitter. Il y a longtemps que j'aurais dû te poser ces questions.

Elle avait fait preuve d'une telle naïveté en patientant tout ce temps ! A présent, elle goûtait avec effroi la même sensation de perte que lorsque son père était mort.

— J'ignorais ce que j'éprouvais vraiment quand nous avons lancé le projet, fit observer Joe. Maintenant, tout est clair dans ma tête. Fais comme bon te semble, Kate.

— Je pars, dit-elle simplement en rencontrant son regard.

— Et ton travail ?

Il n'arrivait pas à croire qu'elle allait abandonner sans l'ombre d'un regret une entreprise aussi florissante. C'était tout ce qu'il avait à lui offrir. Pourquoi refusait-elle de partager ça avec lui ?

— Ce n'est pas mon entreprise, Joe, c'est la tienne.

— Tu veux des actions ?

Un sourire sans joie flotta sur les lèvres de Kate.

— Non, je veux un mari. Ma mère avait raison, finalement. Le mariage est quelque chose d'important. Pour moi, en tout cas.

— Je comprends.

Il se leva, saisit son attaché-case et enveloppa la jeune femme d'un long regard.

— Je suis désolé, Kate.

Après tout ce qu'ils avaient partagé pendant sept ans, il devait la laisser partir. Jamais personne ne le forcerait à se marier. Aux yeux du monde extérieur, il était devenu un personnage important et respectable, mais au fond de lui, il restait le petit garçon terrorisé et introverti qu'il avait été, bien des années plus tôt.

— Moi aussi, je suis désolée, Joe, murmura Kate.

Joe venait de porter la dernière estocade à leur histoire d'amour. Combien de fois avait-il pris des décisions regrettables pour leur vie de couple, sans même la consulter ? C'était plus fort que lui, il n'avait pas le choix.

Il ne l'embrassa pas, ne prononça pas un seul mot. Sous le regard de Kate, pétrifiée, il se dirigea vers la porte et quitta la pièce sans se retourner.

13

Les parents de Kate devinèrent aussitôt qu'elle était rentrée pour de bon. La jeune femme ne leur fournit aucune explication. Elle était trop anéantie pour leur raconter ce qui s'était passé. Joe ne chercha pas à la joindre. Tous les jours, Kate espérait recevoir un coup de téléphone. Il finirait par ouvrir les yeux, elle lui manquerait tellement qu'il allait l'appeler pour la supplier de l'épouser et de lui faire un bébé.

Hélas, il n'en fut rien. Au bout de quelques semaines, elle reçut un petit colis contenant les affaires qu'elle avait oubliées chez lui. Aucune lettre, aucun mot ne l'accompagnait. Son chagrin faisait peine à voir ; ses parents eurent pourtant la délicatesse de ne pas lui poser de questions. Kate passa trois longs mois d'hiver à Boston, déambulant dans le froid comme une âme en peine, les yeux rougis par les larmes. La période de Noël accentua encore sa douleur. Elle faillit appeler Joe mille fois, mais une étincelle de lucidité la retenait toujours à temps. Jamais elle ne pourrait continuer à vivre comme une concubine. Presque malgré elle, elle avait besoin de se sentir intégrée à la société. Elle partit skier quelques jours entre Noël et le réveillon du nouvel an. Joe ne se manifesta pas une seule fois. C'était comme si une partie d'elle s'était éteinte quand elle l'avait quitté, et elle n'arrivait toujours pas à imaginer l'avenir sans lui. Il le fallait, pourtant. Elle avait pris une décision courageuse qu'elle devait assumer jusqu'au bout. De toute façon, elle n'avait pas le choix.

Elle fit l'effort de voir d'anciens amis, mais s'aperçut vite qu'elle n'avait plus rien à voir avec eux. Son existence avait été pendant trop longtemps centrée sur Joe. Désemparée, mais résolue à repartir de zéro, elle décida en janvier d'aller s'installer à New York. Le conservateur de l'aile égyptienne du Metropolitan Museum cherchait un assistant. Mettant en avant ses études d'histoire de l'art, elle postula et fut embauchée. A sa grande surprise, le poste lui plut énormément. Elle trouva un appartement en février ; il ne lui restait plus qu'à tourner la page. Mais la vie semblait terne, déprimante et incroyablement vide sans Joe. Il ne se passait pas un instant sans qu'elle pensât à lui. Nuit et jour. Son nom apparaissait régulièrement dans les journaux. Sept années plus tôt, la presse saluait ses performances de pilote ; à présent, c'étaient ses appareils révolutionnaires qui intéressaient le monde entier. Quand il n'était pas en train de concevoir un nouvel avion, il volait.

En juin, il remporta un prix au Meeting aérien de Paris. Malgré le chagrin qui continuait à la submerger, Kate se réjouit pour lui. Quant à elle, à vingt-cinq ans, elle était belle comme un ange et menait une vie encore plus monotone que celle de sa mère.

Elle refusait toutes les invitations ; comme à l'époque où son avion avait été abattu, elle passait ses journées à penser à lui. Il lui manquait tant ! Elle évita même de se rendre à Cape Cod cet été-là, craignant de réveiller de douloureux souvenirs. Tout lui rappelait Joe. Il faisait partie d'elle, qu'elle le veuille ou non. Il la poursuivrait toute sa vie. Le matin, elle se réveillait avec l'horrible impression que quelqu'un était mort, et il lui fallait quelques instants pour se souvenir. Oui, c'était bien ça : *elle* était morte.

Cela faisait presque un an qu'elle habitait New York quand elle décida de prendre un chien pour lui tenir compagnie. Au début, l'idée lui sembla pathétique, mais elle céda à son envie. Un jour, alors qu'elle était descendue lui acheter de la nourriture à l'épicerie, elle eut l'immense surprise de rencontrer Andy. Cela faisait plus de trois ans qu'elle ne l'avait pas vu et elle le trouva très beau, très élégant dans son costume anthracite et son imperméable Burberry's. En le voyant faire ses courses, elle supposa qu'il était marié.

— Kate, comment vas-tu ? demanda-t-il en la gratifiant d'un sourire chaleureux.

Il avait mis du temps à se remettre du chagrin qu'elle lui avait causé ; il avait même été obligé de jeter toutes les photos d'elle pour éviter de se morfondre. Mais c'était fini, maintenant.

— Je vais bien, et toi ?

Andy lui avait manqué. Il avait été son meilleur ami, et personne ne l'avait remplacé depuis.

— Très bien. Que fais-tu ici ? s'enquit-il, apparemment heureux de la voir.

— J'habite à New York. J'ai trouvé du travail au Metropolitan. C'est intéressant.

— Tant mieux. Je lis partout le nom de Joe, ces temps-ci. C'est un fabuleux empire qu'il a bâti là. Vous avez des enfants ?

Kate ne put s'empêcher de rire. Ainsi, Andy les croyait mariés.

— Non, j'ai un chiot, répondit-elle en désignant les boîtes qui s'empilaient dans son chariot. Je ne suis pas mariée.

L'étonnement s'inscrivit sur le visage d'Andy.

— Joe ne t'a pas épousée ?

— Non, il est déjà marié... à ses chers avions. Je crois que ce fut une sage décision pour lui.

— Et toi, Kate ? demanda Andy avec cette spontanéité qu'elle avait toujours appréciée. Comment as-tu pris sa décision ?

— Pas très bien. C'est moi qui suis partie. J'essaie de m'habituer. C'était il y a un an, environ.

Quatorze mois, deux semaines et trois jours, rectifia-t-elle en son for intérieur.

— Et toi, Andy ? Tu es marié ? Tu as des enfants ?

— Des maîtresses. Plein. Aucun risque de chagrin d'amour.

Il n'avait pas changé. Kate rit de bon cœur.

— Profites-en. Je peux toujours prospecter pour toi. Il y a beaucoup de jolies filles qui travaillent au musée.

— Toi, entre autres. Tu es superbe, Kate.

Elle s'était fait couper les cheveux au carré, pour changer un peu. Manucures, rendez-vous chez le coiffeur, entretien du chien, voilà à quoi elle occupait son temps libre depuis peu.

— Merci.

— Que dirais-tu d'aller au cinéma, un de ces jours ?

— Excellente idée, approuva-t-elle comme ils se dirigeaient lentement vers la caisse.

Le panier d'Andy contenait un paquet de corn flakes et une bouteille de soda. Il tenait à la main une bouteille de scotch qu'il venait d'acheter chez le caviste. Le régime typique du célibataire.

— Tu devrais peut-être prendre du lait et du pain avec tout ça, tu ne crois pas ? suggéra-t-elle d'un ton taquin.

Un sourire amusé étira les lèvres d'Andy. Kate n'avait pas changé non plus.

— Sauf si tu manges tes corn flakes avec du scotch, reprit-elle. Au fond, je devrais peut-être essayer.

— Non, je le bois plutôt cul sec.

— Que fais-tu avec le soda ?

— Je m'en sers pour nettoyer la moquette.

Ils retrouvaient avec plaisir le ton espiègle de leurs conversations d'avant, lorsqu'ils étaient encore étudiants. Toujours aussi attentionné, Andy insista pour régler ses achats.

— Tu travailles toujours avec ton père ? demanda Kate en sortant du magasin.

— Oui, ça se passe même très bien. Il me confie toutes les procédures de divorce... il déteste ça.

— Comme c'est réjouissant ! Au moins, je n'aurai pas connu ça.

— Tu as peut-être évité pire encore, Kate. Les hommes comme Joe ne sont pas faciles à vivre. Ils sont trop brillants, trop créatifs. Tu étais tellement amoureuse que tu ne t'en rendais pas compte.

Elle en était consciente, au contraire, mais cela faisait partie du charme irrésistible de Joe. Malgré la profonde amitié qui la liait à Andy, il ne l'avait jamais autant fascinée que Joe. Joe ressemblait à une étoile scintillant de mille feux... à la fois insaisissable et terriblement attirante.

— Serais-tu en train de me suggérer de chercher plutôt un abruti, la prochaine fois ?

— Simplement quelqu'un de plus humain,

répondit Andy en retrouvant son sérieux. Joe est quelqu'un de compliqué. Tu mérites mieux, Kate.

La gentillesse et la compréhension d'Andy lui réchauffèrent le cœur. Pourquoi un homme comme lui n'était-il pas encore marié ?

— Je t'appellerai, déclara-t-il lorsque leurs chemins se séparèrent. Où puis-je trouver ton numéro ?

— Dans l'annuaire. Tu peux aussi m'appeler au musée.

Deux jours plus tard, elle accepta son invitation au cinéma. Puis ils allèrent patiner au Rockefeller Center et une autre fois il l'emmena dîner au restaurant. Trois semaines plus tard, lorsqu'elle rentra chez elle pour Noël, ils s'étaient vus presque tous les jours. Elle ne parla pas de lui à ses parents, de peur surtout de donner à sa mère de faux espoirs. Mais lorsqu'il l'appela pour lui souhaiter un joyeux Noël le 25 au matin, elle fut heureuse de l'entendre. C'était un peu comme au bon vieux temps, sauf qu'elle l'appréciait davantage désormais. Elle aimait sa désinvolture, sa gentillesse et sa simplicité. Il n'était peut-être pas aussi fascinant que Joe, mais il prenait soin d'elle. Tout comme elle n'avait pas réussi à chasser Joe de son esprit, Andy ne l'avait jamais oubliée.

— Tu me manques, lui avoua-t-il au téléphone. Quand rentres-tu ?

— Dans deux ou trois jours, répondit-elle vaguement.

Cette année encore, elle avait espéré recevoir un coup de téléphone de Joe pour Noël. En vain. Apparemment, il l'avait complètement rayée de sa vie. Tenaillée par l'envie de l'appeler, elle s'était ravisée. Ce n'était pas une bonne idée de raviver tout ce qu'ils avaient vécu ensemble... et irrémédiablement perdu.

— Depuis quand revois-tu Andy ? demanda sa mère avec intérêt dès qu'elle eut raccroché.

— Je l'ai rencontré par hasard il y a quelques semaines, alors que je faisais mes courses.

— Il est marié ?

— Oui, et père de huit enfants, plaisanta-t-elle.

— J'ai toujours pensé qu'il était l'homme qu'il te fallait.

— Je sais, maman. Nous sommes amis, c'est tout. C'est mieux ainsi, crois-moi. Comme ça, on ne risque pas de souffrir.

Elle l'avait profondément blessé trois ans plus tôt et portait encore ses propres cicatrices, toujours à fleur de peau. Elle doutait de les voir disparaître un jour. Joe faisait partie de ces gens qu'on n'oublie jamais. Ils avaient vécu tant de choses ensemble... En fait, il avait accompagné le tiers de sa courte existence.

Elle rentra à New York deux jours plus tard et récupéra avec plaisir son petit chien qu'elle avait confié à une voisine. Andy ne tarda pas à l'appeler.

— C'est ton radar qui t'a prévenu de mon arrivée ? le taquina-t-elle.

— Non, je te fais suivre, répondit-il sur le même ton.

Ils allèrent au cinéma ce soir-là et passèrent ensemble le réveillon du jour de l'an. D'un commun accord, ils décidèrent d'aller fêter la nouvelle année en sablant le champagne au Morocco. Ce fut une soirée très chic, très « adulte », comme le fit remarquer Kate en riant.

— Mais je suis adulte, fit observer Andy d'un ton amusé.

Il était devenu très élégant, et Kate ne put s'empêcher de le comparer à Joe. Le beau Joe, excentrique et parfois tellement réservé. Tout en lui l'avait séduite. Andy était plus lisse, plus doux. Plus accessible, aussi.

— J'ai sauté l'âge adulte, confia Kate après sa deuxième flûte de champagne. Je suis passée directement au troisième âge. J'ai parfois l'impression d'être plus vieille que ma mère.

— Ça passera avec le temps. Il guérit tout, déclara Andy d'un ton docte.

— Combien de temps t'a-t-il fallu pour m'oublier ? demanda-t-elle, légèrement éméchée.

— A peu près dix minutes.

En réalité, il avait mis deux ans avant d'aller mieux, et il ne l'avait jamais complètement oubliée. Sinon, que ferait-il avec elle ce soir-là ? Une demi-douzaine de jolies jeunes femmes auraient tout donné pour se trouver à la place de Kate.

— Pourquoi ? Tu croyais que ça m'avait pris plus longtemps ?

— Non, je ne le méritais pas, reconnut Kate, gagnée par une soudaine mélancolie. Je me suis montrée odieuse avec toi.

Où se trouvait Joe en ce moment ? Que faisait-il... Avec qui fêtait-il le passage à la nouvelle année ? Toutes ces questions la torturaient, malgré elle.

— Ce n'était pas ta faute, Kate. Tu étais follement amoureuse de lui et il rentrait au pays, comme par miracle, après avoir disparu pendant deux longues années. Je ne faisais pas le poids. Heureusement que nous ne nous étions pas mariés entre-temps.

— Ç'aurait été affreux, concéda-t-elle.

— N'est-ce pas ? Alors estimons-nous heureux. Il fallait que tu t'en débarrasses pour de bon.

— Et si je n'y parviens pas ? murmura-t-elle d'un air penaud.

Il laissa échapper un petit rire.

— Tu y arriveras, ne t'inquiète pas. Mais pas en sombrant dans l'alcool. Tu as trop bu, Kate.

— Non ! protesta-t-elle, offusquée.

— Si, si, mais tu es adorable comme ça. Nous devrions peut-être danser tant que tu tiens debout.

Ils passèrent une délicieuse soirée. Le lendemain matin, Kate se réveilla avec une terrible migraine. Andy passa à l'improviste avec des croissants, de l'aspirine et du jus d'orange. Kate prépara le petit déjeuner, lunettes de soleil sur le nez.

— C'était le moment d'apporter ton scotch et tes corn flakes, commenta-t-elle d'une voix plaintive.

— Poivrote ! plaisanta Andy en jouant avec son chiot.

— C'est ça, les chagrins d'amour.

Elle brûla les croissants, renversa le jus d'orange et creva les œufs au plat en le servant, mais il mangea tout et trouva même le moyen de la remercier.

— Je suis une cuisinière exécrable, avoua-t-elle avec une moue penaude.

— Est-ce pour cette raison qu'il t'a quittée ?

C'était la première fois qu'Andy l'interrogeait au sujet de sa rupture.

— C'est moi qui l'ai quitté, corrigea-t-elle, heureuse de pouvoir se dissimuler derrière ses lunettes noires. Il ne voulait ni se marier ni avoir d'enfants. Je te l'ai déjà dit, n'est-ce pas ? Il est marié à ses avions.

— En tout cas, il mène une belle carrière, fit observer Andy.

On pouvait admirer beaucoup de choses, chez Joe : son talent de pilote, son ambition, son génie... mais certainement pas son attitude envers les femmes. Comment avait-il pu être stupide au point de ne pas prendre Kate pour épouse ? D'un autre côté, Andy ne pouvait que se réjouir de son erreur.

— Et toi, pourquoi es-tu toujours célibataire ? demanda Kate en ôtant ses lunettes avant de se laisser tomber sur le canapé.

— Je ne sais pas. Par peur, par manque de maturité. Parce que j'étais trop occupé... et que je n'ai pas rencontré la femme idéale. Depuis toi. J'ai fait une grosse déprime et ensuite, j'ai décidé de m'amuser. J'ai tout mon temps. Toi aussi. Ne sois pas pressée. Je vois trop de demandes de divorce atterrir sur mon bureau.

— Ce n'est pas l'avis de ma mère, figure-toi. La pauvre est paniquée de me voir toujours seule à mon âge.

— Je le serais aussi, à sa place. Ce n'est quand même pas facile de se débarrasser de toi... Juste un conseil, si je peux me permettre : ne prépare surtout pas à manger à tes prétendants. Ils découvriront bien assez vite le pot aux roses. Franchement, j'avais oublié que tu cuisinais aussi mal... Sinon, j'aurais préparé moi-même le petit déjeuner.

— Cesse de te plaindre : tu as tout mangé.

— La prochaine fois, ce sera scotch et corn flakes.

L'après-midi, ils firent une longue promenade dans Central Park. Une fine couverture de neige recouvrait le sol. L'air glacé leur fouetta le visage et Kate se sentait beaucoup mieux lorsqu'ils regagnèrent son appartement. Ils avaient emmené le chien. L'ambiance entre eux était complice et détendue. Comme au bon vieux temps. Le soir, ils décidèrent d'aller au cinéma. La compagnie d'Andy lui réchauffa le cœur. Ce n'était pas une grande histoire d'amour, mais plutôt une belle et tendre amitié.

Ils se virent de plus en plus au cours des six semaines qui suivirent. Dîners au restaurant, cinéma, soirées entre amis, tout était prétexte à se retrouver. Andy vint à plusieurs reprises déjeuner avec elle au musée. Ils prirent l'habitude de faire leurs courses ensemble tous les samedis. Kate découvrit le plaisir de partager des moments simples avec quelqu'un. Trop absorbé par son travail, Joe n'avait jamais eu le temps d'accomplir ces petites choses avec elle.

Le jour de la Saint-Valentin, Andy sonna à sa porte les bras chargés de vingt-quatre roses rouges et d'une énorme boîte de bonbons en forme de cœur.

— Grand Dieu, qu'ai-je fait pour mériter tout ça ? demanda-t-elle d'un air ravi.

Joe avait hanté ses pensées toute la journée et elle n'avait cessé de s'exhorter à tourner la page, une fois pour toutes. Même après tout ce temps, il lui était impossible de le chasser complètement de son esprit. Comment arrivait-il à se passer d'elle ? Après tout ce qu'ils avaient vécu ensemble, pourquoi n'avaient-ils pas été capables de trouver une solution à leurs problèmes ? Autant de questions qui revenaient la tourmenter régulièrement. Enfoncés dans leurs propres angoisses, ils n'avaient pas réussi à se comprendre. Dans la vraie vie, les contes de fées ne connaissaient pas toujours une fin heureuse, hélas.

— Qu'est-ce que c'est que cet air tout triste ? s'enquit Andy en la considérant avec attention.

— J'ai passé la journée à m'apitoyer sur mon sort.

— Quel ennui ! Prends un chocolat... ou mange les fleurs, comme tu voudras. Et dépêche-toi d'aller t'habiller : je t'invite à dîner.

— Et tes autres amies ?

Elle se sentait souvent coupable de le monopoliser ainsi alors qu'elle aimait encore Joe. Ce n'était pas honnête envers lui. D'un autre côté, elle appréciait de plus en plus sa compagnie. Andy lui apportait des moments de détente et de bonne humeur qui lui faisaient un bien fou.

— Elles nous rejoignent toutes au restaurant. Tu verras, tu vas les adorer. Il n'y en aura que quatorze !

— Où m'emmènes-tu ?

— C'est une surprise. N'hésite pas à te mettre sur ton trente et un. Et promets-moi de rester sobre, cette fois.

— C'était pour fêter la nouvelle année, idiot ! De toute façon, j'ai parfaitement le droit de me noyer dans l'alcool.

— Non, justement, ça ne sert à rien. En outre, il aime plus ses avions que toi. Ne l'oublie pas.

— Je m'y efforce.

Même ce « détail » ne comptait plus pour elle depuis quelque temps. Avait-elle pris la bonne décision en le quittant ? Après tout, le mariage et les enfants ne revêtaient pas une telle importance. Le sacrifice en valait peut-être la peine, s'il lui permettait de vivre près de lui. En pleine confusion, Kate s'abstint de confier ses tourments à Andy.

Ce dernier attendit qu'elle aille se changer. Au bas de l'immeuble stationnait une splendide calèche, romantique à souhait. Dans un cliquetis de sabots, le cheval les conduisit au restaurant sous l'œil bienveillant des passants et des chauffeurs de taxi. A l'intérieur, Kate était confortablement installée sous une épaisse couverture de laine.

La calèche s'engagea dans la 52e Rue et s'immobilisa devant le Club 21. Kate gratifia Andy d'un sourire rayonnant.

— Tu me gâtes trop.

— C'est que tu le mérites, répondit-il en l'entraînant à l'intérieur du restaurant.

Les têtes se retournèrent sur leur passage ; ils formaient un très beau couple. Quelques minutes plus tard, ils s'installaient à une table tranquille, au premier étage. Le dîner se déroula dans une ambiance détendue ; ils goûtèrent des mets délicieux. Au dessert, Andy commanda pour Kate un petit gâteau en forme de cœur. Lorsqu'elle planta sa cuillère dedans, elle heurta quelque chose de dur. Intriguée, elle repoussa les miettes et découvrit un écrin.

— Qu'est-ce que c'est ?

— Ouvre, tu verras bien. C'est sûrement quelque chose de bon... En tout cas, ça m'a l'air très appétissant.

Le cœur battant, Kate leva les yeux sur lui. Il souriait.

— Tout va bien, Kate, murmura-t-il avec douceur, n'aie pas peur... Ça va aller.

— Et si tu te trompes ? demanda-t-elle, gagnée par la panique.

Ils avaient beaucoup souffert, chacun de leur côté, et elle n'avait aucune envie de se lancer dans une aventure qu'ils regretteraient par la suite.

— Non, Kate, nous ferons en sorte que tout aille bien, tu verras. C'est à nous d'y veiller.

Elle avait tant rêvé de ce moment... mais dans ses rêves, son prince charmant ne s'appelait pas Andy. C'était peut-être ça, la vraie vie. Les vœux ne se réalisaient qu'à moitié. Andy n'était peut-être pas l'homme de ses rêves, mais elle se sentait bien avec lui...

Elle ouvrit délicatement l'écrin et retint son souffle. C'était une bague de fiançailles de chez Tiffany, un magnifique diamant qui brillait de mille feux. D'un geste adroit, Andy glissa l'anneau à son annulaire gauche.

— Acceptes-tu de devenir ma femme, Kate ? Je ne te laisserai pas m'échapper, cette fois. Ce sera une bonne chose pour nous deux et, au fait... je t'aime.

— *Au fait* ? Quel genre de demande en mariage es-tu en train de me faire ?

— Une vraie demande. Allons-y, fonçons. Nous serons heureux, tu verras.

— Ma mère a toujours pensé que tu étais l'homme qu'il me fallait.

— La mienne t'a traitée de tous les noms quand tu m'as laissé tomber, répliqua-t-il en riant avant de l'embrasser.

Kate savoura la douceur de ses lèvres sur les siennes. Elle aimait Andy, pas de la même façon que Joe, certes, mais elle l'aimait. Ils auraient une vie simple et agréable, ensemble. Au fond, on ne pouvait pas tout avoir. Un grand amour, de la passion et des rêves en plus. C'était peut-être mieux de se contenter d'un amour ordinaire et d'oublier ses rêves.

Telles étaient les pensées de Kate tandis qu'Andy l'embrassait.

— Ta mère avait raison, déclara-t-elle un moment plus tard, j'ai été odieuse avec toi. Je suis désolée.

— J'espère bien. Je veillerai à te faire purger ta peine au quotidien, tu me dois bien ça.

— Marché conclu. Je te servirai ton bol de corn flakes arrosés de scotch tous les jours que Dieu fait.

— J'en aurai bien besoin, si c'est toi qui prépares le petit déjeuner. Dois-je comprendre que tu acceptes de m'épouser ? ajouta-t-il d'un ton plein d'espoir.

— Je suis bien obligée, répondit Kate, la bague me plaît terriblement.

Le diamant étincelait à son doigt. Un sourire amusé aux lèvres, Andy l'embrassa de nouveau.

— Je t'aime, Kate. Je m'en veux presque de dire ça, mais je suis heureux que ça n'ait pas marché avec Joe.

Une vive douleur transperça le cœur de la jeune femme. Elle devrait apprendre à vivre avec cette réalité, et Andy l'aiderait peut-être. Elle l'espérait.

— Je t'aime aussi, Andy, murmura-t-elle.

Un sourire espiègle éclaira soudain son visage.

— Quand nous marions-nous ?

— En juin, déclara-t-il d'un ton décidé.

Kate l'enlaça en riant, submergée par une vague d'allégresse. Elle avait pris la bonne décision. Poussée par Andy.

— J'ai hâte de voir la tête de ma mère quand je vais lui annoncer la nouvelle ! s'écria-t-elle en riant de plus belle.

Andy leva les yeux au ciel.
— J'ai hâte de voir la tête de la mienne !

14

Kate annonça la nouvelle à ses parents le lendemain. Comme prévu, ils furent enchantés. Sa mère fut encore plus excitée en apprenant que le mariage aurait lieu en juin. Son rêve le plus cher allait se concrétiser. Enfin.

Pendant les quatre mois qui suivirent, Kate et sa mère s'occupèrent d'organiser la cérémonie dans les moindres détails. Kate avait décidé de s'entourer de trois demoiselles d'honneur : Beverly et Diana, ses amies de Radcliffe, et une autre amie d'enfance. Elle leur avait choisi de jolies robes en organza bleu pâle. Sa mère la rejoignit à New York pour l'aider à choisir sa robe de mariée. Simple et élégante, elle mettait en valeur la beauté naturelle de Kate. Sa mère fondit en larmes lors du premier essayage.

Organisées pour la plupart par l'entourage des parents d'Andy, les réceptions s'enchaînèrent pendant quatre mois, et plusieurs soirées eurent lieu à Boston tout au long du mois de mai. C'était un véritable tourbillon d'émotions et d'excitation. Kate et Andy avaient décidé de partager leur lune de miel entre Paris et Venise. Grisée par l'ambiance romantique, la jeune femme se félicitait cent fois par jour d'avoir pris la bonne décision.

Tout au fond d'elle pourtant, une part secrète avait espéré recevoir des nouvelles de Joe après l'annonce de ses fiançailles. En apprenant qu'elle allait se marier, peut-être se manifesterait-il pour l'empêcher de commettre une erreur. Lorsque la raison reprenait le dessus, elle maudissait sa propre faiblesse. Mais Joe continuait à s'immiscer dans ses pensées et dans son cœur, lorsqu'elle allait se coucher, tard le soir, ou le matin, juste avant qu'elle ne se lève. Son amour pour lui était resté intact, malgré le pas qu'elle s'apprêtait à franchir aux côtés d'Andy.

Le mariage se déroula comme dans un rêve ; Kate ressemblait à Rita Hayworth, dans sa longue robe de satin de soie ivoire. Une immense traîne en dentelle flottait derrière elle. Andy la regarda s'approcher de l'autel, protégée par un long voile en tulle. Lorsqu'elle le rejoignit, il lut dans ses yeux une expression de tendresse et de tristesse mêlées qui le bouleversa profondément.

— Tout ira bien, Kate... je t'aime... murmura-t-il alors que deux larmes glissaient lentement sur les joues de sa compagne.

Kate avait pensé à Joe toute la matinée, avec l'horrible sensation de rompre une seconde fois. En même temps, elle savait qu'elle serait heureuse avec Andy ; c'était un homme adorable, et ils s'aimaient. Pas passionnément, mais avec tendresse et compréhension. Malgré ce qu'elle continuait à éprouver pour Joe, elle avait fait le bon choix et s'efforcerait de faire de leur mariage une réussite.

La réception eut lieu au Plaza et les jeunes mariés passèrent la nuit dans une somptueuse suite avec vue sur Central Park. Epuisés après cette journée riche en émotions, ils s'endormirent presque aussitôt et ne firent l'amour que le lendemain matin. Andy ne voulait surtout pas la brusquer ; ils avaient la vie devant eux. Ils n'avaient jamais fait l'amour ensemble avant leur mariage et Andy ignorait si son épouse était encore vierge. Kate ne lui parlait jamais de sa liaison avec Joe et il répugnait à l'interroger sur les détails de leur longue histoire. La timidité et la retenue qu'elle manifesta lorsqu'ils s'étreignirent furent pour lui un signe d'inexpérience. En réalité, Kate éprouva un certain malaise à se retrouver dans le même lit qu'Andy, son fidèle ami. Mais au bout d'un certain temps et avec de la bonne volonté, elle finit par se détendre. Andy se montra tendre, attentionné et imaginatif ; il était surtout follement amoureux d'elle. Lorsqu'ils quittèrent l'hôtel pour se rendre à l'aéroport ce matin-là, ils ressemblaient davantage à des amis d'enfance qu'à un couple de jeunes mariés. Kate appréciait l'affectueuse complicité qui les unissait. Elle vouait une confiance aveugle à Andy.

Sa mère savait qu'elle n'était pas passionnément éprise de lui, mais ce constat ne l'inquiétait guère. Lors d'un essayage, elle avait confié à Kate que la passion était toujours dangereuse. Par définition incontrôlable, elle dévorait, consumait, engloutissait et finissait inévitablement par détruire. Kate serait beaucoup plus heureuse auprès de son meilleur ami.

Leur voyage de noces fut idyllique. A Paris, ils s'offrirent de romantiques tête-à-tête chez Maxim's, déjeunèrent sur le pouce dans de charmants bistrots de la Rive Gauche, visitèrent le Louvre, dévalisèrent les magasins et firent de longues promenades sur les quais. C'était la saison idéale pour visiter Paris. Le temps était chaud et ensoleillé. Kate vivait sur un nuage de bonheur.

Andy s'avérait un amant doux et expérimenté, capable de la mettre à l'aise instantanément. Lorsqu'ils partirent finalement pour Venise, elle avait l'impression d'être mariée depuis des années. Si Andy soupçonna la vérité au sujet de sa virginité perdue, il ne lui posa jamais de question. Il savait que c'était encore un sujet sensible. Mais elle lui appartenait, désormais. Elle n'était plus à Joe.

Leur séjour à Venise fut encore plus romantique que Paris. Ils se délectèrent de la cuisine italienne, découvrirent la ville à bord d'une gondole et s'embrassèrent tendrement sous le pont des Soupirs.

Après une escale d'une nuit à Paris, ils regagnèrent New York. Leur lune de miel avait duré trois semaines — trois semaines de bonheur parfait. Ils revinrent heureux, détendus, plus soudés que jamais.

Andy retourna travailler le lendemain de leur arrivée. Pendant qu'il prenait une douche, Kate se leva pour préparer le petit déjeuner. Et quand il la rejoignit à la cuisine un moment plus tard, il trouva sur la table un bol de corn flakes et une bouteille de scotch.

— Chérie, tu n'as pas oublié ! s'exclama-t-il en l'attirant dans ses bras d'un geste théâtral.

Sous le regard éberlué de la jeune femme, il fourra dans sa bouche une poignée de corn flakes qu'il fit passer avec une goulée de scotch.

— Mon père va croire que tu m'as transformé en ivrogne si je pars au bureau avec une haleine empestant l'alcool. Nous sommes en réunion toute la journée.

Kate éclata de rire. Après son départ, elle entreprit de ranger l'appartement. Elle avait donné sa démission un mois avant son mariage. Andy ne voulait pas qu'elle continue à travailler. Si les préparatifs du mariage l'avaient tenue occupée jusqu'au grand jour, elle se trouva vite désœuvrée. Pour tenter d'oublier son ennui, elle entraînait Andy au lit dès qu'il rentrait du travail puis proposait d'aller dîner au restaurant. Les journées se succédèrent, de plus en plus monotones.

— Va faire les magasins, visite les musées, amuse-toi, déjeune avec tes amies, suggéra Andy lorsqu'elle lui fit part de son désœuvrement.

Hélas, toutes ses amies travaillaient ou habitaient en dehors de la ville avec leurs enfants.

L'appartement d'Andy leur convenait parfaitement. Avec ses deux chambres à coucher, il serait assez grand pour accueillir un bébé en temps voulu.

Trois semaines après leur retour à New York, Kate déclara qu'elle avait une nouvelle à lui annoncer. Ils étaient en train de dîner. Un sourire timide flottait sur les lèvres de la jeune femme. Andy crut d'abord qu'elle voulait lui parler de sa journée — peut-être avait-elle déjeuné avec sa mère ou une amie d'enfance. Il tomba des nues quand Kate lui annonça qu'elle était enceinte. Ils étaient mariés depuis six semaines. Selon elle, c'était arrivé la nuit de leur mariage... la première fois qu'ils avaient fait l'amour.

— Tu es allé voir le médecin ? s'enquit Andy, à la fois ravi et inquiet.

Il insista pour débarrasser la table à sa place et l'invita à s'allonger confortablement. Kate ne put s'empêcher de rire.

— Non, je n'y suis pas encore allée, mais je suis sûre de moi.

Elle avait éprouvé les mêmes sensations lorsqu'elle était tombée enceinte de Joe, cinq ans plus tôt.

— Pour l'amour du ciel, Andy, reprit-elle d'un ton mutin, je ne suis pas malade ! Je me sens même parfaitement bien !

Ce soir-là, il lui fit l'amour avec une douceur infinie par peur de leur faire mal, à elle ou au bébé. Il insista pour qu'elle prenne rendez-vous chez le docteur au plus vite et ne cacha pas sa déception lorsqu'elle lui défendit d'annoncer la nouvelle à leurs parents.

— Pourquoi attendre, Kate ?

Pour sa part, Andy avait envie de crier la bonne nouvelle sur tous les toits. Il était encore plus heureux qu'elle, et son bonheur la toucha profondément. Elle désirait un enfant plus que tout au monde — n'était-ce pas précisément pour cette raison qu'elle avait quitté Joe ? En même temps, malgré le bonheur qu'elle était en train de vivre et l'amour qu'elle éprouvait pour Andy, il y avait toujours ce vide en elle — un vide qu'elle était incapable de combler, malgré tous ses efforts. Avec un peu de chance, le bébé parviendrait à effacer définitivement ce trou béant que Joe avait laissé en elle.

— Et si je le perds ? Ce serait encore plus affreux si nous avions déjà répandu la nouvelle autour de nous.

L'étonnement se peignit sur le visage de Joe.

— Pourquoi le perdrais-tu ? Quelque chose ne va pas ?

— Mais non, ne t'inquiète pas ! J'aimerais simplement attendre un peu, c'est tout. Les trois premiers mois sont toujours les plus délicats, expliqua-t-elle alors que le souvenir de sa fausse couche lui revenait à l'esprit.

Kate alla consulter le médecin quelques jours plus tard. Ce dernier la trouva en pleine forme.

Elle lui parla en toute confidentialité de sa fausse couche. Il regretta qu'il n'y ait eu aucun contrôle médical à l'époque, mais attribua l'incident au choc qu'elle avait subi. Puis il lui conseilla de bien se reposer, de se nourrir correctement et de ne rien entreprendre de trop remuant — d'éviter par exemple l'équitation et le saut à la corde, expliqua-t-il avec humour. Kate rit de bon cœur. Il lui prescrivit des vitamines, lui remit une liste de recommandations et lui donna rendez-vous pour le mois suivant. L'accouchement était prévu pour le début du mois de mars.

Elle longea Central Park pour rentrer chez elle, aux anges. Elle avait un mari adorable et aimant, elle attendait un bébé. Ses rêves les plus chers étaient en train de se réaliser. Elle savait à présent qu'elle avait pris la bonne décision en épousant Andy. Ils mèneraient une vie douce et heureuse, en famille.

Ils annoncèrent la bonne nouvelle à ses parents au mois d'août, lorsqu'ils les rejoignirent à Cape Cod pour une semaine. Sa mère exulta et son père ne cacha pas son contentement.

— Je t'avais bien dit que c'était l'homme qu'il lui fallait, fit observer Elizabeth après le départ de Kate et Andy.

— Pourquoi ? Parce qu'il lui a fait un enfant ? la taquina Clarke.

Joe avait occupé une place spéciale dans son cœur, mais il reconnaissait volontiers qu'Andy était le mari idéal pour Kate. Leur bonheur faisait plaisir à voir.

— Non, parce que c'est un garçon bien. Le bébé va cimenter leur couple ; il apportera un nouvel équilibre à Kate, tu verras.

— Il va surtout lui donner du pain sur la planche ! plaisanta son mari.

D'un autre côté, Kate n'avait rien d'autre à faire. A vingt-six ans, elle était plus que prête à fonder une famille. La plupart de ses amies d'enfance avaient déjà deux ou trois enfants. L'après-guerre avait connu un boom des mariages et des naissances. En comparaison, Kate avait pris quelques années de retard.

Sa grossesse se déroula dans les meilleures conditions. Lorsque Noël arriva, Andy décréta qu'elle ressemblait à un ballon dirigeable. Enceinte de presque sept mois, elle-même se trouvait énorme. Pourtant, seul son ventre s'était arrondi ; le reste de sa silhouette restait fin et élancé. Elle marchait tous les jours, dormait beaucoup, se nourrissait bien ; bref, elle se portait comme un charme. Ils n'eurent qu'une petite frayeur le soir du réveillon du jour de l'an. Ils avaient passé la soirée au Morocco avec quelques amis et en rentrant chez eux à deux heures du matin, Kate commença à avoir des contractions. La culpabilité la submergea : elle avait beaucoup dansé et bu plusieurs verres de champagne. Andy appela le médecin qui leur demanda de venir à l'hôpital sur-le-champ. Après l'avoir examinée, il décida de la garder en observation pour la nuit, afin de s'assurer qu'elle n'entrerait pas en phase de travail. Devant la mine paniquée de Kate, Andy insista pour rester auprès d'elle. Une infirmière apporta un lit de camp qu'ils installèrent à côté du lit de Kate.

— Comment te sens-tu ? demanda-t-il lorsqu'ils furent seuls.

— J'ai peur, avoua-t-elle. Que se passera-t-il si j'accouche avant terme ?

— C'est une fausse alerte, ne t'inquiète pas. Tu en as un peu trop fait, voilà tout... Si tu veux mon avis, c'est la faute au dernier mambo.

Elle gloussa.

— On a passé une bonne soirée, hein ?

— Apparemment, ce n'est pas l'avis du bébé. Ou peut-être que si, justement.

— Et s'il arrivait quelque chose... si on le perdait ?

Elle roula sur le côté et chercha son regard. Redevenu grave, Andy tendit le bras vers elle et prit sa main.

— Arrête de t'inquiéter sans cesse, tu veux ? Pourquoi vis-tu dans l'angoisse permanente de perdre le bébé ?

Cette question la prit au dépourvu. Au prix d'un effort, elle soutint son regard couleur chocolat. Avec ses cheveux en bataille, il était très beau, allongé sur l'étroit lit de camp.

— J'imagine que toutes les femmes enceintes vivent avec cette peur, répondit-elle finalement en détournant les yeux.

— Kate ?

Il y eut un long silence.

— Oui ?

— As-tu déjà été enceinte ?

C'était une question qu'elle redoutait, en même temps qu'elle répugnait à lui mentir. Le silence se prolongea.

— Oui.

Elle posa sur lui un regard désolé, craignant de lui causer de la peine.

— C'est bien ce que je pensais. Que s'est-il passé ?

— J'ai été renversée par un vélo sur le campus

de Radcliffe et j'ai perdu le bébé, raconta-t-elle d'une voix blanche.

— Je me souviens de cet accident de vélo, fit Andy, songeur. De combien de mois étais-tu enceinte ?

— De deux mois et demi, environ. J'avais décidé de garder le bébé. Je n'avais pas dit à Joe que j'étais enceinte, je ne lui en ai parlé que bien plus tard, quand il est rentré en permission. Mes parents n'ont jamais rien su.

C'était de l'histoire ancienne désormais ; il compatissait simplement à la douleur qu'elle avait vécue à l'époque. Kate était sa femme, à présent. Un sourire joua sur ses lèvres lorsque son regard se posa sur son ventre rond comme un ballon.

— Tout se passera bien cette fois, Kate. Tu verras. Notre bébé sera magnifique.

Il se pencha vers elle et l'embrassa. Une fois de plus, Kate prit conscience de l'intensité de son bonheur. Elle avait une chance inouïe d'être l'épouse d'Andy. D'ici quelque temps, le souvenir de Joe la laisserait définitivement tranquille, c'était certain.

Ils quittèrent l'hôpital le lendemain matin, main dans la main, et elle se reposa pendant toute la semaine. Sa grossesse se poursuivit sans autre incident. Un dimanche matin, Kate réveilla Andy. Cela faisait deux heures qu'elle surveillait ses contractions, de plus en plus rapprochées. Au bout d'un moment, elle le secoua légèrement.

— Mmm... oui... ? C'est l'heure de mes corn flakes au scotch ?

— Mieux que ça, répondit-elle dans un sourire, étonnamment calme. C'est l'heure du bébé.

— Maintenant ?

Il se redressa brusquement. Devant son air éberlué, Kate éclata de rire.

— Tu crois que j'ai le temps de m'habiller ? balbutia-t-il.

— Je te le conseille vivement, si tu ne veux pas déclencher une émeute. Ceci dit, tu es mignon comme tout.

Il était nu sous les draps.

— D'accord, d'accord. Je me dépêche. Tu as appelé le docteur ?

— Pas encore.

Un sourire aux lèvres, aussi impassible que la Joconde, elle le regarda s'affairer fébrilement dans la pièce. Une demi-heure plus tard, elle était prête à partir. Elle avait pris le temps de se doucher, s'était habillée et coiffée. Légèrement hirsute, Andy la couvrait de mille attentions. Un bras glissé sur ses épaules, il portait sa valise dans l'autre main. En arrivant à l'hôpital, Kate suivit une infirmière qui l'examina aussitôt. Les choses se présentaient bien. Andy fut prié d'aller rejoindre les autres pères qui arpentaient la salle d'attente, cigarette aux lèvres.

— Combien de temps cela va-t-il prendre ? demanda-t-il d'un ton anxieux.

— Ce n'est pas pour tout de suite, monsieur Scott, répondit-elle avant de refermer la porte derrière lui.

Elle retourna auprès de Kate ; les douleurs devenaient plus intenses et elle aurait aimé qu'Andy restât auprès d'elle, mais le règlement de l'hôpital interdisait la présence du conjoint en salle de travail. Une vague de peur la submergea.

Trois heures plus tard, le travail se poursuivait, toujours aussi lentement. Dans la salle d'attente, Andy était de plus en nerveux. Ils étaient arrivés à

9 heures du matin ; à midi, il n'avait toujours aucune nouvelle de Kate. Lorsqu'il tentait de questionner le personnel, on lui donnait de vagues réponses. L'attente se transforma en calvaire.

Il était 16 heures lorsque Kate fut conduite en salle d'accouchement. Secouée de sanglots, elle souffrait le martyre pendant que l'inquiétude d'Andy allait crescendo. Pourquoi était-ce si long ? Entre-temps, certains père étaient partis et d'autres les avaient remplacés. Si seulement il avait eu des nouvelles de Kate... La journée s'étira à n'en plus finir. C'était un gros bébé, les choses progressaient lentement.

A 19 heures, les médecins envisagèrent de pratiquer une césarienne ; au bout d'une longue discussion, ils décidèrent d'attendre encore un peu. Deux heures plus tard, Reed Clarke Scott vit enfin le jour. Il pesait près de cinq kilos ; une touffe de cheveux noirs comme ceux de son père couronnait sa tête, mais Andy décréta qu'il ressemblait à sa mère comme deux gouttes d'eau. Kate lui parut plus belle que jamais dans sa chemise de nuit rose, installée contre une pile d'oreillers, tenant dans ses bras leur bébé endormi.

— Il est superbe, murmura-t-il en proie à une vive émotion.

L'interminable attente avait failli le rendre fou. Kate, elle, semblait calme et radieuse. Andy lui prit tendrement la main. Elle se sentait à la fois épuisée et sereine. Sa mère avait eu raison. Elle avait fait le bon choix, elle en était persuadée à présent.

Kate et le bébé restèrent cinq jours à l'hôpital. Andy les ramena ensuite chez eux où les accueillit une nurse qu'ils avaient embauchée pour un mois. Il avait acheté une multitude de bouquets qu'il avait disposés aux quatre coins de l'appartement. Il prit le bébé dans ses bras pendant que Kate s'installait dans la chambre. Le médecin lui avait recommandé de se reposer pendant trois semaines, comme toutes les nouvelles mères. Le bébé dormait dans un berceau placé à côté de leur lit. Dès qu'il se réveillait, Kate le prenait dans ses bras et l'allaitait sous le regard émerveillé d'Andy.

— Tu es si belle, Kate.

« Toutes les bonnes choses se méritent », songeait-il souvent. Il avait eu raison d'attendre Kate. Rond, rose, beau comme un ange, le bébé l'emplissait de joie et de tendresse.

A vingt-sept ans, Kate se sentait tout à fait prête à se consacrer à son enfant. Calme, mûre, elle s'occupait merveilleusement bien de lui. Elle prenait un plaisir intense à veiller et à soigner son bébé. Elle avait attendu ce moment toute sa vie. Andy partageait son sentiment. Jamais encore ils n'avaient connu un tel bonheur.

15

Reed avait deux mois et demi lorsque Andy rentra du bureau un soir de mai, visiblement excité. On l'avait désigné pour faire partie d'une commission chargée d'entendre les témoignages des criminels de guerre en Allemagne. Les procès avaient débuté depuis plusieurs mois, mais les autorités judiciaires continuaient à recruter des avocats spécialisés dans différents domaines pour participer à cette mission. Fort d'une expérience juridique diversifiée, Andy se sentait honoré d'avoir été choisi.

— Pourrai-je venir avec toi ? demanda Kate avec enthousiasme.

— Je ne pense pas, chérie. La mission en elle-même promet d'être passionnante, mais nous serons logés dans des baraquements militaires très rudimentaires.

— Combien de temps resteras-tu là-bas ? demanda soudain Kate, intriguée.

— C'est le point délicat, commença-t-il sur un ton d'excuse.

Il y avait soigneusement réfléchi avant d'accepter. On lui avait demandé une réponse immédiate, et bien qu'il répugnât à l'idée de quitter Kate et Reed, il était conscient qu'il s'agissait là d'une occasion unique — exceptionnelle. Kate approuverait sa décision, il n'en avait pas douté un instant.

— Je serai absent trois ou quatre mois, reprit-il d'un air désolé.

Kate émit un cri de surprise.

— Hé ! C'est très long, Andy.

Il hocha la tête.

— Je leur ai demandé si je pourrais éventuellement couper le séjour en deux pour passer quelques jours auprès de ma famille, mais c'est impossible. Nous serons tous bloqués là-bas, loin de nos épouses. Il n'y a pas suffisamment de logements disponibles.

Il serait intégré au service juridique de l'armée pendant trois ou quatre mois. Pour lui qui n'avait pu aller se battre pendant la guerre, c'était l'occasion de se rattraper en servant son pays d'une autre manière.

— Je suis désolé, mon cœur. On pourra toujours partir en vacances à mon retour, ajouta-t-il en pensant déjà à un voyage en Californie.

— Tu as raison. D'accord. Bon, il ne me reste plus qu'à m'occuper pendant ton absence.

— Notre petit prince veillera à ce que tu ne t'ennuies pas, ne t'en fais pas, fit Andy dans un sourire. Tu préférerais peut-être aller t'installer chez tes parents ?

Kate secoua la tête.

— Ma mère serait ravie d'avoir Reed à demeure, mais je ne la supporterais pas longtemps. Non, nous resterons à la maison, Reed et moi, fidèles au poste. Au fait, n'oublie pas d'emporter du scotch pour tes corn flakes.

— Merci, Kate, murmura Andy en l'embrassant. Tu es formidable.

— Ai-je le choix ? Je devrais peut-être faire la tête... ?

Un sourire espiègle joua sur ses lèvres. Andy allait lui manquer, mais elle était heureuse pour lui.

— Tu pourrais faire la tête, en effet, mais je préfère de loin que tu le prennes ainsi. J'ai vraiment très envie de participer à cette mission. C'est un défi passionnant.

— Je sais, fit Kate, consciente de l'importance du projet. Quand dois-tu partir ?

Il esquissa une grimace.

— Dans quatre semaines.

Kate lui jeta un oreiller au visage.

— Idiot, va ! Tu seras parti tout l'été.

Et davantage. Son départ était fixé au 1er juillet et il ne devait pas espérer être de retour avant la fin du mois d'octobre. Venus des quatre coins du pays, les avocats recrutés pour cette mission se rendraient en Allemagne en avion militaire.

Durant les semaines qui suivirent, Kate aida Andy à classer ses papiers et à faire ses bagages. Plus le temps passait et plus elle redoutait son départ. Elle allait se sentir terriblement seule sans lui, avec le bébé pour unique compagnie. Nul doute que ces quatre mois s'avéreraient les plus longs de son existence.

Deux jours plus tard, pour leur premier anniversaire de mariage, Andy lui offrit un somptueux bracelet en diamants de chez Cartier. Kate n'en crut pas ses yeux. En comparaison, la montre de chez Tiffany qu'elle avait choisie pour lui semblait tout à coup ridicule.

— Andy, tu me gâtes trop, vraiment ! s'écria-t-elle, à la fois ravie et stupéfaite.

Sa joie fit plaisir à Andy. Il aimait la couvrir de

cadeaux. C'était une manière de la remercier d'être là, auprès de lui. Kate était une merveilleuse épouse, une mère formidable et une compagne irremplaçable. Il aimait parler et rire avec elle, il aimait aussi lui faire l'amour. Ils étaient sans conteste les meilleurs amis du monde.

— C'est pour te remercier d'être aussi compréhensive, en toutes circonstances.

— Que dirais-tu de partir plus souvent ? plaisanta-t-elle en le gratifiant d'un sourire mutin.

Ils passèrent une merveilleuse soirée au Stork Club pour célébrer leur anniversaire de mariage. Le 1er juillet, Kate accompagna Andy à l'aéroport avec Reed. Ils étaient cinq avocats à s'embarquer sur le vol militaire à destination de l'Allemagne ; les autres venaient de plusieurs grandes villes du pays. Andy l'embrassa et l'étreignit longuement avant d'embarquer. Cette séparation les attristait tous les deux. Il essaierait de l'appeler mais ignorait encore s'il en aurait la possibilité.

— Je t'écrirai, promit-il.

Aurait-il le temps de tenir sa promesse ? Kate en doutait. Les quatre mois à venir promettaient d'être très longs sans lui. Il lui manquerait. Il embrassa leur bébé puis Kate une dernière fois et se précipita vers la porte d'embarquement. Il était le plus jeune du groupe d'avocats new-yorkais. Comme elle se dirigeait lentement vers la sortie, les autres épouses lui adressèrent des sourires chaleureux. Reed avait alors quatre mois ; il aurait fait d'énormes progrès quand Andy le reverrait. Pour combler ce vide, Kate lui avait promis de prendre de nombreuses photos.

Kate passa le 4 juillet à New York ; il régnait sur la ville une chaleur caniculaire. Heureusement, l'appartement était équipé de l'air conditionné et elle passait les heures les plus chaudes à l'intérieur, avec son fils, préférant se rendre au parc tôt le matin et ressortir en fin d'après-midi, lorsque l'air se rafraîchissait. La solitude lui pesait énormément. Comme prévu, elle se languissait d'Andy.

Un jour, elle décida d'aller au zoo avec Reed. L'après-midi touchait à sa fin lorsqu'elle reprit tranquillement le chemin de leur appartement, poussant Reed devant elle. Elle longea l'hôtel Plaza et descendit la Cinquième Avenue pour regarder les vitrines. Elle venait de traverser la rue quand on la bouscula violemment. Déséquilibrée, elle s'assura que Reed n'avait rien et leva les yeux vers celui qui avait failli la renverser. Joe se tenait devant elle. Kate le dévisagea d'un air interdit. Jamais elle n'avait imaginé le croiser un jour par hasard, dans une rue de New York...

— Bonjour, Kate.

C'était comme s'ils s'étaient quittés le matin même. Rien n'avait changé. Joe était exactement comme dans son souvenir. Sauf que la contrariété et la déception ne durcissaient plus ses traits comme le jour de leur rupture. Aucune parole cruelle ne sortit de sa bouche. Non, il n'y avait que ce visage séduisant et ces yeux incroyablement bleus qui la fixaient avec intensité, comme s'il l'avait attendue tout ce temps, trois longues années... ce qui n'était, bien sûr, que pure chimère. Mais le charme opérait toujours sur Kate.

Les feux passèrent au vert, des klaxons retentirent autour d'eux. D'un geste autoritaire, Joe la prit par le bras et l'entraîna jusqu'au trottoir d'en face. Il l'aida à faire monter la poussette. Un sourire naquit sur ses lèvres lorsqu'il baissa les yeux sur le bébé.

— C’est qui, ça ? s’enquit-il d’un ton amusé tandis que Reed babillait joyeusement, visiblement sous le charme de l’inconnu.

— C’est mon fils, Reed, répondit Kate avec fierté. Il a quatre mois.

— C’est un beau petit garçon, observa Joe, songeur. Il te ressemble, Kate. J’ignorais que tu étais mariée... à moins que tu ne le sois pas ?

Dans la bouche d’une autre personne, la question aurait pu passer pour une insulte, mais c’était tout Joe. Pour lui, une femme pouvait très bien avoir un enfant sans être mariée. C’était son esprit avant-gardiste... ou rétrograde, selon le point de vue.

— Je suis mariée depuis un peu plus d’un an.

— Tu n’as pas perdu ton temps, on dirait, observa-t-il d’un ton espiègle.

Au fond, cela ne le surprenait guère. Kate ne lui avait jamais caché son désir d’être mère. C’était d’ailleurs en partie pour cette raison qu’elle l’avait quitté. Cela faisait trois ans qu’il ne l’avait pas vue, mais elle n’avait pas changé. En fait, elle était encore plus jolie que dans son souvenir.

La maturité lui seyait admirablement bien, à lui aussi, songea Kate en l’observant. A trente-neuf ans, il avait toujours son air d’adolescent, surtout avec la mèche de cheveux blonds qui lui retombait sur les yeux. Il la repoussa dans un geste que Kate avait toujours trouvé charmant. Combien de fois l’avait-elle revu en pensée, ce geste, alors qu’elle pleurait toutes les larmes de son corps, recroquevillée sous ses draps ? A présent qu’il se tenait devant elle, une étrange sensation, de tristesse et d’abandon mêlés, l’habitait. Elle aurait aimé rester de marbre, ou s’apercevoir qu’elle était devenue insensible à son charme, mais non... en le voyant, elle éprouvait toujours le même petit pincement au cœur. Elle avait cru à l'époque que ce petit pincement était synonyme de grand amour. Elle ne l'avait jamais ressenti avec Andy. Avec lui, tout était toujours calme et tranquille, sans remous. Face à Joe au contraire, elle perdait le contrôle de ses émotions. Il n'était qu'un personnage du passé, chercha-t-elle à se convaincre. Mais un personnage très important. La même onde électrique passa entre eux lorsqu'il plongea son regard dans le sien. Il y avait donc des choses immuables, en ce monde...

— Qui est l'heureux élu ? s'enquit-il d'un ton désinvolte.

Il ne semblait pas pressé de partir.

— Andy Scott, mon vieil ami de Harvard.

— Ta mère l'avait toujours considéré comme le mari idéal. Elle doit être aux anges, ajouta-t-il avec une pointe d'ironie dans la voix.

— En effet, admit Kate, gagnée par une étrange torpeur.

Consciente du danger grandissant, elle s'exhorta à prendre congé. Hélas, elle était comme pétrifiée, captivée par le son de sa voix, envoûtée par son parfum.

— Elle est complètement gâteuse avec Reed.

— C'est un beau bébé. L'entreprise marche bien, au fait.

Modeste, la formule lui arracha un sourire. L'entreprise de Joe était une des plus importantes du pays ; au dire d'Andy, il brassait des sommes d'argent considérables. Elle avait lu récemment dans le journal qu'il s'apprêtait à créer sa propre compagnie aérienne, baptisée AllWorld.

— J'ai lu beaucoup d'articles à ton sujet, Joe. Est-ce que tu pilotes toujours autant ?

— Dès que j'arrive à me libérer. Pas assez souvent, à mon goût. Je continue à tester les appareils que je conçois, mais ce sont des vols particuliers. Nous sommes en train de monter une compagnie aérienne qui proposera des destinations internationales. Je suis allé à Paris avec Charles il y a quelques semaines. A part ça, la plupart du temps je suis coincé derrière mon bureau. Nous avons un immeuble en ville, maintenant.

Ils ressemblaient à deux amis de longue date qui échangeaient les dernières nouvelles après s'être perdus de vue. Sauf que c'était un leurre. Ils étaient plus que de simples amis.

— Nous avons également un bureau à New York, un à Chicago et un à Los Angeles. Je suis souvent sur la côte Ouest, mais c'est à New York que je travaille la plupart du temps, expliqua Joe.

— Tu es devenu quelqu'un d'important, Joe.

Kate se souvint de l'époque où il n'avait rien ; comme elle l'avait aimé, alors ! A certains égards, il lui semblait différent, à présent. Il dégageait une impression de pouvoir et en même temps, lorsqu'il la regardait, elle retrouvait le même homme timide, plein de contradictions ; celui qui détournait les yeux avant de planter son regard dans le sien comme pour percer les secrets de son âme. Impossible d'échapper à l'intensité de son regard.

— Veux-tu que je te raccompagne quelque part, Kate ? Il fait encore chaud pour le bébé.

— En fait, nous étions sortis pour prendre un peu l'air. J'habite à quelques rues d'ici. Ça me fait du bien de marcher un peu.

— Viens.

Avant qu'elle ait le temps de réagir, il la prit par le bras et l'entraîna à sa suite en poussant d'une main la poussette de Reed. Une voiture stationnait de l'autre côté de la rue. Quelques instants plus tard, Kate se retrouva à l'arrière du véhicule, tenant Reed dans les bras. Le chauffeur avait plié la poussette dans le coffre ; Joe prit place à côté d'elle.

— Où habites-tu ?

Elle lui donna son adresse qu'il communiqua aussitôt au chauffeur.

— J'habite à côté de chez toi, fit-il observer. Tout en haut d'un immeuble, ça me donne l'impression de voler. Parle-moi un peu de toi ; que fais-tu cet été ?

— Je ne sais pas... nous... je...

Une immense confusion régnait en elle. Comme d'habitude, Joe l'entraînait dans un tourbillon d'émotions aussi intenses qu'incontrôlables. Trois années avaient passé et rien n'avait changé. Elle se sentait toujours aussi vulnérable face à lui. Le même courant quasi magnétique la poussait vers lui.

— Nous n'avons pas vraiment fait de projets, répondit-elle, faisant un effort pour se ressaisir.

Il était comme une drogue qu'elle goûtait de nouveau avec délice. Cette fois pourtant, elle devait trouver la force de résister. Elle était mariée, à présent.

— J'avais prévu de me rendre en Europe la semaine prochaine, reprit Joe alors que la voiture remontait lentement la rue. Mais je viens juste d'annuler mon voyage. J'ai trop de travail avec notre future compagnie aérienne. Nous rencontrons les mêmes problèmes qu'au début, avec les syndicats.

Joe lui parlait de choses qu'elle connaissait bien, comme pour lui signifier adroitement qu'elle avait été à lui avant d'être à Andy. Tout à coup, il se tourna vers elle et esquissa le sourire qui l'avait fait fondre dès leur première rencontre. C'était tout à fait inconscient de sa part, instinctif, comme l'attirance qu'il éprouvait pour Kate alors qu'elle était assise tout à côté de lui.

— Que dirais-tu de venir faire une balade en avion avec Andy, un de ces jours ? Tu crois que ça lui plairait ?

Sans aucun doute. Mais certainement pas avec Joe. Plus que quiconque, il savait ce que Joe avait représenté pour Kate. Elle ne lui avait jamais rien caché de son attachement pour lui. Il savait à quel point elle avait souffert de devoir le quitter. Si elle n'avait pas eu le cran de prendre cette décision, elle ne serait jamais devenue sa femme. Andy savait qu'il ne faisait pas le poids face au charisme du pilote. Kate et lui avaient partagé quelque chose d'intense, de magique ; il ne se sentait pas de taille à lutter contre ça.

Prise au dépourvu, Kate choisit de lui dire la vérité... et le regretta presque aussitôt.

— Il est en Allemagne en ce moment. Il a été choisi pour participer aux procès des grands criminels de guerre.

— Très impressionnant. Il doit être excellent dans sa partie, observa Joe tandis que ses yeux, rivés à ceux de Kate, posaient d'autres questions — des questions dangereuses auxquelles elle ne désirait pas répondre.

— C'est un excellent avocat, en effet, reconnut-elle non sans fierté.

Au même instant, la voiture s'arrêta devant son immeuble et elle descendit promptement. Le chauffeur sortit la poussette du coffre et ellc y installa Reed sous le regard attentif de Joe. Comme avant, il observait tout ; rien ne lui échappait, même ce qu'elle aurait préféré lui cacher. Kate le connaissait tout aussi bien. Unis par une force irrésistible, ils formaient les deux moitiés d'un tout. Cette fois-ci, pourtant, Kate était fermement résolue à lutter contre cette attirance. Joe était sorti de sa vie et il n'y entrerait plus. Le bonheur de son couple en dépendait. D'un geste distant, elle lui tendit la main et le remercia poliment, feignant d'ignorer les sentiments qui l'assaillaient.

— Tu sais où me trouver, déclara-t-il avec un soupçon d'arrogance. Passe-moi un coup de fil, un de ces jours. Je t'emmènerai faire une balade en avion.

— Merci, Joe.

Vêtue d'une jupe, d'un corsage et de sandales en cuir, elle paraissait très jeune. Sa silhouette était restée parfaite. Il se souvenait parfaitement de la moindre de ses courbes. Trois années n'avaient pas suffi à émousser les souvenirs... ni les sentiments.

— Merci encore de m'avoir raccompagnée, dit-elle avant de se diriger vers l'entrée de l'immeuble avec la poussette.

Joe la suivit des yeux. Elle ne se retourna pas, priant en silence pour que leurs chemins ne se recroisent jamais. Elle pénétra dans son appartement le souffle court. Elle aurait voulu se justifier auprès de quelqu'un, expliquer qu'elle ne ressentait plus rien pour Joe, qu'elle se réjouissait plus que jamais d'avoir épousé Andy et d'être l'heureuse maman du petit Reed. Elle avait besoin de convaincre le monde entier qu'elle était définitivement guérie, que Joe ne signifiait plus rien pour elle.

Tout au fond d'elle, hélas, elle connaissait la vérité. Rien n'avait changé entre eux. Depuis dix ans, l'attirance qu'ils éprouvaient l'un pour l'autre était intacte.

16

Le lendemain de sa rencontre avec Joe, Kate se réveilla en proie à un profond malaise. Son sommeil avait été peuplé de rêves mouvementés. Lorsque Reed se mit à pleurer, elle se leva avec la désagréable impression d'avoir trahi Andy. Un moment plus tard, alors que Reed s'était rendormi et qu'elle buvait une tasse de café, elle prit le temps de réfléchir à ce qui s'était passé. Elle n'avait rien fait de mal. Elle s'était comportée de manière très correcte avec Joe, en prenant soin de chasser toute ambiguïté. Elle ne lui avait pas dit qu'elle l'appellerait. Malgré tout, un sentiment de culpabilité la tenaillait, comme si le hasard n'avait pas été totalement fortuit... comme si elle avait délibérément provoqué leur rencontre. C'était idiot et pourtant cette sensation de malaise ne la lâcha pas de la journée. Dans la soirée, alors qu'elle venait d'écrire une longue lettre à Andy, la sonnerie du téléphone retentit. Elle décrocha, s'attendant à entendre sa mère. Mais la voix qui s'éleva à l'autre bout du fil lui fit chavirer le cœur. Les intonations graves et veloutées qu'elle avait rêvé d'entendre pendant des années la bouleversaient toujours autant.

— Salut, Kate.

La soirée était déjà bien entamée. A la fois las et détendu, Joe l'appelait du bureau.

— Bonsoir, Joe.

Kate attendit, curieuse de connaître la raison de son appel.

— J'ai pensé que tu devais t'ennuyer, sans Andy, reprit-il. Que dirais-tu de déjeuner avec moi, en souvenir du bon vieux temps ?

Il s'exprimait avec douceur, presque humblement. Son invitation semblait tout à fait désintéressée. Mais Kate doutait de sa propre volonté.

— Je ne sais pas...

— J'ai toujours rêvé de te montrer notre siège social new-yorkais, enchaîna Joe comme s'il ne l'avait pas entendue. L'immeuble est à couper le souffle, c'est un des plus beaux du pays. Tu étais là dès le début, Kate, je pensais que cela te plairait de voir ce que l'entreprise est devenue après... après que tu...

— Cela me plairait beaucoup, en effet, mais je ne crois pas que ce soit une bonne idée.

— Pourquoi ?

Son ton déçu lui alla droit au cœur. Le mot « danger » clignotait devant ses yeux. Elle poussa un soupir.

— Je ne sais pas, Joe.

Elle se sentait encore terriblement proche de lui, si proche qu'elle eut soudain envie de remonter le temps. Un flot de souvenirs afflua à son esprit. La disparition de Joe pendant deux longues années — un véritable calvaire ; son retour d'Allemagne, inespéré, et cet instant béni où elle avait posé les yeux sur lui.

— L'eau a coulé sous les ponts depuis que j'ai quitté le New Jersey.

— C'est exactement ce que je suis en train de

te dire. J'aimerais que tu voies à quoi ressemble le barrage que j'ai construit depuis ; c'est une pure beauté.

— Tu es désespérant, répliqua Kate d'un ton rieur.

— Tu trouves ? Pourquoi ne pouvons-nous pas être amis, Kate ?

« Parce que je t'aime encore », eut-elle envie de répondre, du tac au tac. Et si tout cela n'était que pure illusion ? Peut-être était-ce simplement le souvenir de ce qu'ils avaient vécu ensemble qui la séduisait. L'amour, le vrai, elle le vivait au quotidien avec Andy. Joe s'inscrivait dans une espèce de chimère, de rêve intemporel — il était le héros d'un conte de fées enfantin dont la fin heureuse lui avait toujours échappé. Joe représentait une menace sournoise. Ils le savaient pertinemment, l'un comme l'autre.

— Je t'en prie, Kate, accepte de déjeuner avec moi... Je me tiendrai tranquille, promis.

— Je n'en doute pas un instant, répliqua-t-elle avec fermeté. Simplement, je ne vois pas pourquoi nous devrions nous infliger ça.

— Parce que nous nous apprécions, ce n'est pas nouveau. De quoi as-tu peur, je ne comprends pas ? Tu as un mari, un bébé, tu mènes une vie heureuse. Tout ce que j'ai, moi, ce sont des avions.

Son ton faussement pathétique lui arracha un rire moqueur.

— Ne me sers pas ce couplet, Joe ! Ce qu'il te faut justement, ce sont tes chers avions ! Tu les as toujours aimés plus que moi. C'est d'ailleurs pour cela que je t'ai quitté, si mes souvenirs sont bons.

— On aurait pu trouver un compromis, observa-t-il avec une sincérité touchante.

Pourquoi lui disait-il cela maintenant ? C'était trop tard. Beaucoup trop tard.

— J'ai pourtant essayé de te le faire comprendre, murmura tristement Kate, mais tu ne voulais rien entendre.

— Je n'étais qu'un idiot et puis j'avais une peur bleue de m'engager. Je suis beaucoup plus intelligent, maintenant. Plus courageux et plus vieux aussi. Je sais ce que j'ai perdu quand tu m'as quitté. J'étais trop fier à l'époque pour reconnaître à quel point tu m'étais chère. Sans toi, la vie n'a plus de sens, Kate.

C'était exactement ce qu'elle avait rêvé d'entendre quand elle vivait auprès de lui, désespérément amoureuse. Quelle cruelle facétie du sort ! Joe venait de prononcer les paroles qui l'auraient rendue folle de joie... quelques années plus tôt.

— Je suis mariée, Joe, dit-elle à mi-voix.

— Je sais. Je ne te demande pas de tout bouleverser pour moi. Tu as ta vie, j'en suis conscient. Je veux juste que nous déjeunions ensemble. Un sandwich, sur le pouce. Tu peux au moins m'accorder ça. J'aimerais vraiment te montrer le fruit de mes efforts.

Son ton était empreint de fierté ; en même temps, il donnait l'impression de n'avoir personne d'autre avec qui partager sa satisfaction. C'était sa faute, bien entendu. Avait-il connu d'autres femmes depuis qu'elle était partie ? Probablement, mais aucune n'avait réussi à le retenir longtemps. Ses avions et son entreprise continuaient à l'accaparer entièrement. Le monde de l'aéronautique l'avait depuis longtemps consacré meilleur concepteur d'avions. Joe était un génie dans son domaine.

— Tu veux bien, Kate ? Je suis sûr que tu t'ennuies à mourir sans Andy. Trouve une baby-sitter et déjeune avec moi. Tu peux même amener ton bébé.

Kate étouffa un soupir. Elle avait l'impression d'avoir affaire à un enfant buté. Buté et diablement persuasif. Faire garder Reed ne lui poserait aucun problème. Elle avait déjà fait appel à plusieurs baby-sitters quand Andy et elle décidaient de sortir pour la soirée.

— D'accord, c'est oui.

— Tu es merveilleuse, Kate. Merci.

Pourquoi était-ce tellement important qu'elle voie les bureaux de son entreprise ? se demanda Kate, troublée. Déjà, Joe proposait :

— Que dirais-tu de demain midi ?

Elle réfléchit longuement avant de murmurer :

— D'accord.

Autant se débarrasser au plus vite de ce rendez-vous. Ce serait pour elle l'occasion de prouver que tout était fini entre eux, définitivement. Qu'elle n'éprouvait plus rien pour lui. Un peu comme un alcoolique savoure sa victoire lorsqu'il parvient à passer devant un bar sans s'y arrêter. Malgré le charme ravageur de Joe, elle se sentait assez forte pour surmonter cette épreuve.

Il lui proposa de venir la chercher, mais Kate déclina son offre. Elle le retrouverait directement au Giovanni's, à midi et demi.

Le lendemain, Kate poussa la porte du restaurant à 12 h 30 précises, élégamment vêtue d'un tailleur en lin blanc et coiffée d'un grand chapeau de paille. Joe l'attendait. Il l'embrassa sur la joue, sous le regard curieux de plusieurs convives. A force d'apparaître dans les journaux, Joe était devenu un personnage public que les gens reconnaissaient facilement. Heureusement, Kate n'était pas connue ; aux yeux des autres clients, elle n'était qu'une belle jeune femme.

— Tu as toujours eu le don de me mettre en valeur, déclara Joe comme ils s'installaient à une table d'angle, à l'abri des regards indiscrets.

— Tu n'as pas besoin de moi pour ça, répondit-elle dans un sourire.

Kate était heureuse de déjeuner dehors ; c'était la première fois qu'elle sortait en milieu de journée depuis la naissance de Reed. Andy parti, elle s'occupait exclusivement de son fils. Elle l'adorait, bien sûr, mais elle n'avait pas eu de discussion avec un adulte depuis le départ d'Andy. Tous ses amis d'enfance habitaient à Boston ; de toute façon, elle avait perdu de vue la plupart d'entre eux quand elle vivait avec Joe. Aveuglée par l'amour, totalement absorbée par le projet professionnel de son compagnon, elle s'était peu à peu coupée du reste du monde. Ensuite, Andy et le bébé avaient monopolisé toute son attention. A la vérité, elle n'avait ni le temps ni l'envie de se faire de nouveaux amis.

Ils abordèrent une multitude de sujets au cours du déjeuner. Joe lui parla de l'entreprise, de ses derniers modèles d'avions, de ses soucis. Ils discutèrent ensuite de sa compagnie aérienne. Il menait de front une quantité impressionnante de projets passionnants. En comparaison, Kate menait une vie plutôt monotone auprès de son mari et de son bébé. Heureuse, certes, mais somme toute très calme.

— As-tu l'intention de reprendre le travail, Kate ? demanda-t-il soudain.

Tout au long du repas, Joe s'était comporté en parfait gentleman. A sa grande surprise, Kate se sentait parfaitement à l'aise en sa compagnie.

— Je ne crois pas, non. Je préfère rester à la maison pour m'occuper de Reed.

Toutefois, elle y avait songé. Mais Andy avait refusé d'en entendre parler et elle s'était pliée à sa volonté. Son travail au Metropolitan Museum lui avait beaucoup plu, mais l'ambition professionnelle ne la rongeait pas.

— C'est un adorable bébé, mais ça doit être ennuyeux, à la longue, de s'occuper sans cesse de lui, fit Joe.

Son franc-parler provoqua l'hilarité de Kate.

— Parfois, oui, je l'admets. Mais c'est surtout très agréable.

— Je suis content de voir que tu es heureuse, Kate, dit-il en la considérant avec intensité.

Kate hocha lentement la tête. Elle ne voulait pas aborder de sujets trop intimes avec lui, de peur de réveiller le passé. En outre, elle avait décidé de ne pas parler d'Andy, par respect pour lui. Il n'aurait probablement pas apprécié qu'elle déjeune en compagnie de Joe, mais c'était pour elle une manière de se prouver que tout était fini entre eux. C'était un rendez-vous purement amical. Ils n'avaient parlé que du sujet préféré de Joe : l'aviation ; un sujet que Kate avait appris à connaître et à aimer quand ils étaient ensemble. Joe avait toujours pris en compte ses avis, qu'il estimait souvent judicieux. La présence de Kate à ses débuts l'avait galvanisé. Depuis leur séparation, l'entreprise s'était beaucoup développée et Kate était curieuse d'en savoir plus que ce qu'elle avait lu dans les journaux.

Après le déjeuner, ils prirent la voiture de Joe. Kate retint son souffle en apercevant l'immeuble qui abritait les bureaux new-yorkais. Dans cet impressionnant gratte-ciel évoluaient des centaines d'employés qui travaillaient soit à la conception de nouveaux appareils, soit à la bonne marche de la compagnie aérienne.

— Mon Dieu, Joe, qui aurait cru que ça prendrait de telles proportions ?

En moins de cinq ans, il avait bâti un véritable empire.

— C'est d'autant plus étonnant quand on sait que jadis je n'étais qu'un gosse qui traînait autour d'un petit aérodrome, sans rien d'autre qu'une passion viscérale pour les avions. C'est ça, l'Amérique, Kate. Je lui en suis profondément reconnaissant, conclut-il avec une humilité qui la bouleversa.

— Tu peux l'être...

Elle s'exclama d'admiration en découvrant son bureau. Situé au dernier étage de l'immeuble, il offrait une vue imprenable sur New York. On avait effectivement l'impression de planer au-dessus de la ville. La pièce était décorée d'élégants objets d'art anglais. Accrochés aux murs lambrissés, Kate reconnut plusieurs tableaux de maître. Apparemment, Joe s'était constitué une belle collection d'œuvres d'art, guidé par un goût irréprochable. C'était décidément un homme exceptionnel. Kate aurait pu partager tout cela avec lui... à condition d'accepter ses exigences : pas de mariage et pas d'enfant. Malgré tout l'amour qu'elle lui portait, elle n'aurait pas supporté longtemps une telle situation. Elle préférait de loin la petite vie tranquille qu'elle menait avec Andy et Reed. L'argent ne comptait pas, pour elle. L'amour, le mariage, la famille constituaient les vrais pivots de son existence. Elle avait tout obtenu, mais pas avec Joe. On ne pouvait pas tout avoir, dans la vie...

Elle le suivit dans la salle de réunion où il la présenta à plusieurs personnes. Hazel, sa fidèle secrétaire depuis la création de l'entreprise, accueillit Kate avec un plaisir sincère.

— Quelle joie de vous revoir ! s'écria-t-elle d'un ton enjoué. Joe m'a dit que vous aviez eu un bébé. On ne dirait pas, à vous voir comme ça !

Kate la remercia, puis elle suivit Joe dans son bureau où ils s'assirent un moment. Le temps passait vite. Elle avait promis à la baby-sitter d'être de retour à 15 h 30 et l'heure approchait déjà. Reed ne tarderait pas à réclamer à boire.

— Merci d'avoir accepté mon invitation, déclara Joe lorsqu'elle lui fit part de son désir de rentrer.

— Pour être franche, je voulais nous prouver à tous les deux que nous pouvions être amis.

— Ai-je réussi l'examen de passage ? s'enquit-il avec candeur.

Un sourire étira les lèvres de Kate.

— Ce n'était pas toi le candidat, Joe, c'était moi, répondit-elle avec sincérité.

— Si tu veux mon avis, nous avons réussi le test avec les félicitations du jury, décréta-t-il d'un air satisfait.

— Je l'espère.

Joe la trouvait plus jolie que jamais, coiffée de son élégant chapeau de paille. Des paillettes étincelaient dans ses yeux bleus. Tout en elle le fascinait... comme avant. Elle était toujours aussi pétillante, radieuse et ravissante. Elle incarnait à ses yeux la femme idéale. Hélas, elle lui avait demandé plus qu'il n'était capable d'offrir.

Elle se leva et posa un baiser sur sa joue ; fermant brièvement les paupières, il respira son parfum. L'espace d'un instant, le passé resurgit entre eux, douloureusement familier. Le parfum, le contact de leurs peaux, l'étreinte de Joe. Un flot de souvenirs les submergea tandis que des images réapparaissaient avec précision du plus profond de leur cœur et de leur âme.

— Renouvelons l'expérience, suggéra Joe en la reconduisant au rez-de-chaussée.

Sa voiture était garée devant l'immeuble ; le chauffeur attendait Kate.

— Volontiers, murmura-t-elle.

Il referma la porte de la limousine et elle lui adressa un petit signe tandis que la voiture s'éloignait. Joe resta un long moment sur le trottoir, le regard fixé sur la limousine. Puis il regagna son bureau et se mit à dessiner des avions avec frénésie.

Une semaine plus tard, par une chaude soirée d'été, le téléphone sonna dans l'appartement de Kate. Elle regardait la télévision pendant que Reed dormait. C'était Joe. Kate avait été à la fois surprise et soulagée d'avoir réussi aussi facilement l'épreuve du déjeuner. Elle en concevait même une certaine fierté. Ils avaient passé un moment détendu et sympathique, avec un léger goût douxamer, mais parfaitement indolore. Et elle était rentrée chez elle le cœur léger, heureuse de retrouver son bébé. Une lettre d'Andy l'attendait, pour sa plus grande joie. Joe faisait désormais partie du passé.

— Bonsoir, Kate. Je ne te dérange pas ?

Joe était chez lui. Il pensait à Kate. Mû par une impulsion, il avait décidé de l'appeler.

— Non, je regardais la télévision, répondit-elle.

— Ça te dirait de partager un hamburger avec moi ? Je m'ennuie, avoua-t-il.

Kate partit d'un éclat de rire.

— Ce serait avec plaisir, mais je n'ai personne pour garder Reed.

— Amène-le.

Elle rit de plus belle.

— Impossible, il dort. Si je le réveille, il risque de pleurer pendant des heures. Je ne crois pas que tu apprécierais.

— Tu as raison. As-tu déjà dîné ?

— Plus ou moins. J'ai mangé une glace dans l'après-midi. En fait, je n'ai pas vraiment faim, il fait trop chaud.

— Je pourrais peut-être t'apporter un hamburger, qu'en dis-tu ?

— Ici... chez moi ?

— Eh bien, oui.

L'idée la prit de court. Ce serait étrange de faire venir Joe chez elle, dans l'appartement où elle vivait avec son mari... D'un autre côté, ils étaient amis, à présent. Elle ne se sentait plus en danger en présence de Joe.

— Tu es sûr de vouloir ça ?

— Pourquoi pas ? Il faut bien se nourrir, malgré la chaleur !

Kate finit par accepter. Il arriva un quart d'heure plus tard et sortit d'un sac en papier deux énormes cheese burgers dégoulinants de fromage et de ketchup, juste comme ils les aimaient. Ils s'installèrent dans la cuisine. Cela faisait des années que Kate n'en avait pas mangé et elle dévora sans manières, mordant à pleines dents dans son sandwich et léchant ses doigts maculés de sauce.

— Tu manges comme un cochon, lança Joe en l'observant d'un air amusé.

Elle gloussa.

— Je sais. J'adore.

Elle lui tendit des serviettes en papier. Lorsqu'ils eurent terminé, ils nettoyèrent la table et Kate suggéra de terminer le repas par une coupe de glace. C'était comme au bon vieux temps, quand Joe habitait chez ses parents à Boston puis quand ils vivaient ensemble dans le New Jersey. Bien qu'elle fût heureuse avec Andy, ces moments lui avaient manqué. Joe avait toujours ressemblé à un merveilleux oiseau qui se posait gracieusement à un endroit et y restait quelque temps avant de prendre de nouveau son envol. Sa compagnie l'emplissait de joie. Elle avait oublié à quel point ils s'entendaient bien. Il aimait l'écouter et riait volontiers de ses bêtises. Ils se faisaient mutuellement du bien.

Rassasiés, ils s'installèrent devant la télévision. Joe retira ses chaussures et Kate éclata de rire en apercevant des trous dans ses chaussettes.

— Tu n'as pas peur de briser ton image de nabab avec des chaussettes dans cet état ?

— Personne ne les reprise pour moi, se lamenta-t-il d'un air faussement dépité.

— Parce que tu en as décidé ainsi, ne l'oublie pas. Tu n'as qu'à demander à Hazel, plaisanta Kate.

— Je ne l'ai pas vraiment décidé, objecta Joe au bout d'un moment. Simplement, je n'ai pas envie de me marier pour une histoire de chaussettes trouées. Ce serait un peu cher payer.

— Ah bon, pourquoi ?

— Tu me connais, Kate. J'ai peur d'être enchaîné. J'ai peur de passer à côté de quelque chose, peur qu'on exige trop de moi. Je ne parle pas d'argent mais bien de moi. D'une partie de mon être que je n'ai pas envie de donner.

Cette idée l'avait toujours terrifié ; c'était d'ailleurs pour cette raison qu'il n'avait pas voulu l'épouser. Mais il n'avait plus peur de Kate, à présent. Sans qu'il puisse expliquer pourquoi, il lui faisait confiance. Combien d'années lui avait-il fallu avant d'en arriver là ?

— Personne ne pourra te prendre ce que tu refuses de livrer, fit observer Kate.

— Peut-être, mais certaines personnes s'obstinent à essayer. En fait, j'ai peur de me perdre en route.

C'était ce qui s'était passé avec Kate. Elle l'ignorait peut-être, mais elle avait emporté avec elle un grand morceau de son être. A présent, il aurait aimé le récupérer. Et récupérer Kate, par la même occasion.

— Tu es trop grand pour te perdre, Joe. Tu es grand dans tous les sens du terme. Tu es exceptionnel, conclut-elle d'un ton vibrant de sincérité.

— J'ai parfois l'impression d'être invisible, confia Joe. J'aurais envie de le devenir, en tout cas.

— On ne se voit jamais comme on est réellement. En ce qui te concerne, tu peux être fier du chemin que tu as parcouru, assura Kate, savourant chaque instant de leur conversation.

— Il y a pourtant un tas de choses dont je ne suis pas fier, avoua-t-il d'un air penaud qui la toucha profondément.

Il y avait en Joe deux facettes totalement opposées ; une facette qu'elle avait toujours aimée et qu'elle aimerait toujours ; une autre qu'elle avait détestée, celle qui l'avait tant fait souffrir quand elle était partie.

— Par exemple, je ne suis pas fier de la manière dont je t'ai traitée, reprit-il à la grande stupeur de Kate. Je me suis conduit comme un goujat, juste avant que tu décides de partir. Aveuglé par mon ambition professionnelle, je t'ai fait trimer, j'ai exploité tes compétences sans vergogne... Je ne pensais plus qu'à ma petite personne. Mais tu me faisais peur, Kate ! Ton amour était tellement fort qu'il m'oppressait et me culpabilisait en même temps. Je me sentais à la fois piégé et indigne de tant d'amour. J'avais envie de prendre mes jambes à mon cou et d'aller me cacher loin, à l'autre bout du monde. Tu as eu raison de me quitter, Kate. J'ai failli en crever, mais je ne t'en veux pas. J'ai eu mille fois envie de t'appeler, mais j'ai pris sur moi et j'ai résisté. Tu as eu raison de partir ; il n'y avait plus rien à espérer. J'étais incapable de te donner ce dont tu avais besoin. Je n'étais pas conscient de la chance que j'avais. J'ai mis du temps avant de faire le point et de m'en rendre compte.

Kate était partie depuis longtemps lorsqu'il avait ouvert les yeux.

— C'est gentil de le reconnaître, commenta Kate, mais de toute façon ça n'aurait pas marché entre nous. Je le sais, à présent.

— Pourquoi ? fit Joe en fronçant les sourcils, piqué dans sa curiosité.

— Parce que ce que je voulais vraiment, c'était ça, répondit-elle en balayant la pièce d'un geste de la main. Un mari, un bébé, une vie ordinaire, équilibrée. Tu ne pourrais pas te contenter de ça, Joe ; il te faut le pouvoir, la réussite, l'exaltation, les avions. Tu serais prêt à tout sacrifier pour avoir tout ça, même les gens qui t'entourent. Je n'ai pas les mêmes aspirations. Tous mes souhaits ont été exaucés, comme tu peux le voir.

— On aurait pu avoir tout ça, toi et moi, et plus encore si tu avais eu la patience d'attendre.

— Ce n'est pas ce que tu disais à l'époque.

— Ce n'était pas le bon moment pour moi, Kate. J'étais en train de créer mon entreprise, je n'avais pas le temps de penser à autre chose.

Kate le connaissait mieux qu'il ne se connaissait lui-même : son aversion pour le mariage, les enfants et toute autre forme d'engagement durable était plus profonde qu'il ne le prétendait. Joe était terrifié à l'idée de devoir ouvrir son cœur.

— As-tu vraiment changé ? demanda-t-elle d'un ton dubitatif. Brûles-tu d'envie de te marier et d'élever une flopée de bambins dans une grande maison ?

Elle marqua une pause tandis qu'un sourire jouait sur ses lèvres.

— Je ne le crois pas. Je crois au contraire que tu avais raison : tu détesterais ça, affirma-t-elle avec assurance.

— Ça dépend... mais tu as raison sur un point : je ne cherche pas. J'ai trouvé la femme idéale il y a bien longtemps et je l'ai laissée filer, comme un idiot.

Ses paroles la mirent mal à l'aise. A quoi bon revenir sur le passé ? Le mal était fait, elle n'avait pas envie de s'engager sur un terrain dangereux. A l'évidence, Joe ne l'entendait pas de cette oreille.

— Je le pense sincèrement, Kate, je me suis conduit comme un parfait idiot ; j'avais envie que tu le saches.

— Oh, je le savais déjà, répliqua-t-elle d'un ton moqueur, mais j'ignorais que tu en avais pris conscience !

Il y eut un court silence. Lorsque Kate reprit la parole, elle avait retrouvé son sérieux.

— Je suis heureuse de connaître tes sentiments, Joe. C'est le destin qui décide, de toute façon.

— Mais non ! Le destin ne décide rien du tout, c'est nous qui choisissons notre vie ; il arrive qu'on passe à côté de plein de choses parce qu'on a peur ou qu'on est trop stupide ou tout simplement aveugle. Il faut du discernement et du courage pour faire les bons choix, Kate, et, crois-moi, ce n'est pas donné à tout le monde. Parfois, il faut du temps avant d'ouvrir les yeux et quand on y arrive enfin, il est trop tard. Mais il est toujours temps de réparer ses erreurs. On ne peut pas laisser faire sans réagir, sous prétexte que le destin en a décidé ainsi. Il n'y a que les idiots qui pensent ça.

— On ne peut pas revenir en arrière, intervint Kate, désireuse de couper court à cette conversation qui commençait à lui échapper.

— Nous ne nous sommes pas laissé assez de temps, insista Joe en plongeant son regard dans celui de Kate, du même bleu que le sien.

Ils se ressemblaient tellement sur certains points... et s'opposaient radicalement sur d'autres. Le parfait équilibre, quand tout fonctionnait.

— J'ai attendu deux ans avant de me marier, Joe, fit-elle observer d'un ton mélancolique. Tu aurais eu tout le temps de revenir sur ta décision, mais tu ne l'as pas fait.

— J'étais furieux. Terrifié. Débordé. Je n'ai pas pris le temps d'y réfléchir. Ma prise de conscience est très récente.

Le cœur de Kate fit un bond dans sa poitrine. Il n'y avait aucune ambiguïté dans le regard de Joe : il désirait retrouver ce qu'ils avaient partagé. Mais Kate n'était plus libre. Pourquoi s'obstinait-il à vouloir ce qu'il ne pouvait pas avoir ?

— Je mène une vie passionnante, je dirige une

entreprise florissante, mais sans toi, tout me semble insipide.

— Je t'en prie, Joe, ne parlons pas de ça. C'est inutile.

— Il le faut, pourtant, dit-il en dardant sur elle un regard pénétrant. Je t'aime, Kate.

Sans lui laisser le temps de réagir, il l'enlaça et prit ses lèvres. Kate eut l'impression de sombrer dans un autre monde, de flotter dans l'espace, submergée par une vague d'allégresse. Elle retomba sur terre quelques instants plus tard, lorsqu'elle trouva la force de s'écarter.

— Joe, il faut que tu partes, à présent.

— Pas encore, non. Kate, m'aimes-tu encore ? demanda-t-il d'un ton pressant.

— J'aime mon mari, répondit-elle en évitant de croiser son regard.

— Ce n'était pas ma question, insista-t-il.

Au bout d'un moment, Kate trouva la force de le regarder.

— Je t'ai demandé si tu m'aimais encore.

— Je n'ai jamais cessé de t'aimer, avoua-t-elle. Mais c'est trop tard, maintenant. Je suis mariée, Joe.

Une expression tourmentée assombrissait ses traits. Pourquoi en étaient-ils arrivés là ? Elle avait pourtant cru qu'ils pourraient être amis.

— Comment peux-tu m'aimer et vivre auprès d'un autre ?

— Je ne savais pas que tu m'aimais, Joe, tu refusais obstinément de m'épouser, alors...

Sa voix se brisa. Combien de fois avait-elle retourné le problème dans sa tête ? Cent fois ? Mille ? Plus encore... Et maintenant, il était trop tard.

— Alors tu as jeté ton dévolu sur le premier venu ?

— Tu es injuste. J'ai attendu deux ans avant de me marier.

— Il m'aura fallu plus de temps pour faire le point, tu vois.

On aurait dit un petit garçon avec son air penaud, et Kate se sentit faiblir. Plus rien ne comptait que ce qu'elle avait éprouvé lorsqu'il l'avait embrassée, ce qu'elle lisait dans son regard, ce que son cœur lui criait. Elle était encore amoureuse de lui, elle ne cesserait jamais de l'aimer. Comment lutter contre des sentiments aussi puissants ?

— Je ne peux pas faire ça à Andy, déclara-t-elle finalement. C'est mon mari. Nous avons un enfant. Ne revenons pas sur ce qui s'est passé, c'est inutile. Le résultat est là : je suis partie et tu n'as rien fait pour me retenir. J'ai attendu un signe de toi pendant deux ans, deux longues années, mais tu étais trop occupé à faire joujou avec tes avions pour penser à moi. Tu avais bien trop peur de tomber dans le piège à ton tour. Je t'aime toujours, Joe, c'est vrai. Je ne cesserai jamais de t'aimer, mais nous avons laissé passer notre chance. Je suis la femme d'Andy, à présent, et je compte bien respecter mon engagement si tu ne le fais pas pour nous.

Elle se leva et posa sur lui un regard implorant.

— Va-t'en, Joe, je t'en prie. Andy ne mérite pas que je lui fasse ça. Tu n'as pas le droit de nous faire souffrir ainsi.

— Tu es en train de me punir parce que je n'ai pas voulu t'épouser quand tu le désirais, déclara Joe en se levant à son tour.

Il la dominait de toute sa hauteur et l'enveloppa d'un regard plein de regret.

— Je me punis moi-même parce que je suis mariée à un homme qui mérite une épouse loyale, pas une femme qui se languit d'un autre en secret. Ce n'est pas bien, Joe. Nous devons faire un effort pour tourner la page. Dieu sait que j'ai essayé de t'oublier. En vain. Mais je ne désespère pas d'y parvenir un jour, coûte que coûte. Je ne pourrai pas passer le restant de mes jours auprès d'un homme alors que j'en aime un autre.

— Tu n'as qu'à le quitter.

— Mais je l'aime ! Et nous venons juste d'avoir un bébé.

— Je te veux auprès de moi, Kate, martela Joe du ton de celui qui est habitué à obtenir ce qu'il désire.

— Pourquoi ? Parce que je suis mariée à un autre que toi ? Il fallait y songer avant, Joe ! Je ne suis ni un jouet, ni un avion, ni une entreprise que tu peux acheter comme ça, sur un coup de tête ! Je t'ai attendu pendant deux ans alors que tout le monde te croyait mort en Allemagne. Je n'étais qu'une gamine, à l'époque, et je ne pensais déjà qu'à toi, incapable de croire que tu ne reviendrais pas. J'ai attendu deux autres années que tu me fasses un signe, quand tu m'as froidement déclaré que tu ne désirais pas te marier. Alors pourquoi un tel revirement ? Pourquoi maintenant ?

Elle pleurait. Joe secoua la tête.

— Je ne sais pas. Tu fais partie de moi, Kate, je ne pourrai pas vivre le restant de mes jours loin de toi. Nous avons partagé des choses incroyables, tous les deux. On s'est aimés pendant neuf ans, bon sang !

— Et alors ? coupa-t-elle durement. Tu aurais dû y penser avant. C'est trop tard, maintenant.

— C'est absurde, enfin. Tu n'es pas amoureuse d'Andy. As-tu vraiment l'intention de passer toute ta vie auprès de lui ?

— Oui !

Au même instant, Reed se mit à pleurer.

— Va-t'en, Joe, implora-t-elle d'une voix étranglée. Je dois nourrir mon bébé.

— N'es-tu pas censée être calme et reposée pour allaiter ?

— Si, mais c'est un peu tard.

Il fit un pas dans sa direction et essuya délicatement ses larmes.

— Arrête, Joe, je t'en prie...

Ses sanglots redoublèrent et il l'attira dans ses bras pour la bercer doucement. Comme le sort se montrait cruel ! Malgré tout l'amour qu'elle portait à Joe, malgré le désir brûlant qu'elle avait de vivre auprès de lui, elle ne pouvait décemment pas quitter Andy en emmenant Reed. En outre, elle aimait son mari — différemment, certes, mais elle l'aimait malgré tout.

— Je suis désolé... je n'aurais pas dû venir ce soir, murmura Joe.

— Ce n'est pas ta faute, articula Kate en s'essuyant les yeux. J'avais envie de te voir, moi aussi. Tout s'était bien passé, l'autre jour, j'avais pris plaisir à parler avec toi... Oh, Joe... qu'allons-nous faire ? demanda-t-elle en se blottissant contre lui.

Ils étaient tous les deux perdus, et en même temps tellement amoureux.

— Je ne sais pas, nous trouverons bien une solution.

Il la serra dans ses bras et l'embrassa. Kate

ferma les yeux ; elle avait enfin retrouvé sa place. Quelques instants plus tard, elle alla chercher Reed, qu'elle installa entre eux, sur le canapé. Joe considéra longuement le bébé joufflu avant de lever les yeux sur elle.

— Tout se passera bien, Kate. On pourrait essayer de se voir de temps en temps.

— Et se languir l'un de l'autre dès que nous serons séparés ? Ce n'est pas une vie, Joe.

— Nous devrons pourtant nous en contenter pour le moment.

Kate s'en sentait incapable. Plus ils se verraient, plus ils auraient du mal à se contenter de brefs moments volés. Leur amour était trop intense pour passer au second plan. Le visage de Kate reflétait son agitation intérieure. Joe posa sur elle un regard interrogateur.

— Veux-tu que je m'en aille, Kate, ou préfères-tu que j'attende pendant que tu allaites ton bébé ?

Kate n'écouta que la voix de son cœur.

— Attends-moi.

Elle prit Reed dans ses bras et disparut dans la pièce voisine. Lorsqu'elle revint au salon un moment plus tard, Joe s'était endormi sur le canapé. Kate se sentait plus calme à présent qu'elle s'était occupée de Reed. Repu, ce dernier dormait à poings fermés dans son berceau.

Kate observa Joe un long moment. Elle effleura ses cheveux puis caressa doucement son visage, retrouvant avec bonheur tout ce qu'elle avait chéri pendant de longues années. Le lien qui les unissait depuis leur première rencontre existait toujours, qu'elle le veuille ou non. Elle s'allongea à côté de lui et continua à le caresser jusqu'à ce qu'il ouvre les yeux, un long moment plus tard.

— Je t'aime, Kate, murmura-t-il.

Elle sourit.

— Non, tu ne m'aimes pas. Je t'interdis de m'aimer...

Il prit ses lèvres dans un baiser langoureux. C'était une situation impossible, avec un homme impossible.

— Il faut que tu t'en ailles, chuchota-t-elle contre ses lèvres.

Il hocha la tête mais n'esquissa pas le moindre geste pour se lever. Au lieu de ça, il l'embrassa de nouveau, avec ardeur et tendresse ; il l'embrassa jusqu'à ce qu'elle perde le contrôle de ses émotions. Elle ne voulait plus qu'il s'en aille. Elle voulait rester auprès de lui pour toujours ; ses pensées s'emmêlaient... Elle ne voulait pas blesser Andy, ni leur fils... En même temps, elle se sentait incapable de lutter contre l'incroyable attirance qui les poussait l'un vers l'autre, depuis toujours. Joe la souleva dans ses bras et la déposa doucement sur son lit. Elle aurait dû réagir, lui ordonner de partir sur-le-champ. Au lieu de quoi, elle se laissa déshabiller, savourant les gestes qu'il avait tant de fois répétés. Puis il se déshabilla à son tour. Ils firent l'amour avec passion, guidés par le désir qu'ils avaient accumulé durant ces trois années de séparation. Rassasiés, ils sombrèrent ensemble dans un sommeil profond, lovés l'un contre l'autre.

17

Le lendemain matin, Kate se réveilla en souriant, heureuse de sentir Andy à côté d'elle. Elle roula sur le côté et retint son souffle. Joe. Ce n'était donc ni un rêve ni un cauchemar. La veille, ils avaient atteint le paroxysme de leur amour, balayant à grands coups de passion les trois années de séparation. Qu'allaient-ils faire, à présent ? Il fallait qu'ils cessent de se voir, qu'ils cherchent à s'oublier pour de bon. Joe s'agita dans son sommeil. Reed dormait encore à poings fermés. Elle contempla son compagnon, tiraillée par des sentiments contradictoires.

Joe se réveilla quelques minutes plus tard. Il sourit en posant les yeux sur elle.

— Serais-je en train de rêver ? Ou suis-je au paradis parce que je suis mort hier soir ?

Tout était simple, pour lui. Célibataire, il ne risquait pas de détruire la vie d'autres personnes, à part la sienne et celle de Kate.

— Ton bonheur est écœurant, lança celle-ci d'un ton accusateur en se blottissant contre lui.

Ils restèrent un long moment enlacés, bavardant avec animation, sans se soucier de rien d'autre que du plaisir qu'ils éprouvaient à être ensemble. Ce moment de la journée avait toujours été leur préféré.

— Tu n'as aucune conscience, Joe.

— Aucune, admit-il.

Un sourire aux lèvres, il embrassa ses cheveux. Cela faisait des années qu'il ne s'était pas senti aussi heureux. Le reste importait peu.

— Le bébé va bien ? C'est normal qu'il dorme tout ce temps ?

Kate esquissa un sourire.

— Il va très bien. Il dort beaucoup, le matin, c'est tout à fait normal, ne t'inquiète pas.

Joe réclama ses lèvres et ils profitèrent de ce moment de calme pour faire de nouveau l'amour. Ils étaient en train de vivre un rêve éveillé. C'était comme s'ils ne s'étaient jamais quittés, à la différence qu'elle était à présent mariée et maman d'un petit garçon. Ce qu'elle échangeait avec Joe, les étreintes enflammées, les conversations animées, jamais elle ne l'avait partagé avec un autre. La profondeur et l'intensité de leurs sentiments leur échappaient. C'était une espèce d'attirance quasi primitive. A la fois différents et uniques, ils ne formaient plus qu'un seul être quand ils se retrouvaient. Les mots ne comptaient plus ; il n'y avait plus de promesses, plus d'explications, plus d'excuses... Seul comptait le lien puissant, indestructible qui les enchaînait l'un à l'autre.

Reed se réveilla enfin en poussant un cri perçant. Kate l'allaita pendant que Joe allait se doucher. Elle prépara ensuite le petit déjeuner. Assis à la table de la cuisine, Joe rit de bon cœur quand Reed lui adressa de gracieux sourires, installé dans son transat. Un peu plus tard, avec une réticence évidente, il se leva pour partir. Il aurait volontiers passé le reste de la journée avec eux, mais il avait une réunion, ce matin-là.

— Peux-tu te libérer pour le déjeuner ? demanda-t-il en enfilant sa veste.

— Où allons-nous comme ça, Joe ?

Kate fixa sur lui un regard assombri par l'inquiétude. Il était encore temps de tout arrêter. Kate chérirait toute sa vie le moment d'exception qu'ils venaient de partager. Ils pouvaient s'en tenir là avant de tout détruire autour d'eux. Elle avait beaucoup plus à perdre que lui. C'était à elle de prendre une décision radicale, elle en était consciente, mais en même temps, l'idée de perdre Joe une nouvelle fois lui était insupportable. Tout au fond de son cœur, elle savait qu'il était déjà trop tard.

— Nous écoutons nos sentiments, Kate. C'est le mieux qu'on puisse faire pour le moment. Pour le reste, il sera toujours temps d'aviser.

Joe avait toujours délibérément ignoré les obstacles qui se dressaient devant lui, sauf quand il s'agissait de concevoir un nouvel avion.

— C'est risqué, observa Kate en lissant les revers de sa veste.

Elle aimait tout en lui : son allure, sa stature, ses traits ciselés, la fossette qui creusait son menton, sa carrure très masculine, ses yeux qui la suivaient partout, ses longues jambes musclées. Il agissait sur elle comme un aimant ; il était l'homme de ses rêves, depuis qu'elle avait dix-sept ans. Comment lutter contre ça ? De son côté, Joe partageait les mêmes sentiments. Kate l'avait envoûté dès l'instant où il avait posé les yeux sur elle. Elle l'avait attiré comme la lumière attire le papillon de nuit.

— La vie est risquée, Kate, déclara-t-il posément.

Il inclina légèrement la tête et l'embrassa.

— C'est pour cette raison que nous y sommes tant attachés. Les bonnes choses ont un prix. Personnellement, je n'ai jamais eu peur de payer le prix fort pour ce que je veux, ou ce que je crois.

Il marqua une pause. Kate ne put s'empêcher de songer à Andy et à son fils. Avait-elle le droit de les sacrifier au nom de son propre bonheur ?

— Alors, Kate, viendras-tu me rejoindre à l'heure du déjeuner ?

Après une courte hésitation, elle hocha la tête. Elle avait envie de passer le plus de temps possible auprès de lui. C'était plus fort qu'elle.

— J'appellerai une baby-sitter. Où veux-tu que je te retrouve ?

Joe proposa le Pavillon, un des restaurants préférés de Kate. Il y serait à midi. Après son départ, Kate s'occupa de Reed. Puis elle s'installa sur le canapé pour lui donner le sein. Il y avait des photos d'Andy et elle partout dans la pièce. Un portrait pris le jour de leur mariage, l'année précédente, pendait au mur. Bizarrement, Andy semblait appartenir à un rêve flou. Elle l'aimait, pourtant ; il était toujours son mari. Mais il ressemblait à un éternel adolescent comparé à Joe. Plus fort que le temps et l'éloignement, leur amour balayait tout sur son passage. A cet instant, Kate se sentait prête à prendre tous les risques pour le vivre intensément.

Elle appela la baby-sitter après avoir couché Reed. A midi, elle rejoignit Joe au Pavillon, vêtue d'une robe en soie vert d'eau agrémentée d'une broche en émeraude que sa mère lui avait offerte des années plus tôt. Ses cheveux auburn contrastaient divinement avec la pâle étoffe de la robe. Eblouissante, à la fois fragile et distinguée, elle traversa la salle de restaurant d'un pas léger. Joe la suivit des yeux, hypnotisé par son charme sensuel. Il eut soudain l'impression d'avoir rajeuni de dix ans. D'un commun accord, ils avaient décidé qu'il était moins risqué de s'afficher publiquement plutôt que d'essayer de se cacher.

— Excusez-moi, ne seriez-vous pas Joe Allbright ? murmura-t-elle en se glissant à côté de lui.

Joe sourit. Il aimait sa beauté naturelle, son espièglerie, son parfum et sa démarche gracieuse. Ils formaient un couple saisissant, tous les deux.

— Que dirais-tu d'une balade en avion, ce week-end ? demanda-t-il au cours du déjeuner.

Cela faisait trois ans qu'elle n'était pas montée en avion et ses escapades aériennes lui manquaient. Il lui parla d'un joli petit appareil qu'on venait tout juste de lui livrer.

— Tu vas l'adorer, Kate, conclut-il avec un sourire de petit garçon ravi.

— J'accepte avec joie.

Kate était libre comme l'air pendant les trois mois et demi à venir. Quoi qu'il advienne par la suite, ce temps leur appartenait. A partir de cet instant, elle cessa de lutter et s'en remit entièrement au destin.

Ils restèrent longtemps à table, à discuter et plaisanter. Finalement, Joe retourna travailler et Kate rentra chez elle avec l'intention d'aller promener Reed. Une lettre d'Andy l'attendait. Avec humour et tendresse, il lui racontait ses journées. Kate lui manquait terriblement. Ces quelques lignes lui firent l'effet d'un coup de poignard. Assise sur le canapé, la lettre serrée contre son cœur, elle fondit en larmes. Jamais encore elle n'avait éprouvé une telle culpabilité et pourtant, elle ne pouvait rien y faire. Malgré tout ce qu'elle éprouvait pour Andy, elle avait besoin de Joe pour vivre.

Elle avait eu le temps de se ressaisir lorsque ce dernier rentra du bureau ce soir-là, fatigué de sa journée. Kate lui prépara un scotch avant de se servir un verre de vin. Reed était déjà couché.

— J'ai reçu une lettre d'Andy aujourd'hui, Joe. J'ai honte de moi. Notre liaison lui briserait le cœur si jamais il venait à la découvrir. Il voudrait sans doute divorcer, conclut-elle d'un air désolé.

— Tant mieux. Comme ça, je pourrais te demander en mariage, déclara Joe sans ambages.

Il y avait songé toute la journée ; sa décision était presque prise.

— Tu dis ça parce que je ne suis pas libre, répliqua Kate dans un sourire. Si je l'étais, tu prendrais tes jambes à ton cou !

— Mets-moi au défi.

— Je ne peux pas.

— Dans ce cas, ne parlons plus de tout ça et profitons plutôt du temps qui nous est offert, fit Joe d'un ton serein.

Le mois qui suivit les emporta dans un tourbillon d'émotions et d'activités variées. Ils se rejoignaient pour déjeuner plusieurs fois par semaine, dînaient ensemble tous les soirs, chez Kate ou au restaurant, faisaient de grandes balades en avion le week-end, allaient au cinéma, parlaient des heures durant et faisaient l'amour, ravis de retrouver leur petit univers. Joe prit l'habitude de jouer avec Reed en rentrant du bureau et il bondit de joie lorsque le bébé perça sa première dent. Ils formaient une belle famille, comme si Andy n'existait pas. Seule la mère de ce dernier rappelait à Kate l'existence de son mari, lorsqu'elle passait voir Reed tous les mardis après-midi. Kate veillait alors soigneusement à faire disparaître toute trace de la présence de Joe. Quand ils sortaient, ils gardaient leurs distances, s'efforçant de se comporter en simples amis. Inséparables, ils avaient toutefois la délicieuse impression d'être mari et femme.

Presque tous les jours, Kate prenait sa plume pour écrire à Andy. Malgré ses efforts, le ton de ses lettres demeurait distant et guindé. Avec un peu de chance, Andy ne remarquerait rien. Elle lui décrivait minutieusement les progrès de Reed, restant délibérément évasive sur ses propres occupations. C'était mieux ainsi. Ce qu'Andy lui racontait des procès en cours la passionnait. Mais il lui confiait aussi qu'elle lui manquait, qu'il l'aimait comme un fou et qu'il avait hâte de rentrer auprès d'elle et de leur fils. Chaque lettre lui lacérait le cœur. Qu'allaient-ils devenir ?

Kate avait promis à ses parents d'aller passer une semaine à Cape Cod avec eux au mois d'août. L'idée de quitter Joe, fût-ce quelques jours, lui était intolérable. Le temps passait à une vitesse prodigieuse, Andy devait rentrer dans deux mois. D'un autre côté, elle ne pouvait annuler son séjour sans éveiller la curiosité de ses parents. Elle n'osait imaginer leur réaction s'ils découvraient la vérité en passant chez elle à l'improviste. Joe vivait avec Kate depuis la fin du mois de juillet. Il lui sembla donc plus sage de rejoindre ses parents, comme convenu. Elle détestait cette situation de mensonges et de secrets, mais c'était l'unique façon d'éviter le scandale.

Cinq jours après son arrivée eut lieu le traditionnel barbecue organisé par les voisins. Kate confia Reed à une baby-sitter et s'y rendit en compagnie de ses parents. D'humeur joyeuse, elle se préparait déjà à retrouver Joe deux jours plus tard. La semaine lui paraissait interminable.

Elle était en train de boire un verre sur la terrasse, au milieu des dunes, lorsque, pivotant sur ses talons, elle l'aperçut. La stupeur se peignit sur son visage. Joe avait décidé de lui faire une surprise en rendant visite à ses amis de Cape Cod. Tout naturellement, il les avait accompagnés au barbecue annuel. Leurs hôtes lui réservèrent un accueil chaleureux. Ils se souvenaient très bien de l'avoir vu quelques années plus tôt... Joe Allbright n'était pas de ceux qu'on oublie facilement. Il avançait lentement sur la terrasse, serrant les mains tendues, saluant les autres convives, lorsque la mère de Kate le vit.

— Qu'est-ce qu'il fabrique ici ? demanda-t-elle à Kate.

— Je n'en ai aucune idée, répondit-elle en se détournant précipitamment pour échapper au regard inquisiteur de sa mère.

Pourquoi Joe avait-il pris le risque de venir ici ? Etait-il nécessaire de tenter le diable ?

— Savais-tu qu'il devait venir ?

L'interrogatoire avait commencé. Du coin de l'œil, elle vit son père s'approcher de Joe pour lui serrer la main. De toute évidence, il était heureux de le voir. Aux yeux de Clarke, leur idylle appartenait au passé ; mariée et mère d'un petit garçon, elle avait enfin tourné la page. Jamais il n'aurait imaginé qu'il puisse en être autrement.

— Comment aurais-je pu le savoir, maman ? Il a des amis à Cape Cod. Ce n'est pas la première fois qu'il vient, n'est-ce pas ?

— Je trouve cela bizarre, c'est tout. Cela fait trois ans qu'il n'a pas mis les pieds ici. Peut-être voulait-il te voir.

— J'en doute.

Kate tournait le dos à Joe, mais elle sentit physiquement qu'il se rapprochait. Sa mère les fixait avec intensité. Il ne fallait surtout pas qu'ils se trahissent... Un vent d'angoisse souffla sur elle. Parviendrait-elle à maîtriser ses émotions ?

Joe s'immobilisa à leur hauteur. Il salua poliment sa mère qui lui serra la main de mauvaise grâce, en dardant sur lui un regard glacial.

— Bonsoir, Joe.

Il lui adressa un sourire chaleureux.

— Bonsoir, madame Jamison. C'est un plaisir de vous revoir.

Comme elle ne répondait pas, il se tourna vers Kate. Leurs regards se rencontrèrent. Au prix d'un effort surhumain, celle-ci parvint à rester parfaitement impassible.

— Bonsoir, Joe.

— Je suis content de te voir, Kate, enchaîna-t-il d'un ton neutre. J'ai entendu dire que tu étais l'heureuse maman d'un petit garçon. Félicitations.

— Merci, fit-elle froidement avant de s'éloigner en direction d'un groupe d'amis.

Rassurée par son attitude distante, sa mère oublierait sans doute les soupçons qui l'avaient assaillie en apercevant Joe. Kate confia ses craintes à Joe un peu plus tard, quand elle le rejoignit sur la plage. Ils étaient en train de faire griller des hot dogs et les siens étaient déjà tout carbonisés. Elle était trop occupée à parler à son compagnon.

— Tu es complètement fou d'être venu ! Imagine leur réaction s'ils découvrent ce qui se passe, murmura-t-elle d'un ton réprobateur.

— Tu me manquais trop. J'avais follement

envie de te voir, avoua Joe avec une ferveur touchante.

— Je rentre dans deux jours, répondit Kate à voix basse, luttant contre l'envie de se blottir contre lui.

Elle aurait aimé le prendre dans ses bras, se serrer contre lui et embrasser ses lèvres. Au lieu de quoi, elle osait à peine le regarder.

— Ton hot dog ressemble à un morceau de charbon, chuchota Joe.

Elle pouffa. Leurs regards s'unirent brièvement. Lorsqu'elle se retourna, elle vit que sa mère les observait.

— Elle me déteste, commenta Joe en lui tendant une assiette.

Au nom de leur liaison passée, il ne leur était pas défendu de se parler, mais sa mère, qui fusillait Joe du regard, désapprouvait clairement leur comportement.

Après le départ de ses parents — Elizabeth souffrait d'un affreux mal de tête —, Kate alla se promener sur la plage avec Joe, comme ils l'avaient fait bien des années plus tôt. Comment oublier tout ce temps passé ensemble ? Pour la mère de Kate, toutes ces années n'avaient représenté qu'une perte de temps. La jeune femme ne l'entendait pas ainsi. Pour elle, au contraire, ces années avaient été les plus belles de sa vie.

Ils prirent plaisir à marcher dans le sable frais, guidés par le clair de lune. Lorsqu'ils furent hors de vue, ils s'allongèrent et s'étreignirent avec fougue, échangeant des baisers passionnés. Ils rentrèrent lentement en se tenant par la main et s'écartèrent bien avant d'arriver à proximité de la maison. Kate prit congé de ses voisins avant Joe. Quand elle rentra chez elle, ses parents étaient déjà couchés et Reed dormait profondément. Elle n'eut même pas besoin de l'allaiter.

Allongée dans son lit, Kate donna libre cours à ses pensées. Elle vivait un rêve merveilleux depuis qu'elle avait retrouvé Joe. Ils avaient réalisé chacun de leur côté leur souhait le plus cher, elle en devenant maman et lui en montant une entreprise florissante. C'était comme les pièces d'un puzzle défectueux. S'ils tentaient de les assembler, d'autres personnes souffriraient. Existait-il une solution ?

Reed se réveilla tôt et elle alla le chercher dans son lit, puis descendit à la cuisine en essayant de ne pas faire de bruit. Dans ses bras, le bébé roucoulait et babillait joyeusement. Kate referma doucement la porte de la cuisine. Lorsqu'elle se retourna, elle découvrit sa mère attablée devant une tasse de thé, plongée dans la lecture du journal.

Sans lever les yeux, cette dernière lança d'un ton accusateur :

— Tu savais qu'il viendrait hier soir, n'est-ce pas ?

Kate installa Reed dans son transat.

— Non, répondit-elle sincèrement. Je n'étais pas au courant.

Sa mère daigna enfin la regarder.

— Il y a quelque chose entre vous, Kate, je le sens. L'attirance que vous éprouvez l'un pour l'autre est presque palpable, c'est incroyable. C'est un élan primitif, presque animal qui vous pousse l'un vers l'autre. Comme si vous étiez inséparables.

— Je lui ai à peine parlé, hier soir, protesta Kate en tendant un petit morceau de banane à son fils.

— Tu n'as pas besoin de lui parler, Kate, le lien qui vous unit se passe de mots. Cet homme est dangereux. Ne le laisse pas t'approcher. Il risquerait de détruire la vie que tu t'es construite.

Elizabeth marqua une pause, ignorant qu'elle parlait dans le vide. Il était déjà trop tard.

— Il est venu au barbecue hier parce qu'il savait que tu y serais, j'en suis persuadée. Quelle audace ! Ceci dit, venant de lui, plus rien ne me surprend, lâcha-t-elle d'un ton contrarié.

— Moi non plus, renchérit Clarke en pénétrant dans la pièce.

Il embrassa son petit-fils et jeta un coup d'œil en direction de son épouse. De toute évidence, Kate et elle venaient de se disputer. Il ignorait l'objet de leur querelle et ne se risqua pas à les questionner.

— Ça m'a fait plaisir de voir Joe, hier. J'ai lu plusieurs articles concernant sa compagnie aérienne ; c'est un succès colossal. Il m'a dit qu'ils s'apprêtaient à ouvrir des bureaux en Europe. Qui aurait cru à une telle réussite, il y a encore cinq ans de cela ? conclut-il d'un ton admiratif.

Elizabeth posa sa tasse vide dans l'évier.

— J'ai trouvé ça très impoli de sa part de venir au barbecue, rétorqua-t-elle sèchement.

Clarke haussa un sourcil surpris.

— Pourquoi ?

— Il savait que Kate serait là. Elle est mariée, Clarke, il n'a pas à la poursuivre jusqu'à Cape Cod ou ailleurs. Il le sait pertinemment. Il est venu uniquement pour faire pression sur elle.

— Ne dis pas de bêtises, Liz. L'eau a coulé sous les ponts. Kate est mariée et je ne serais pas étonné que Joe fréquente quelqu'un de son côté. Il est marié, Kate ?

— Je ne crois pas, papa. Enfin, je ne sais pas.

— Je vous ai vus en train de parler ensemble, sur la plage, insista sa mère d'un ton réprobateur.

— Il n'y a pas de mal à ça, intervint son père. C'est un type bien.

— Si c'était le cas, il aurait épousé ta fille ! La pauvre l'a attendu deux longues années et quand il est enfin rentré, il n'a rien trouvé de mieux que de l'exploiter deux autres années. Et au bout du compte : rien ! riposta Elizabeth. Dieu merci, Kate a ouvert les yeux à temps. Quel dommage qu'Andy n'ait pas été là hier soir.

— Quel dommage, en effet, renchérit Kate.

Mais l'expression de son regard ne plut pas à sa mère. Il y avait quelque chose d'obscur, de distant dans ses prunelles, comme si elle cachait un secret. Et Joe y était pour quelque chose, elle en était persuadée.

— Ne fais pas la bêtise de le laisser t'approcher, Kate. Il te manipulera de nouveau, et Andy en aura le cœur brisé. Joe ne se mariera jamais, n'oublie pas ça.

Elizabeth avait toujours été formelle à ce sujet, à juste titre. Mais maintenant, c'était différent : Joe voulait l'épouser... du moins le prétendait-il. Il ne s'engageait pas, puisqu'elle était mariée pour le moment. Un peu plus tard, Kate alla s'asseoir sous le porche ensoleillé avec Reed dans les bras. Dans le ciel limpide, un avion effectuait des loopings audacieux. Kate devina aussitôt de qui il s'agissait. Un sourire flotta sur ses lèvres. Joe n'était décidément qu'un grand enfant !

Son père la rejoignit. Il leva les yeux vers le ciel et sourit à son tour.

— Joli petit engin, commenta-t-il.

— C'est sa dernière création.

Les mots avaient glissé de sa bouche. Son père baissa les yeux sur elle.

— Comment le sais-tu, Kate ? demanda-t-il d'un ton empreint d'inquiétude.

— Il me l'a dit hier soir.

Il s'assit près d'elle et lui tapota doucement la main.

— Je suis désolé que ça n'ait pas fonctionné entre vous. La vie est parfois cruelle. Mais ta mère a raison : ce ne serait pas raisonnable de le revoir.

L'expression mélancolique de Kate lui chavira le cœur.

— Ne t'inquiète pas, papa, il n'y a plus rien entre Joe et moi.

Elle détestait devoir lui mentir, mais elle n'avait pas le choix. Ce qu'elle faisait avec Joe était dangereux et condamnable, elle en était parfaitement consciente. Pourtant, lui seul pouvait la rendre heureuse. Elle ignorait encore ce qui se passerait au retour d'Andy, mais il leur restait deux mois pour y réfléchir et profiter pleinement l'un de l'autre.

Au-dessus de leur tête, le petit appareil continuait à esquisser de périlleuses acrobaties. Tout à coup, il plongea à pic et Kate porta la main à sa bouche. Son expression terrifiée n'échappa pas à son père qui l'observait du coin de l'œil. C'était pire qu'il ne l'avait cru. Sa femme avait peut-être raison, quelque chose se tramait dans leur dos. Il se retint de questionner Kate. Elle n'était plus une enfant, après tout.

Elle rentra à New York le lendemain. A peine avait-elle franchi le seuil de l'appartement que le téléphone sonna. C'était Joe. Elle le tança pour le piqué qui l'avait glacée de terreur. A l'autre bout du fil, il éclata de rire.

— Il est bien plus dangereux de traverser la rue en plein New York, Kate, tu le sais bien ! Est-ce que tes parents t'ont passée sur le gril après mon apparition ?

— Ma mère, seulement. Elle sent qu'il se passe quelque chose.

— Quelle perspicacité ! Tu leur as parlé ?

— Non ! Ils seraient catastrophés. Quand je réfléchis un peu à la situation, je le suis aussi, murmura-t-elle d'une voix étranglée...

Elle y avait songé tout au long du trajet de retour. Un sentiment de culpabilité indescriptible la tenaillait. Andy était blanc comme neige, dans toute cette histoire. A des milliers de kilomètres de chez lui, il ne se doutait pas un seul instant de ce qui pouvait bien se passer. Il l'avait épousée un an plus tôt et lui avait donné l'enfant dont elle rêvait depuis si longtemps. Pourtant... Pourtant c'était Joe qui continuait à dominer son cœur et ses pensées. Joe qu'elle n'avait jamais cessé d'aimer.

— Puis-je tout de même passer ce soir, Kate ?

Son ton mal assuré lui alla droit au cœur. Malgré la culpabilité qui la rongeait, elle fut incapable de dire non. Il arriva une demi-heure plus tard et ils se jetèrent sur le lit. Intense, irrésistible, le désir les happa dans un tourbillon de sensualité. Cette semaine de séparation leur avait semblé une éternité.

Le mois de septembre passa à une vitesse prodigieuse à partir du Labor Day. Joe partit quelques jours en Californie pour son travail, puis il s'envola pour le Nevada où il devait faire un vol d'essai. Il proposa à Kate de l'accompagner, mais celle-ci jugea plus prudent de rester à New York, au cas où Andy chercherait à la joindre.

Septembre toucha à sa fin. Kate et Joe vivaient

ensemble depuis deux mois, comme un couple marié. Joe se sentait tellement à l'aise qu'il décrocha spontanément le téléphone, un soir qu'ils se trouvaient au salon. Kate eut tout juste le temps de lui arracher le combiné. Déjà, la voix de sa mère s'élevait à l'autre bout du fil. Ils avaient évité la catastrophe de justesse.

Elle volait à ses côtés tous les week-ends, l'accompagnait dans ses visites à l'usine et lui donnait volontiers son avis lorsqu'il le lui demandait. Au bureau, le personnel la considérait presque comme sa femme. Aussi étonnant que cela puisse paraître, ils n'avaient jamais croisé quelqu'un de l'entourage de Kate au restaurant, au cinéma, au détour d'une rue. Les vacances d'été avaient joué en leur faveur. Ils menaient une vie à la fois trépidante et équilibrée, comme dans leurs rêves les plus fous. A la mi-octobre, Andy appela Kate pour lui annoncer son retour imminent. A l'autre bout du fil, la jeune femme l'écouta, effondrée. Il la remercia pour sa compréhension et son soutien ; ses lettres lui avaient réchauffé le cœur, il avait hâte de les retrouver, Reed et elle. Les photos qu'elle lui avait envoyées étaient magnifiques ; selon lui, Reed ressemblait de plus en plus à Kate, si l'on exceptait sa couleur de cheveux. Les procès auxquels il avait participé s'étaient parfaitement déroulés. Il pensait boucler rapidement les affaires restantes pour pouvoir rentrer dans deux semaines.

Le soir même, Kate et Joe parlèrent longuement, assis autour de la table de la cuisine.

— Qu'allons-nous faire ? demanda Kate d'un ton plaintif.

Une grande confusion régnait en elle. Quelqu'un souffrirait forcément au bout du compte, peut-être souffriraient-ils tous les trois — même son fils. L'heure des décisions était arrivée. Il ne leur restait que quelques jours pour mettre les choses à plat et faire les bons choix.

— Je veux t'épouser, Kate, déclara Joe d'un ton posé. Il faudra d'abord que tu demandes le divorce. Tu pourras toujours te rendre à Reno et y rester six semaines d'affilée pour accélérer la procédure. Nous pourrions être mariés d'ici la fin de l'année.

C'était tout ce que Kate avait toujours désiré, mais pour réaliser son rêve, elle devrait d'abord briser le cœur d'Andy. Andy qui ne méritait pas ce coup fatal...

Au bord de la nausée, Kate rencontra le regard de Joe.

— Que vais-je dire à Andy ?

Leurs parents respectifs allaient tomber des nues. Andy était à mille lieues de soupçonner ce qui l'attendait. Ce serait un choc terrible.

— La vérité, répondit simplement Joe. Quel autre choix avons-nous, Kate ? Veux-tu que nous nous séparions de nouveau ? C'est ce que tu veux ?

Soit ils se séparaient, soit ils continuaient à entretenir une liaison secrète, mais Kate savait qu'elle ne supporterait pas longtemps la tromperie et le mensonge qui baignaient forcément ce genre d'idylle. Quant à Joe, il désirait l'épouser pour vivre à ses côtés au quotidien ; il se réjouissait même de pouvoir s'occuper de Reed à plein temps.

— Je suis désolé pour lui, sincèrement, reprit-il d'un ton grave, mais il est en droit de connaître la vérité.

— Tu as vraiment envie de m'épouser, cette

fois, Joe ? s'enquit Kate, échaudée par sa douloureuse expérience.

Les paroles implacables de sa mère résonnaient dans sa tête. Joe restait attaché à sa liberté et à ses avions. Mais il était également fou amoureux d'elle. Il approchait de la quarantaine. Elle le croyait sincère mais elle désirait entendre une dernière fois sa réponse avant de demander le divorce. Leur séparation affecterait doublement Andy : il devrait se passer d'elle et de son fils.

— Je suis très sérieux, Kate, répondit Joe. Notre heure est arrivée.

Pour Kate, l'heure avait déjà sonné quatre ans plus tôt — voire cinq. Ses parents auraient été ravis s'ils s'étaient mariés avant ou pendant la guerre. Joe avait mis plus de temps qu'elle à savoir ce qu'il voulait réellement, mais il y était enfin parvenu. A présent, c'était à Kate de faire le nécessaire pour que leur couple existe pleinement, aux yeux de tous.

— Je lui parlerai dès qu'il rentrera, affirma-t-elle d'un ton résigné.

Elle trouva une baby-sitter et ils passèrent le week-end dans le Connecticut, dans une charmante auberge en pleine campagne. C'était le refuge idéal pour eux. Les gens le reconnaissaient ; aux parfaits inconnus, Joe la présentait comme sa femme. Kate ne réagit pas tout de suite lorsque la réceptionniste l'appela par le nom de famille de Joe. Elle s'appelait Kate Scott depuis plus d'un an et avait eu un mal fou à s'habituer à son nouveau patronyme. Bientôt, il lui faudrait en changer de nouveau. Elle avait parfois l'impression de se trouver sur un manège lancé à pleine vitesse. C'était à la fois grisant et infiniment perturbant.

La veille du retour d'Andy, Joe déménagea toutes ses affaires, mais il resta avec Kate jusqu'au matin. Reed faisait ses dents et pleura toute la nuit. Le lendemain, Kate se leva épuisée, les nerfs à vif. Elle n'avait plus qu'une envie : régler les choses au plus vite. Elle parlerait à Andy le soir même ; ce serait un moment douloureux et éprouvant, mais elle s'y était soigneusement préparée.

Durant quatre mois, elle avait vécu avec Joe dans une sorte de bulle, loin de ses amis et de ses proches. Aucun d'eux ne semblait se douter de ce qui se tramait. Dans quelques semaines, tous auraient appris la nouvelle. Dès qu'elle aurait parlé à Andy, elle irait voir ses parents. Une autre scène difficile en perspective. Elle avait tout répété mentalement, soutenue par Joe. Le destin les avait de nouveau réunis. Ils étaient faits l'un pour l'autre, c'était écrit. Pourquoi n'en avaient-ils pas pris conscience avant ? Ils se seraient épargné soucis, souffrance et chagrin. Mais la vie en avait décidé autrement. En même temps, Kate était heureuse d'avoir eu Reed. Joe s'occupait volontiers du bébé et se réjouissait à l'idée de l'élever, mais il n'était pas encore sûr de vouloir d'autres enfants avec Kate. Ils en avaient parlé à plusieurs reprises, et il semblait encore hésitant. Pour le moment, Reed leur suffisait.

Joe partit au bureau à 9 heures. A midi, Kate devait aller chercher Andy à l'aéroport. Ils firent l'amour avant de se séparer et Kate promit de l'appeler le lendemain. Joe l'embrassa une dernière fois puis, après avoir envoyé un baiser de loin à Reed, il ramassa ses affaires.

— Ne t'inquiète pas, ma chérie, tout se passera bien. Dis-toi qu'il est préférable de rompre maintenant, au bout d'un an de mariage, plutôt que de faire traîner les choses. Tu lui rends presque service, tu sais. Il se remariera, je ne me fais pas de souci pour lui, et il trouvera de nouveau le bonheur.

Les paroles de Joe ne lui apportèrent aucun réconfort. Il tenait le beau rôle. Les choses ne seraient pas si simples quand elle se retrouverait face à Andy.

Kate prit un taxi à 11 heures pour se rendre à Idlewild. Reed l'accompagnait. Elle portait une robe noire toute simple assortie à un bibi de la même couleur. Comme pour se rendre à un enterrement. Il était clair que la journée serait difficile.

A l'aéroport, elle vérifia le panneau des arrivées. Le vol d'Andy était à l'heure. Serrant Reed contre elle, elle se dirigea vers la porte d'arrivée, le cœur lourd.

Andy fut l'un des premiers à faire son apparition. Il avait l'air épuisé, mais un large sourire fendit son visage dès qu'il aperçut sa femme et son fils. Il embrassa Kate avec une telle fougue que son chapeau tomba par terre.

— Tu m'as tellement manqué, Kate !

Puis il prit Reed dans ses bras, stupéfait de le trouver aussi changé. Il avait presque huit mois, à présent. Huit mois et huit petites dents bien blanches. Dès qu'on le posait par terre, il cherchait aussitôt à se redresser. Quand Andy le prit, il se tourna vers sa mère en pleurant.

— Il ne sait même plus qui je suis, se lamenta Andy.

Il enlaça Kate par les épaules et l'entraîna vers la sortie. Il avait l'étrange impression d'être parti depuis dix ans. Reed ne le reconnaissait plus, et Kate semblait distante, presque mal à l'aise. Elle déclara être heureuse de le revoir, mais on aurait dit qu'elle venait de perdre quelqu'un. Elle le questionna sur son séjour en Allemagne. Lorsqu'il voulut lui prendre la main, elle se déroba, feignant de chercher quelque chose dans son sac.

De retour à l'appartement, Kate prépara le repas. Elle coucha Reed dès qu'ils eurent terminé de manger, désireuse d'en finir au plus vite. La mascarade avait assez duré. Andy méritait le respect.

— Quelque chose ne va pas, Kate ? demanda-t-il lorsqu'ils furent seuls.

Elle semblait plus mûre, plus grave dans sa robe noire. Il s'était passé quelque chose en son absence, il le sentait. L'atmosphère était chargée d'électricité. Kate évitait délibérément son contact, son regard.

— Il faut que nous parlions, déclara-t-elle.

Ils se rendirent au salon et prirent place sur le canapé. Andy s'assit à côté d'elle mais c'était Joe qui emplissait ses pensées.

Elle s'apprêtait à commettre la chose la plus terrible qu'elle ait jamais faite. Elle allait quitter un homme qui l'aimait sincèrement et prendre avec elle l'enfant qu'il lui avait donné. C'était à la fois dramatique et irrémédiable. Elle avait commis l'erreur de l'épouser, persuadée que leur amour s'épanouirait au fil du temps, pleine de bonnes intentions. Elle lui était malgré tout très attachée ; ils avaient vécu de bons moments, ensemble. Mais son amour pour Joe transcendait toute autre considération.

— Qu'y a-t-il, Kate ? demanda Andy avec un calme étonnant.

Il avait beaucoup mûri, en quatre mois. Il avait vu et entendu des atrocités qui lui avaient glacé le sang. Les responsabilités qui pesaient sur ses épaules l'avaient aidé à grandir. De retour chez lui, il se trouvait confronté à pire encore. Il le lisait dans les yeux de Kate.

— Andy, j'ai fait une énorme bêtise, commença Kate en prenant soin de garder ses distances.

— Je crois qu'il serait préférable de ne pas en parler, intervint son mari d'un ton abrupt.

Kate le considéra avec stupéfaction.

— Si, au contraire. Il faut absolument que nous en parlions. Il s'est passé quelque chose en ton absence.

Avant qu'elle puisse en dire davantage, Andy la réduisit au silence d'un geste autoritaire. Dans ses yeux brillait une lueur qu'elle n'avait encore jamais vue — un mélange d'assurance et de dignité dont elle ne l'aurait pas cru capable. A cet instant, elle sentit la situation lui échapper.

— Quoi qu'il ait pu se passer, Kate, je ne veux pas le savoir. Ne me dis rien, c'est sans importance. Ce qui compte, c'est notre couple et notre fils. Inutile d'en dire davantage, je ne t'écouterai pas. Il ne nous reste plus qu'à fermer la parenthèse et reprendre notre vie là où nous l'avons laissée.

Frappée de stupeur, Kate mit quelques instants avant de se ressaisir.

— Non, Andy, nous ne pouvons pas...

Sa voix se brisa tandis qu'un flot de larmes lui montait aux yeux. Il devait absolument l'écouter. Elle voulait divorcer pour épouser Joe. Elle ne voulait plus vivre avec lui. Joe voulait qu'elle devienne sa femme. Elle refusait de le perdre, après toutes ces années. Malheureusement, Andy avait voix au chapitre et elle ne pourrait obtenir le divorce sans son consentement. Devinant que leur mariage était en péril, il avait tout calculé, tout prévu pour l'empêcher de partir. Les sentiments de Kate ne lui importaient guère ; pour lui, c'était une affaire classée.

— Oh si, Kate, nous le pouvons, objecta-t-il d'un ton qui la fit frémir. Garde pour toi ce que tu t'apprêtais à m'avouer. Nous sommes mariés, nous avons un enfant. Nous lui donnerons bientôt des frères et des sœurs. Et nous mènerons tous une vie heureuse et agréable. Il n'y a rien d'autre à ajouter, est-ce clair ? Je n'aurais sans doute pas dû m'absenter aussi longtemps, mais il s'agissait d'une mission importante, et je ne regrette pas d'y avoir pris part. Tu es toujours ma femme, Kate, et nous allons reprendre notre vie de couple comme s'il ne s'était rien passé.

Son ton froid et implacable la stupéfia. Elle ne l'avait encore jamais vu aussi déterminé.

— Je t'en prie, Andy... balbutia-t-elle, le visage baigné de larmes. C'est impossible... je ne peux pas faire ça...

C'était Joe qu'elle aimait, pas Andy. Le piège était en train de se refermer sur elle ; Andy ne la libérerait pas, quoi qu'elle dise. La seule solution serait de s'enfuir avec Joe, sachant qu'elle ne pourrait pas prendre Reed si Andy refusait le divorce. C'était comme s'il la jetait en prison. Elle avait voulu lui faire part de sa décision avant de consulter un avocat, mais elle savait déjà qu'elle ne pourrait pas exiger le divorce sans motif sérieux. Kate ne disposait d'aucune arme contre lui : elle était pieds et poings liés, tant qu'il refusait de lui donner son accord.

— Il faut que tu m'écoutes, implora-t-elle. Tu ne voudras pas de moi dans cet état-là...

Elle sanglotait sous son regard dur.

— Nous sommes mariés, Kate, il n'y a rien

d'autre à ajouter. Dans quelque temps, tu me remercieras d'avoir agi ainsi, tu verras. Tu étais sur le point de commettre une regrettable erreur, mais je ferai tout pour t'en empêcher. A présent, je vais aller prendre une douche et me reposer un peu. Veux-tu que nous allions dîner au restaurant, ce soir ?

Elle posa sur lui un regard abattu. Elle n'avait pas envie de sortir avec lui ; elle n'était plus sa femme, mais sa prisonnière.

Devant son silence, il quitta la pièce et alla s'enfermer dans leur chambre. Il tremblait de tout son corps en se dirigeant vers la salle de bains. Mais Kate n'en sut rien. Pour la première fois depuis qu'elle le connaissait, elle éprouva de la haine pour lui. Elle rêvait de rejoindre Joe, mais elle ne pouvait abandonner son fils. Andy l'avait bien compris ; il l'avait proprement piégée.

Dès qu'elle entendit l'eau couler dans la salle de bains, elle appela Joe. Il était en réunion, mais elle signala à Hazel que c'était urgent. Quelques instants plus tard, la voix de Joe se fit entendre dans le combiné.

— Qu'y a-t-il, Kate ? Ça s'est mal passé ? s'enquit-il aussitôt d'un ton inquiet.

— C'est encore pire : il refuse de m'écouter et il refuse de divorcer. Ce qui signifie que je ne pourrai pas prendre Reed avec moi.

— Il bluffe, Kate. Il a peur que tu le quittes. Ne baisse pas les bras, je t'en prie.

— Tu ne comprends pas, Joe. Je ne l'ai jamais vu comme ça, aussi déterminé. Pour lui, l'affaire est classée. Point à la ligne. Je n'ai pas pu placer un mot.

Elle n'avait même pas eu le temps de lui parler de Joe ; Andy ne voulait rien entendre.

— Tu n'as qu'à partir avec Reed, sans lui demander son avis, fit Joe d'un ton brusque. Il ne peut pas te forcer à rester contre ton gré.

— S'il porte l'affaire devant les tribunaux, il peut m'obliger à regagner le domicile conjugal avec notre fils.

Un vent de panique soufflait sur elle. Le regard implacable et déterminé d'Andy l'avait terrifiée.

— Il n'en fera rien. Vous pouvez venir habiter chez moi, tous les deux.

Le scandale serait encore plus important. Non, il fallait absolument qu'elle trouve un moyen de convaincre Andy de lui rendre sa liberté. C'était la seule solution.

— Je lui parlerai ce soir, déclara-t-elle avant de raccrocher.

Andy sortit de la douche et Joe retourna à sa réunion. Elle appela une baby-sitter et accepta d'aller dîner au restaurant avec son mari. L'atmosphère demeura tendue et froide tout au long du repas. Kate s'efforça malgré tout de lui faire entendre raison. En vain.

— Ecoute-moi, Andy, je t'en prie... Je ne peux pas rester auprès de toi. Notre couple ne fonctionnera pas si je suis malheureuse.

Il lui apparut soudain plus sage de ne pas mentionner Joe si elle voulait remporter la bataille. C'était compter sans la détermination farouche d'Andy.

— Kate, tout allait bien entre nous quand je suis parti. Tout repartira comme avant, fais-moi confiance. Tu ne sais pas ce que tu fais, je ne te laisserai pas détruire notre vie.

— Les choses ne sont plus pareilles, insista Kate, la gorge serrée. Tu es parti pendant quatre mois.

Une vague de désespoir l'envahit, tandis qu'elle se débattait avec ses explications. Elle avait l'étrange sentiment qu'Andy savait ce qui s'était passé, et avec qui. Malgré tout, il refusait obstinément de lui rendre sa liberté. Chaque fois qu'elle ouvrait la bouche, elle se heurtait à un mur d'incompréhension. Andy ne voulait rien savoir. Ils n'échangèrent pas un mot dans le taxi qui les ramena chez eux.

Le lendemain, elle fit garder Reed et passa voir Joe à son bureau. Terrifiée, elle avait besoin de son soutien et de ses conseils. Pendant son séjour en Allemagne, Andy semblait s'être transformé en un autre homme, imperturbable et invincible. Au bord des larmes, elle s'assit en face de Joe, visiblement contrarié.

— Il ne peut pas te garder prisonnière, Kate. Pour l'amour du ciel, tu n'es plus une enfant ! Fais tes valises et pars.

— Sans mon fils ?

— Tu le récupéreras après. Tu n'as qu'à poursuivre Andy en justice, bon sang !

— Que dirai-je au tribunal ? Que je l'ai trompé ? Je n'ai aucune raison valable pour demander le divorce. Lui, en revanche, pourra toujours dire que j'ai abandonné notre enfant et je ne reverrai plus jamais Reed. Ils décréteront que je suis incapable d'élever correctement mon fils à cause de ma liaison avec toi, Joe. Tant qu'Andy campe sur ses positions, je suis coincée.

— Dois-je comprendre que tu vas rester avec lui ?

— Ai-je vraiment le choix ?

Ses yeux bleu marine trahissaient l'intensité de son désespoir.

— Je ne peux rien faire d'autre, pour le

moment. Il finira peut-être par se rendre à l'évidence mais dans l'immédiat, il ne veut rien entendre.

— C'est complètement fou, Kate, fit observer Joe en contournant son bureau.

Secouée de sanglots, elle se blottit dans ses bras.

— Je n'aurais jamais dû te quitter, il y a trois ans, hoqueta-t-elle.

Andy ne la laisserait pas partir ; elle perdrait ainsi son ultime chance de vivre auprès de Joe, l'homme de ses rêves. Car malgré tout l'amour qu'elle lui portait, pour rien au monde elle n'abandonnerait son fils.

— Tout est ma faute, murmura Joe. C'est moi qui n'aurais pas dû te laisser partir. Dire que j'ai osé prétendre que ma passion pour les avions passerait toujours avant toi...

Il se souvenait mot pour mot de leur conversation. Trois ans plus tard, il avait pris conscience de ses erreurs. Trop tard, malheureusement.

— Veux-tu que je lui parle, Kate ? Il prendrait peut-être peur si j'intervenais ? Et si nous lui offrions une somme d'argent en échange de son consentement ?

Joe était prêt à tout pour vivre avec Kate, mais cette dernière secoua la tête avec véhémence.

— Il n'a pas besoin d'argent, Joe. Il en gagne suffisamment. Ce n'est pas une question matérielle, c'est une question de sentiments. D'amour.

— Posséder quelqu'un ne signifie pas forcément qu'on l'aime, Kate. C'est pourtant tout ce qui vous lie, Andy et toi. Tu lui appartiens à cause de Reed. C'est tout ce qui te retient auprès de lui.

Oui, mais c'était un lien puissant. Joe avait consulté un avocat le matin même : en abandonnant le domicile conjugal, elle risquait fort de perdre définitivement la garde de son fils.

— Je suis prise au piège, Joe. Il n'y a aucune issue, murmura Kate d'une voix brisée.

Elle avait passé ces quatre derniers mois à culpabiliser, à compatir de tout cœur au chagrin d'Andy lorsqu'elle lui annoncerait la nouvelle, mais en un clin d'œil la situation s'était inversée. Leur avenir reposait soudain entre les mains de son mari qui semblait fermement décidé à anéantir tous leurs espoirs, sans aucun scrupule.

— Sois patiente. Vous ne pourrez pas vivre ainsi indéfiniment. Tu es trop jeune, et lui aussi. Il finira par abandonner la partie, fais-moi confiance. Il en aura assez de vivre avec une ombre, à la longue, déclara Joe avec toute l'assurance dont il se sentait capable.

Ils s'embrassèrent longuement puis Kate rentra chez elle, la mort dans l'âme. Quand Andy la rejoignit ce soir-là, elle tenta de nouveau de lui expliquer sa position. Sans succès. Cette fois-ci, son masque d'impassibilité se brisa et d'un geste rageur, il jeta une bonbonnière en porcelaine contre le mur. C'était un cadeau de mariage d'une de ses amies et lorsqu'elle vit les éclats nacrés éparpillés au sol, Kate éclata en sanglots. Jamais elle n'aurait imaginé qu'Andy perdrait ainsi le contrôle de ses nerfs. Son rêve virait au cauchemar.

— Pourquoi me fais-tu ça, Andy ? sanglota-t-elle tandis qu'il prenait place à l'autre bout du canapé.

Une expression confuse voilait son visage.

— Pour protéger notre famille, puisque tu es prête à la sacrifier. Dans quelque temps, tu me remercieras d'avoir agi ainsi, répéta-t-il d'une voix sourde.

Andy avait tout de suite deviné que Kate avait revu Joe. C'était écrit sur son visage. Il ne se souvenait que trop bien de leurs années à l'université, à l'époque où, follement amoureuse du jeune pilote, elle guettait ses lettres avec un regard brillant d'excitation. Elle avait eu le même regard quand elle lui avait annoncé que Joe n'était pas mort, qu'il rentrerait bientôt au pays et qu'elle préférait de ce fait rompre leur relation. Il le connaissait bien, ce regard ! Un seul homme au monde était capable d'éveiller en elle de telles émotions. Il n'avait pas besoin d'explications, il savait que Joe était de retour dans sa vie.

Il le savait avec une telle certitude qu'il se rendit au bureau de Joe le lendemain. D'un pas assuré, il se dirigea vers le bureau de sa secrétaire et demanda à voir Joe Allbright. Non, il n'avait pas de rendez-vous, répondit-il quand elle l'interrogea, mais Joe accepterait de le recevoir, il en était convaincu.

Il ne s'était pas trompé. Moins de deux minutes plus tard, la secrétaire l'introduisit dans un spacieux bureau orné d'objets d'art et de tableaux de maître. Joe ne se leva pas pour l'accueillir. Assis derrière son bureau, il le regarda comme un animal traqué. Ils ne s'étaient vus qu'une seule fois, bien des années plus tôt. Mais ils connaissaient pertinemment la raison de leur nouvelle confrontation.

— Bonjour, Joe, commença Andy d'un ton posé.

Face à Joe, il avait décidé de jouer la carte de la désinvolture. Joe était plus âgé que lui, plus brillant, plus charismatique, plus riche... Surtout,

Joe était l'homme que Kate n'avait jamais cessé d'aimer. Il eût été un adversaire redoutable pour n'importe quel autre homme. Mais cette fois, Andy contrôlait la situation. Il avait Reed. Et Kate.

— Excellente initiative, Andy, observa Joe avec un sourire sarcastique.

Aucun d'eux ne trahissait la moindre émotion. Ils étaient pourtant furieux, et se sentaient manipulés, poussés dans leurs derniers retranchements. Ils se seraient volontiers entretués. Au lieu de quoi, Joe fit signe à Andy de s'asseoir.

— Puis-je vous offrir quelque chose à boire ?

Après une brève hésitation, Andy accepta un verre de scotch. Il buvait rarement avant l'heure du dîner mais en l'occurrence, l'alcool l'aiderait peut-être à conserver son sang-froid. Joe versa une rasade de whisky sur un lit de glace et tendit le verre à Andy avant de se rasseoir.

— Ai-je besoin de vous demander la raison de votre visite ?

— Je crois que c'est inutile. Nous la connaissons tous les deux. Ce ne fut d'ailleurs pas une initiative très élégante de votre part, ajouta-t-il avec une assurance qu'il était loin d'éprouver. Elle est mariée, maintenant, Joe. Nous avons un enfant. Elle n'ira nulle part.

— Ce n'est pas ainsi que vous retrouverez votre épouse, Andy. On ne peut pas forcer l'amour d'une femme en la retenant prisonnière. Pourquoi ne l'enchaînez-vous pas à un mur ? C'est peut-être moins délicat, mais c'est tout aussi efficace.

Joe n'avait pas peur d'Andy ; il n'éprouvait aucune haine pour lui. Il connaissait l'étendue de son pouvoir et se savait capable de réduire son adversaire en poussière. Plus rien ne l'impressionnait à présent qu'il avait bâti un empire gigantesque. A l'apogée de sa réussite, il se sentait prêt à abattre des montagnes. Kate était à lui, qu'Andy le veuille ou non. Son cœur lui appartenait depuis leur première rencontre. Jamais elle n'avait aimé Andy comme elle l'aimait lui. Jamais ils ne vivraient des moments aussi intenses que ceux qu'ils avaient partagés tous les deux. Joe posa sur Andy un regard lourd de compassion.

— Ne tournons pas autour du pot, voulez-vous ? Que désirez-vous, exactement ?

A cet instant, ni Joe ni Kate ne soupçonnait jusqu'où irait Andy pour sauver son couple. Il y eut un silence. Puis Andy prit la parole.

— J'aimerais que vous compreniez qui est Kate, en réalité ; qui est la femme que vous poursuivez avec tant de ferveur. Je ne crois pas que vous la connaissez vraiment, Joe.

Andy se tut et avala une grande gorgée de scotch. Un sourire amusé joua sur les lèvres de Joe.

— Vous croyez sincèrement que je ne la connais pas, au bout de dix ans ? Je ne voudrais surtout pas vous offusquer, mais Kate a certainement dû vous raconter que nous avons vécu ensemble pendant deux ans.

Andy hocha vaguement la tête.

— Et que s'est-il passé après ces deux années de... vie commune ? fit-il d'un ton empreint d'ironie. D'après ce que j'ai cru comprendre, vous n'étiez pas particulièrement pressé de l'épouser. Alors pourquoi un tel revirement, tout à coup ?

— Parce que je me suis conduit comme un idiot, nous le savons tous les trois. J'étais en train de monter mon entreprise, j'avais énormément de choses à gérer en même temps. Je ne me sentais pas prêt pour le mariage. C'était il y a trois ans. Je n'avais pas beaucoup de temps à lui consacrer, à l'époque. Les choses ont changé depuis.

— Est-ce là l'unique raison de vos réticences, Joe ? N'y avait-il rien en Kate qui vous inquiétait plus particulièrement ? Ne se montrait-elle pas trop exigeante à votre égard, n'aviez-vous pas parfois l'impression d'être pris au piège ? Ne vous arrivait-il pas de vouloir vous enfuir loin, très loin... ?

Joe ignorait que Kate avait tout raconté à Andy quand ils s'étaient retrouvés. Les paroles de celui-ci éveillèrent en lui de désagréables souvenirs. Il avait effectivement ressenti tout cela. Ce n'était pas cette Kate-là qu'il désirait épouser, c'était celle qu'elle était devenue. Celle qui comprenait objectivement ce qui s'était passé.

— Elle n'a pas changé, Joe. L'angoisse la ronge à chaque fois que je quitte la maison. Elle m'appelle partout. Si je sors déjeuner, elle demande à ma secrétaire le numéro du restaurant. Elle a failli me rendre fou quand elle était enceinte. J'étais obligé de rentrer déjeuner avec elle tous les midis. Est-ce vraiment ce que vous voulez ? Serez-vous disponible à ce point, Joe ? Vous devez être incroyablement riche pour vous permettre de pouvoir lui consacrer tout ce temps. Vous devrez rester à ses côtés jour et nuit. Comment ferez-vous entre vos déplacements et vos obligations ? Elle ne voudra pas laisser Reed, et elle veut d'autres enfants. Elle les aura, faites-lui confiance, même si elle doit avoir recours à la ruse pour ça. Je connais bien Kate. Elle m'a eu comme ça, avec Reed. Personnellement, ça m'était égal : je voulais un enfant. Mais vous, comment réagirez-vous ?

Andy avait soigneusement analysé toutes les

angoisses intérieures de Joe, dont Kate lui avait parlé au début de leur mariage, dans le but de les utiliser contre lui. Les mensonges s'accumulaient, et Joe avait déjà mordu à l'hameçon. Il le vit dans son regard, même si ce dernier se sentit obligé de prendre la défense de Kate. La peur planait dans la pièce, pesante, presque palpable.

— Elle n'est pas amoureuse de vous, affirma Joe. Elle sera différente avec moi.

Dans sa voix perçait un soupçon d'incertitude. Andy termina son verre d'un trait avant de s'engouffrer dans la brèche, tête baissée.

— Vous croyez ? Etait-elle différente quand vous étiez dans le New Jersey ?

Il était au courant de tous leurs sujets de discorde, de toutes les faiblesses qui avaient détruit leur couple ; Kate vivait alors dans l'angoisse permanente d'être abandonnée, tandis que Joe était terrifié à l'idée de devoir renoncer à sa liberté. Kate lui avait tout raconté, quelque temps après leur mariage, et il se servait de ses confidences comme d'une arme. Pour une juste cause, à ses yeux.

— C'était il y a trois ans, répéta Joe d'un ton moins ferme. Elle n'était encore qu'une gamine.

Joe sentit un frisson d'angoisse lui parcourir le dos. Et si Andy disait vrai ? Le tableau qu'il était en train de brosser était tout ce qu'il détestait, quelle que fût l'intensité de ses sentiments.

— C'est toujours le cas, répliqua Andy avec suffisance.

Il aurait volontiers avalé un autre verre de scotch. L'alcool l'avait conforté dans sa décision de ne reculer devant rien pour sauver son couple. Il était sur la bonne voie. L'inquiétude voilait le regard de Joe. Il avait réveillé ses vieux démons.

— Elle restera toujours une enfant, Joe. Vous savez ce qui lui est arrivé quand elle était petite, n'est-ce pas ? Je suis au courant, moi aussi.

La stupeur se peignit sur le visage de Joe en même temps qu'une bouffée de satisfaction envahissait Andy. En face de lui, le champion donnait déjà quelques signes de faiblesse. Il était prêt à tout pour le mettre au tapis ; cette fois, Kate resterait auprès de lui. S'il faisait preuve d'assez de finesse, Joe ne lui parlerait même pas de sa visite. C'était comme un crime parfait, le seul moyen en tout cas de ne pas perdre Kate. Rattrapé par ses propres angoisses, Joe n'aurait plus qu'une envie : partir. S'enfuir loin et ne plus revenir.

— Elle vous a parlé de son père ? demanda Joe d'un ton incrédule.

Depuis dix ans qu'ils se connaissaient, Kate ne lui avait jamais raconté l'épreuve qu'elle avait traversée quand elle était enfant. Tout ce qu'il savait à ce sujet, il le devait à Clarke. Une fois de plus, Andy n'hésita pas à mentir effrontément. Kate ne lui avait rien dit à lui non plus, c'était Clarke qui lui avait relaté l'épisode peu de temps avant leur mariage.

— Elle m'a tout raconté quand nous étions étudiants. Nous étions très proches.

Joe se contenta de hocher la tête, sous le choc. Déjà, Andy reprenait :

— Vous rendez-vous compte de ce qu'elle a enduré ? C'est pour cette raison qu'elle est terrifiée à l'idée de perdre les gens qu'elle aime. Elle ne pourrait pas vivre sans nous. Kate serait incapable de rester une journée toute seule. C'est la femme la plus dépendante des autres que j'aie jamais rencontrée. Vous ne direz pas le contraire, j'en suis sûr. Elle m'écrivait deux fois par jour pendant que j'étais en Allemagne, vous imaginez ?

Autre mensonge éhonté : Kate ne lui avait écrit que de courtes missives dans lesquelles elle n'évoquait que leur fils. Andy s'en était étonné, mais que pouvait-il faire, séparé d'elle par des milliers de kilomètres ?

— Kate n'a aucune confiance en elle ; elle est continuellement angoissée et n'arrive pas à trouver un équilibre durable. Je suppose qu'elle ne vous a pas parlé de sa tentative de suicide, après votre rupture...

En prononçant cette phrase, Andy sut qu'il venait de porter le coup fatal. Lorsqu'ils s'étaient revus, Kate lui avait confié que Joe s'était senti terriblement coupable, que leur rupture avait été une douloureuse épreuve pour lui aussi.

— Pardon ? articula ce dernier, abasourdi.

— C'est bien ce que je pensais. C'était aux alentours de Noël, je crois. Nous ne nous étions pas encore revus. Elle est restée longtemps à l'hôpital psychiatrique.

Désespéré, Andy n'avait aucun scrupule à débiter son tissu de mensonges. Il était convaincu que Kate passerait le restant de sa vie à ses côtés s'il parvenait à éloigner Joe. Il ne connaissait pas sa femme. Il aurait fallu la tuer pour anéantir l'amour qu'elle portait à Joe.

— Je ne vous crois pas, murmura Joe d'un air hébété. Kate a été internée dans un hôpital psychiatrique ?

Andy hocha gravement la tête, feignant d'être aussi affecté que lui. La flèche empoisonnée qu'il venait de tirer atteignit sa cible. Le venin se répandit lentement dans les veines de Joe. La seule pensée qu'elle ait pu attenter à ses jours à cause de lui

lui était insupportable. S'il ne reprenait pas rapidement le contrôle de ses émotions, il redeviendrait le vilain petit garçon qu'on l'avait accusé d'être quand il était enfant ou, pire encore, se transformerait en homme méprisable. Conformément aux espérances d'Andy, son extrême fragilité, enfouie tout au fond de lui, lui défendit de prendre un tel risque.

— Que ferez-vous au sujet des enfants ? reprit Andy, décidé à frapper sans relâche. Elle m'a encore dit hier qu'elle en voulait deux autres.

— Hier ? Vous avez sûrement mal compris. J'ai été très clair avec elle, sur ce point.

— Kate aussi. Elle ressemble beaucoup à sa mère, en réalité, souligna Andy qui connaissait aussi l'aversion de Joe pour Elizabeth Jamison. Et nous n'avons pas encore abordé le sujet qui me tient le plus à cœur : mon fils. Vous sentez-vous vraiment prêt à l'élever au quotidien, à jouer au base-ball avec lui, à vous lever la nuit quand il fera un cauchemar, à rester à son chevet quand il sera malade ? Bizarrement, je vous vois mal dans ce rôle-là.

Joe accusa lentement le dernier coup porté par Andy. Kate ne lui avait pas du tout tenu le même discours. Elle lui avait affirmé qu'elle serait heureuse avec un seul enfant et qu'elle engagerait rapidement une nurse afin de pouvoir le suivre dans ses déplacements. Les paroles d'Andy tournoyaient dans sa tête. Un douloureux sentiment de culpabilité s'abattit sur lui lorsqu'il songea à la tentative de suicide qu'elle avait faite par sa faute. C'était plus qu'il ne pouvait en supporter.

— Alors, Joe, que décidons-nous ? Je ne veux pas perdre ma femme, ni la mère de mon fils. Je ne veux pas qu'elle se sente délaissée quand vous devrez vous absenter — sans compter qu'elle pourrait encore faire une bêtise. Kate est extrêmement fragile, derrière ses grands airs. Après tout, il y a déjà eu un précédent dans la famille. Il n'est pas impossible qu'elle suive les traces de son père, un jour.

Il se montrait délibérément cruel et mesquin envers Kate, assuré qu'elle n'en saurait jamais rien. Il jouait en virtuose toute la gamme des angoisses de Joe. Saisi de terreur, ce dernier était incapable d'émettre le moindre son. Il se souvint tout à coup de Clarke comparant Kate à un bel oiseau affligé d'une aile brisée. Comment aurait-il pu savoir qu'Andy lui mentait sur toute la ligne ? Que Kate n'avait jamais songé un seul instant à mettre fin à ses jours, malgré l'intensité de son chagrin ? Le stratagème d'Andy fonctionnait à merveille. Troublé par ces terrifiantes révélations, Joe ne se sentait plus de taille à assumer une vie de couple marié, malgré ses sentiments pour Kate.

— Alors, Joe, que dites-vous de tout ça ? insista Andy d'un air faussement innocent.

Incapable de percer à jour l'odieux complot — le complot d'un homme accablé par le chagrin —, Joe réprima une soudaine envie de pleurer.

— Je pense que vous avez raison, répondit-il en se ressaisissant. Je ne saurai pas la rendre heureuse, pas avec la vie que je mène. Imaginez qu'elle tente de se suicider alors que je suis parti en déplacement, acheva-t-il dans un murmure.

— Ce ne serait pas impossible, fit Andy d'un ton songeur.

Il rencontra le regard de Joe et n'y lut qu'une peur immense, incontrôlable.

— Je ne peux pas lui faire ça. Vous, au moins, vous pouvez garder un œil sur elle. N'avez-vous pas eu peur de la laisser seule quand vous êtes parti en Europe ? s'enquit soudain Joe, intrigué.

Mais Andy s'empressa de répondre :

— Mes parents et les siens m'avaient promis de l'entourer. Et puis, elle continue à voir son psychiatre deux fois par semaine, mentit-il encore.

Joe tomba des nues.

— Un psychiatre ? Kate consulte un psychiatre ?

Andy acquiesça d'un signe de tête.

— Ainsi, elle ne vous en a pas parlé. C'est une des choses dont elle garde jalousement le secret.

— Elle en a plus d'un, on dirait.

Joe marqua une pause, bouleversé par ce qu'il venait d'apprendre. Pas une seconde il ne songea à mettre en doute la parole d'Andy. Au bout d'un moment, il reprit d'un ton abattu :

— Je ne sais pas quoi lui dire.

Il l'aimait plus que tout au monde et il savait qu'elle l'aimait en retour, mais ce serait presque criminel de sa part de vouloir partager sa vie avec elle après ce qu'il venait d'entendre de la bouche d'Andy. Il ne pouvait courir ce risque-là.

Joe n'avait plus qu'une envie, à présent : se débarrasser d'Andy pour se retrouver seul. Jamais encore il ne s'était senti aussi malheureux, même après le départ de Kate, trois ans plus tôt. Son rêve le plus cher venait de voler en éclats. Kate ne deviendrait pas sa femme. Andy, le rival qu'il avait été tellement sûr d'évincer rapidement, resterait son mari... et c'était mieux ainsi, pour tout le monde. En signe de reddition, il se leva et serra la main d'Andy d'un air sombre.

— Merci d'être venu. Vous avez fait ce qu'il fallait pour Kate.

Il l'aimait beaucoup trop pour mettre sa vie en

danger. Et puis, il y avait toutes ces vieilles terreurs qu'Andy avait ranimées en lui. Comment pourraient-ils être heureux avec un tel fardeau sur les épaules ?

— Vous aussi, déclara Andy en se dirigeant vers la porte.

Après son départ, Joe alla se rasseoir à son bureau et se tourna vers la baie vitrée. La ville s'étendait à ses pieds. Kate occupait toutes ses pensées, tandis que les larmes roulaient le long de ses joues. Il l'avait perdue, une fois encore.

Kate ne sut jamais rien de leur entrevue. Andy rentra en fin d'après-midi, comme d'habitude. Il ne dit rien, mais le petit air triomphant qu'il arborait l'irrita profondément. Son geôlier, qui avait jadis été son mari, semblait satisfait de lui. Elle le détesta encore davantage. L'amour qu'elle avait péniblement fait jaillir était à jamais éteint.

Deux jours plus tard, Joe l'invita à déjeuner. Ils se retrouvèrent dans un petit restaurant qu'ils connaissaient déjà. Aucun d'eux ne toucha à son assiette. Avec des mots simples et directs, il lui déclara qu'il avait beaucoup réfléchi : il ne se sentait pas le droit de détruire son mariage, surtout sachant qu'elle courrait le risque de perdre son enfant. Kate lut la culpabilité dans ses yeux bleus. Joe souffrait, plus encore qu'elle n'aurait pu l'imaginer. Depuis sa rencontre avec Andy, il n'avait pas cessé de songer à la tentative de suicide qu'elle avait faite à cause de lui. Cette idée le rongeait jour et nuit. A tel point qu'il préférait la quitter. Ce fut un moment particulièrement douloureux pour tous les deux. Kate pleura pendant tout le trajet dans le taxi qui la ramena chez elle. Selon Joe, ils finiraient par tourner la page, par oublier le chagrin qui les accablait, par s'oublier l'un l'autre. Il resta prudent, craignant qu'elle essaie de nouveau de se suicider.

Allongée sur son lit, elle pleura toutes les larmes de son corps, inconsolable. Elle ne reverrait plus jamais Joe. A cet instant, elle souhaita être morte. Mais jamais l'idée de mettre fin à ses jours ne lui effleura l'esprit.

De son côté, fidèle à ses habitudes, Joe prit la fuite. Aux commandes d'un de ses avions, il partit en Californie le soir même. En rentrant du bureau en fin d'après-midi, Andy découvrit le visage ravagé de Kate. Le mal était fait. Il avait remporté la bataille... quel qu'en fût le prix.

18

Les relations entre Kate et Andy demeurèrent tendues pendant plusieurs mois. Ils se parlaient à peine. Accablée par le chagrin, Kate maigrissait à vue d'œil. Ils n'avaient pas fait l'amour depuis son retour d'Allemagne. Elle parla à Joe plusieurs fois au téléphone, mais comme il l'avait prédit, le temps et la distance les séparèrent peu à peu, malgré la force de leurs sentiments. Le plan d'Andy avait fonctionné à merveille. Pourtant, même s'il avait réussi à la retenir auprès de lui, contre son gré, il ne pourrait jamais détruire ce qu'au plus profond de son être elle éprouvait pour Joe. En fait, il la perdit à jamais dès l'instant où il décida de l'obliger à rester, en se servant de Reed comme d'un moyen de pression. Elle n'avait plus aucun sentiment pour lui, pas même de la compassion. Ou plutôt si, elle le détestait, et elle l'aurait haï encore plus si elle avait su ce qu'il avait raconté à Joe pour se débarrasser de lui.

La situation s'améliora légèrement après le premier anniversaire de Reed, au mois de mars. Quatre mois s'étaient écoulés depuis le retour d'Andy. Quatre mois extrêmement éprouvants.

La tension qui régnait dans leur couple n'avait

pas échappé aux parents de Kate mais cette fois, ces derniers n'osèrent pas intervenir.

Comme les étés précédents, ils se rendirent à Cape Cod ; Kate et Andy dormirent chacun dans une chambre. Si Andy avait pu la forcer à rester sa femme, il ne pouvait pas l'obliger à partager son lit. Leur vie était devenue un enfer, leur mariage n'était plus qu'une façade dénuée de sens et Kate ressemblait à un fantôme, errant comme une âme en peine dans la grande maison du bord de mer.

Pour la première fois, elle refusa d'assister au barbecue des voisins. En rentrant, son père observa d'un ton anodin que Joe Allbright n'était pas venu cette année. Andy jeta un coup d'œil en direction de Kate. Clarke surprit le regard lourd de haine qu'ils échangèrent. Interdit, il s'abstint de tout commentaire.

De retour à New York, Kate appela Joe pour prendre de ses nouvelles. Hazel lui répondit qu'il était en Californie pour tester de nouveaux appareils. Kate lui demanda de lui transmettre toute son affection lorsqu'elle l'aurait au téléphone. Joe lui envoyait de temps en temps des cartes postales sibyllines. Cela faisait une éternité qu'ils ne s'étaient pas parlé.

Un soir, à l'approche de Thanksgiving, Andy considéra Kate avec attention. Le cauchemar durait depuis plus d'un an.

— Crois-tu que nous pourrions devenir amis, Kate ? Nos conversations me manquent. Pourquoi n'essayons-nous pas au moins d'entretenir des rapports d'amitié ?

Au moment où il prononçait ces mots, il vit dans le regard de Kate que c'était sans espoir. Il savourait une victoire bien amère. Kate ne lui appartenait plus depuis longtemps. Il était devenu son ennemi.

— Je ne sais pas, répondit-elle franchement.

Joe continuait à occuper toutes ses pensées, alors même qu'il était sorti de sa vie. Après avoir perdu Kate pour la seconde fois, celui-ci s'était réfugié dans sa passion pour les avions. Ils étaient tout ce qui lui restait. Il n'y avait eu aucune autre femme depuis Kate.

Ils passèrent le week-end de Thanksgiving chez les parents d'Andy. Peu à peu, se sentant glisser dans un abîme d'ennui, Kate se remit à communiquer avec son mari. Mais leurs rapports ne dépassèrent pas le stade du dialogue anodin. Ils n'avaient pas couché ensemble depuis dix-huit mois et Kate s'était installée dans la deuxième chambre avec Reed. Ils passèrent le réveillon du jour de l'an avec quelques amis. Kate but plus que de coutume, et ils allèrent jusqu'à danser ensemble. Pour la première fois depuis des mois, Andy l'entendit rire à gorge déployée. Grisée par le champagne, elle flirta gentiment avec lui sur le chemin du retour. Cela faisait un an et demi qu'ils ne s'étaient pas autant amusés. Le bon vieux temps les rattrapa tout à coup. Une fois seuls, il l'aida à ôter son manteau. La bretelle de sa robe glissa, révélant des parties de son corps qu'il n'avait pas vues depuis trop longtemps. Aussi éméché qu'elle, Andy prit ses lèvres dans un baiser avide tandis que ses mains se promenaient sur son corps. A sa grande surprise, Kate s'abandonna à ses caresses.

— Kate... ? murmura-t-il d'un ton interrogateur.

Il ne voulait surtout pas profiter de son ivresse passagère. D'un autre côté, la tentation était grande, pour tous les deux. Ils étaient jeunes et fougueux et venaient de passer une année douloureusement solitaire.

Kate le suivit dans la chambre qu'ils ne partageaient plus. Bambin de vingt-deux mois, Reed se trouvait dans un petit lit à côté d'elle, dans la pièce voisine. Il dormait profondément lorsque la baby-sitter prit congé, ce soir-là.

— Veux-tu passer la nuit avec moi, Kate ? demanda Andy d'un ton prudent.

Pour toute réponse, Kate enleva sa robe et se glissa dans le lit d'Andy. Il n'y avait plus de sentiments entre eux. Tels deux naufragés dans la tourmente, ils étaient prêts à s'accrocher à n'importe quoi pour ne pas sombrer. Même l'un à l'autre.

Kate ne garda qu'un souvenir très flou de leur nuit d'amour. Elle se réveilla dans le lit d'Andy et se hâta de regagner le sien, en prenant soin de ne pas faire de bruit. Lorsque Andy ouvrit les yeux au matin du jour de l'an, Kate n'était plus à ses côtés.

Ils se levèrent tous deux avec une migraine atroce et échangèrent à peine quelques mots. Kate était profondément contrariée. Quatorze mois plus tôt, elle s'était juré de ne plus jamais partager le lit d'Andy. Elle avait tenu sa promesse jusqu'à la soirée de la veille. Mais elle se sentait tellement seule... et le champagne avait libéré le flot de désir qu'elle refoulait depuis trop longtemps.

Evitant délibérément de commenter ce moment d'égarement, ils reprirent chacun leur vie solitaire. A la fin du mois de janvier, Kate découvrit avec effroi qu'elle était enceinte. Cet enfant consoliderait encore leur union forcée. De toute façon, la jeune femme avait renoncé depuis longtemps à sa liberté. Andy la posséderait à vie, contre son gré.

En apprenant la nouvelle, ce dernier caressa un instant l'espoir de se rapprocher de Kate. Au contraire, le bébé creusa encore le fossé qui les séparait déjà. En proie à de violentes nausées, elle passait le plus clair de son temps au lit, ne se levant que brièvement dans l'après-midi pour emmener Reed au parc. Ses soucis de santé n'étaient qu'un symptôme de son mal-être.

Le soir venu, ils dînaient en silence ; seul le babil de Reed égayait un peu l'atmosphère électrique. La communication s'était encore dégradée entre eux. En juin, Kate lut dans le journal que Joe s'était fiancé. Lorsqu'elle voulut l'appeler pour le féliciter, on lui répondit qu'il était à Paris. De toute évidence, Joe avait fini par l'oublier. A vingt-neuf ans, Kate avait l'horrible impression que sa vie ne valait plus d'être vécue. Mariée à un homme qu'elle n'aimait pas, elle attendait un enfant qu'elle ne désirait pas et venait de perdre définitivement le seul homme qu'elle ait jamais aimé. L'accouchement était prévu pour le mois de septembre. Kate n'était plus que l'ombre d'elle-même. Son fils et ses souvenirs de Joe constituaient ses seules joies.

Le terme de l'accouchement approchait à grands pas. Un soir, alors qu'elle lisait dans sa chambre, Andy la rejoignit. Reed dormait à poings fermés dans le petit lit voisin. Il avait deux ans et demi ; c'était un adorable garçonnet, aimant et plein de vie.

Elle regarda son mari d'un air absent. Andy était devenu un parfait étranger. Comment imaginer, à les voir si distants, qu'ils avaient été si proches l'un de l'autre autrefois ? En huit mois, ils n'avaient eu aucun contact physique. Leur première année de mariage avait été la seule période heureuse qu'ils avaient partagée, juste avant le départ d'Andy pour l'Allemagne.

— Comment te sens-tu ? demanda-t-il en s'asseyant sur le lit à côté d'elle.

— Enorme, répondit-elle en se forçant à sourire.

— J'ai pris une décision, Kate : je partirai après la naissance du bébé.

Il y songeait depuis plusieurs semaines et avait trouvé un appartement l'après-midi même. Il ne supportait plus de vivre ainsi ; une existence dénuée de rêves et de projets. Il ne pouvait pas la garder indéfiniment comme un oiseau en cage, c'était absurde. Kate s'était envolée depuis longtemps. Comment avait-il pu croire la retenir auprès de lui de cette manière ? Kate appartenait à Joe ; c'était ainsi, pour la vie.

— Pourquoi as-tu décidé de partir ? demanda-t-elle d'une voix étrangement calme.

— Pourquoi rester ? Tu avais raison ; j'ai commis une grosse erreur. Je regrette que tu sois tombée enceinte le soir du réveillon. Un deuxième enfant risque de te compliquer la vie.

— C'est le destin, je suppose. Toujours lui.

Le destin qui rapprochait ou séparait les êtres, qui les poussait dans une direction, puis dans une autre, pas toujours au moment souhaité. Le hasard.

— Reed sera heureux de ne plus être tout seul, reprit-elle sur le même ton.

— J'aurais dû t'écouter, il y a deux ans, murmura Andy au bout de quelques instants.

Elle hocha la tête. Ces deux années l'avaient définitivement éloignée de Joe. Etait-il marié, à présent ? Les journaux n'avaient mentionné que ses fiançailles, quelques mois plus tôt. Elle n'avait pas l'intention de s'immiscer dans sa vie ; leur heure était passée. Andy avait brisé ses rêves ; ils appartenaient désormais à celle qui s'apprêtait à épouser Joe.

— Tu as sans doute eu raison d'essayer, concéda Kate dans un élan de générosité.

— Va le retrouver, Kate.

Elle le considéra d'un air perplexe et croisa avec soulagement le regard de l'ami d'autrefois.

— Je n'ai jamais bien compris ce que vous partagiez, tous les deux, mais c'est quelque chose de puissant, d'exceptionnel, que vous méritez de vivre pleinement, si c'est ce que vous souhaitez. Va lui dire que tu es libre. Il a le droit de savoir.

Andy avait payé cher le tissu de mensonges qu'il avait servi à Joe, deux ans plus tôt. Outre la culpabilité qui pesait lourdement sur ses épaules, la froideur et le mépris de sa femme l'avaient profondément affecté. Comment réparer les dégâts qu'il avait causés, aveuglé par l'orgueil, terrorisé à l'idée de la perdre ? Il n'avait ni la force ni le courage d'avouer sa faute à Kate. Mais il ne doutait pas un instant que Joe accueillerait Kate à bras ouverts, malgré les horreurs qu'il avait entendues sur elle. Intense et unique, leur amour était plus fort que tout.

— Joe est fiancé, déclara tristement Kate.

— Et alors ?

Andy esquissa un pâle sourire.

— Nous étions mariés quand il est revenu, n'est-ce pas ? S'il t'aime, il ne reculera devant rien.

— Tu crois que ça marche comme ça ?

Pour la première fois depuis bien longtemps, elle gratifia Andy d'un vrai sourire. Pendant deux ans, elle n'avait vu en lui qu'un geôlier. A présent qu'il avait décidé de lui rendre sa liberté, ils pourraient peut-être redevenir amis. Kate poussa un soupir.

— Nous jouons de malchance, si tu veux mon avis, reprit-elle d'un ton désolé. Nous avons laissé passer notre heure.

— Ne dis pas ça, Kate. Ça fait deux ans que tu ne vis plus. Joe continue à hanter tes pensées, jour et nuit.

— Je sais, murmura-t-elle. C'est fou, hein ? A croire qu'il m'a envoûtée à l'instant où j'ai posé les yeux sur lui. Pendant toutes ces années, le charme ne s'est jamais rompu.

— Alors cours le rejoindre. Réalise enfin ton rêve.

Trois ans plus tôt, il avait eu l'impression de réaliser le sien, mais le rêve qu'il poursuivait appartenait à un autre. Pour la vie.

— Merci, chuchota Kate.

Andy se pencha vers elle et l'embrassa sur la joue.

— Essaie de te reposer, dit-il avant de disparaître.

Incapable de trouver le sommeil, Kate songea longuement à leur conversation. Elle était étonnée de ne rien ressentir, aucune tristesse, aucun soulagement. Depuis deux ans, elle vivait dans une espèce d'insensibilité générale. Les paroles d'Andy résonnèrent dans son esprit. « Réalise ton rêve... cours le rejoindre... va le retrouver... » Un sourire aux lèvres, elle se tourna sur le côté et s'endormit. Son rêve continuait à lui échapper ; Joe était fiancé, marié peut-être, et elle ne se sentait pas le droit de bouleverser sa vie. Finalement, elle les aurait perdus tous les deux, Andy et Joe. Il était trop tard pour retourner auprès de lui.

C'était le dernier cadeau qu'elle lui offrirait, la liberté.

Andy la conduisit à l'hôpital le moment venu. Elle donna naissance à une petite fille qu'ils baptisèrent Stephanie. Deux semaines plus tard, Andy déménagea. Tout se passa sans accroc, très naturellement.

Un mois plus tard, Kate partit pour Reno avec ses deux enfants et une nurse. Elle y resta six semaines et regagna New York le 15 décembre. Divorcée. Libre. Officiellement, elle avait été mariée à Andy pendant trois ans et demi ; dans les faits, leur mariage n'avait duré qu'une année. Elle apprit par un de ses amis qu'Andy fréquentait quelqu'un d'autre. La nouvelle la réjouit ; ils avaient souffert de solitude trop longtemps. Elle lui souhaitait beaucoup de bonheur ; peut-être se remarierait-il pour fonder une nouvelle famille. Il rendait visite à Reed et Stephanie tous les mercredis après-midi et un week-end sur deux. Tout s'était réglé en un clin d'œil, comme s'ils n'avaient jamais été mariés. Les parents de Kate souffraient de leur séparation beaucoup plus que les principaux intéressés. Tenus à l'écart de leurs histoires de couple, ils n'avaient ni compris ni accepté ce qui s'était passé.

Une semaine après son retour de Reno, elle emmena Reed acheter un sapin de Noël. Pour la première fois depuis des années, elle se sentait enfin elle-même. Ils fredonnèrent des chants de Noël en chemin et s'arrêtèrent au premier stand, juste au bout de la rue. Reed choisit un sapin immense. Excité comme une puce, le petit garçon battait des mains pendant que Kate indiquait son adresse au vendeur. Du coin de l'œil, elle vit une silhouette sortir d'un taxi. Il s'était mis à neiger et l'homme lui tournait le dos, vêtu d'un gros manteau et coiffé d'un chapeau de feutre. Avant même qu'il se retourne, elle sut que c'était Joe. L'instant d'après, il pivota sur ses talons et l'aperçut. Il se figea. Un sourire apparut lentement sur ses lèvres. Cela faisait deux ans qu'ils ne s'étaient pas vus et plusieurs mois qu'ils ne s'étaient pas parlé.

Il se dirigea vers elle. Presque malgré elle, Kate lui rendit son sourire. Le destin, encore lui. Il y avait toujours eu cette incroyable magie entre eux ; combien de fois leurs chemins s'étaient-ils croisés puis séparés ? Et soudain, Joe faisait son apparition, comme par enchantement. A Cape Cod, sur le bateau, au bal des débutantes. Douze années s'étaient écoulées depuis leur première rencontre. A chaque fois, leur rêve renaissait de ses cendres.

— Bonjour, Kate.

Comme elle, il était venu acheter un sapin de Noël. Kate ne savait même plus où il habitait. En Californie, ou à New York... ailleurs, peut-être. Le cœur lourd, elle s'était efforcée de faire une croix sur lui. Mais une force irrésistible, quasi surnaturelle, en avait décidé autrement.

— Bonjour, Joe.

Le sourire de Kate s'élargit. C'était si bon de le revoir. Il n'avait pas changé. Son cœur se serra douloureusement tandis qu'elle le regardait, incapable de détourner les yeux.

— Comment vas-tu, ces temps-ci ?

Joe brûlait d'envie de savoir ce qu'elle devenait, mais une foule agitée se pressait autour d'eux. Reed se tenait à côté de sa mère ; à présent, il était en âge de comprendre ce qui se disait.

Kate laissa échapper un rire nerveux. Les paroles d'Andy dansaient joyeusement dans son esprit confus. Va le retrouver. Dis-lui que tu es libre. Il se tenait là, devant elle. Elle inspira profondément.

— Très bien. Je suis divorcée, annonça-t-elle tout de go.

Une expression à la fois étonnée et ravie éclaira le visage de Joe.

— Depuis quand ?

— Nous sommes rentrés de Reno la semaine dernière. J'avais emmené les enfants avec moi.

— *Les* enfants ? répéta Joe, de plus en plus surpris.

— Reed a une petite sœur, Stephanie. Elle a trois mois. J'ai bu trop de champagne le soir du réveillon, ajouta-t-elle avec une moue penaude qui fit sourire Joe. Et toi, que deviens-tu ?

— Moi aussi, j'ai trop bu le soir du réveillon, mais je n'ai gardé aucune preuve du délit. Je me suis fiancé au mois de juin. Nous traversons une période un peu difficile en ce moment : elle déteste mes avions.

— Alors ça ne marchera pas, décréta Kate.

Elle se sentait revivre rien qu'en le regardant. Ils savaient l'un et l'autre que rien n'avait changé. La magie opérait toujours, comme au premier jour. Ce qu'ils partageaient était rare, infiniment précieux.

— Crois-tu que ça pourrait marcher entre nous, Kate ? demanda-t-il en s'approchant d'elle.

Ils avaient traversé de douloureuses épreuves, tous les deux. Leur tour était peut-être passé, mais comment le savoir avec certitude s'ils ne tentaient pas leur chance, une dernière fois ? Tandis qu'il la contemplait, submergé par l'émotion, toutes les horreurs qu'Andy lui avait confiées au sujet de Kate s'envolèrent en fumée.

— Je ne sais pas. Qu'est-ce que tu en penses ?

Elle était prête à foncer, tête baissée, mais elle ne voulait pas le dire. Pas tout de suite, en tout cas. Ils se contemplèrent longuement, unis par le même désir de vivre enfin leur amour. De gros flocons tourbillonnaient autour d'eux.

— On rentre à la maison, maman, intervint Reed en la tirant par la manche d'un geste impatient.

— Une minute, mon chéri, répondit Kate en lui caressant doucement la joue.

— Et toi, qu'en penses-tu ? reprit Joe en la fixant de son regard bleu.

Les yeux de Kate s'arrondirent de surprise.

— Tu veux ma réponse tout de suite ? Maintenant ?

— Nous avons attendu douze ans, Kate.

— C'est vrai. Si je devais te donner une réponse tout de suite, ce serait... oui, allons-y... accordons-nous au moins cette chance !

Elle retint son souffle. Et s'il prenait peur ? Et si son empressement le faisait fuir de nouveau ? Mais cette fois, Joe n'avait aucune envie de partir. Il soutint son regard, fermement campé sur ses pieds.

— Tu as raison. On est sans doute complètement fous. Dieu seul sait si nous nous engageons sur la bonne voie. Jusqu'à présent, les circonstances ont toujours joué en notre défaveur. Notre tour est peut-être arrivé, qui sait ?

Le visage de Kate s'assombrit soudain.

— Et ta fiancée ?

— Accorde-moi une petite heure. Je vais lui dire que la commande est annulée, elle a échoué au vol d'essai, plaisanta-t-il sans la quitter des yeux.

— Et pour les enfants ?

C'était une étrange conversation à tenir au beau milieu des sapins de Noël, mais ils étaient ainsi, semblables à deux éclairs illuminant leur ciel.

— Tu en as déjà deux, n'est-ce pas ? Sommes-nous vraiment obligés de régler la question tout de suite ? Pour être franc, je n'y ai pas encore réfléchi. Tu comprends, je ne savais pas que j'allais te croiser ici. On pourrait peut-être se revoir pour en discuter à tête reposée, qu'en penses-tu ?

Il la taquinait et elle vit dans ses yeux qu'il était heureux, qu'il n'avait plus peur. Pour le moment, en tout cas.

— Ça devrait pouvoir se faire, en effet, répondit Kate en riant.

La vie n'était jamais avare de surprises. Au moment où ils s'y attendaient le moins, leurs rêves revenaient les transporter dans une autre dimension. C'était ce qui se produisait depuis leur rencontre.

— Tu habites toujours à la même adresse ?

Kate acquiesça d'un signe de tête.

— Je t'appelle ce soir. Promets-moi simplement de ne pas te marier entre-temps. Ne retourne pas auprès d'Andy, ne disparais pas dans la nature. Reste tranquillement chez toi en attendant mon coup de fil, d'accord ? fit-il en l'enveloppant d'un long regard.

Kate ne put s'empêcher de sourire.

— Je vais essayer.

— Parfait.

Il la prit dans ses bras sous l'œil intrigué de Reed qui n'avait encore jamais vu ce monsieur.

— Bienvenue chez toi, Kate.

La vie de la jeune femme ressemblait à un désert aride depuis qu'ils s'étaient séparés. Quant à celle de Joe, elle était entièrement consacrée aux avions et au travail ; récemment, une autre femme avait tenté de s'y immiscer... une femme qui ne supportait pas de prendre un ascenseur et qui détestait encore plus l'idée de voler à ses côtés. Une femme aux antipodes de Kate.

Apparemment, le destin avait décidé de se montrer clément en leur offrant une dernière chance. Il fallait la saisir au vol, sans perdre un instant. Joe ne la laisserait pas passer, cette fois.

— Je t'appellerai dans deux heures et je passerai te voir ce soir. J'ai encore une petite chose à régler.

Kate devina de quoi il s'agissait. Il devait rompre ses fiançailles. L'idée ne la troubla même pas. Elle voulait Joe. Coûte que coûte. Ils avaient gravi l'Everest pour se retrouver au sommet et elle ne laisserait personne lui gâcher son bonheur. Joe était l'homme de ses rêves. Elle avait mérité le droit de vivre auprès de lui.

Il l'appela deux heures plus tard et passa à 20 heures, une fois que les enfants furent couchés. Dévorés par le même désir, ils fermèrent derrière eux la porte de la chambre à coucher et firent l'amour avec l'avidité de deux affamés. Leur rêve était enfin à portée de la main. Aucun d'eux n'était sûr qu'il se concrétiserait pleinement mais ils étaient prêts à prendre le risque. Bien des caresses plus tard, ils s'endormirent blottis l'un contre l'autre, heureux d'avoir retrouvé leur port d'attache.

Le lendemain matin, Joe joua avec Reed pendant qu'elle allaitait Stephanie. Puis ils entreprirent de décorer le sapin. Joe passa Noël avec eux et deux jours plus tard, ils se rendirent tous les deux à la mairie de New York. Seuls, main dans la main, sans ami ni témoin, sans faux espoirs. Kate appela ses parents à leur retour. La nouvelle leur fit l'effet d'une douche froide, tant tout s'était passé rapidement ; mais au fond, ce n'était guère une surprise. Elizabeth Jamison rappela à son mari qu'elle avait finalement perdu son pari. Joe avait épousé Kate.

— J'ai du mal à le croire, déclara-t-elle, encore sous le choc, lorsqu'ils eurent raccroché.

Kate et Joe partageaient son sentiment. La route avait été longue et sinueuse, parsemée d'obstacles.

— Alors, heureuse ? susurra Joe comme elle se lovait contre lui, un peu plus tard dans la soirée.

— Parfaitement, répondit-elle avec un sourire béat.

Elle s'appelait désormais Mme Joe Allbright. Enfin !

Quand elle se fut endormie, il resta longtemps à la contempler. Kate l'avait toujours fasciné et à présent, elle était à lui. Ils vivaient un bonheur absolu. Il était sa passion, elle était son rêve. Leur conte de fées avait trouvé sa fin heureuse.

19

Les premiers jours du mariage de Joe et Kate furent placés sous le signe du bonheur idyllique. Tout se passait comme dans leurs rêves. Ils avaient embauché une nurse qui s'occupait des enfants afin que Kate puisse passer le plus de temps possible avec Joe. Elle allait régulièrement le voir à son bureau et lui donnait son avis sur les projets en cours. Ils partaient se promener en avion tous les week-ends et quand il rentrait du travail le soir, il prenait le temps de jouer avec Reed et Stephanie. Elle l'accompagna en Californie au mois de janvier et fut très impressionnée par le site qu'il avait monté là-bas. Elle le suivit même dans le Nevada où elle assista à quelques-uns de ses vols expérimentaux. Quand il eut terminé, il l'emmena faire un tour en avion et en profita pour l'initier aux acrobaties aériennes. Kate adorait son grain d'audace et de folie. Il était à elle, enfin.

— Tous les jours, je me félicite de ne pas avoir épousé Mary, déclara-t-il d'un ton espiègle après un vol particulièrement mouvementé au-dessus du désert.

Il avait ravi Kate avec une série de loopings et d'acrobaties en tous genres. C'était encore plus excitant que les montagnes russes, avait-elle déclaré un jour, aux anges. Elle ne se lassait pas de l'accompagner dans ses vols. Elle n'avait jamais peur à ses côtés, malgré les risques qu'il prenait.

— Pourtant, je suis sûre qu'elle cuisine mieux que moi, répliqua Kate en sortant du cockpit.

— C'est vrai... mais elle aurait vomi partout après un vol comme celui-ci !

Kate l'avait sauvé de justesse d'un sort bien pire que la mort ; toutefois, au fond de lui, il savait qu'il n'aurait pas commis une telle erreur. A ses yeux, Kate incarnait la femme idéale. Elle aimait les avions et les balades qu'ils faisaient tous les deux et surtout, elle l'aimait, lui, pour ce qu'il était. En plus, elle ajoutait un peu de piment dans sa vie qui lui paraissait bien monotone quand elle n'était pas là. Espiègle, intelligente et pétillante, elle savait aussi être sérieuse quand les circonstances l'imposaient. Parfaitement complémentaires, ils avaient tout pour être heureux. Et ils formaient un couple d'une telle beauté que les gens se retournaient sur leur passage. L'assurance tranquille de Joe contrebalançait merveilleusement le charme insolent de Kate.

Un mois après leur mariage, elle emménagea chez Joe avec ses enfants et son chien. La nurse les suivit également ; l'appartement était suffisamment spacieux pour les accueillir tous. Peu à peu, elle apporta quelques touches féminines à la décoration, qui gagna en chaleur. Ils parlèrent même d'acheter une maison.

Il n'y avait aucun sujet tabou entre eux. Un jour, alors que les paroles d'Andy continuaient à le hanter, Joe évoqua sa tentative de suicide. Le visage empreint de gravité, il lui présenta toutes ses excuses pour le mal qu'il lui avait fait alors. Kate le considéra d'un air perplexe.

— De quoi parles-tu, au juste ?

— Ne t'inquiète pas, Kate. Je sais tout, dit-il avec une grande douceur.

Mais il ne lui dit pas d'où il tenait ses informations. Il ne lui avait jamais parlé de la visite d'Andy à son bureau, deux ans plus tôt. A quoi bon ressasser le passé ?

— Tout quoi ? insista Kate, sincèrement intriguée.

Joe poussa un soupir.

— Que tu as tenté de mettre fin à tes jours après notre première rupture, débita-t-il d'un trait.

— Qu'est-ce que tu racontes ? J'étais amoureuse de toi, certes, folle de chagrin aussi, mais pas au point de perdre complètement la tête... Comment as-tu pu imaginer ça un seul instant ?

Son regard interloqué le troubla.

— Dois-je comprendre que tu n'as jamais essayé de te suicider, Kate ? murmura-t-il, partagé entre le soulagement et une colère naissante.

— Absolument ! C'est la chose la plus ignoble que j'aie jamais entendue ! Je t'aime, Joe, déclara-t-elle avec ferveur, mais pas au point de basculer dans la folie. C'est un acte terrifiant...

Elle était bien placée pour en parler. Le visage de Joe s'assombrit dangereusement.

— As-tu jamais consulté un psychiatre ?

Kate secoua la tête d'un air interdit.

— Non. Tu crois que je devrais ?

— Le salaud ! explosa-t-il en se levant d'un bond pour arpenter la pièce d'un pas rageur.

— De qui parles-tu, Joe ? Je ne comprends pas.

Tout s'éclairait dans l'esprit de Joe, tandis qu'une onde de rage se répandait dans ses veines.

— Je parle de la sale petite ordure qui te servait de mari avant moi ! Je n'ose même pas t'avouer ce qu'il a fait, ni ce que j'ai cru, pauvre idiot que je suis !

Un sentiment de culpabilité accompagnait sa fureur. Comment avait-il pu être stupide au point d'avaler ces balivernes ? A sa décharge, Andy avait mené son plan de main de maître en ranimant toutes ses vieilles angoisses. Terrifié, il avait aussitôt mordu à l'hameçon. Sa crédulité leur avait coûté deux ans.

Kate le dévisagea d'un air stupéfait.

— Andy t'a raconté que j'avais essayé de me suicider ? Et tu l'as cru ?

— On ne savait plus trop où on en était, à l'époque. Tu venais de lui annoncer que tu voulais divorcer ; il refusait de te rendre ta liberté. Tu étais passée me voir au bureau pour m'exposer la situation et le lendemain, ce fut au tour d'Andy de me rendre visite. J'ai honte de l'avouer, mais il m'a mené en bateau du début jusqu'à la fin. Il m'a raconté que tu étais très fragile, que tu manquais terriblement d'assurance, au point d'avoir tenté de te suicider juste après notre rupture. Il m'a brossé un tableau si noir que j'ai paniqué... J'avais peur de te pousser de nouveau au pire si je n'étais pas à la hauteur. Il m'a dit que tu voyais un psychiatre plusieurs fois par semaine. Dans ma tête, l'angoisse et la culpabilité dansaient la sarabande. Je ne pouvais pas prendre le risque de mettre une fois encore ta vie en danger.

Andy avait insisté sur sa peur viscérale d'être abandonnée et son désir d'avoir d'autres enfants. Tout ce qui faisait peur à Joe.

— Pourquoi ne m'as-tu rien dit ? demanda Kate, sous le choc.

— J'avais peur de te fragiliser davantage. Je vois clair dans son jeu, maintenant. Quelle ordure ! Il s'est servi de mes angoisses pour parvenir à ses fins. Il savait que je me sentirais horriblement coupable en apprenant que tu avais essayé de te suicider et que je paniquerais à l'idée que tu puisses recommencer.

Comment Andy avait-il pu leur faire ça ? Une bouffée de haine envahit Kate. Il avait utilisé tout ce qu'elle lui avait confié pour manipuler Joe et le faire fuir. Jamais elle ne lui pardonnerait. Par sa faute, leur beau rêve avait bien failli partir en fumée. C'était un miracle qu'ils se soient retrouvés.

— Il parlait avec une telle sincérité ! J'étais si bouleversé que je n'ai même pas cherché à mettre ses paroles en question. La culpabilité m'a poursuivi pendant des mois après cette entrevue.

— Comment a-t-il pu faire une chose pareille ? répéta Kate en secouant la tête.

Elle eut soudain la certitude qu'Andy avait dû lui raconter autre chose, afin d'ajouter de la crédibilité à ses prétendues révélations. C'était son seul secret vis-à-vis de Joe... mais sans doute le connaissait-il, à présent. Figée, elle leva les yeux sur lui. L'amour qui éclairait son regard lui donna le courage de poser la douloureuse question. Elle ne pouvait rien cacher à cet homme.

— T'a-t-il parlé de mon père ? demanda-t-elle à mi-voix.

— Clarke m'avait tout raconté avant que je te demande en mariage, quand nous étions à Cape Cod. Il avait jugé bon de me mettre au courant, répondit Joe en lui prenant doucement la main. Je suis désolé, Kate. Ça a dû être terrible pour toi.

Des larmes embuèrent le regard de la jeune femme.

— Oui... cette journée restera à jamais gravée dans ma mémoire... Je me souviens de tout avec une clarté étonnante. En revanche, aussi bizarre que cela puisse être, je ne garde qu'un vague souvenir de mon père. J'avais huit ans quand il est mort mais il s'était coupé du monde deux ans plus tôt, expliqua-t-elle d'une voix teintée de tristesse. Ma mère aussi a beaucoup souffert, bien qu'elle ne parle jamais de lui. Pourtant, j'aurais aimé qu'elle l'évoque de temps en temps. Je le connais si peu. Clarke m'a toujours dit que c'était un homme bien.

— Je n'en doute pas un instant.

Il lut dans ses yeux une douleur immense. Ce drame constituait le cœur et le fondement de toutes les peurs qui la minaient. La peur de perdre un être cher, de souffrir et d'être abandonnée. En se donnant la mort par désespoir, son père avait à jamais bouleversé son équilibre. Heureusement, elle avait rencontré Joe. En la comblant de bonheur, il avait apaisé son tumulte intérieur. Auprès de lui, enfin, elle se sentait sereine.

— Je suis contente que tu sois au courant, conclut-elle simplement.

Un peu plus tard dans la soirée, ils reparlèrent du plan machiavélique d'Andy. Kate était à la fois horrifiée et folle de rage. Jamais elle ne l'aurait cru capable d'une telle trahison. Un jour ou l'autre, elle le mettrait devant ses responsabilités. Mais finalement, malgré sa tentative à la fois brillante et méprisable, il avait perdu. Kate remerciait souvent le ciel de s'être montré si clément avec eux.

Au printemps, Joe passa plus de temps en Californie. Face à l'essor de sa compagnie aérienne, il devenait urgent d'agrandir le site de Los Angeles. Pendant l'été, Kate, les enfants et la nurse le rejoignirent là-bas ; ils s'installèrent tous les cinq au Beverly Hills Hotel. Ce nouveau train de vie enchanta Kate, qui partageait son temps entre le lèche-vitrines, les enfants et la piscine où défilaient les plus grandes stars d'Hollywood. Joe travaillait comme un damné ; il n'était jamais de retour à l'hôtel avant minuit et repartait au bureau à 6 heures du matin. Dans le cadre de son expansion, il était en train de remanier tout le secteur Pacifique et désirait créer de nouvelles lignes jusqu'alors inexploitées. C'était une vaste entreprise qui impliquait la création de nombreuses escales à l'étranger ainsi qu'une solide logistique. Allworld était en train de se hisser parmi les premières compagnies aériennes du monde.

Au mois de septembre, il partit travailler à Hong Kong et au Japon. Ils convinrent tous deux qu'elle ne le suivrait pas ; elle ne voulait pas laisser les enfants sans leur mère plusieurs semaines d'affilée, aussi regagna-t-elle New York avec Reed, Stephanie et la nurse. Joe l'appelait tous les soirs, où qu'il fût, et lui racontait sa journée dans les moindres détails. Il abattait un travail colossal, gérant à distance ses bureaux de New York, en même temps qu'il partait à la conquête de l'Orient, continuait à dessiner de nouveaux avions, dirigeait une compagnie aérienne et se chargeait aussi souvent que possible des vols d'essai. Malgré la compétence des personnes qui l'entouraient, il avait beaucoup de mal à déléguer. Débordé, il ne cessait de se plaindre : avec ses multiples activités professionnelles, il n'avait plus le temps de piloter ses avions. Ni de voir sa femme.

Lorsqu'il revint à New York au début du mois d'octobre, après quatre semaines d'absence, Kate lui fit remarquer qu'ils se voyaient trop rarement.

— Je n'y peux rien, Kate, se défendit-il aussitôt. Je n'ai pas le don d'ubiquité, hélas.

Il venait de passer deux semaines à Tokyo, à signer des contrats et à établir des itinéraires, puis avait mené de pénibles négociations avec les Anglais à Hong Kong avant de regagner Los Angeles où il était resté cinq jours. Sans raison apparente, un de ses meilleurs pilotes d'essai s'était écrasé juste avant son départ, dans un avion que Joe avait testé lui-même. Il s'était rendu à Reno sur-le-champ pour inspecter la carlingue et présenter ses condoléances à la veuve du pilote. Finalement, il était rentré à New York, exténué.

— Pourquoi n'essaies-tu pas de gérer tes affaires d'ici ? suggéra Kate.

— Comment m'y prendrais-je, tu peux me le dire ? répliqua Joe d'une voix où perçait l'exaspération.

Il était à bout de nerfs, depuis quelque temps. Surmené, il passait son temps à courir d'un endroit à l'autre, toujours entre deux avions. De son côté, Kate s'ennuyait ferme, seule à New York. Les absences prolongées de Joe commençaient à lui peser. Il l'aimait, certes, mais elle aurait voulu qu'il passe davantage de temps auprès d'elle.

— Comment veux-tu que je reste assis derrière un bureau alors que mon personnel est disséminé aux quatre coins du monde ? Tu n'as qu'à trouver une occupation. Propose ton aide à la Croix-Rouge, joue avec les enfants...

Kate s'abstint de tout commentaire. De son

point de vue, le constat était à la fois simple et inquiétant : à trente ans, elle avait un mari dont elle était follement amoureuse et qu'elle voyait à peine, entre deux portes.

Elle se rendait seule aux invitations à dîner, passait ses week-ends avec ses enfants, se couchait dans un grand lit froid et ne cessait d'excuser son mari pour ses absences répétées. Le Tout-New York les réclamait, le couple Allbright était très sollicité depuis quelque temps ; en huit petites années, Joe était devenu le personnage le plus important du monde de l'aviation, et il n'avait que quarante-deux ans. Autodidacte accompli, on l'admirait autant pour ses talents de pilote que pour ses qualités d'homme d'affaires. Tout ce qu'il touchait se transformait en or. Hélas, l'argent qu'il gagnait ne réconfortait pas Kate quand elle se sentait seule la nuit. Joe lui manquait terriblement. Ses absences à répétition réveillaient en elle de vieux fantômes. Absorbé par son travail, Joe ne perçut pas les signaux d'alarme qu'elle s'efforçait de lui transmettre. Les reproches de Kate l'agaçaient, le poussaient à rentrer dans sa coquille, au grand dam de la jeune femme, terrorisée à l'idée de le perdre de nouveau.

— Pourquoi ne viens-tu pas avec moi ? lui demanda-t-il alors qu'il venait de lui annoncer son intention de repartir à Tokyo. Je suis sûr que ça te plairait.

Son dernier voyage à Tokyo remontait à plusieurs années, quand ses parents l'y avaient emmenée en vacances.

— Tu pourrais faire les magasins, visiter les musées et les temples, reprit-il, désireux de trouver un compromis qui les satisferait tous les deux.

— Je ne peux pas laisser les enfants seuls plusieurs semaines d'affilée, Joe. Ils n'ont que trois et un ans.

— Emmène-les.

Les yeux de Kate s'agrandirent d'effroi.

— A Tokyo ?

— Ils ont des enfants, là-bas, tu sais. Si, je t'assure, Kate. J'en ai même aperçu un, une fois. Crois-moi.

Mais Kate déclina sa proposition. C'était une destination trop lointaine, à ses yeux. Et si jamais les enfants tombaient malades ? De toute façon, à quoi bon entreprendre un tel voyage ? Ils passeraient leur temps dans une chambre d'hôtel à attendre Joe, retenu par ses obligations professionnelles.

Pour Thanksgiving, Joe était en Europe, et Kate se rendit chez ses parents avec les enfants. Le jour de la fête, il appela de Londres et conversa longuement avec Clarke et Liz. Son père désirait tout savoir de ses activités. Un peu plus tard dans la soirée, sa mère lui fit une remarque qui la troubla plus qu'elle ne voulut bien l'admettre.

— Lui arrive-t-il parfois de se poser un peu, Kate ? attaqua-t-elle d'un ton ouvertement réprobateur.

Bien qu'il eût enfin consenti à épouser sa fille, Elizabeth Jamison n'appréciait toujours pas Joe.

— Il n'est pas souvent à la maison, c'est vrai, concéda Kate, mais il est en train de bâtir un empire gigantesque. Les choses seront plus calmes dans un ou deux ans.

— En es-tu sûre ? Il fut un temps où il ne jurait que par ses avions. Maintenant, c'est son entreprise, en plus de ses avions. Et toi, quelle place tiens-tu, dans tout ça ?

Quelques heures, quelques journées volées

entre deux voyages, voilà tout ce qu'elle obtenait de Joe, ces derniers temps. Trop fatigué pour parler, trop énervé pour trouver le sommeil, il partait travailler à 4 heures du matin. Cela faisait deux mois qu'ils n'avaient pas fait l'amour. Il en rêvait pourtant, oui ! Il rêvait de longues nuits sensuelles et de grasses matinées coquines dans les bras de Kate ; hélas, le temps lui manquait cruellement. Tiraillé de tous côtés, Joe continuait d'avancer vaillamment, coûte que coûte.

— Quand vas-tu te décider à ouvrir les yeux, Kate ? Ton mari n'est jamais là pour toi, il n'a pas de temps à te consacrer... Que fait-il quand il est à l'autre bout du monde, le sais-tu seulement ? L'idée qu'il puisse avoir une maîtresse ne t'a jamais effleurée ? Après tout, c'est un homme comme les autres !

Les paroles de sa mère lui firent l'effet d'une gifle. Elle y avait déjà songé, certes, mais avait rapidement rejeté cette idée saugrenue. Joe n'était pas d'une nature volage. Sa passion pour les avions et son travail l'accaparaient entièrement. L'idée de bâtir un empire de ses propres mains lui procurait une sensation de griserie extraordinaire. C'était tout ce qui comptait pour lui. Kate était prête à parier qu'il ne l'avait pas trompée une seule fois au cours de ces douze derniers mois.

Pour le reste, sa mère avait raison. Joe n'était jamais là. Et quand, enfin, il passait quelques jours à New York, c'était pour régler des problèmes en tous genres. Toujours pendu au téléphone, il était en ligne avec la Californie, l'Europe, Tokyo, la Maison-Blanche ou encore Charles Lindbergh. Kate passait après tout le reste. C'était ainsi. Si elle voulait continuer à vivre auprès de lui, même à distance, elle devait accepter la situation sans mot dire. Il ne pouvait pas se partager plus qu'il ne le faisait déjà, Kate s'efforçait de le comprendre. Elle l'aimait et admirait sa réussite. Elle respectait son travail et partageait son excitation quand il se lançait dans un nouveau projet. Malgré tout, sa présence lui manquait de plus en plus. Parfois même, rattrapée par ses vieux démons, une boule d'angoisse l'étreignait ; Joe n'était-il pas en train de l'abandonner ?

Profitant d'un après-midi où il se trouvait à la maison, elle tenta de lui exposer calmement son désarroi. Une semaine s'était écoulée depuis Thanksgiving, et Joe regardait un match de foot à la télé. Il était rentré tôt dans la matinée après une nuit blanche. C'était la première fois depuis longtemps qu'il s'accordait un vrai moment de détente.

— Je t'en prie, Kate, ne recommence pas, protesta-t-il lorsqu'elle eut terminé. Je viens juste de rentrer... Je sais, je suis parti pendant trois semaines et j'ai raté le dîner de Thanksgiving chez tes parents, mais j'avais une affaire urgente à régler : les Anglais parlaient d'annuler toutes mes destinations !

— Personne ne pouvait mener les négociations à ta place, pour une fois ?

Plus le projet avançait, plus Joe avait du mal à déléguer ses responsabilités. Il connaissait mieux que personne les règles du jeu et avait l'art de trouver une solution à chaque problème. Il ne pouvait se permettre de mettre son empire en péril en déléguant à la mauvaise personne.

— Je suis comme je suis, Kate. Si tu as besoin de quelqu'un qui reste en permanence collé à tes basques, tu n'as qu'à prendre un autre chien ! lança-t-il en reposant son verre de bière d'un geste brusque.

Au bord des larmes, Kate soutint son regard courroucé. Elle aurait tant aimé qu'il comprenne ce qu'elle essayait de lui dire. Mais Joe refusait de l'écouter.

— Tu ne comprends donc pas, Joe ? Tout ce que je veux, c'est être auprès de toi. Je t'aime. Je suis consciente du travail que tu accomplis, mais j'avoue que j'ai parfois du mal à supporter ton absence.

A ces mots, une bouffée de culpabilité assaillit Joe. La culpabilité... le monstre tapi dans l'obscurité. Tout ce qu'il redoutait.

— Pourquoi, Kate ? Il faut que tu comprennes que je ne travaille pas seulement pour moi, mais pour toi aussi. Mon projet me passionne ; le monde a besoin d'entreprises comme celle-ci. J'en ai assez de devoir supporter tes reproches chaque fois que je rentre à la maison. Pourquoi ne profites-tu pas de nos rares moments de détente ?

La spirale infernale qui avait détruit leur couple quelques années plus tôt planait de nouveau au-dessus d'eux. Malgré l'amour qui les unissait, ils n'arrivaient toujours pas à se comprendre.

Vaincue, Kate n'insista pas. Les projets de Joe étaient grandioses, elle était forcée de le reconnaître. La mort dans l'âme, elle se plia donc aux exigences que leur imposaient ses obligations professionnelles. Elle redoutait trop qu'il finisse par lui échapper...

Au mois de décembre, elle vit à peine Joe. Il était reparti à Hong Kong où il devait rencontrer quelques banquiers ; les discussions s'avérèrent plus difficiles que prévu. Il devait ensuite faire une halte en Californie où les problèmes se multipliaient à l'usine. Le moteur d'un de ses derniers appareils était défectueux. Le vol d'essai avait coûté la vie à un autre de ses pilotes. Il avait la certitude, cette fois, qu'il s'agissait d'un défaut de conception. Malgré tout, il promit à Kate d'être rentré pour le réveillon de Noël, même s'il devait retourner en Californie après les fêtes de fin d'année.

Au matin du 24 décembre, la sonnerie du téléphone retentit. Kate était en train de décorer le sapin avec Reed, surexcité. Elle avait parlé à Hazel juste après le petit déjeuner ; d'après la secrétaire de Joe, ce dernier devait déjà être dans un avion à destination de New York. C'était en tout cas ce qu'il avait prévu quand il l'avait appelée la veille.

Kate alla décrocher en fredonnant. Aux grésillements qui perturbaient la ligne, elle devina qu'il s'agissait d'un appel longue distance. La standardiste établit la communication. A l'autre bout du fil retentit la voix de Joe, difficilement audible.

— Allô ? Où es-tu ? demanda-t-elle aussitôt, saisie d'une sourde appréhension.

— Je suis encore au Japon.

A ces mots, Kate sentit son cœur chavirer.

— Pourquoi ?

— J'ai raté mon avion.

Les explications de Joe lui parvinrent par bribes tandis qu'elle s'efforçait de refouler ses larmes, agrippée au combiné.

— Encore d'autres réunions... situation est très tendue ici...

Un long silence suivit ses paroles.

— Je suis désolé, chérie... serai à la maison dans quelques jours... Kate ?... Kate ? Tu es toujours là ? Est-ce que tu m'entends ?

— Oui, je t'entends, répondit-elle enfin en

s'essuyant les yeux. Tu me manques... Quand comptes-tu rentrer ?

— Probablement dans deux jours.

Ce qui signifiait pas avant quatre ou cinq jours ; les estimations de Joe étaient toujours plus optimistes que la réalité. Quand se déciderait-il enfin à lever un peu le pied ?

— Nous t'attendons, Joe, dit-elle en s'efforçant de dissimuler sa déception.

— Joyeux Noël... Embrasse les enfants...

Sa voix était de plus en plus lointaine.

— Je t'aime ! cria-t-elle soudain dans le combiné. Joyeux Noël !... Je t'aime, Joe !

Mais la ligne était déjà coupée. Terrassée par une vague de tristesse, elle se laissa tomber sur une chaise et fondit en larmes, sous le regard intrigué de son fils.

— Ne sois pas triste, maman, dit-il en venant s'asseoir sur ses genoux.

Kate le serra tendrement dans ses bras. Elle n'était pas en colère contre Joe, mais éprouvait plutôt une immense déception teintée d'amertume. Ce n'était probablement pas sa faute, mais ce contretemps la chagrinait profondément. Ainsi, il ne fêterait pas Noël avec eux, en famille. Tout à coup, elle se souvint de ce qu'elle avait ressenti en apprenant que son appareil avait été abattu, pendant la guerre. Elle l'avait cru mort et la terre s'était arrêtée de tourner. Cette fois-ci, elle savait qu'il rentrerait, même si c'était avec quelques jours de retard. Il n'y avait pas de quoi dramatiser, conclut-elle en s'efforçant de se ressaisir. Elle posa Reed par terre et s'essuya les yeux. Tant pis, ils fêteraient Noël une seconde fois au retour de Joe.

Le réveillon se déroula dans le plus grand

calme. Elle aida les enfants à déballer leurs cadeaux puis ouvrit les siens. Ses parents avaient envoyé leurs présents, ainsi que quelques-uns de leurs amis. Joe n'aurait probablement pas eu le temps de faire des courses de Noël mais cela lui importait peu. Elle désirait seulement le voir, le plus vite possible.

Le lendemain, Andy vint chercher Reed pour passer quelques heures avec lui. Debout sur le pas de la porte, il arborait une expression presque solennelle. Elle venait d'apprendre qu'il allait bientôt se remarier et se réjouissait pour lui. Peut-être avait-il enfin trouvé la femme qu'il lui fallait. Même si les choses n'étaient pas toujours faciles avec Joe, Kate se félicitait tous les jours d'être mariée à l'homme qu'elle aimait de tout son cœur, pour le meilleur et pour le pire. Elle souhaitait le même sort à Andy.

— Bonjour, Kate, dit-il, visiblement mal à l'aise.

Depuis le divorce, ils se montraient courtois l'un envers l'autre mais ils n'avaient jamais retrouvé la complicité qui les unissait jadis. Lorsque Kate lui avait demandé des explications sur les mensonges qu'il avait débités à Joe, il s'était confondu en excuses. Il avait commis un acte méprisable qu'il avait longuement regretté par la suite.

Kate savait qu'il continuait à rendre visite à ses parents quand il allait à Boston. Elle n'y voyait aucun inconvénient ; après tout, il était le père de ses deux enfants et ses parents l'appréciaient depuis toujours. C'était sa mère qui lui avait annoncé son remariage ; il fréquentait sa future épouse depuis un an.

— Joyeux Noël, lança gaiement Kate avant de l'inviter à entrer.

Comme il restait sur le seuil, hésitant, elle ajouta d'un ton neutre :

— Entre, je t'en prie. Joe n'est pas là ; il est en déplacement.

— Le jour de Noël ? fit Andy, incrédule. Désolé, Kate, ça ne doit pas être facile pour toi.

— Ce n'est pas très amusant, en effet, mais ce n'est pas sa faute : il est coincé au Japon, répondit Kate d'un ton faussement détaché.

— C'est un homme très occupé, observa Andy à l'instant où Reed faisait son apparition.

A la vue de son père, le garçonnet poussa un cri de joie. Stephanie le suivait d'un pas mal assuré.

— On m'a dit que tu allais te marier, reprit-elle quand Reed alla chercher son manteau.

— Pas avant le mois de juin. Je préfère prendre mon temps, ajouta-t-il en la gratifiant d'un sourire entendu.

Le message était clair : il ne souhaitait pas commettre deux fois la même erreur.

— J'espère que tu seras heureux. Tu le mérites bien.

A cet instant, Reed les rejoignit, chaudement emmitouflé dans son manteau. Bonnet et gants complétaient sa tenue. Il prit la main de son père.

— Toi aussi. Joyeux Noël, Kate.

Le père et le fils disparurent, main dans la main, et Kate alla jouer avec Stephanie dans sa chambre. Ce fut un 25 décembre teinté de mélancolie. Elle tenta à plusieurs reprises de joindre Joe à son hôtel mais ne réussit pas à obtenir la communication. Sans doute rencontrait-il les mêmes difficultés de son côté, ou peut-être était-il retenu en réunion, car le téléphone resta muet toute la journée. Kate chercha à se persuader que cela n'avait pas d'importance. Ils fêteraient Noël en famille l'année prochaine. La vie était ainsi faite. Malgré ses bonnes résolutions, elle faillit s'effondrer lorsque ses parents l'appelèrent pour lui souhaiter un joyeux Noël.

Elle n'eut aucune nouvelle de Joe pendant deux jours. Lorsqu'il l'appela enfin, ce fut pour lui annoncer qu'il quittait Tokyo le lendemain et qu'il s'arrêterait à Los Angeles avant de poursuivre sur New York.

— Tu avais dit que tu irais plus tard, souligna Kate en s'efforçant vainement de masquer son amertume.

— Je suis obligé d'y faire une halte tout de suite, expliqua Joe. Les syndicats sont en pleine agitation. Il y a aussi une jeune veuve qui a perdu son mari à cause d'un de mes appareils ; je lui dois au moins une visite de condoléances, me semble-t-il.

Joe avait toujours de bonnes raisons pour bouleverser son emploi du temps. Cette fois pourtant, elle dut se faire violence pour ne pas donner libre cours à sa rancœur. Elle figurait toujours au bas de sa liste de priorités.

— Quand as-tu l'intention de rentrer ? demanda-t-elle d'un ton las.

— Je serai à la maison pour le 31 décembre.

Peut-être... si un imprévu ne venait pas contrecarrer ses projets à la dernière minute. Kate avait décidé de ne plus compter sur lui. Ils avaient projeté d'aller dîner puis danser avec des amis, ce soir-là, et elle attendait cette sortie avec impatience. Mais s'il ne rentrait pas à temps, elle resterait à la maison avec les enfants. Elle n'avait aucune envie de faire bonne figure alors que son moral était au plus bas.

Joe tint sa promesse et prit l'avion pour New York la veille du jour de l'an. Une tempête de neige s'abattit sur la ville juste après son départ de Los Angeles et l'atterrissage fut retardé à cause des conditions météorologiques désastreuses. Il était 21 heures lorsqu'il franchit le seuil de l'appartement, au bord de l'épuisement. Il avait pris les commandes de l'avion, ne comptant que sur lui-même pour arriver sain et sauf dans cet enfer. Kate avait enlevé sa robe de soirée et était allée se coucher avec un livre. Elle n'entendit pas la porte d'entrée. Tout à coup, il fit son apparition dans la chambre. Le regard dont il l'enveloppa la chavira.

— Est-ce que j'habite encore ici, Kate ? demanda-t-il d'un ton penaud.

— Peut-être, répondit-elle en souriant malgré elle.

Joe vint s'asseoir à côté d'elle.

— Tu as l'air en forme, ajouta-t-elle en le dévisageant.

— Je suis vraiment désolé, chérie ; j'ai gâché tes fêtes de fin d'année. J'avais vraiment l'intention de rentrer, tu sais. Pardonne-moi, Kate, je t'en prie. Je suis un vrai goujat. Veux-tu que nous sortions ?

Sans mot dire, Kate se leva et alla fermer la porte. Joe avait déjà retiré sa veste et s'attaquait à son nœud de cravate. Elle s'approcha de lui et entreprit de déboutonner sa chemise.

— Dois-je m'habiller ? demanda-t-il, prêt à tout pour lui faire plaisir.

— Non, répondit-elle en baissant la fermeture à glissière de son pantalon.

Joe sourit.

— Mmm, ça a l'air très sérieux, tout ça, murmura-t-il en se penchant pour l'embrasser.

— Ça l'est... c'est le prix que tu dois payer pour m'avoir fait faux bond à Noël.

Malgré la fatigue, les caresses de Kate éveillèrent instantanément son désir.

— Si tu m'en avais parlé plus tôt, je me serais débrouillé pour rentrer bien avant, susurra-t-il en se glissant dans le lit à côté d'elle.

— Je suis toujours à ta disposition, Joe, chuchota-t-elle en embrassant les endroits les plus sensibles de son corps.

Un gémissement de plaisir s'échappa de ses lèvres.

— La prochaine fois, rappelle-le-moi... murmura-t-il tandis qu'une vague de désir les submergeait.

Ce fut un réveillon idyllique.

20

Au début de l'année 1954, Kate et Joe fêtèrent leur premier anniversaire de mariage. Il voyageait toujours autant, tandis que Kate restait à la maison avec les enfants. Elle commença à travailler comme bénévole pour des œuvres caritatives. Au printemps, Joe lui demanda de chercher une maison en Californie. Il passait beaucoup de temps là-bas, ce serait plus pratique pour tout le monde d'y avoir un pied-à-terre. Pour son plus grand plaisir, Kate se chargerait de la décoration.

Ils firent l'acquisition d'une magnifique demeure à Bel Air. Kate engagea un décorateur professionnel qui l'aiderait dans sa tâche. Au même moment, Joe partit en Europe où il passait de plus en plus de temps pour mettre au point de nouvelles lignes à destination de l'Italie et de l'Espagne. Quand il n'était pas à Rome ou à Madrid, il se trouvait à Paris ou à Londres. Il continuait à se rendre à Los Angeles une fois par mois, mais partait moins souvent en Asie. Kate se sentait cependant de plus en plus seule. Où qu'elle se trouvât, Joe n'y était pas.

Elle alla le rejoindre à Londres, Madrid et Rome, et ils passèrent une merveilleuse semaine à Paris. Mais elle se sentait à chaque fois coupable de laisser les enfants avec leur nurse. La vie de Joe s'était transformée en une course effrénée contre la montre. De son côté, Kate avait l'impression de passer son temps à faire la navette entre ses enfants et son mari.

Heureusement, elle prenait un réel plaisir à décorer leur maison de Los Angeles. C'était devenu un sujet de plaisanterie entre eux : dès qu'elle partait là-bas, Joe s'envolait pour l'Europe et, lorsqu'il faisait escale à Los Angeles, elle était à New York avec les enfants.

Au mois de septembre, ils purent enfin emménager. Joe fut séduit par le résultat. A la fois élégante et raffinée, la maison dégageait une extraordinaire impression de chaleur et d'intimité. Il aimait s'y réfugier lorsqu'il se trouvait à Los Angeles. Il ne tarissait pas d'éloges sur les talents de décoratrice de Kate et lui suggéra même pour occuper son temps libre de proposer ses services à quelques-uns de leur amis. Mais celle-ci préférait rester disponible, afin de pouvoir le rejoindre dès que l'occasion se présentait. C'était le seul moyen de préserver leur vie de couple, si décousue.

Exceptionnellement, Joe passa une grande partie du mois d'octobre chez eux, à New York. Pour une fois, les choses étaient calmes sur tous les fronts et il devait assister à une série de réunions importantes à New York et dans le New Jersey. Kate savoura chacune des soirées qu'il passa à la maison, même si elle voyait bien que l'envie de bouger le taraudait. Tous les week-ends il partait faire de longues balades en avion et, un dimanche, ils s'envolèrent tous les deux pour Boston où ils rendirent visite aux parents de Kate. Pendant le trajet du retour, il la laissa piloter un moment, pour son plus grand bonheur.

Il avait repris les commandes lorsqu'elle aborda le sujet qui lui tenait à cœur depuis longtemps. Le moment lui parut idéal : Joe était d'excellente humeur et parfaitement détendu. Rassemblant son courage, Kate se jeta à l'eau : elle voulait un enfant de lui.

— Maintenant ? s'écria-t-il, horrifié.

— Ne fais pas cette tête-là, je t'en prie ! Et reste bien concentré sur tes manettes.

— Tu as déjà deux enfants, Kate ; ils t'accaparent suffisamment comme ça.

Stephanie venait de fêter son deuxième anniversaire et Reed avait quatre ans. Comme prévu, Andy s'était remarié en juin et sa femme attendait déjà un bébé, ce qui ne réjouissait guère Reed.

— Nous sommes mariés depuis un an et demi, Joe. Ce serait bien d'avoir un bébé à nous, non ?

L'expression de Joe montrait clairement qu'il ne partageait pas son avis. A l'exception de Reed et Stephanie, les enfants ne l'avaient jamais attiré. Reed lui vouait une admiration sans bornes et Joe adorait le petit garçon.

— Nous n'avons pas besoin d'un autre enfant, Kate. Notre vie est suffisamment mouvementée comme ça.

— Mais tu n'en as pas vraiment, toi, insista Kate d'un ton implorant.

Cela faisait dix ans qu'elle rêvait de porter son enfant, et onze ans et demi qu'elle avait fait sa fausse couche, à Radcliffe.

— Ça ne me manque pas, répliqua-t-il sans ambages. Reed et Stephanie sont un peu mes enfants.

— Ce n'est pas pareil, fit observer Kate, envahie par une bouffée de déception.

— Pour moi, si. Je ne les aimerais pas davantage s'ils étaient mes propres enfants.

Il s'en occupait merveilleusement bien et ferait un père formidable. Aux yeux de Kate, ce bébé serait le symbole suprême de leur amour.

— En plus, je suis trop vieux pour avoir un enfant maintenant. J'ai quarante-trois ans, Kate. J'approcherai de la soixantaine quand ils entreront à l'université.

— Mon père était plus âgé que toi quand je suis née. Et Clarke est encore plus vieux, ce qui ne l'empêche pas d'être dynamique.

— Il n'a pas eu la même vie que moi. Mon enfant me verrait à peine, argua-t-il, mettant en avant ce que Kate lui reprochait souvent. Pourquoi ne trouves-tu pas une autre occupation ?

Ils approchaient de l'aéroport. Devant la mine peinée de Kate, il enchaîna :

— Il y a toujours quelque chose qui cloche avec toi, Kate. Quand tu ne me reproches pas mes absences répétées, tu me réclames un enfant... Pourquoi n'es-tu jamais satisfaite de ce que tu as ? Pourquoi réclames-tu toujours plus ?

Ses paroles contrarièrent profondément Kate. Joe se montrait très injuste. C'était toujours elle qui se pliait à ses volontés, jamais le contraire. Habitué à ce que leur vie tourne autour de lui, il n'accordait aucune importance aux désirs et aux aspirations de Kate. C'était lui d'abord, lui avant tout.

Pendant tout le trajet en voiture, elle s'enferma dans un mutisme boudeur. Joe connaissait la raison de son silence. Pourtant, il s'était toujours montré très clair sur ce point : il ne désirait pas d'enfant ; le baby-boom avait repeuplé le monde, il ne ressentait pas l'utilité de mettre un bébé au monde. Un peu plus tard, quand Reed se jeta à son cou pour les accueillir, il gratifia Kate d'une œillade entendue. Ils avaient déjà deux enfants, pourquoi se compliquer la vie avec un autre ? De son point de vue, le sujet était clos.

Cette année-là, il s'arrangea pour passer Thanksgiving et les fêtes de Noël en famille. Ils se rendirent à plusieurs réceptions, emmenèrent les enfants faire du patin à glace et firent tous ensemble de magnifiques bonshommes de neige dans Central Park. A Noël, il offrit à Kate une somptueuse rivière de diamants ainsi qu'une paire de boucles d'oreilles assortie. Ils étaient mariés depuis deux ans et il ne s'était jamais senti plus épanoui. Tous leurs rêves s'étaient concrétisés. Lorsqu'ils dansèrent pour le réveillon du jour de l'an, étroitement enlacés, et que Joe l'embrassa aux douze coups de minuit, Kate fut submergée d'allégresse.

Le lendemain après-midi, pendant que les deux enfants faisaient la sieste, Kate entreprit de ranger les décorations du sapin. Assis devant un match de football à la télévision, Joe se remettait doucement des excès du réveillon. Il avait passé de merveilleux moments en compagnie de Kate et des enfants. Dans deux jours, il s'envolerait pour l'Europe où il resterait quatre semaines ; puis il se rendrait en Asie au mois de février et Kate avait déjà prévu de le rejoindre en Californie quand il rentrerait.

Elle lui apporta un sandwich et resta un peu auprès de lui, à rire de ses plaisanteries. Tout à coup, Joe la vit blêmir.

— Quelque chose ne va pas ? demanda-t-il d'un ton inquiet.

— Non... non, ça va, balbutia-t-elle en s'asseyant à côté de lui.

Victime d'une intoxication alimentaire quelques jours plus tôt, elle souffrait encore de fréquentes nausées. C'était probablement le contrecoup, déclara-t-elle à Joe.

— Repose-toi un peu. Tu n'as pas arrêté de la journée.

La nurse était en congé et Kate avait joué avec les enfants toute la matinée, avant de s'attaquer au sapin de Noël.

— Je vais bien, je t'assure, déclara-t-elle quelques instants plus tard en se levant d'un bond.

Il lui restait encore une foule de choses à faire, elle n'avait pas une minute à perdre... Joe se tourna vers elle à l'instant où elle glissait par terre comme une poupée de chiffon. Elle venait de s'évanouir.

En un éclair, il s'agenouilla auprès d'elle et vérifia son pouls. Il était penché au-dessus d'elle lorsqu'elle ouvrit lentement les yeux en gémissant. Désorientée, elle croisa le regard paniqué de Joe.

— Kate, que se passe-t-il ? Comment te sens-tu ?

— Je ne sais pas, articula-t-elle à mi-voix. J'ai eu une espèce de vertige, je crois.

L'un des amis pilotes de Joe venait de perdre sa femme d'une tumeur au cerveau. Cette pensée le glaça, tandis qu'il l'aidait à s'allonger sur le canapé.

— Je t'emmène à l'hôpital, déclara-t-il.

— Ce n'est rien, j'en suis sûre. De toute façon, on ne peut pas laisser les enfants tout seuls. Je vais appeler le médecin.

— Reste allongée, lui ordonna Joe.

Elle obéit et s'endormit rapidement sous le

regard inquiet de Joe. Elle lui avait fait une peur bleue, en s'évanouissant comme ça. Jamais encore il ne l'avait vue aussi pâle. Il était toujours auprès d'elle lorsqu'elle se réveilla. Ses joues avaient repris des couleurs et elle paraissait reposée. Ignorant les protestations de Joe, elle prépara le dîner mais mangea du bout des lèvres. Il lui fit promettre d'aller voir le docteur dès le lendemain, songeant déjà à appeler le directeur de l'hôpital presbytérien de Columbia qui faisait partie de ses vieilles connaissances. S'il s'agissait d'un problème grave, il tenait à s'entourer des meilleurs spécialistes.

Il paraissait si inquiet en allant se coucher, ce soir-là, que Kate n'eut pas le cœur de le laisser dans cet état. Au moment où il s'apprêtait à éteindre la lumière, elle se tourna vers lui et l'embrassa. Terrorisé à l'idée de la perdre, Joe la serra dans ses bras.

— Ne t'inquiète pas, mon amour, je vais bien... Je ne voulais pas te mettre en colère, commença-t-elle d'une voix hésitante.

— Pourquoi serais-je en colère ? Ce n'est pas ta faute si tu es malade, Kate, la rassura-t-il tandis qu'elle s'adossait aux oreillers.

— Je ne suis pas malade... je suis enceinte.

Elle eut l'impression de lui avoir asséné un coup de bâton.

— *Comment* ? fit-il, abasourdi.

— Nous attendons un bébé.

— Depuis combien de temps le sais-tu ?

— Je l'ai appris juste avant Noël. Le bébé devrait voir le jour au mois d'août.

— Tu l'as fait exprès ! explosa Joe en se levant d'un bond.

Fou de rage, il arpenta la pièce d'un pas fébrile,

jetant quelques objets au passage, claquant d'un coup sec la porte de la salle de bains. C'était exactement la réaction qu'elle avait crainte.

— Non, Joe, je ne l'ai pas fait exprès, protesta-t-elle dans un murmure.

— Tu parles ! Tu m'avais assuré que tu prenais tes précautions.

Elle utilisait des moyens contraceptifs depuis sa fausse couche. La seule parenthèse avait été son mariage avec Andy.

— J'ai fait attention, Joe. C'est un accident, ça arrive de temps en temps.

— Pourquoi maintenant ? Je t'avais pourtant dit que je ne voulais pas d'enfant, quand on a abordé le sujet il y a quelque temps. Tu sais ce que je crois, Kate ? Je crois que tu as jeté ton diaphragme le soir même de notre discussion ! Tu te fiches complètement de mon avis, n'est-ce pas ?

Joe suffoquait de rage. A son grand désarroi, Kate sentit les larmes lui monter aux yeux.

— C'est faux, Joe. Je te répète qu'il s'agit d'un accident, je n'y peux rien. Il y a pire, dans la vie.

— C'est toi qui le dis ! riposta-t-il en sentant le piège se refermer sur lui. Bon sang, Kate, je ne veux pas cet enfant ! Débrouille-toi pour t'en débarrasser.

Frappée de stupeur, Kate secoua la tête.

— Joe, tu ne le penses pas sérieusement, j'espère ?

— Je suis très sérieux, au contraire. Je refuse de devenir père à mon âge. Tu n'as qu'à te faire avorter, conclut-il en la foudroyant du regard.

Ses paroles lui déchirèrent le cœur.

— Mais enfin, Joe, nous sommes mariés... c'est notre bébé... ça ne changera pas grand-chose à notre existence. J'engagerai une autre nurse pour pouvoir voyager avec toi.

Joe se laissa tomber sur le lit, l'air buté.

— Je m'en moque, je ne veux pas de cet enfant, c'est tout.

— Je ne me ferai pas avorter, répliqua Kate d'un ton étonnamment posé. J'ai perdu un bébé il y a bien longtemps, je garderai celui-ci.

Le souvenir de sa fausse couche lui traversa l'esprit, accompagné par une vague de chagrin indicible. Il lui avait fallu des mois pour se remettre de ce douloureux épisode.

— Je te préviens, Kate, tu risques de mettre notre couple en péril si tu gardes ce bébé. Nous sommes constamment en train de courir, et c'est bien toi qui me reproches en permanence de ne jamais être à la maison, non ? Ce sera encore pire avec l'arrivée d'un nouvel enfant. Si c'est vraiment ce que tu voulais, tu aurais dû choisir un autre mari, ou bien rester avec Andy. Ce type fait un gosse à chaque fois qu'il pose les yeux sur une femme, lança-t-il, ironique.

— C'est toi que je veux comme époux, Joe, protesta Kate, blessée par ses sarcasmes. Tu te montres injuste. Ce n'est pas ma faute, je t'assure.

Sans mot dire, Joe lui tourna le dos et éteignit la lumière. Quand elle se réveilla le lendemain matin, il était déjà parti. Sa réaction l'emplissait d'effroi. Désirait-il vraiment qu'elle se fasse avorter ? Il répondit spontanément à sa question le soir même, alors qu'ils étaient en train de dîner.

— J'ai repensé à ce que tu m'as dit hier soir, Kate, au sujet de... tu sais, de ta grossesse...

Les yeux baissés sur son assiette, il semblait chercher ses mots. L'espace d'un instant, Kate crut qu'il était revenu sur sa décision et qu'il s'apprêtait à lui présenter des excuses.

— Plus j'y réfléchis, plus je suis convaincu que ce ne serait pas une bonne chose pour nous d'avoir un autre enfant, reprit-il finalement. Je sais que ça te fait de la peine, Kate, mais je pense sincèrement que tu devrais te faire avorter. Ce serait mieux pour nous et pour les autres enfants. Ils sont déjà suffisamment contrariés à l'idée qu'Andy et sa nouvelle épouse aient un bébé bientôt. Si nous nous y mettons à notre tour, ils auront l'impression que personne ne les aime et deviendront jaloux et instables.

Kate réprima un rire nerveux. C'était apparemment le seul prétexte qu'il avait trouvé pour tenter de lui faire entendre raison, et c'était parfaitement ridicule !

— Ils ne seraient pas les seuls à avoir plusieurs frères et sœurs, enfin ! objecta-t-elle.

Elle ne reviendrait pas sur sa décision de garder le bébé mais elle ne voulait pas non plus détruire leur couple. Si Joe avait retrouvé un semblant de calme depuis l'annonce de la nouvelle, il n'en demeurait pas moins très contrarié.

— Leurs parents ne sont pas divorcés, Kate.

— Joe... je ne me ferai pas avorter, déclara-t-elle avec fermeté. Je t'aime et je veux porter ton enfant.

Il demeura silencieux pendant le reste du repas et alla s'enfermer dans son bureau jusque tard dans la soirée. Le lendemain, il s'envola pour l'Europe où il devait rester quatre semaines. Il ne lui dit même pas au revoir avant de partir, en claquant la porte derrière lui.

Une semaine entière s'écoula avant qu'il se décidât à l'appeler. Kate savait qu'il ressassait la nouvelle et préférait le laisser tranquille. Il se trouvait à Madrid quand il lui téléphona. D'un ton neutre, il s'enquit de sa santé et de celle des enfants avant de lui raconter brièvement ce qu'il faisait. Leur conversation ne dura que quelques minutes. En un mois, il ne l'appela que trois fois. A son retour, il ne passerait que deux jours à New York avant de repartir pour Hong Kong et le Japon. Cette fois-ci, il resterait absent trois semaines d'affilée. La course contre la montre avait recommencé.

Il débarqua à New York le 1er février. Les enfants étaient déjà couchés lorsqu'il rentra. Kate était en train de regarder la télévision au salon. Elle sursauta en entendant la porte d'entrée s'ouvrir. Il mit plusieurs minutes avant de faire son apparition. Il n'avait même pas pris la peine de la prévenir de son arrivée.

— Comment vas-tu, Kate ? demanda-t-il d'un ton dénué d'émotion qui lui transperça le cœur.

Elle avait l'horrible impression de retrouver l'atmosphère glaciale qui régnait entre Andy et elle quand celui-ci lui avait refusé le divorce. Leur couple allait-il survivre à cette épreuve ?

— Bien, merci. Et toi ? demanda-t-elle d'une voix mal assurée tandis qu'il prenait place en face d'elle.

— Je suis mort de fatigue.

— Tout s'est bien passé ?

Cela faisait une semaine qu'ils ne s'étaient pas parlé. Kate était heureuse de le revoir ; si elle avait cédé à son envie, elle se serait jetée à son cou.

— Globalement, oui. Et toi ?

En croisant son regard entendu, elle laissa échapper un soupir. Le message était clair.

— J'ai gardé le bébé, si c'est ce que tu veux

savoir, répondit-elle en détournant les yeux. Je t'avais fait part de ma décision, Joe.

— Je sais.

Il se leva soudain et parcourut en quelques enjambées la distance qui les séparait. S'asseyant à côté d'elle, il glissa un bras sur ses épaules et l'attira contre lui.

— Je ne sais vraiment pas pourquoi tu tiens tant à ce bébé, Kate, murmura-t-il.

A son grand soulagement, la colère avait cédé le pas à la résignation.

— Parce que je t'aime, espèce d'idiot, répliqua-t-elle d'une voix étranglée en se blottissant dans ses bras.

Comme il lui avait manqué ! Pendant quatre semaines, elle avait vécu dans l'angoisse permanente d'une nouvelle séparation.

— Je t'aime aussi, Kate. Je n'approuve pas ta décision, mais si c'est ce que tu veux vraiment, je m'en accommoderai. Simplement, ne me demande ni de changer ses couches, ni de le bercer toute la nuit quand il hurlera. Je ne suis qu'un vieux bonhomme, Kate, j'ai besoin de sommeil.

Il la contempla avec un drôle de sourire. Kate tomba des nues. Ainsi, malgré la violence de sa réaction, il acceptait sa décision... Dieu qu'elle l'aimait !

— Arrête de dire que tu es vieux, Joe.

— C'est pourtant la vérité.

Il ne lui dit pas qu'il était allé réfléchir calmement dans une église, à Rome. Il n'avait rien d'un homme pieux mais, quand il en était ressorti, sa décision était prise : Kate pourrait garder le bébé, si elle le souhaitait tant, et il continuerait à l'aimer comme avant.

— Une dernière petite chose, reprit-il d'un ton

mi-figue, mi-raisin : promets-moi de ne plus t'évanouir à mes pieds. J'ai bien failli avoir une attaque, l'autre jour. Tu te sens mieux, maintenant ?

— Ça va, oui, répondit Kate.

Elle était tellement soulagée qu'elle n'osa pas lui parler de sa dernière visite chez le médecin. Ce dernier pensait qu'elle attendait des jumeaux. Joe avait déjà eu du mal à accepter l'idée d'un enfant, comment réagirait-il à l'idée d'être père deux fois en même temps ?

Ils se rendirent à la cuisine et Kate lui raconta avec animation tout ce qui s'était passé en son absence. Malgré sa fatigue, Joe l'écouta avec plaisir. Il aimait sa vitalité, son regard pétillant, son charme et les sensations qu'elle éveillait en lui. Même quand il était au bord de l'épuisement, Kate réussissait à lui communiquer sa force et son enthousiasme. C'était ce qui l'avait attiré à l'instant où il avait posé les yeux sur elle, ce qui le poussait vers elle irrésistiblement, depuis toutes ces années.

Attablés dans la cuisine, ils parlèrent longuement. Quand ils allèrent se coucher, leur sujet de discorde n'était plus qu'un lointain souvenir. Ils étaient heureux de se retrouver enfin, après cette longue absence. Joe s'habituait lentement à l'idée d'être bientôt père.

Dès qu'ils furent au lit, il la prit dans ses bras. Il aimait le contact de sa peau satinée sur la sienne. Il effleura son ventre d'une caresse aérienne et retint son souffle en sentant un léger renflement. Kate lui tournait le dos. Elle ne vit pas le sourire attendri qui étira ses lèvres tandis qu'il sombrait dans le sommeil.

21

Joe passa une grande partie du mois de février en Asie ; au terme de son périple, Kate alla l'accueillir à Los Angeles. Il était en pleine forme : le voyage s'était bien passé, des décisions concrètes avaient été prises. Il fut surpris de constater que Kate avait déjà pris du poids.

— Tu as grossi, lança-t-il d'un ton taquin en l'examinant de la tête aux pieds.

— Merci beaucoup !

Sa bonne humeur était contagieuse, elle était heureuse de le revoir. Le médecin penchait de plus en plus pour une grossesse gémellaire, mais Kate s'abstint d'en parler à Joe. C'était la première fois qu'il la voyait enceinte, et son état le mettait mal à l'aise. Il craignait même de lui faire mal en lui faisant l'amour. Il ne voulait ni qu'elle conduise ni qu'elle danse et décréta qu'elle devrait éviter de se baigner. Kate se moqua gentiment de lui.

— Tout va bien, Joe. Je ne vais quand même pas passer les six prochains mois au lit pour te faire plaisir !

— Pourquoi pas ?

Malgré ses appréhensions, ils firent l'amour plus souvent que de coutume. Leur séjour à Los Angeles fut comme une seconde lune de miel.

Malgré le bébé, ou peut-être grâce à lui, Joe se sentait étonnamment proche d'elle.

A leur retour, il passa deux semaines à New York puis il repartit. Kate s'occupa des enfants et en profita pour voir des amis. Elle avait hâte d'accoucher. Le terme était fixé à la fin du mois d'août, et peut-être plus tôt s'il s'agissait de jumeaux. Il était possible qu'elle soit obligée de passer les deux derniers mois de sa grossesse au lit. Pour le moment, malgré sa prise de poids importante, le médecin n'avait entendu les battements que d'un seul cœur.

Le bébé d'Andy vint au monde au mois de mars. Kate leur envoya un cadeau de naissance accompagné d'une carte de félicitations. Il semblait heureux quand il venait chercher les enfants. C'était comme si leur mariage n'avait jamais été, comme s'ils avaient toujours été amis, et c'était mieux ainsi.

Par un après-midi du mois d'avril, Andy l'appela pour la prévenir qu'il était retenu au travail et qu'il ne pourrait pas venir chercher Reed. Il avait prévu de l'emmener passer le week-end dans leur maison du Connecticut. Sa femme s'y trouvait déjà avec le bébé ; ils étaient tous les deux malades. Joe était parti à Paris.

— Tu pourrais le mettre dans le train, Kate, suggéra Andy. Julie irait le chercher à Greenwich. Je risque de rentrer tard, ce soir.

Kate proposa de le conduire. Le trajet ne prenait qu'une heure, c'était une belle journée et elle n'avait rien d'autre à faire.

— Tu es sûre que ça ne te dérange pas ? demanda Andy. Ça m'ennuie de t'imposer ça, franchement.

— Non, au contraire, ça va m'occuper, assura-t-elle.

Enceinte de cinq mois, elle se sentait en pleine forme. Reed poussa un cri de joie quand elle lui annonça le changement de programme. Elle laissa Stephanie avec la nurse et se mit en route pour Greenwich un peu avant 18 heures. Elle comptait être de retour vers 20 heures. Il était minuit à Paris et Joe l'avait déjà appelée.

Malgré la circulation, ils arrivèrent chez Andy à 19 h 15. Julie tenait son bébé dans les bras ; toutes deux étaient très enrhumées. Le nourrisson ressemblait beaucoup à Andy ; en l'observant de plus près, Kate lui trouva des similitudes avec Reed. Julie lui proposa de rester dîner, mais elle déclina l'invitation ; elle souhaitait rentrer au plus vite. Les deux femmes plaisantèrent sur sa silhouette imposante. Chaque jour qui passait confirmait les soupçons du docteur : elle était pratiquement sûre d'attendre des jumeaux.

— Ce sera peut-être un éléphanteau ! lança-t-elle en riant avant d'embrasser Reed.

Elle regagna sa voiture, s'installa au volant et alluma la radio. Une brise tiède lui fouettait le visage par la vitre baissée. Il était 19 h 45 lorsqu'elle s'engagea sur la nationale. A minuit, la nurse appela Andy à Greenwich. Kate n'était toujours pas rentrée.

Ce fut Julie qui lui répondit. La nurse avait d'abord cru que Kate s'était arrêtée chez des amis en chemin. Mais à minuit, gagnée par un étrange pressentiment, elle s'était résolue à appeler les Scott. Julie manifesta son étonnement. Kate ne lui avait pas fait part de ses projets pour la soirée. Elle se tourna vers Andy, encore à moitié endormi, pour lui demander s'il en savait davantage. Il secoua la tête en ouvrant péniblement les yeux.

— Peut-être avait-elle prévu de dîner chez des amis à New York. Joe n'est pas là, elle en profite pour sortir un peu.

— Elle n'était pas vraiment habillée pour un dîner entre amis, objecta Julie en se remémorant la tenue de Kate : une jupe en coton et une ample tunique, de simples sandales aux pieds.

— Elle est peut-être allée au cinéma, suggéra alors Andy avant de se rendormir.

Julie demanda à la nurse de la rappeler si Kate ne rentrait toujours pas. Elle s'entendait bien avec l'ex-femme de son mari et redoutait qu'il lui soit arrivé quelque chose.

La nurse rappela à 7 heures le lendemain matin. Cette fois, Andy commença à s'inquiéter.

— Ça ne lui ressemble pas, déclara-t-il à l'adresse de Julie après avoir raccroché.

Reed était en train de prendre son petit déjeuner dans la cuisine ; il préférait ne rien lui dire pour le moment.

— Je vais appeler le centre de police qui s'occupe de la surveillance autoroutière. Ils me diront s'il y a eu un accident sur le Merritt hier soir.

Kate était une bonne conductrice, mais personne n'était à l'abri d'un accident. Au bout de ce qui lui parut une éternité, la police décrocha enfin le téléphone. Il fit une description précise de Kate et de sa voiture, un break Chevrolet. L'officier de police le mit en attente. Au bout du fil, Andy se rongeait les sangs.

— Il y a eu une collision frontale près de Norwalk hier soir, à 20 h 15, déclara finalement l'officier. Entre un break Chevrolet et une berline Buick. Le conducteur de la Buick est mort sur le coup, la conductrice de la Chevrolet était inconsciente quand on l'a transportée à l'hôpital à 22 heures. Elle a trente-deux ans, je n'ai aucun autre signalement. Les équipes de secours ont mis deux heures pour la désincarcérer.

C'était tout ce qu'il savait. Andy mit Julie au courant, pendant qu'il composait le numéro de l'hôpital mentionné par l'officier de police. Ses mains tremblaient violemment.

L'infirmière en chef des urgences lui répondit. Kate était toujours dans le coma ; son état était jugé critique. Ils avaient appelé chez elle dans la nuit, mais personne n'avait répondu. La nurse n'avait pas entendu le téléphone. L'air sombre, Andy raccrocha et leva les yeux sur Julie.

— Son état est critique. Elle souffre d'un traumatisme crânien et d'une fracture à la jambe.

— Et le bébé ? murmura Julie, sous le choc.

— Je ne sais pas. Ils n'en ont pas parlé.

Il s'habilla pour se rendre à l'hôpital.

— Ne devrais-tu pas prévenir Joe ? demanda sa femme.

— Attendons un peu de voir ce qu'il en est.

Une demi-heure plus tard, Andy pénétrait dans la chambre de Kate. Il fut bouleversé en approchant du lit. Un volumineux pansement lui entourait la tête, sa jambe droite était plâtrée et il remarqua aussitôt que son ventre était redevenu plat, sous le drap immaculé. Elle avait perdu le bébé. Les larmes aux yeux, il alla se poster à côté du lit et lui prit doucement la main. Un flot de souvenirs heureux afflua soudain à son esprit. Ils avaient connu de bons moments, tous les deux.

Elle n'avait toujours pas repris conscience quand il quitta la chambre. Le chirurgien lui avoua qu'ils réservaient leur pronostic pour le moment. Kate était entre la vie et la mort.

Andy patienta plusieurs heures dans la salle d'attente. Comme le jour de la naissance de Reed, lorsqu'il avait attendu toute la journée, rongé par l'inquiétude. Sauf que cette fois-ci, la vie de Kate était en jeu. En sortant de sa chambre, il avait appelé la nurse pour lui demander de prévenir Joe.

— Je ne sais pas où il est, monsieur Scott, avait balbutié la jeune femme avant d'éclater en sanglots. Mme Allbright a sûrement le nom de son hôtel, mais je n'arrive pas à mettre la main dessus. C'est lui qui l'appelle, d'habitude. C'est plus pratique ainsi.

— Savez-vous au moins dans quelle ville il se trouve ? demanda Andy, partagé entre l'abattement et l'irritation.

Comment pouvait-on vivre comme ça ? A l'autre bout du fil, les sanglots de la nurse redoublèrent.

— N-non... A Paris, je crois. Il l'a appelée hier.

— Pensez-vous qu'il rappellera aujourd'hui ?

— Peut-être. Il peut se passer plusieurs jours sans qu'elle reçoive un coup de téléphone de sa part.

La rancœur submergea Andy. Kate méritait mieux que ça ; elle avait besoin d'un homme qui prenne soin d'elle, pas d'un représentant ambulant qui sillonnait le monde pour vendre sa compagnie aérienne et ses avions.

Andy ordonna à la nurse de rester auprès du téléphone. Si Joe appelait, elle le mettrait au courant de ce qui s'était passé. Andy avait songé à appeler son bureau, mais il ne trouverait personne pendant le week-end. Si Joe ne se manifestait pas rapidement, Kate mourrait peut-être avant son retour.

— Est-ce que... le bébé est en bonne santé ? demanda la jeune femme d'une voix entrecoupée.

Andy hésita. Ce n'était pas à lui de répondre à cette question.

— Je ne sais pas, dit-il simplement, la mort dans l'âme.

Il appela ensuite les parents de Kate. Catastrophés, ces derniers se mirent aussitôt en route. Puis il téléphona à Julie pour lui demander d'aller récupérer Stephanie à New York.

— Comment va-t-elle ? s'enquit sa femme d'un ton anxieux.

— Pas bien du tout, répondit franchement Andy.

Il retourna au chevet de Kate où il resta jusqu'à 18 heures. Puis il appela la nurse. Elle était toujours sans nouvelles de Joe.

Toute la nuit, il se relaya avec Julie pour appeler l'hôpital. L'état de Kate était stationnaire. Ils ne dirent rien aux enfants. Reed sentait que quelque chose n'allait pas, mais il joua dehors tout l'après-midi. Andy lui expliqua que sa mère était partie pour quelques jours. Il passerait la semaine avec eux à Greenwich.

Kate resta dans le coma pendant tout le week-end. De son côté, Joe ne donna aucun signe de vie. Fous d'inquiétude, Clarke et Elizabeth étaient arrivés au chevet de leur fille. Son état n'évoluait pas ; elle était allongée, toujours entre la vie et la mort. Lorsque Andy retourna à l'hôpital le dimanche soir, il les trouva auprès de Kate, effondrés. Sa vie ne tenait plus qu'à un fil. Joe ne s'était toujours pas manifesté. Elizabeth Jamison fondait en larmes dès qu'elle entendait son nom.

Andy appela son bureau le lendemain, à la première heure. Il avait prévenu son cabinet qu'il n'irait pas travailler. La secrétaire de Joe l'informa que ce dernier avait quitté la France pour se rendre en Espagne. Elle aurait sans doute de ses nouvelles dans la journée. Andy la mit au courant de l'accident ; bouleversée, Hazel assura qu'elle ferait son possible pour le joindre rapidement.

Elle rappela Andy à 17 heures. Joe avait modifié son planning et laissé un message à Madrid. Personne ne savait où il se trouvait. Elle le soupçonnait de s'être rendu directement à Londres, mais rien n'était sûr, avec lui. Elle avait donc laissé un message à son intention dans tous les hôtels où il avait coutume de séjourner en Europe.

Joe appela Hazel le mardi après-midi. Il avait passé le week-end sur le voilier d'un ami, dans le sud de la France, décidant de s'accorder exceptionnellement un jour de repos. Du même coup, il n'avait pu joindre Kate de tout le week-end. Il était minuit lorsqu'il arriva à Londres. Un message de Hazel l'attendait à la réception et il la rappela aussitôt.

— Que se passe-t-il ? demanda-t-il, ignorant totalement qu'on remuait ciel et terre depuis quatre jours pour le trouver.

— C'est au sujet de votre femme, déclara Hazel.

Elle lui raconta l'accident. Kate avait été transportée d'urgence dans un hôpital du Connecticut. Elle n'avait pas repris conscience. Son état était jugé critique. C'était Andy Scott qui l'avait prévenue.

— Que faisait-elle dans le Connecticut ? demanda Joe.

C'était une question absurde, mais son cerveau n'avait pas encore assimilé la nouvelle.

— Elle était allée accompagner Reed chez son père, vendredi soir. L'accident s'est produit au retour ; elle était seule dans la voiture.

Joe prit enfin conscience de la gravité de la situation.

— Je rentre tout de suite.

Mais il ne trouverait aucun vol à destination de New York à cette heure de la nuit. Pour une fois, il n'avait pris que des avions de ligne et n'avait aucun appareil à sa disposition.

— Je prendrai le premier vol pour New York, rectifia-t-il aussitôt. Avez-vous le numéro de l'hôpital, Hazel ?

Lorsqu'elle eut raccroché, il composa aussitôt le numéro qu'elle lui avait indiqué. Un moment plus tard, il reposa le combiné, le regard perdu dans le vide. Il n'arrivait pas à croire ce qu'on venait de lui annoncer. Kate était entre la vie et la mort, elle avait perdu les bébés. L'infirmière lui avait expliqué que Kate attendait des jumeaux. Assis dans sa chambre du Claridge, Joe donna libre cours à son chagrin.

Que deviendrait-il si elle l'abandonnait ?

22

Joe pénétra dans l'enceinte du Greenwich Hospital le mercredi, à 18 heures. Cinq jours s'étaient écoulés depuis l'accident. Kate était toujours sous perfusion et respirateur. Elle n'avait pas repris conscience, mais les médecins avaient constaté une légère amélioration de son état. L'œdème lié au traumatisme crânien était en voie de résorption, ce qui était un signe encourageant. Ses parents avaient regagné leur chambre d'hôtel pour se reposer. Andy se tenait au chevet de Kate lorsque Joe entra dans la chambre. Postés de part et d'autre du lit, les deux hommes échangèrent un long regard. Joe sut tout de suite ce qu'Andy pensait de lui.

— Comment va-t-elle ? demanda-t-il en effleurant la main de Kate.

Elle était d'une pâleur cadavérique. Pourtant, Andy avait noté un mieux en fin d'après-midi. Il n'était pas allé travailler de toute la semaine. Il ne se sentait pas le droit de laisser Kate toute seule. Julie s'occupait des trois enfants avec l'aide de la nurse qui était venue de New York, dès que Joe avait été averti.

— Son état n'a quasiment pas évolué, répondit-il d'une voix blanche.

Joe remarqua son ventre redevenu plat et cette image le bouleversa. Kate serait effondrée quand elle découvrirait ça. Il s'était habitué à l'idée d'être père, mais à présent, seule Kate comptait.

— Merci d'être resté à son chevet, dit-il poliment à Andy.

Ce dernier ramassa sa veste et se dirigea vers la porte sans dire un mot. Assise auprès de Kate, une infirmière observait la scène d'un air intrigué. Elle ne connaissait rien des rapports qu'ils entretenaient avec la jeune accidentée mais à l'évidence, ils se détestaient.

Sur le point de quitter la chambre, Andy s'immobilisa et pivota sur ses talons.

— Où diable étiez-vous passé ? Ça fait quatre jours qu'on est sans nouvelles de vous ! lança-t-il à Joe d'un ton accusateur.

Andy n'arrivait pas à comprendre qu'un homme marié à une femme enceinte, déjà mère de deux enfants, puisse disparaître dans la nature sans donner de ses nouvelles. C'était tout simplement inconcevable, pour lui.

— J'étais parti faire de la voile, répondit Joe le plus naturellement du monde. Je suis rentré dès que j'ai appris la nouvelle.

Il se sentait coupable malgré tout de l'avoir laissée seule à l'hôpital pendant cinq longues journées. D'un autre côté, il n'avait pas à se justifier auprès d'Andy Scott. Une question surgit tout à coup dans son esprit.

— Ses parents sont au courant ?

— Ils sont ici ; ils ont pris une chambre dans un hôtel voisin.

— Merci pour tout ce que vous avez fait, fit Joe, soudain pressé de le voir partir.

— Appelez-moi si vous avez besoin de quoi que ce soit.

Après le départ d'Andy, Joe s'assit au chevet de Kate. L'infirmière se leva et alla s'affairer autour du lavabo afin de le laisser seul avec sa femme. Une peine immense assombrit le regard de Joe. Que ferait-il sans elle ?

Leur relation paraissait peut-être étrange aux yeux des autres, mais il était éperdument amoureux d'elle. Depuis le premier jour de leur rencontre, il n'avait cessé de l'aimer. Elle était son amie, son mentor, sa joie de vivre, sa conscience, parfois... Elle était la femme de sa vie, la seule et l'unique. L'irremplaçable.

— Je t'en prie, Kate, ne m'abandonne pas... Reviens, mon amour, je t'en supplie...

Il resta assis à son chevet pendant plusieurs heures, serrant sa main dans la sienne, le visage baigné de larmes.

Un médecin vint examiner ses pansements et à minuit l'infirmière apporta un lit d'appoint. Joe avait décidé de passer la nuit auprès de Kate. Il ne voulait plus la quitter. Incapable de trouver le sommeil, il se tourna vers elle et la contempla. Le miracle se produisit à 4 heures du matin. Joe venait juste de s'assoupir. En l'entendant gémir, il s'assit brusquement dans son lit et la vit bouger légèrement. Vive comme l'éclair, l'infirmière s'approcha d'elle et examina ses pupilles.

— Que se passe-t-il ? demanda Joe d'un ton pressant.

Le stéthoscope l'empêcha d'entendre sa question. Kate gémit de nouveau ; paupières fermées, elle tourna la tête vers lui, comme si, du fond de l'abîme, elle savait qu'il était là.

— Chérie, c'est moi... je suis là, près de toi... ouvre les yeux, je t'en prie.

Kate n'eut aucune réaction. Déçu, Joe retourna se coucher avec l'étrange impression qu'on l'observait. C'était comme si Kate s'était glissé en lui ; l'idée qu'elle puisse mourir d'un instant à l'autre l'emplissait d'effroi. Ils s'aimaient tant, tous les deux, même s'ils ne partageaient pas les mêmes aspirations. Kate désirait constamment rester près de lui alors que Joe, épris de liberté, éprouvait en permanence le besoin de survoler le monde aux commandes de ses avions. Une nouvelle vague de culpabilité l'assaillit quand il songea à l'accident. De l'autre côté de l'Atlantique, il n'avait absolument rien ressenti quand le choc s'était produit. En fait, il avait passé trois journées de rêve sur le bateau d'un de ses amis anglais, ancien compagnon de guerre. Il avait beaucoup pensé à Kate durant ce week-end, et aussi au bébé qui verrait bientôt le jour.

Après une nuit blanche, Joe se leva à 6 heures du matin et fit une toilette rapide. Il venait de s'asseoir au chevet de Kate quand elle s'agita légèrement et ouvrit enfin les yeux. Son regard plongea dans le sien ; Joe en eut le souffle coupé.

— Voilà qui est mieux, murmura-t-il d'une voix enrouée par l'émotion. Bienvenue, Kate.

Elle poussa un petit soupir avant de refermer les yeux. Joe était impatient d'annoncer la bonne nouvelle à l'infirmière. Avant le retour de celle-ci, Kate rouvrit les yeux et, au prix d'un effort surhumain, articula ses premiers mots d'une voix à peine audible.

— Que s'est-il passé... ?

Joe dut se pencher tout près d'elle pour l'entendre.

— Tu as eu un accident, répondit-il dans un murmure.

— Comment va Reed ?

Elle se souvenait d'être partie en voiture avec lui mais le reste lui échappait totalement.

— Il va bien, ne t'inquiète pas, répondit Joe en priant pour qu'elle ne lui parle pas du bébé. Repose-toi, chérie. Je suis là, près de toi. Tout se passera bien, tu verras.

Elle fronça les sourcils, comme si quelque chose l'intriguait.

— Qu'est-ce que tu fais là ?... Tu étais parti...

— Je suis rentré et je vais veiller sur toi.

— Pourquoi ?

Elle ne semblait pas consciente de la gravité de ses blessures, ce qui n'était pas plus mal. Soudain, sa main glissa vers son ventre ; il voulut arrêter son geste mais elle fut plus rapide que lui. Les yeux agrandis d'effroi, elle le fixa sans mot dire. De grosses larmes roulèrent le long de ses joues.

— Ne pleure pas, Kate, je t'en prie, murmura-t-il en portant sa main à ses lèvres pour l'embrasser tendrement.

— Où est notre bébé ?

Elle posa la question d'une voix étranglée avant d'émettre une longue plainte rauque, comme un animal blessé. Désespérée, elle s'accrocha à Joe qui la serra dans ses bras avec précaution. D'instinct, Kate avait deviné la vérité et il se sentit impuissant devant l'immensité de son chagrin.

L'infirmière ne tarda pas à faire son apparition, accompagnée du médecin. Kate avait repris conscience, c'était une excellente nouvelle, mais elle n'était pas encore complètement tirée d'affaire, souligna ce dernier. Elle avait passé cinq jours dans un coma profond à la suite d'un choc violent à la tête. La fracture de sa jambe droite était importante et elle avait eu une forte hémorragie en perdant les jumeaux. La période de convalescence durerait probablement plusieurs mois. Le médecin craignait aussi qu'elle ne puisse plus avoir d'enfant. Mais Joe s'en moquait ; seule la santé de Kate comptait à ses yeux.

On fut obligé de lui administrer une forte dose de sédatifs quand on lui confirma que les jumeaux n'avaient pas survécu à l'accident. Joe profita de son sommeil pour aller à New York ; il voulait passer rapidement au bureau avant de rassembler quelques affaires. A 17 heures, il était de retour à l'hôpital de Greenwich. Il croisa les parents de Kate qui s'apprêtaient à partir. Elizabeth Jamison refusa tout bonnement de lui parler. Les yeux de Clarke brillaient lorsqu'il s'adressa à Joe.

— Tu aurais dû être là, Joe, dit-il simplement avant de quitter la chambre.

Ces quelques mots lui firent l'effet d'un coup de poignard en plein cœur. Il comprenait le désarroi de ses parents. D'un autre côté, il ne pouvait pas rester en permanence auprès d'elle. Il était parti en Europe pour travailler, après tout, même s'il s'était accordé trois petits jours de détente dans le sud de la France. De toute façon, qu'aurait-il fait de plus s'il avait été à New York ? Il ne pouvait tout de même pas la protéger vingt-quatre heures sur vingt-quatre ! Le conducteur qui l'avait percutée était en état d'ébriété. Même s'il avait pris le volant à sa place, l'accident n'aurait pu être évité. Il n'était que son mari, bon sang, pas Dieu tout-puissant !

A la fin de la semaine, Joe demanda son transfert dans un hôpital new-yorkais. Ce serait plus pratique pour lui, et les visites de ses amis remonteraient un peu le moral de Kate. Mais celle-ci, en pleine dépression, refusa toutes les visites. Elle confia à Joe qu'elle aurait préféré mourir dans l'accident.

Il passa le week-end à son chevet et ils parlèrent à Reed au téléphone. Après avoir raccroché, Kate fondit en larmes. Elle était inconsolable. Ce fut presque avec soulagement que Joe partit à Los Angeles la semaine suivante. Il ne savait que faire pour la réconforter. Il resta absent trois jours et prit soin de l'appeler régulièrement, cette fois-ci.

Kate sortit de l'hôpital à la fin du mois d'avril. On lui avait posé un plâtre plus petit et elle marchait avec des béquilles. Elle souffrait encore de migraines passagères, mais à part ça, tout était rentré dans l'ordre. On la libéra de son plâtre début mai. Elle avait perdu beaucoup de poids mais retrouva peu à peu son apparence normale. Pourtant, la femme que Joe retrouvait tous les soirs après le travail n'était plus celle qu'il avait épousée. La lumière qu'elle irradiait jadis s'était éteinte. Enlisée dans une profonde dépression, fatiguée, elle refusait de sortir et passait le plus clair de son temps enfermée à la maison, en pleurs. Elle ne communiquait plus avec Joe, ne s'intéressait plus à ses projets. La voir ainsi le rendait fou.

En juin, Reed et Stephanie allèrent passer un mois chez Andy et Julie. Kate s'enfonça encore davantage dans son désespoir en apprenant que Julie était enceinte d'un deuxième enfant.

— C'est peut-être mieux comme ça, fit observer Joe maladroitement, on est trop vieux pour avoir des enfants, Kate. On aura plus de temps à se consacrer et tu pourras m'accompagner partout où j'irai.

Mais Kate refusa chacune de ses invitations. Deux mois durant, Joe déploya des trésors d'ingéniosité pour tenter de lui remonter le moral. En vain. Alors il prit la fuite. Il ne supportait plus sa colère, son amertume et sa tristesse. Tout le monde semblait le tenir responsable de ce qui s'était passé, c'était un fardeau trop lourd à porter. Le vieux démon de la culpabilité s'était remis à sa poursuite. Comme d'habitude dans ce cas-là, il se jeta à corps perdu dans le travail ; à la suite de ses absences prolongées, l'entreprise commençait à montrer quelques signes de faiblesse. C'était l'occasion rêvée pour prendre la fuite. Ils se disputaient au téléphone chaque fois qu'il l'appelait. Joe avait l'impression de vivre un cauchemar. Il était en train de perdre Kate, sans savoir quoi faire pour la retenir.

Il voyagea sans cesse pendant les trois mois qui suivirent. A la fin de l'été, ils n'étaient plus que deux étrangers. Kate partit à Cape Cod avec les enfants et ses parents et, cette fois, Joe ne les accompagna pas. La mère de Kate en profiterait pour lui casser du sucre sur le dos, mais il s'en moquait. Cela faisait des années qu'elle le détestait. Il n'avait plus rien à lui prouver, ni à elle, ni même à Kate. Il avait fait tout ce qui était en son pouvoir pour la rendre heureuse. Hélas, ses tentatives s'étaient toutes soldées par un échec. La cause était perdue d'avance.

Il avait prévu de passer deux semaines à New York au mois de septembre, espérant de tout son cœur que Kate irait mieux d'ici là, mais lorsqu'il lui annonça qu'il devrait ensuite repartir au Japon, Kate explosa.

— Encore ? Peux-tu me dire pourquoi tu n'es

jamais à la maison ? lança-t-elle d'un ton hystérique qui lui fit presque regretter d'être rentré.

— J'étais auprès de toi quand tu as eu besoin de moi, Kate. Je suis chef d'entreprise, je suis obligé de me déplacer. C'est avec grand plaisir que je t'invite à me suivre, conclut-il d'un ton las.

— Je n'en ai pas envie, répondit-elle sèchement. Quand comptes-tu rentrer ?

Pour la première fois, Joe crut presque éprouver de la haine pour Kate. Cette pensée le terrifia, mais elle ne lui laissait pas d'autre choix. Elle n'était plus la même depuis l'accident. Terrassée par une peine infinie, Kate ne se reconnaissait pas non plus. Elle avait besoin de Joe, de sa chaleur, de son réconfort, mais elle ne savait plus comment attirer son attention. Chaque fois qu'elle tentait de faire un geste vers lui, son chagrin et sa rancœur prenaient le dessus et le faisaient battre en retraite. Elle l'aimait toujours, désespérément, et se détestait chaque jour davantage pour le mal qu'elle infligeait à leur couple. La soirée de l'accident défilait en boucle dans sa tête. Pourquoi – mais pourquoi – avait-elle proposé de conduire Reed ce jour-là ? Sans cet accident, les jumeaux seraient nés à l'heure qu'il était. Joe s'était montré très clair avec elle : après ce malheureux épisode, il n'avait pas l'intention d'avoir d'autre enfant. Murée dans sa douleur, elle ne parvenait plus à échanger que de l'amertume et de la colère avec lui. Ils étaient devenus deux étrangers, deux ennemis contraints à vivre sous le même toit. Devant ce triste constat, Joe s'arrangeait pour partir le plus souvent possible.

Au mois d'octobre, il ne passa que quatre jours chez lui. Plus il s'absentait, plus le moral de Kate se dégradait. Aiguillonnée par sa mère, elle commença à se demander si Joe l'aimait toujours. Au lieu de le couvrir d'attentions pour regagner ses faveurs, elle lui ferma la porte de son cœur. Elle se sentait trahie, manipulée, mal aimée. Au bout d'un certain temps, Joe ne chercha plus à l'approcher. Ils n'avaient pas fait l'amour depuis l'accident, six mois plus tôt.

— Je n'en peux plus, Kate, lui avoua-t-il un jour avec beaucoup de douceur.

Il était rentré pour le week-end et songeait déjà à repartir, incapable de supporter plus longtemps l'acrimonie, les reproches et la culpabilité.

— Je ne peux pas continuer à subir tout ça chaque fois que je rentre. Il faut tourner la page, Kate. Je sais que tu as traversé une épreuve douloureuse, mais j'ai peur que notre couple ne survive pas à la rancœur qui couve en toi. Tu as déjà deux beaux enfants, pourquoi n'en profites-tu pas pleinement ? J'aimerais que tu viennes à Los Angeles avec moi, Kate, ça fait des mois que tu n'as pas mis les pieds dehors, insista-t-il gentiment.

— Je n'ai pas envie de sortir, répliqua-t-elle d'un ton cinglant.

Cette fois, Joe s'emporta.

— Tu n'as pas envie de sortir, c'est ça ? Tu préfères rester ici à t'apitoyer sur ton sort, n'est-ce pas ? Mais enfin, Kate, grandis un peu ! Je ne peux pas continuer à te porter à bout de bras, désolé. Je ne peux pas non plus ressusciter ces deux bébés et ce n'est peut-être pas plus mal, si tu veux mon avis. Dieu en a décidé ainsi, nous n'y sommes pour rien !

— C'est ce que tu voulais depuis le départ, hein ? Tu voulais que je me fasse avorter pour ne pas être obligé de rentrer à la maison plus d'une fois par mois, c'est ça, n'est-ce pas ? Tu n'as pas de leçon à me donner, Joe, pas de leçon, tu entends ? Tu n'es jamais là, de toute façon ! Il t'a fallu cinq jours pour rentrer quand tout le monde me croyait sur le point de mourir. De quel droit me demandes-tu de grandir, de quel droit ? Tu t'amuses comme un fou aux commandes de tes fichus avions pendant que moi, je reste plantée à la maison avec les enfants. Si tu veux mon avis, c'est toi qui aurais besoin de grandir un peu !

Sans dire un mot, Joe quitta l'appartement en claquant la porte. Il prit une chambre au Plaza pour la nuit, pendant que Kate, folle de chagrin, pleurait toutes les larmes de son corps. Elle venait de lui lancer au visage tout ce qu'elle avait soigneusement refoulé jusqu'alors, consciente de l'injustice de ses accusations. Elle avait l'horrible impression d'être tombée dans un gouffre sans fond six mois plus tôt et se débattait comme un beau diable pour tenter de remonter à l'air libre. En vain. Personne ne pouvait l'aider, c'était à elle de trouver la voie, mais elle s'en sentait incapable.

Le lendemain, Joe passa à l'appartement pour rassembler quelques affaires avant de partir à Los Angeles. En proie à une angoisse indicible, elle le regarda faire son sac silencieusement.

— Je t'appellerai, Kate, déclara-t-il simplement avant de partir.

Que dire d'autre ? Leur couple était en train de voler en éclats. Il commençait à croire que Kate le détestait réellement. Pour la première fois de sa vie, il se sentait seul et déprimé.

Il passa un mois à Los Angeles et dirigea l'entreprise de là-bas. Thanksgiving approchait lorsqu'il se décida enfin à rentrer chez lui. A peine avait-il ouvert la porte de l'appartement que Reed se jetait dans ses bras.

— Joe ! Tu es rentré ! s'écria le garçonnet d'un air ravi.

Un sourire éclaira le visage de Joe.

— Tu m'as manqué, champion.

Kate aussi lui avait manqué, plus qu'il ne l'avait imaginé en partant. C'était d'ailleurs pour cette raison qu'il était rentré.

— Où est ta maman ?

— Elle est allée au cinéma avec des amis. Elle sort beaucoup en ce moment.

Reed avait cinq ans. Joe faisait figure de modèle pour lui. Il détestait le voir partir ; sa mère passait alors son temps à pleurer, enfermée dans sa chambre. Agée de trois ans, Stephanie était déjà couchée.

En rentrant du cinéma, Kate eut la surprise de trouver Joe. Elle paraissait plus sereine et il la prit doucement dans ses bras, craignant malgré tout qu'elle ne le repousse. Ils s'étaient à peine parlé au téléphone en un mois.

— Tu m'as manqué, avoua-t-il d'un ton vibrant de sincérité.

— Toi aussi, tu m'as manqué, murmura Kate en s'accrochant à lui.

Et elle fondit en larmes. Elle semblait pourtant en meilleure forme, comme si elle revenait lentement de l'enfer qu'elle avait traversé.

— Tu me manquais déjà avant que je m'en aille, reprit Joe.

— Je ne sais pas ce qui m'a pris... C'est peut-être le choc que j'ai reçu à la tête, conclut-elle dans un demi-sourire.

Kate se sentait mieux et l'ambiance s'en trouva nettement améliorée. D'un commun accord, ils convinrent de passer le week-end de Thanksgiving chez eux, préférant éviter une confrontation pénible avec les parents de Kate. Malheureusement, le sort en décida autrement. Quelques jours avant la fête, il reçut un télégramme du Japon : l'entreprise rencontrait de gros problèmes là-bas, sa présence était souhaitée au plus vite. Joe n'avait pas le choix : il devait se rendre à Tokyo afin de régler rapidement les litiges en cours.

La mort dans l'âme, il annonça la nouvelle à Kate qui accusa le choc tant bien que mal.

— Tu ne peux pas leur dire que tu viendras après Thanksgiving ? demanda-t-elle, au bord des larmes. C'est important pour nous, Joe.

— Mes affaires sont tout aussi importantes, Kate, répondit Joe en s'efforçant de garder son calme.

— J'ai besoin de ta présence, Joe. Je ne suis pas encore tout à fait sortie d'affaire, tu sais. Je t'en prie, ne me laisse pas toute seule.

C'était la supplique d'une enfant terrifiée, une enfant dont le père s'était suicidé, mais c'était aussi la supplique d'une femme qui venait de perdre deux bébés qu'elle avait désirés avec ferveur. Joe en était conscient, mais il espérait qu'elle réagirait en adulte, cette fois-ci.

— Veux-tu venir avec moi ?

Kate secoua la tête.

— Je ne peux pas laisser les enfants pour Thanksgiving, Joe. Qu'iraient-ils s'imaginer ?

— Que nous avons besoin de prendre l'air tous les deux. Tu n'as qu'à les envoyer chez les Scott.

Kate ne céda pas. Elle avait envie de passer la fête ici, en famille, avec lui et les enfants. Elle tenta de le faire changer d'avis, mais ses efforts demeurèrent vains. Chacun continua de camper sur ses positions. Joe promit d'être de retour une semaine plus tard, mais cela ne suffit pas à consoler Kate. Le matin de son départ, elle ressemblait à une fillette égarée, assise dans son lit, en pleurs.

— Je t'en prie, Kate, ne recommence pas. Je n'ai pas envie de partir, crois-moi, mais je n'ai pas le choix. Tu n'as pas le droit de me culpabiliser comme ça. S'il te plaît, sois raisonnable... notre bonheur en dépend.

Elle hocha la tête entre deux sanglots et l'embrassa, malgré le sentiment d'abandon qui la tenaillait douloureusement. Comme les autres années, elle passa Thanksgiving chez ses parents, à Boston.

Finalement, le voyage au Japon de Joe se prolongea d'une semaine. Lorsqu'il rentra à New York, Kate se montra glaciale. Elizabeth Jamison avait profité de l'absence de Joe pour l'accabler. Selon elle, Joe ne s'occupait pas assez d'elle, pire : il se moquait éperdument de ses sentiments. Elle ne lui avait pas pardonné de ne pas avoir été là au moment de l'accident. En réalité, elle n'avait jamais apprécié Joe ; depuis le début, elle le sentait incapable de faire le bonheur de sa fille. Forte de ses convictions, Elizabeth ne reculait devant rien pour détruire leur couple déjà fragilisé. Et elle faisait du bon travail : en deux petites semaines, elle avait de nouveau réussi à monter Kate contre son époux.

Joe ne s'excusa pas, il en avait assez de devoir se justifier sans cesse. Feignant d'ignorer l'ambiance tendue, il joua avec les enfants et leur lut une histoire avant de les mettre au lit. Il espérait que Kate aurait le temps de se ressaisir. Ses allées et venues permanentes la chagrinaient, il en était conscient, surtout si sa mère avait recommencé à lui miner le moral avec ses attaques perfides.

Lorsqu'ils se couchèrent, il lui raconta son voyage le plus naturellement du monde. Malgré la fatigue qui l'habitait, il lui parla longuement, plus désireux que jamais de détendre l'atmosphère.

La situation s'améliora légèrement pendant les jours qui suivirent. Joe passa plus de deux semaines d'affilée à New York ; il alla acheter un sapin de Noël avec Reed et Stephanie et ils le décorèrent tous ensemble. Pour la première fois depuis bien longtemps, il vit Kate rire et plaisanter comme avant. Après une année particulièrement difficile, sa lumière intérieure s'était enfin rallumée, pour le plus grand bonheur de Joe.

Trois jours avant Noël, il reçut un coup de téléphone de Los Angeles. Plusieurs réunions importantes avaient été programmées ; on comptait sur sa présence. Pour une fois, Joe ne craignit pas d'annoncer la nouvelle à Kate. Il ne resterait qu'une journée là-bas et serait de retour pour le réveillon de Noël. Kate se montra très compréhensive ; ils firent l'amour le matin de son départ.

Tout se déroula comme il l'avait prévu à Los Angeles. A New York en revanche, depuis le matin de son départ il n'avait cessé de neiger ; au fil des heures, la situation se dégrada. Une tempête de neige sans précédent s'abattit sur la ville le jour du réveillon. Le vol de Joe fut annulé quelques minutes avant le décollage. Il était coincé.

De retour dans leur maison de Bel Air, il appela Kate. La nouvelle ne l'étonna pas ; Central Park disparaissait sous soixante centimètres de neige. Le temps semblait suspendu au-dessus de la ville.

— Ne t'inquiète pas, chéri, je comprends, dit-elle avec sincérité.

Joe ne pouvait même pas prendre les commandes d'un de ses avions ; Kate ne voulait pas qu'il risque sa vie inutilement. En outre, il aurait dû atterrir à Chicago ou à Minneapolis puis prendre le train pour rejoindre New York, ce qui représentait une perte de temps considérable. Elle expliqua la situation aux enfants et ils passèrent un bon Noël tous les trois. Rétrospectivement, Kate songea qu'en trois ans de mariage, Joe avait manqué deux Noëls sur trois. Lorsqu'elle appela ses parents pour leur souhaiter un joyeux Noël, sa mère se montra très ironique. Kate passait son temps à excuser les absences répétées de son mari. En fait, elle se demandait presque s'il n'évitait pas délibérément les fêtes de famille, car elles lui rappelaient des souvenirs pénibles de son enfance. Quelle que fût la raison, ses absences peinaient profondément Kate, même si elle essayait de prendre les choses avec philosophie. Reed était le seul à n'y voir aucun inconvénient. Pour le garçonnet, Joe était un vrai héros.

Finalement, Joe profita de son séjour forcé pour régler quelques affaires en cours et ne rentra à New York que le 31 décembre. Ils étaient censés sortir avec des amis, mais lorsqu'elle vit ses traits tirés, elle préféra annuler et ils allèrent directement se coucher. Elle ne se sentait pas le cœur de lui faire enfiler un smoking. Ainsi allait la vie, aux côtés de Joe. Il fallait s'adapter à ses déplacements continuels et à ses changements de programme impromptus. Kate avait cessé de se plaindre mais au fond d'elle, les choses n'étaient pas toujours faciles.

Ils fêtèrent leur anniversaire de mariage, puis tout recommença. Joe s'absenta quasiment tout le mois de janvier, une bonne partie de février, tout le mois de mars, trois semaines en avril et tout le mois de mai. En juin, Kate calcula qu'ils n'avaient passé que trois semaines ensemble en l'espace de six mois. Joe la fuyait-il délibérément ? Ses absences étaient trop fréquentes, trop longues, leur vie de couple devenait impossible. Quand elle ouvrait son cœur à Joe, il n'entendait que reproches et critiques et ce sentiment de culpabilité qu'il détestait tant l'assaillait de nouveau, le poussait à partir loin, toujours plus longtemps. Tokyo, Hong Kong, Madrid, Paris, Londres, Rome, Milan, les voyages s'enchaînaient à un rythme effréné. Pourquoi Kate ne comprenait-elle pas qu'ils faisaient partie de son travail, qu'il aimait cette sensation grisante de liberté ? Elle l'accompagna à plusieurs reprises dans ses déplacements cette année-là, mais s'ennuya vite, seule dans une chambre d'hôtel, à attendre le retour de Joe devant un repas solitaire. Déçue, elle décida de rester chez elle avec ses enfants.

A trente-trois ans, elle était mariée à un homme qu'elle ne voyait jamais. Joe avait quarante-cinq ans, il était à l'apogée de sa carrière et vingt années du même régime les attendaient avant qu'ils retrouvent un calme relatif. Vingt ans, une éternité... Il avait exploré de nouveaux horizons dans le domaine de l'aviation, expérimenté de nouveaux itinéraires et continuait à concevoir des appareils extraordinaires. Tout cela au détriment de leur vie de couple. L'étincelle s'était éteinte. Kate avait cessé de se plaindre, elle le voyait à peine, comment aurait-il pu l'écouter ?

— J'ai envie de passer du temps avec toi, Joe, déclara-t-elle tristement un jour du mois de juin, alors qu'il était de passage à New York entre deux voyages.

Une rengaine tristement familière aux oreilles de Joe. Plus absorbé que jamais par ses activités professionnelles, il s'apprêtait à s'envoler pour Londres le lendemain. Il s'abstint de lui dire qu'il risquait de voyager davantage au cours des mois à venir. Il n'avait plus envie de se battre.

Kate l'accompagnait de moins en moins et il comprenait sa décision. Les enfants étaient encore petits — Reed avait six ans, Stephanie quatre —, ils avaient besoin de leur mère. Lorsqu'il songeait à l'avenir, il prenait conscience qu'ils seraient encore séparés des milliers de fois, pendant une bonne quinzaine d'années, vingt peut-être. Malgré les sentiments qu'ils se portaient, la vie en avait décidé ainsi. Personne n'y pouvait rien.

En juillet, Kate vint le voir en Californie avec les enfants. Elle les emmena à Disneyland et Joe leur fit faire un grand tour en avion, dans un tout nouvel appareil. Au milieu de leur séjour, il dut partir précipitamment à Hong Kong pour régler un problème urgent. Puis il s'envola directement pour Londres, pendant que Kate emmenait les enfants à Cape Cod. Joe prévint Kate qu'il n'irait pas la rejoindre ; il ne supportait plus les sarcasmes incessants de sa mère. Cet été-là, Kate revint à New York plus tôt que d'habitude ; son père était tombé gravement malade.

Ils durent attendre la mi-septembre avant de se retrouver. Cette fois-ci, Joe avait prévu de passer trois semaines à New York. Dès que Kate posa les yeux sur lui, elle devina qu'il s'était passé quelque chose pendant son absence. Au début, elle crut qu'il y avait une autre femme, mais au bout d'une semaine, elle comprit qu'il s'agissait d'autre chose. Quelque chose de bien plus grave. Joe n'en pouvait plus. Il se sentait incapable de gérer à la fois sa carrière et sa vie de couple. La fuite semblait la meilleure solution. Le prix de l'amour était trop élevé.

Son ascension fulgurante l'avait entraîné dans un tourbillon incontrôlable ; les appareils qu'il avait conçus inondaient le marché international de l'aéronautique ; la compagnie aérienne qu'il avait créée onze ans plus tôt remportait un succès sans précédent. Joe avait donné naissance à un monstre tentaculaire qui avait dévoré leur couple. Il se trouvait à présent face à un douloureux dilemme : soit il choisissait de privilégier sa carrière, soit il se consacrait à sa vie de couple. Kate devina tout cela dans ses yeux. Un frisson lui parcourut le dos. Il l'aimait encore, pourtant, elle le savait aussi.

Mais Joe ne supportait plus de devoir s'expliquer, se justifier, s'excuser de ne pas être là pour Thanksgiving, Noël, leur anniversaire de mariage, les vacances à Cape Cod et toutes ces fêtes dont il se moquait éperdument. C'était pour cette raison qu'instinctivement, il n'avait pas voulu avoir d'enfants. Il ne pouvait pas tout avoir, il venait de s'en rendre compte, et surtout, il ne pouvait pas donner à Kate tout ce qu'elle réclamait... ce qu'elle méritait.

Il y avait réfléchi tout l'été et sa décision fut ferme et définitive à l'instant où il posa les yeux sur elle, en rentrant à New York. Finalement, sa mère avait eu raison depuis le début. Son premier amour resterait à jamais les avions ; ils étaient plus faciles à gérer, plus sûrs pour lui. Jamais ils ne le feraient souffrir. La vie qu'il avait voulu partager avec Kate n'avait été qu'un beau rêve impossible. Les angoisses qui le taraudaient avaient fini par étouffer leur amour.

Il mit des jours avant de trouver le courage de

lui annoncer sa décision. La veille de son départ pour Londres, il contempla longuement Kate, allongée à côté de lui. Il ne reviendrait pas. Au nom de l'amour, il sut que le moment était venu de reprendre sa liberté et de lui redonner la sienne.

— Kate.

Elle se tourna vers lui, saisie d'un terrible pressentiment. Depuis trois semaines, ce qu'elle lisait dans le regard de Joe l'emplissait d'angoisse. Elle avait tout fait pour que son séjour se passe bien, elle s'était faite toute petite, discrète et docile. Leur dernière dispute remontait à plusieurs mois. Mais il ne s'agissait ni d'amour ni de querelle. Il s'agissait de Joe. Joe qui n'avait plus rien à lui offrir ; il l'avait aimée pendant seize ans. A présent, il désirait vivre pour lui, sans être obligé de jongler en permanence entre son travail et les angoisses de Kate.

En silence, elle rencontra son regard. Elle ressemblait à une biche aux abois.

Joe prit une grande bouffée d'air.

— Je te quitte, Kate.

Il avait parlé si bas qu'elle crut avoir mal entendu. Les yeux agrandis de stupeur, elle le dévisagea. Elle savait que Joe avait quelque chose à lui annoncer, mais elle avait cru qu'il s'agissait d'un long voyage qui l'éloignerait à nouveau d'elle. Pas un instant elle n'avait imaginé ça.

— Que... que viens-tu de dire ?

Elle avait mal entendu, c'était impossible. Gagnée par une sourde angoisse, elle retint son souffle.

— Je te quitte, répéta-t-il en détournant les yeux. Je n'en peux plus, Kate.

En prononçant ces mots, il se força à croiser son regard. Une tristesse infinie le submergea. Elle avait la même expression que le jour où elle avait découvert qu'elle avait perdu les bébés, à l'hôpital. Il savait d'instinct qu'elle avait eu le même regard quand son père s'était suicidé, alors qu'elle n'était qu'une enfant. C'était un regard de désespoir profond, le regard de quelqu'un qu'on abandonne lâchement. Une nouvelle vague de culpabilité s'abattit sur lui. Comme à chaque fois, il eut encore plus envie de fuir.

— Pourquoi ?

Sa voix se brisa. Elle avait l'impression qu'on lui lacérait le cœur à grands coups de couteau.

— Pourquoi, Joe ? Tu as rencontré quelqu'un d'autre ?

Elle connaissait la réponse avant même d'avoir formulé la question. Il s'agissait d'un malaise bien plus intense. Joe ne voulait plus ce qu'elle lui offrait, du plus profond de son cœur. C'était aussi simple que ça, pour lui tout au moins.

— Il n'y a personne d'autre, Kate. Notre couple n'existe même plus. Tu avais raison. Je ne suis jamais là. Et tu ne peux pas m'accompagner partout.

En réalité, il désirait reprendre sa liberté, ne plus vivre que pour lui. Il avait choisi de délaisser l'amour au bénéfice de son travail. Sa décision était prise.

— Le problème est là, vraiment ? Notre couple serait-il sauvé si je réussissais à te suivre dans tes déplacements ? articula Kate, songeant déjà aux multiples arrangements qu'elle devrait prendre pour partager la garde des enfants avec Andy.

Mais Joe secoua tristement la tête. Il se devait d'être honnête avec elle, c'était la moindre des choses.

— Non, Kate, il ne s'agit pas de ça. Le problème vient de moi. Ta mère avait raison, tu vois. Je l'avais pressenti aussi. Les avions passeront toujours avant le reste. C'est pour cela qu'elle ne m'a jamais fait confiance. Elle me connaissait mieux que moi-même, ajouta-t-il avec une pointe d'ironie dans la voix. Pendant tout ce temps, je me suis caché, j'ai dissimulé tout au fond de moi ma véritable personnalité. Je nous ai trompés, tous les deux. Je ne serai jamais l'homme qu'il te faut. Tu es encore jeune, Kate, tu referas ta vie sans problème. Moi, je ne veux plus de tout ça.

— Tu n'es pas sérieux, n'est-ce pas ? Tu crois vraiment que je vais t'oublier et refaire ma vie comme ça, d'un coup de baguette magique ? Je t'aime, Joe. Je t'aime depuis l'âge de dix-sept ans. Tu ne peux pas me laisser comme ça... conclut-elle avant de fondre en larmes.

— Ainsi va la vie, Kate. Il faut savoir faire le point, prendre en compte ce qu'on désire et ce qu'on ne veut pas. Je ne suis pas fait pour être marié, Kate, et j'en ai assez de me sentir coupable en permanence.

Joe savait avec certitude qu'il ne se remarierait jamais. Il avait fait une erreur en l'épousant. Elle était si généreuse, si aimante... et en même temps si exigeante. A présent, il n'aspirait plus qu'à une seule chose : prendre les commandes d'un avion et survoler le monde, sans contraintes. Cela lui paraissait puéril et incroyablement égoïste lorsqu'il le formulait à voix haute, mais c'était ainsi. Il n'y pouvait rien.

— Je me moque que tu ne sois jamais là, protesta Kate. Je m'occuperai des enfants, je trouverai un travail. Je t'en prie, Joe, tu n'as pas le droit de nous faire ça... les enfants t'adorent... je veux être ta femme, même si tu dois continuer à voyager.

Avec une patience infinie, Joe lui expliqua que ce n'était plus ce qu'il souhaitait, lui. Plus que tout au monde, il souhaitait reprendre sa liberté. La liberté de bâtir son empire, de dessiner ses avions, la liberté de ne plus l'aimer. Il lui avait donné quatre années de sa vie. C'était suffisant, pour lui.

Kate écouta ses explications, pétrifiée. Quand il eut terminé, elle se remit à pleurer. Elle l'avait perdu, depuis longtemps déjà. Il s'était éclipsé sur la pointe des pieds sans même qu'elle s'en aperçoive. Qu'allait-elle devenir, sans Joe ? Elle aurait préféré mourir sur-le-champ. Jamais elle ne pourrait vivre loin de lui. Et pourtant, il lui faudrait puiser la force, tout au fond d'elle, de continuer à avancer, seule. C'était un peu comme si on lui avait annoncé la disparition de Joe. Il avait opté pour la gloire et le travail, au détriment de l'amour. Un choix difficilement acceptable, aux yeux de Kate.

— Tu peux rester ici avec les enfants aussi longtemps que tu voudras. Je pars m'installer en Californie jusqu'à la fin de l'année.

Hazel avait accepté de le suivre pour quelques mois dans leurs bureaux de Los Angeles. Ses petits-enfants habitaient à New York, mais l'idée de changer d'air l'avait aussitôt séduite. La stupeur se peignit sur le visage de Kate.

— Parce que tu as déjà tout organisé ? Quand as-tu pris ta décision ?

— Il y a longtemps, je crois. Pendant l'été. En rentrant à New York, il m'est apparu que le moment était venu de te mettre au courant. A quoi bon prolonger cette mascarade ? Il y a déjà longtemps que je suis parti, Kate.

Que s'était-il passé ? Qu'avait-elle fait pour mériter un tel châtiment ? Elle l'avait aimé, tout simplement. Peut-être trop, au point de l'étouffer. Elle l'avait attiré irrésistiblement, comme un papillon de nuit tournoie autour d'une bougie mais finalement, préférant l'air libre à la chaleur, il avait pris son envol.

Allongée à côté de Joe, elle pleura toute la nuit en lui caressant doucement les cheveux pendant qu'il dormait. Il la quittait. C'était sa manière à lui de se protéger, indifférent à la peine qu'il lui causait. Jamais encore on ne s'était montré aussi cruel avec elle ; même le suicide de son père ne l'avait pas autant affectée.

Aux premières lueurs de l'aube, elle se leva, s'aspergea le visage d'eau fraîche et retourna se coucher. Elle n'avait pas fermé l'œil de la nuit. Joe se réveilla à son côté, comme tant d'autres matins. Mais cette fois, il se leva sans un mot.

Avant de partir, il lui dit au revoir d'un ton distant. Il n'avait pas changé d'avis ; il partait pour toujours, Kate le savait au plus profond de son âme.

— Je t'aime, Joe...

L'espace d'un instant, il entrevit la jeune fille qu'il avait rencontrée jadis, dans sa robe de soirée en satin bleu pâle, auréolée de ses magnifiques cheveux auburn. Il se souvint de ses yeux, ce soir-là ; les mêmes yeux le fixaient avec intensité, sauf qu'ils étaient emplis d'une douleur infinie.

— Je t'aimerai toute ma vie, murmura-t-elle d'une voix enrouée par l'émotion.

Elle ne le reverrait jamais plus. Il avait délibérément évité de lui faire l'amour pendant tout son séjour à New York pour ne pas lui donner de faux espoirs. En la congédiant, Joe la renvoyait à sa propre vie, afin de pouvoir reprendre le cours de la sienne.

— Prends bien soin de toi, dit-il doucement en l'enveloppant d'un long regard. J'avais raison, tu sais...

Kate le fixa avec attention, comme pour graver chacun de ses traits dans sa mémoire, pour conserver à jamais ce visage qu'elle chérissait tant, ces yeux, ces pommettes hautes, ce menton creusé d'une fossette.

— C'était un rêve impossible, ajouta-t-il dans un murmure. Depuis toujours.

Les yeux de Kate étincelèrent comme deux saphirs. Dieu qu'elle était belle, alors qu'une main de glace lui étreignait le cœur...

— Le bonheur est à notre portée, Joe. Nous pourrions encore l'attraper.

— Je n'en veux pas, répliqua-t-il, désireux d'échapper au plus vite à la culpabilité qui le tiraillait.

Sans un mot, Kate le regarda s'éloigner. L'instant d'après, la porte se referma doucement sur lui.

23

Joe passa six mois en Californie, puis partit à Londres pour cinq mois. Kate refusa l'exorbitante pension alimentaire qu'il lui proposait. Elle avait largement de quoi vivre ; l'argent de Joe ne l'intéressait pas. Elle avait passé seize années de son existence à vouloir vivre auprès de lui ; Joe ne lui avait officiellement accordé que quatre ans de vie commune, c'était tout ce qu'il avait pu lui offrir. Il s'était montré très clair à ce sujet.

Avec ses exigences et son trop-plein d'amour, Kate l'avait propulsé dans les pires moments de son enfance. Confronté à ses reproches incessants, il entendait parfois la voix de son cousin qui le tançait cruellement : il n'était qu'un bon à rien qui ne savait que les décevoir. En grandissant, Joe avait trouvé refuge dans sa passion pour les avions ; en bâtissant son empire, il avait pris confiance en lui. Mais le chagrin qu'il lisait dans les yeux de Kate à chacun de ses retours ébranlait dangereusement sa carapace. Menacé jusqu'au tréfonds de son être, il avait préféré la solitude au compromis.

Kate mit plusieurs mois avant de comprendre ce qui s'était passé. Ils étaient séparés depuis presque un an. Il refusait de la voir mais l'appelait régulièrement pour prendre de ses nouvelles et s'assurer que les enfants se portaient bien. Les premiers mois, Kate avait erré comme une âme en peine dans la maison qu'elle avait louée. Elle devait apprendre à vivre sans lui. L'entreprise s'avérait aussi difficile que si on l'avait privée d'oxygène.

Elle réfléchit beaucoup aux causes de leur rupture et s'efforça d'analyser son propre rôle dans ce triste dénouement. Sans s'en rendre compte sur le moment, elle avait effrayé Joe. Il avait eu peur de son amour illimité, à la fois généreux et exigeant. Plus elle tentait de le capturer, plus il avait envie de fuir. Sans doute auraient-ils souffert davantage s'il n'avait pas mis un terme brutal à ce ballet macabre.

Tout de suite après son départ, Kate avait cédé à la panique devant le gouffre de solitude qui menaçait de l'engloutir. Elle se souvint de la disparition tragique de son père, des années plus tôt, et reçut un autre choc lorsque Clarke mourut au printemps. Sa mère se réfugia de nouveau dans un cocon hermétique, oubliant tout du monde extérieur. En proie à un sentiment de solitude indicible, Kate pleurait de longues heures avant de s'endormir, terrassée par la fatigue. Mais le temps passa et elle émergea lentement de son désespoir.

Joe avait suggéré de déposer la demande de divorce à Reno, afin d'accélérer la procédure, mais Kate la déposa à New York. Juste pour s'accrocher à lui un peu plus longtemps. En réalité, il ne lui restait de Joe que le nom.

Elle n'aurait su dire précisément à quel moment le changement s'opéra en elle. Ce ne fut pas un déclic, mais plutôt un long chemin sinueux qui montait en direction de la maturité et d'une certaine sagesse. Elle gravissait la montagne lentement, gagnant chaque jour un peu plus de force. Toutes les choses qui la terrifiaient jusqu'alors lui parurent soudain totalement inoffensives. Elle avait tant souffert que le sentiment d'abandon qui la glaçait de terreur autrefois se transforma en fantôme défraîchi qu'elle apprit à dominer seule, sans l'aide de quiconque. Elle avait vécu dans l'angoisse permanente de perdre Joe. Son pire cauchemar s'était concrétisé, et elle était encore là, bien vivante.

Ses enfants furent les premiers à constater le changement, bien avant qu'elle n'en prenne conscience elle-même. Elle riait plus souvent, pleurait moins facilement. Ils partirent tous les trois en vacances à Paris. La solitude ne lui faisait plus peur. Elle fit de longues promenades sur les grands boulevards et dans les petites rues de la capitale. Joe occupait souvent ses pensées ; cela faisait presque un an qu'elle ne l'avait pas vu.

Quand il l'appela à son retour pour prendre des nouvelles, il perçut dans sa voix une intonation qu'il ne connaissait pas. C'était un petit quelque chose d'indéfinissable et de fugitif.

— Tu as l'air heureuse, fit-il remarquer.

Malgré lui, une question le taraudait : Kate avait-elle rencontré quelqu'un ? Il l'espérait et le redoutait en même temps. De son côté, il avait repoussé toutes les femmes qui avaient tenté de le séduire. Il n'avait pas envie de s'impliquer dans une nouvelle aventure. La solitude lui convenait à merveille. En même temps, Kate lui manquait terriblement. Mais c'était là le prix de sa liberté.

A l'autre bout du fil, Kate laissa échapper un petit rire.

— Je crois que je le suis, vraiment. Dieu seul sait pourquoi ! Ma mère va finir par me rendre dingue, elle se sent tellement seule sans Clarke. Stephanie s'est tailladé les cheveux la semaine dernière. Quant à Reed, il s'est cassé les deux dents de devant en jouant au base-ball avec un petit copain !

— La vie de tous les jours, en somme ! répliqua Joe d'un ton rieur.

Il avait presque oublié ce qu'était la vie de famille. Mais pas tout à fait...

A l'instar de Kate, il se souvenait tous les matins de la sensation de plénitude qu'il éprouvait à se réveiller auprès d'elle. Cela faisait un an qu'il n'avait pas touché une femme. Kate acceptait de temps en temps des invitations à dîner, mais elle n'eut jamais envie d'aller plus loin avec un homme. Aucun d'eux n'arrivait à la cheville de Joe. Le soir venu, elle était heureuse de se coucher seule. Elle avait ses enfants, ses amis. L'expérience et les épreuves l'avaient aidée à surmonter ses angoisses. Elle comprenait à présent celles de Joe et aurait voulu s'excuser de l'avoir ainsi effrayé. A quoi bon, au fond ? Cela n'avait plus d'importance.

Un mois plus tard, alors qu'elle était en train d'écrire son journal intime, Joe l'appela pour lui parler d'un détail de leur procédure de divorce. Clarke lui avait légué le moitié de sa fortune et elle continuait à refuser l'argent que lui proposait Joe. Ce dernier voulait lui signaler qu'elle recevrait bientôt des papiers à signer concernant la partie financière de leur divorce. Kate le remercia d'avoir appelé. Pendant une fraction de seconde, une pointe de mélancolie teinta sa voix.

— Te reverrai-je un jour ? demanda-t-elle à brûle-pourpoint.

Elle avait envie de le voir, de le toucher, de sentir son parfum, sa présence auprès d'elle. En même temps, aussi étrange que cela puisse paraître, elle s'était résignée à ne jamais le revoir. Elle n'en mourrait pas, elle le savait désormais, mais elle avait encore la sensation d'avoir perdu un morceau d'elle, un organe vital. Le cœur, peut-être...

— Tu crois vraiment que nous devrions nous revoir, Kate ? demanda-t-il d'un ton hésitant.

Pendant plus d'un an, elle avait représenté une menace pour lui. Il craignait de retomber amoureux d'elle en la voyant et de relancer ainsi la machine infernale qui les avait tant fait souffrir. C'était un risque qu'il ne voulait pas courir. Le charme de Kate opérerait toujours sur lui, il le savait d'avance.

— Personnellement, je ne pense pas que ce soit une bonne idée, reprit-il avant qu'elle ait eu le temps de répondre.

— Tu as raison, convint Kate.

Cette fois, il n'y avait ni tristesse ni désespoir dans sa voix. Ni critique ni reproche, rien qui puisse éveiller sa culpabilité. Elle semblait au contraire sereine. Ils continuèrent à bavarder tranquillement, évoquant ensemble la toute nouvelle filiale de la compagnie aérienne, puis le dernier appareil qu'il venait de concevoir. Quand ils eurent raccroché, Joe eut comme une révélation. Kate avait grandi. Elle avait tourné une page importante de sa vie. En affrontant la solitude, elle avait trouvé un équilibre et une certaine forme de liberté. Elle s'était enfin débarrassée de ses démons et vivait désormais en paix avec elle-même. Joe ne reviendrait pas, elle le savait pertinemment. Elle avait fait une croix sur son beau rêve.

Il eut du mal à trouver le sommeil, cette nuit-là. Kate hantait ses pensées. Au matin, il songea à Reed et Stephanie. Il s'était montré injuste envers eux, en refusant de les voir ; ce n'était pas leur faute si son mariage avec leur mère n'avait pas fonctionné. Pas une seule fois, Kate ne lui avait fait de reproche à ce sujet. Elle était sortie du gouffre seule, sans l'aide de personne. A moins qu'un autre homme ait surgi dans sa vie... Incapable de la chasser de ses pensées, il la rappela en fin d'après-midi. Les documents qu'il devait lui envoyer reposaient encore sur son bureau. Il avait oublié de les remettre à sa secrétaire.

Les battements de son cœur s'accéléraient chaque fois qu'il l'appelait. Un jour peut-être, un homme décrocherait à la place de Kate.

— Oh... bonsoir... excuse-moi, je prenais un bain, balbutia-t-elle, légèrement essoufflée.

Ces quelques mots ravivèrent en lui des images qu'il s'était efforcé de refouler pendant tous ces mois de séparation. Il ne voulait plus penser à elle de cette manière. C'était de l'histoire ancienne, à présent. La culpabilité et la peine s'effaçaient lentement.

— J'ai oublié de mettre les documents au courrier hier, déclara Joe en essayant de ne pas l'imaginer nue à côté du téléphone.

Etait-elle enveloppée dans une serviette, ou avait-elle eu le temps d'enfiler son peignoir ? Il se tourna vers la fenêtre, mais l'image de Kate refusa de s'effacer.

— Je passerai te les déposer, ajouta-t-il sur une impulsion.

A l'autre bout du fil, un sourire étira les lèvres de Kate.

— Voudras-tu monter quelques instants quand tu passeras ?

Un long silence suivit sa question. Joe entendit une petite voix intérieure lui crier de raccrocher et de prendre ses jambes à son cou... Il n'avait jamais réussi à résister au charme de Kate. Il ne voulait plus d'elle dans sa vie, il avait été très clair sur ce point et pourtant, elle s'y trouvait encore. Ils étaient encore mariés... Kate était sa femme.

— Je... euh... crois-tu que ce soit une bonne idée ? De se voir, je veux dire.

— Pourquoi pas ? Je saurai me tenir, ne t'inquiète pas. Et toi ?

— Je pense que ça devrait aller, répondit-il d'un ton neutre.

Kate ne s'en offusqua pas. Joe ne lui faisait plus peur. Il l'avait quittée, que pouvait-il lui arriver de pire ? Elle l'avait perdu et elle était toujours vivante. Vivante et sereine.

Cette séparation forcée lui avait ouvert les yeux sur la véritable personnalité de Joe. Même si elle ne devait jamais le revoir, les choses étaient claires dans son esprit : elle aimait Joe de tout son cœur, aucun homme ne le remplacerait jamais. Elle l'aimait éperdument et pourtant, elle l'avait fait fuir. Au lieu de l'anéantir, ce constat l'avait rendue plus forte. Joe percevait ce changement aux intonations de sa voix. Elle n'était plus l'épouse éplorée qu'il avait quittée, mais une amie de longue date qu'il avait chérie tendrement. Il fut soudain assailli par l'envie irrésistible de la voir.

— Quand veux-tu passer ? demanda-t-elle d'un ton affable.

— Quand pourrai-je voir les enfants ?

— Ils sont chez Andy cette semaine. Si nous ne

nous écharpons pas, tu pourras peut-être revenir les voir une autre fois, suggéra-t-elle en riant.

— Ce serait avec grand plaisir.

Il se sentit brusquement jeune et idiot ; ne serait-il pas plus sage de lui faire porter les documents par coursier ? A l'autre bout du fil, Kate reprit avec une désinvolture rassurante :

— On dit 5 heures ?

— 5 heures... ? répéta Joe, gagné par un vent de panique.

De nouveau, le rire espiègle de Kate apaisa ses craintes.

— 5 heures, 17 heures, je t'attends tout à l'heure, idiot ! Tu m'as l'air bien distrait ! Tout va bien, n'est-ce pas ?

— Très bien, merci. D'accord pour 5 heures ; je ne resterai pas longtemps.

— Je laisserai la porte ouverte et tu n'auras même pas besoin de t'asseoir, le taquina-t-elle.

Elle sentait qu'il avait peur, bien qu'elle ignorât de quoi. La vulnérabilité de Joe, ses craintes et ses angoisses le rendaient encore plus attirant. Elle avait tant appris grâce à lui. Elle regrettait simplement de ne pas pouvoir partager avec lui tout ce qu'elle savait à présent. Elle n'aurait jamais cette chance, malheureusement.

— A tout à l'heure, lança Joe avant de raccrocher.

Kate esquissa un sourire en reposant le combiné. N'était-il pas absurde d'aimer un homme dont elle serait bientôt divorcée ? Cela n'avait aucun sens, mais leur vie commune avait toujours été ainsi. Elle avait dû attendre d'avoir trente-quatre ans pour se sentir enfin adulte. Elle n'était encore qu'une enfant apeurée quand Joe l'avait épousée. Naïvement, elle avait imaginé qu'il serait capable d'effacer les traumatismes qu'elle avait subis dans sa petite enfance. Joe n'en avait pas été capable, hélas. De son côté, elle n'avait pas su panser ses blessures, trop apitoyée sur son triste sort. Tels deux enfants perdus dans la nuit, ils avaient avancé à tâtons jusqu'à ce que Joe finisse par s'enfuir. Malgré tout, l'amour que lui portait Kate était resté intact. L'introspection à laquelle elle s'était livrée l'avait simplement délivrée de ses propres démons.

Joe arriva à 17 heures tapantes, une enveloppe sous le bras. D'abord mal à l'aise, il ne tarda pas à se détendre. Kate garda délibérément ses distances. Assis au salon, ils parlèrent des enfants, de son travail, du prochain avion qu'il projetait de concevoir. Au bout d'une heure, Kate lui proposa quelque chose à boire. Joe sourit. Le simple fait de le voir la bouleversait profondément. Elle aurait tant voulu le serrer dans ses bras et lui dire combien elle l'aimait ! Au lieu de quoi, elle resta sagement assise en face de lui, pleine d'admiration et d'amour pour ce bel oiseau qu'elle ne pouvait que caresser du regard. Si elle s'aventurait à tendre la main vers lui, il s'envolerait à tire-d'aile. Il l'avait laissée approcher à plusieurs reprises, mais elle l'avait blessé. Désormais, elle n'aurait plus que le droit de l'aimer en silence, c'était déjà bien suffisant.

Il était presque 20 heures quand Joe prit congé. Kate avait signé tous les papiers. A sa grande surprise, il la rappela le lendemain et l'invita à déjeuner d'un ton hésitant. Elle l'avait tourmenté toute la nuit. La veille, il avait retrouvé la femme qu'il avait toujours aimée ; l'aura de chaleur et de sérénité qui l'enveloppait l'avait fasciné. Ses peurs s'étaient envolées d'un coup et il se demandait à présent s'ils pourraient rester amis.

— Tu m'invites à déjeuner ? répéta-t-elle, incrédule.

Elle hésita un instant avant d'accepter. Elle n'avait plus rien à perdre, de toute façon. Deux jours plus tard, ils déjeunèrent au Plaza. Ils parlèrent librement de leur mariage et de son échec et Kate en profita pour présenter ses excuses à Joe. Elle regrettait la peine et la peur qu'elle lui avait causées.

— Je me suis conduite comme une idiote, Joe. J'étais incapable de comprendre ce qui n'allait pas. Plus je cherchais à te retenir, plus tu m'échappais. J'ai mis du temps avant d'ouvrir les yeux. Je regrette de ne pas avoir réagi à temps.

— J'ai fait des erreurs, moi aussi, reconnut Joe. Pourtant, je t'aimais.

Le cœur de Kate chavira lorsqu'il utilisa le verbe aimer à l'imparfait. Qu'avait-elle imaginé ? Il n'y avait qu'elle pour continuer à aimer un homme qui l'avait quittée.

Ils s'arrêtèrent chez elle après le déjeuner et Joe revit les enfants pour la première fois depuis qu'il était parti. Reed et Stephanie l'accueillirent avec des cris de joie. Ils passèrent un excellent après-midi tous les quatre. Kate réfléchit longuement après son départ. Elle tenta de se persuader qu'elle saurait se contenter de son amitié. De toute façon, elle n'avait rien d'autre à attendre de Joe. En rentrant chez lui, Joe formula la même pensée. Il était plus prudent pour eux de se cantonner à des sentiments d'amitié.

Au cours des deux mois qui suivirent, ils se virent régulièrement. Ils allaient dîner au restaurant de temps en temps et Kate l'invitait tous les dimanches soir à venir partager leur repas. Quand il partait à l'étranger, elle pensait à lui sans rancœur ni mélancolie. Que partageaient-ils, exactement ? Aucun d'eux n'aurait su le formuler clairement, mais ils se sentaient heureux, bien à l'abri derrière la façade de l'amitié.

Par un dimanche après-midi pluvieux, alors que les enfants passaient le week-end chez Andy, Joe lui rendit visite à l'improviste. Il lui apportait un livre dont ils avaient parlé la semaine précédente. Kate lui proposa une tasse de thé.

Tout se passa très naturellement. Kate venait de servir le thé. Lorsqu'elle se redressa, elle se retrouva face à Joe ; quelques centimètres à peine les séparaient. Sans un mot, il l'attira doucement dans ses bras.

— Me prendrais-tu pour un fou, Kate, si je te disais que je suis toujours amoureux de toi ?

Kate retint son souffle.

— Pour un fou à lier, oui, murmura-t-elle en se blottissant contre lui. J'ai été si injuste avec toi.

— Et moi, je me suis conduit comme un gamin. J'étais mort de peur, Kate.

— Moi aussi, confessa-t-elle à mi-voix.

Elle l'enlaça tendrement.

— Nous avons vraiment fait n'importe quoi, n'est-ce pas ? Si seulement j'avais su tout ce que je sais maintenant... Je n'ai jamais cessé de t'aimer, Joe, conclut-elle dans un soupir.

— Moi non plus.

En resserrant son étreinte, il sentit la soie de ses cheveux contre sa joue.

— J'étais incapable de gérer mes émotions, continua-t-il. La culpabilité m'accablait sans cesse, je n'avais qu'une envie : m'enfuir à l'autre bout du monde pour tenter de lui échapper.

Il marqua une pause avant de demander :

— Crois-tu que nous ayons appris quelque chose, Kate ?

La réponse était oui, il le voyait en Kate et le sentait en lui. Ils avaient surmonté leurs peurs, chacun de leur côté.

— Je t'aime comme tu es, Joe, murmura Kate en souriant. Que tu sois là physiquement ou non. Je n'ai plus peur de rester seule. Comme j'aurais aimé que tout se passe différemment, ajouta-t-elle d'un ton empreint de regret.

Au lieu de répondre, Joe prit ses lèvres dans un baiser passionné. Puis il l'enlaça et l'entraîna dans la chambre. Là, il s'immobilisa et la contempla longuement, soudain hésitant. Leur baiser avait ravivé tant de souvenirs...

— Je ne sais pas si c'est bien... on a sûrement perdu la tête, tous les deux... et je ne suis pas sûr de survivre à un autre échec... mais j'ai la curieuse impression que cette fois sera la bonne, murmura-t-il d'une voix rauque.

— Je ne pensais pas que tu m'accorderais de nouveau ta confiance, avoua Kate en le fixant de ses grands yeux.

— Je l'ignorais aussi, répondit-il avant de reprendre ses lèvres.

Ils se sentaient enfin en sécurité, pleins d'amour et de confiance. Ils avaient failli se perdre, définitivement, mais le destin les avait à nouveau réunis.

Ils passèrent le week-end ensemble. En rentrant à la maison, les enfants furent ravis de le trouver à la maison. A partir de là, les choses se mirent tout naturellement en place. Joe emménagea chez Kate pendant quelque temps, puis ils décidèrent d'acheter une maison. Il continua à voyager beaucoup, s'absentant parfois plusieurs semaines d'affilée, mais Kate n'y accordait plus d'importance. Ils discutaient longuement au téléphone, tout simplement heureux de ce qu'ils partageaient. Cette fois, le miracle se produisit. Ils eurent des disputes ; semblables à un feu d'artifice, elles éclataient violemment, embrasaient le ciel et retombaient aussi vite. Ils étaient heureux ensemble, comme jamais ils ne l'avaient été, et ils s'étaient empressés d'annuler leur demande de divorce.

Après leurs retrouvailles, ils vécurent dix-sept années de bonheur sans nuage. Ils avaient eu raison de s'accorder une dernière chance.

Lorsque les enfants quittèrent la maison, ils eurent plus de temps à se consacrer. Kate voyagea davantage avec Joe, mais elle aimait aussi rester chez elle. Il n'y avait plus de démons dans sa vie. Houleuses et éprouvantes, leurs premières années de vie commune avaient, malgré tout, porté leurs fruits. Ils avaient appris à se connaître pour mieux s'apprivoiser. Bel oiseau digne et fier, Joe revenait de ses lointains horizons pour se poser quelque temps auprès de Kate. Enfin comblée, elle ne lui demandait rien de plus. Avec le temps, ils avaient pansé leurs blessures.

C'était un don précieux, un amour exceptionnel qu'ils avaient reçu tous les deux, un cadeau béni que leur aveuglement n'avait pas réussi à abîmer. La tempête avait soufflé fort, mais la maison qu'ils avaient construite avait vaillamment résisté aux assauts du vent. Joe et Kate se comprenaient parfaitement. Peu de couples parvenaient à ce degré de complicité au cours de leur vie commune. Ils s'étaient trouvés, perdus, retrouvés et perdus de nouveau des dizaines de fois. Par miracle, une dernière chance s'était présentée à eux. Une dernière chance qu'ils avaient attrapée au vol, conscients qu'il n'y en aurait pas d'autre. Ils avaient été à deux doigts de tout perdre, mais la roue avait tourné une dernière fois – et cette fois-ci s'était avérée la bonne. Pour tous les deux. Ils avaient non seulement trouvé l'amour, mais aussi la paix intérieure. Cette fois-ci, le miracle avait eu lieu. Pour de bon.

ÉPILOGUE

L'enterrement de Joe fut à la hauteur de ce qu'avait été sa vie : grandiose et exceptionnel. Kate en avait soigneusement réglé tous les détails. C'était son dernier cadeau à Joe. Dans la limousine qui la conduisait à l'église, assise aux côtés de Reed et Stephanie, elle regarda par la vitre d'un air absent. La neige cachait le paysage. Joe était là, auprès d'elle. Elle se souvint des étés à Cape Cod, de la guerre, de leur vie dans le New Jersey, à l'époque où ils travaillaient de concert pour donner naissance à ce qui deviendrait un véritable empire. Elle le comprenait si mal, à l'époque. Aujourd'hui, elle aurait pu dessiner son portrait avec toutes les nuances de l'arc-en-ciel. Elle le connaissait mieux que quiconque.

Il n'était pas mort, c'était impossible...

Entourée de ses enfants, elle sortit de la voiture. Une vague de panique s'abattit soudain sur elle. Qu'allait-elle faire, à présent qu'il n'était plus là ? Comment pourrait-elle vivre sans lui ? Il y avait dix-sept ans, alors qu'ils se connaissaient depuis le même nombre d'années, le destin leur avait offert une chance infinie, la dernière. Elle avait failli le perdre, à l'époque. Quelle vie aurait-elle eue s'ils ne s'étaient pas retrouvés ? Leur existence aurait été à jamais bouleversée.

L'église regorgeait de hauts dignitaires et de personnages importants. Le gouverneur prononcerait l'oraison funèbre ; retenu au Moyen-Orient, le président des Etats-Unis s'était fait représenter par le vice-président, après avoir envoyé à Kate un télégramme de condoléances.

Kate et ses enfants prirent place au premier rang. L'église était bondée. Andy et Julie se trouvaient quelque part dans cette marée humaine. Kate avait perdu sa mère quatre ans plus tôt. En remontant la nef, elle avait aperçu Anne, la veuve de Charles Lindbergh ; vêtue de noir, celle-ci portait encore le deuil de son époux. Joe avait pris la parole à l'enterrement de Charles, quatre mois plus tôt. Ironie du sort, les deux plus grands pilotes de tous les temps avaient choisi de disparaître à quelques mois d'intervalle. C'était une perte immense pour le monde de l'aviation. Et bien plus encore pour Kate.

Le personnel de Joe l'avait aidée à régler certains détails ; le service religieux fut magnifique, les oraisons funèbres très émouvantes. Kate pleurait à chaudes larmes, agrippée à ses enfants. Le souvenir de l'enterrement de son père lui revint à l'esprit, avec l'image de sa mère, anéantie par le chagrin, retranchée dans sa douleur. Toutes ces blessures du passé, elle les avait guéries grâce à Joe. Il lui avait ouvert les yeux sur le monde, lui avait appris à se connaître. A son côté, elle avait conquis l'Everest. Ensemble, ils avaient partagé une vie fabuleuse... magique.

Venue rendre un dernier hommage à Joe, l'assistance se tint en retrait lorsque Kate suivit lentement le cercueil dans l'allée centrale, jusqu'au corbillard stationné sur le parvis. Le parfum capiteux des roses flottait dans l'air. Tête basse, elle monta dans la limousine qui la conduirait au cimetière pendant que la foule quittait silencieusement l'église. Les éloges funèbres avaient rappelé ses records aériens, ses faits de guerre, son génie incontesté et ses nombreuses réalisations pour l'aviation moderne. Joe aurait adoré entendre tout ça. Pourtant, Kate était la seule à l'avoir réellement connu. La seule à l'avoir compris, aimé et chéri, après des années de peine et de frustration. Cette pensée lui réchauffait le cœur. Malgré tout, elle n'imaginait pas ce que serait sa vie sans lui.

Stephanie et Reed bavardèrent à voix basse pendant le trajet jusqu'au cimetière. Perdue dans ses pensées, leur mère contemplait sans le voir le paysage hivernal qui défilait sous ses yeux. Les souvenirs continuaient à affluer à son esprit, comme une tapisserie qu'on déroule lentement, haute en couleur, chargée de mille détails.

Conformément à la volonté de Kate, personne ne les accompagna au cimetière. Etant donné les circonstances de la mort de Joe, c'était un cercueil vide qu'on enterrait ce jour-là. Un ultime geste de respect, comme le souligna le pasteur au terme d'une brève bénédiction. Après son départ, Reed et Stephanie regagnèrent à leur tour la limousine, par amour pour leur mère.

— Comment vais-je faire sans toi, Joe ? murmura-t-elle, les yeux rivés sur le cercueil.

Qu'allait-elle devenir ? Pendant quelques instants, elle redevint la petite fille qui venait d'enterrer son père ; d'anciennes blessures se rouvrirent subitement. Elle demeura longtemps immobile, la tête pleine de souvenirs. Tout à coup, elle eut l'impression de sentir sa présence là, tout à côté d'elle.

Joe avait été l'homme de ses rêves, le héros dont elle était tombée amoureuse alors qu'elle était encore toute jeune fille, celui qu'elle avait attendu, pleine d'espoir, pendant les longues années de guerre, l'homme qu'elle avait failli perdre et qu'elle avait retrouvé, miraculeusement, dix-sept ans plus tôt.

En disparaissant, Joe avait emporté son cœur. Personne ne le remplacerait jamais. Il lui avait appris toutes les grandes leçons de la vie, il avait soigné ses blessures tandis qu'elle pansait les siennes. Il lui avait montré l'amour et, au-delà, la liberté. Grâce à lui, elle avait sublimé son amour et trouvé la force de le laisser partir... pour mieux revenir.

Cette fois-ci, c'était son dernier départ, l'ultime liberté. Elle devait de nouveau le laisser prendre son envol. De toute façon, il ne serait jamais loin d'elle. Elle le garderait dans son cœur pour le restant de ses jours. Plus fort que la mort, leur amour n'avait besoin ni de mots ni de promesses. Il était là, tout simplement.

Elle avait soigneusement appris tous les pas de leur danse. Comment se retirer, comment l'aimer. Comment le laisser partir et l'apprécier pour tout ce qu'il était. Elle lui serait à jamais reconnaissante de tout ce qu'il lui avait appris.

— Envole-toi, mon amour... envole-toi... je t'aime... chuchota-t-elle en déposant sur le cercueil une rose blanche.

A l'instant où elle lâcha la fleur, elle sentit toutes ses angoisses s'évanouir. Joe ne la quitterait jamais. Fidèle à ses habitudes, il sillonnerait de nouveaux horizons. Mais où qu'elle aille, il serait toujours auprès d'elle. Elle se souviendrait des précieuses leçons qu'il lui avait apprises. Il lui avait transmis tout ce dont elle avait besoin pour continuer à vivre sans lui.

Ils avaient appris à se connaître et cultivé un amour fait de compréhension et de don de soi. Un amour sur mesure. Il avait emporté ce qu'elle avait de meilleur à lui offrir. Kate n'avait plus qu'à en faire autant. Leur amour demeurerait intact, au-delà de la mort.

La musique s'était tue, mais la danse continuait. Pour toujours.

Cet ouvrage a été composé par Nord Compo
59675 Villeneuve d'Asq

Impression réalisée sur Presse Offset par

BRODARD & TAUPIN

GROUPE CPI

21692 – La Flèche (Sarthe), le 18-12-2003
Dépôt légal : janvier 2004

POCKET – 12, avenue d'Italie - 75627 Paris cedex 13
Tél. : 01.44.16.05.00

Imprimé en France